慎海雄　主编

当代岭南文化名家

DANGDAI LINGNAN WENHUA MINGJIA

马思聪

马之庸　编著

SPM 南方出版传媒　广东人民出版社

·广州·

图书在版编目（CIP）数据

当代岭南文化名家·马思聪 / 马之庸编著. —广州：
广东人民出版社，2021.3
ISBN 978-7-218-14708-6

Ⅰ.①当… Ⅱ.①马… Ⅲ.①文艺—作品综合集—广
东—当代 Ⅳ.①I218.65

中国版本图书馆CIP数据核字（2020）第242649号

DANGDAI LINGNAN WENHUA MINGJIA · MA SICONG

当代岭南文化名家·马思聪

马之庸　编著

出 版 人：肖风华

责任编辑：沈晓鸣
特约编辑：周于晴
责任校对：古海阳
责任技编：周星奎
装帧设计：书窗设计
　　　　　赵焜森／钟清／张雪烽

出版发行：广东人民出版社
地　　址：广州市海珠区新港西路204号2号楼（邮政编码：510300）
电　　话：（020）85716809（总编室）
传　　真：（020）85716872
网　　址：http://www.gdpph.com
印　　刷：广州市人杰彩印厂
排　　版：广州市友间文化传播有限公司
开　　本：787mm×1092mm　1/16
印　　张：21.75　字　数：366千
版　　次：2021年3月第1版
印　　次：2021年3月第1次印刷
定　　价：95.00元

如发现印装质量问题，影响阅读，请与出版社（020-85716808）联系调换。
售书热线：（020）85716826

《当代岭南文化名家》丛书编辑委员会

前　言

　　五岭之南的广东，人杰地灵，物丰民慧。自秦汉始，便是沟通中外的重要门户，海上丝绸之路即发祥于此。近代以来，中国遭遇外来侵略，一批有识之士求索救国图强，广东成为民主革命的策源地。进入20世纪70年代，广东敢为天下先，以杀出一条血路的气魄，成为改革开放的前沿地。钟灵毓秀，得天独厚，哺育出灿若星辰的杰出人物，也孕育出独树一帜的岭南文化。谦逊、务实、勤勉的广东人，用他们的智慧和力量，悄然推动着中国历史的进程，也赋予了岭南文化不拘一格、不定一尊、不守一隅的丰富内涵和特质，成为中华文化的瑰宝。

　　改革开放大潮涌起珠江，广东的经济社会发展取得了巨大成就，涌现出一大批德艺双馨的文化名家，在文学、音乐、美术、建筑等众多领域取得开拓性成就，岭南文化绽放出鲜明的时代亮色。今天，我们又面临一个新的、更大的历史机遇——实现中华民族伟大复兴的中国梦。习近平总书记在文艺工作座谈会上指出，实现中华民族伟大复兴需要中华文化繁荣兴盛。广东如何响应要求，创作无愧于时代的优秀作品？省委常委、宣传部部长慎海雄同志就此提出，要按照中央和省委省政府部署，大力推动文化创新，打造岭南文化高地，打造一批弘扬中国精神，具有中国风骨、岭南风格、世界风尚的精品力作，形成一支规模宏大、门类齐全、结构合理的"文化粤军"，并主持策划了《当代岭南文化名家》大型丛书。

　　记录当代，以启后人。本丛书以人物（文化名家）为线索，旨在为当代岭南文化名家提供一个集体亮相的舞台，展现名家风采，引导读者品鉴文艺名作，深切体悟当代岭南文化的独特魅力，提升广东民众的文化自信和地域认同，弘扬新时期的广东精神，为广东全面建成小康社会、书写中国梦的广东篇章提供源源不断的文化驱动力。

为此，我们从文学、绘画、雕塑、音乐、舞蹈、戏曲、影视、新闻出版、工艺美术、非遗传承等领域，遴选出一批贡献卓著、影响广泛的广东文化名家。他们之中，既有土生土长的"邑人"，也有长期在广东生活、工作的"寓贤"。我们为每位名家出版一种图书，内容包括名家传略、众说名家（或对话名家）和名家作品三大篇章，读者可由此了解文化名家的生平事功、思想轨迹、创作理念、审美取向和艺术造诣等。同时，我们将结合多媒体技术，在视频制作、名家专题片、影音资料库和新媒体推广等方面大胆创新，多形式、多渠道地向读者提供新鲜的阅读体验。

我们深信，当代岭南文化名家丰富的文化实践，一定会编织出一幅底蕴深厚、内容丰富、精彩纷呈的文化长卷，它必将成为一份具有重要历史和现实意义的文化积累，价值非凡，传之久远。

《当代岭南文化名家》丛书编委会

2016年6月

◎ 马思聪

马思聪（1912—1987），广东海丰人。中国杰出的小提琴演奏家、作曲家、教育家，中国小提琴音乐的拓荒者、奠基人。曾于1923年和1931年两度赴法国学习小提琴演奏和作曲，是首位考入巴黎音乐院的亚洲少年。他一生的演奏足迹，除西藏外，遍及中国的大小城镇，有"琴声传遍中国的音乐家"之美誉。

马思聪著作等身，尤以小提琴作品著称。其作品以数量多、质量高、题材体裁多样、民族风格浓厚、艺术个性鲜明、雅俗共赏等特点而闻名中外，在中国近现代音乐史上创下多个第一，是国内教育、演奏常选用之曲目，更是后辈学习音乐创作民族化的"活教材"，留给国人美好的记忆，是中华民族珍贵的精神财富，也享誉国际乐坛。他的创作，还涉猎音乐的各个领域。2007年出版的《马思聪全集》（共八卷十册），全面展示了马思聪音乐创作的杰出成就。

马思聪也是中国专业音乐教育的先驱者之一，一生历任多间音乐院校的教授和院长，1949年以后任中央音乐学院首任院长，并培养了一批德才兼备、享誉中外的新中国第一代小提琴演奏家和教育家，对中国专业教育贡献巨大。

马思聪曾任中国音乐家协会副会长，中国文联常委，第一、二、三届全国人大代表等职，亦曾作为中华人民共和国首位出任国际音乐比赛的评委会副主席。他为发展中国音乐事业鞠躬尽瘁，贡献杰出。

目　录

第一篇

马思聪传略

马之庸

马思聪的故乡：海丰县

在广东省东南沿海的粤东地区，有个人杰地灵的千年古邑——海丰县，这是音乐家马思聪的故乡。海丰取义于"南海物丰"。这里背山靠海，向南方向走约三公里就是汕尾港口（1988年汕尾设立为地级市），与香港距离仅80海里，遥遥相望，曾有"小香港"之称。海丰气候宜人，树木四季常青，有山、海和平原，是东江南岸的粮仓和鱼盐之乡。海丰又是一个革命史迹辉煌的革命老区、文化底蕴深厚的千年文明古县；也是著名的侨乡，海外华侨和港澳同胞达40多万人。

海丰当地有丰富的民间艺术：北部山区有山歌，沿海地区有渔歌，还有钱鼓舞、独角狮舞、年画以及多种吹打乐。海丰县更有"戏剧之乡"的美誉。拥有全国三个历史悠久的稀有剧种——西秦戏、正字戏和白字戏。这些多彩的戏剧以及民间艺术，是海丰百姓的丰富精神食粮，

◎　海丰县红场

◎ 海丰县方饭亭

它滋养了一代代的艺术才俊。童年的马思聪也受到熏陶，尤其钟爱白字戏。白字戏曾给他灵感。年轻时，马思聪就以白字戏的曲调"白字曲"为素材创作了饱含乡情的作品——《钢琴弦乐五重奏》。

离开家乡近半个多世纪且身在异国的马思聪先生，在20世纪80年代给家乡亲属的信中还念念不忘家乡的"白字仔"（家乡人对白字戏的俗称），说家乡的白字戏、大海和美味的海鲜，给他美好的回忆和创作灵感，他渴望能再得到一些"白字仔"的录音带，再次以家乡素材创作新作品。他的思乡之情，令人感慨！遗憾的是乡亲们再也欣赏不到他那深含乡情的新作品了。聊以为慰的是我们还能在他曾以海丰民谣和白字曲调为素材的遗作《摇篮曲》《钢琴弦乐五重奏》和那不朽的《思乡曲》中感受他浓浓的乡情和亲情。20世纪50年代，马先生曾说："《钢琴弦乐五重奏》是表现我对童年时代和故乡生活印象的回忆，我6岁时就离开故乡，留下一些童年的印象，17岁、30岁又曾先后两次回乡，童年时代和青年时代的印象结合起来，乐曲表达了我对故乡的感情。"

马思聪对故乡的传统戏曲、民间音乐一往情深，故乡留给他的美好回忆，使他在异国他乡常触景思乡。1977年在台湾巡回演出时，新竹县县长在家里盛情招待马思聪大妇，县长夫人亲自下厨做菜，他品尝后感慨地说："新竹县的菜式似海丰的家乡味，新竹县的山歌也有海丰县的韵味，语言也与海丰话有相似之处。"他又在台北老乡亲戚陈祖贻先生家里品尝主人做的"海丰菜茶"，用海丰话聊天，同小字辈周炳权侄"比赛"谁的海丰话讲得正宗。他非常开心，说好像又回到了故乡——海丰县！

历史进入到1985年，当年轰动国内外的马思聪"叛国投敌"冤案，终于在这年的4月平反昭雪，家乡海丰县率先敲锣打鼓、放鞭炮祝贺。同年12月，海丰县政府"五套班子"联合举办座谈会，还邀请中央音乐学院的演奏家、国内亲属、海丰籍港澳演奏家来家乡联合举办了有史以来首次"马思聪作品音乐会"。听众热烈，人数"爆棚"，音乐会破例从晚上7：30开始至11：30结束，分上下两场，在海丰、汕尾连演两三晚。海丰有如节日的热闹，喜气洋洋，内容丰富、生动的"简报"传递着这些令人激动的镜头。随后的宣传活动：全国性研讨会、广东省"马思聪杯"小提琴比赛、马思聪诞辰纪念活动……频频在汕尾、海丰举办。海丰县的名声又在全国响起，吸引了国内外的马思聪崇拜者、研究学者的眼球，继续寻找马思聪的"根"，由此推动海丰县文化艺术的发展。家乡人为马思聪的杰出成就深感自豪和鼓舞。

▍良好家风育英才

马思聪的父亲马育航，原名马继猷（1881—1939），家住海丰县城幼石街，从小受到良好教育，是清末的廪生。祖父马逢潘是前清的举人。马育航受变法维新思潮的熏陶，与陈炯明、钟秀南、陈达生等一群革命伙伴投身革命洪流，先后参与策划广州新军起义、淡水起义、黄花岗起义、护国运动、护法运动等革命实践，为推翻清朝帝制，追求民主共和的理想而奋斗不息，被人称为"造反秀才"，是广东南粤辛亥革命

◎　马育航夫妇，摄于20世纪初

先贤之一。他亦文亦武，先后出任粤军总指挥部秘书长、筹饷局局长，广州财政局局长，广东省财政厅厅长等职。

马育航夫妇育有四男六女：长子马思齐、二女马思锦、三子马思武、四女马思梅、五子马思聪、六女马思荪、七女马思莹、八女马思琚、九子马思宏、十女马思芸。老先生一生的历练，是一本"无字"的家庭教科书，它内容丰富：理想远大、爱国爱乡、勤奋好学、开明友善、厚道俭朴……这些精神资源，哺育子女们健康成长。四女马思梅和七女马思莹因病不幸早逝，其余八个子女，四个儿子是留学生。有"音乐神童兄弟"之称的马思聪和马思宏，是我国20世纪三四十年代已扬名国内外的小提琴演奏家和作曲家。此外，三个女儿也勤奋，靠全额助学金，以优秀成绩先后毕业于上海国立音乐专科学校，其中马思琚是该校唯一以钢琴、大提琴双科毕业的优秀生，是我国早期的钢琴、大提琴和长笛演奏家、教育家。马思聪和兄弟姐妹们没有继承父业，却传承父亲的爱国传统、树立远大理想。他们与音乐艺术结缘，成为音乐家，在这个领域为国家做出贡献。

马家子女的成才之道，得益于父母的言传身教、传统文化的滋润和良好的家风。他们随着父亲的革命足迹东奔西跑。思琚回忆说：由于父亲忙于事务，不常在家，母亲就当起孩子们的"幼儿老师"。母亲常常教他们读《三字经》，鼓励他们好好学习，也用温、良、恭、谦、让的故事教育他们，要求他们不可贪心占别人的便宜，宁可自己吃点亏，贪心被人嫌，谦让受人敬……这些朴实的"家训"成为他们人生的路标。父亲有时回家，饭后常常给他们讲《论语》，还给他们讲历史故事，鼓励他们要天天学习，没有老师时就自己学，学习长知识，就有本事会得到快乐。父母的言传身教，奔波的生活，锻炼了这帮孩子不怕吃苦而俭朴的品性，也让他们长大有善于抓住机会勤奋学习的劲头，在充满书香气的家庭环境中，造就他们成年后良好的素质、文雅的风度，脱离了傲气、娇气和俗气。

1920年，陈炯明任广东省省长。他认识到建设需要人才，于是选派了一批优秀青年到欧洲、日本等国去留学。马育航抓住这个机会，先后把长子思齐和二子思武送到法国留学。兄弟俩在法国学习时，还有业余学习音乐的爱好，思齐学拉小提琴，思武学吹长笛。思齐的那把小提琴后来意外地引领了弟弟思聪走上了音乐之路。而思聪在法国学成归国后，又带领弟妹及其子女们走进音乐的殿堂，组成了一个当年少有的"音乐大家庭"。

◎ 20世纪30年代初马思聪学成归国

1932年，马思聪第二次从法国留学回来，虽有"音乐神童"的名声，但当时小提琴演奏并没有给家庭带来多少帮助。回国初期，思聪的生活也拮据，他只能当弟妹们的免费老师。第二年到南京中央大学任教，经济有好转。因大家庭在上海，他要奔波于南京与上海之间，于是决定把九弟思宏带在身边教他学习小提琴兼"文化课老师"，一边又同时当六妹思荪、八妹思琚的钢琴、大提琴老师。买不起高价的外国大提琴教材，思聪就因材施教为八妹自编教材。而思琚、思宏又当了十妹思芸的老师。马思聪很想与弟妹们共同演奏室内乐，有一次就鼓励弟妹们一起来一次钢琴三重奏，演奏了门德尔松的《钢琴三重奏》第二乐章。这是首次"家庭音乐会"，这次演奏，大大鼓舞了弟妹们继续努力学习的兴趣。

1936年，年仅14岁的思宏在哥哥思聪的调教下进步显著，先后在上海、广州举办个人小提琴独奏会，思聪亲自为其钢琴伴奏。一时之间，

"音乐神童兄弟"携手演出的报道奏响中国乐坛。马思宏1948年公费赴美国留学，毕业于新英格兰音乐学院；1951年获得"海菲兹奖"（Heifetz Award），是国际卓越的小提琴演奏家。

马育航夫妇虽然从来与音乐不沾边，但却非常呵护孩子们的兴趣和尊重他们选择自己的专业，助他们实现美好理想。作为子女们的"乐迷"，马老先生热心参与儿子思聪回国初期在上海和台湾举行演奏会的准备工作。思聪在家里练琴常常与

◎　马思宏与夫人钢琴家董光光

母亲逗乐，要母亲给他"点节目"，问她喜欢听哪一首乐曲，老人家总是点《摇篮曲》和《圣母颂》。思荪的丈夫马国亮先生回忆说："……马思聪开音乐会，只要开在马老太太居住所在地，她必定参加，无论冬夏、阴晴，无论开多少场，她从不放过，而且必定在演出前到场，从不迟到，穿戴传统。听儿子 在台上演奏，对她来说，是一件非常重要的活动。她不但是儿子最忠实的听众，也对儿女们 的成就感到由衷的满足……"

1949年12月，中央音乐学院成立，马思聪成为首任院长。新学院急需人才，马思聪动员了在香港任教的妹妹思荪、思芸回内地工作。思荪到上海音乐学院教授钢琴，思芸到中央音乐学院教授长笛。他们辛勤耕耘，培养了一批德才兼备的学生，成为中国各音乐院校和中国乐团的骨干力量，对中国音乐教育事业的发展做出了贡献。

这个家庭一路走来，经历过辛亥革命、抗日战争、解放战争、"文化大革命"的动荡艰苦岁月，尽管风吹雨打，但凭借着良好家风的熏陶，他们都能在理想的航标指引下，奔向成功的彼岸。他们的子女也继承长辈的优良传统，修炼成德才兼备的人才，继续为国家作贡献。

◎ 马思聪夫妇与母亲（二排右三）及四姐妹夫妇在香港，摄于1948年初

▎"音乐神童"是这样练成的

一

1912年5月7日（夏历壬子年三月二十一日），海丰县城幼石街马家又"添丁"了，婴儿是马育航的第五个儿子，他给宝宝取了个乳名"艾"。文化人为儿女取名，往往要从中国的诗词歌赋中选取有寓意的名字。"艾"本意为草名——艾蒿，是可入药治病的，用在人的姓名中，被引为雅致、美好等的含意。往后父亲再为阿"艾"取了个学名——思聪。这是出自孔子的名句"君子有九思"中的"听思聪"，"九思"是孔子教导做一个君子就要经常思考九个方面的修养，其中

"听思聪"的寓意是教导人当听到什么事情时，应慎思，不可偏听、轻信。马思聪确实人如其名，他童年听力就很敏锐，这是"音乐神童"必备的条件。在品德的修养上，长大后的他也从不偏听或轻信他人的不实之词，能独立思考，明辨是非。思聪的兄弟姐妹的名字，都有个"思"字，这是马族的"排字辈"。子女名字的寓意，反映着他们父亲的教育思想和期望。

思聪出生这年是民国元年，他父亲仍奔波于民主共和运动，东奔西跑，履行职务，家庭也随之迁居广州、香港、汕头等地，生活是动荡的，这倒能给童年的马思聪大开眼界的机会。在家乡他接触地方戏，三四岁就有机会听到留声机上的音乐，能兴奋地跟着哼哼。7岁到汕头读小学，有机会观看到与家乡戏曲不一样的潮剧和潮州音乐。他第一次在堂嫂家看到她弹风琴，感到很新奇就要跟她学习，后来还拥有了自己的一架小风琴。9岁随父到广州，在培正学校读小学，又学会吹口琴、弹月琴，还能弹奏简单的粤曲……马思聪的童年是幸运的，在那个年代，他比起一般的儿童，有了不可多得的"素质教育"。这种"素质教育"不是奉父母之命去"培养"的，而是在自然、自由的状态下获得的，他顺其自然地萌发了对学习的兴趣，养成爱学习的好习惯。他对新事物的好奇心，是推动他学习的动力。思聪在自觉学习中得到满足感，学习之于他是快乐的，这可以说是他的"天赋"。

二

1919年，马思聪的大哥思齐16岁，取得了公费到法国留学的资格。他业余爱好拉小提琴，1923年因摔伤腿回香港家中疗伤，随身带回一把小提琴，自己练习，这是马思聪第一次看到小提琴。他觉得这个外形奇特的乐器，发出来的声音比先前学过的乐器美妙多了，他又好奇地想学习。大哥半开玩笑地对他说："你喜欢，我可以带你去法国学习。"思聪当真了，闹着要跟大哥去法国。父母担心他年幼，不放心他远行。但他是个固执的孩子，非去不可。大哥答应父母会照顾弟弟，开明的父母也就同意了，对他说："到法国你可不要想家，让大哥给你补习中文，练习写毛笔字，不要忘记中国的文化，学好本领才回来。"思聪都答应了。其实他当时心里还有一个想法：离开学校，到外国去看看新奇，这才好玩呢！好奇心促使他跟大哥去法国，小提琴音乐的种子撒在他心上慢慢发芽了，让他与小提琴结缘一生。

◎ 马思聪和大哥马思齐在巴黎郊外，摄于20世纪20年代

这年冬天，11岁的思聪就跟着20岁的大哥乘船起程了，到法国的水路约需40天，这是给思聪的第一个考验。他站在甲板上望着从来未曾见过的茫茫大海，无边无际。他说自己好像做梦般的就离开祖国了。

到达之日下着大雪，巴黎给思聪的印象是天阴阴的，有雪和雾，房子也黑蒙蒙的，感觉寂寞和荒凉，与他先前想象中的巴黎不同，兴高采烈的情绪都消失了。但他想起出发前父母的话："学好本领才回来"，就对自己说：我是不会回头想回国去的。

在巴黎安顿下来后，大哥给思聪请了一位小提琴女教师，但他还不懂法语，怎么办呢？他不害怕生疏，从老师的动作悟出她那句话的意思，就照着拉。开始老师在A弦上拉一个下弓，告诉他"敢啥"（法语译音），他就明白是"这样子"的意思；老师又说："谢啥"，他就猜出是"就是这样子拉"。"敢啥"的日子过了两个月，虽然进步不快，但他开始亲近这个奇特的乐器，有了一个"小提琴友伴"。

两个月后，大哥带思聪迁居到巴黎东边的一家公寓，在这里他和大哥各住一个大房间，房间又是阴沉沉的。大哥要上学，回来有空就给他补习中文，说说法语，其余时间没有管他。大哥青少年时在国内经历过风雨，有意识地要锻炼弟弟独立生活的能力和克服困难的勇气，先给他过"寂寞"关，让他安下心来学习。到了这个新居，大哥再给他请了第二位小提琴女教师，思聪仍不懂法语，对学提琴也还没有引起很大的兴趣，又不能外出到处跑，感到很无聊。大哥就给他买了个皮球，让他有空就对着墙上打，既可消除寂寞，还可锻炼身体，思聪的生活又多了一个"皮球朋友"。

第二位老师要求比较严格，思聪每天练习三四个小时，进步也快了些，对小提琴开始有感情了，随时随地都拿起来练习，累了就在房间打皮球或练习毛笔字。

学习要有效果，必须先过语言关。半年后大哥又带思聪迁居，把他送到一家法国人家里住宿，房东是一位七十多岁的老爷爷，也是思聪的法文老师。思聪是个调皮爱取乐的孩子，观察到房东有某些特点，就给他取了个绰号——"红鼻子"老师。在"红鼻子"老师家里天天说法语学法文，两个月后他就把法语说得很流利了，法文也有很大进步，能看简单的书报。他还学会了骑自行车，是很能适应新环境的孩子。思聪对学习小提琴逐渐产生了浓厚的兴趣，他这期间又换了两位小提琴老师，第四位是毕业于巴黎音乐院的女老师。这时思聪已可以自己骑自行车去老师家里上课。他为了锻炼身体，想要像大哥那样能经风雨，规定自己不管春夏秋冬，只限穿两件衣服，他把这称为"二衣主义"；不论晴天雨天要照常外出上课；冬天坚持洗冷水澡。结果他的身体就壮健起来了，不感冒生病，大大提高了生活和学习的质量。有一天下起倾盆大雨，他照常骑自行车去上课，到了老师家门口全身都湿透了，老师开门看到他像落汤鸡的样子，惊讶地问他为什么不穿雨衣？他却不在乎地回答："我这样已足够了。"他不穿雨衣的原因，后来在他的《童年追想曲》一文中说："真的原因还是在于我童年时一股傻气，我要做一个天不怕地不怕的好汉……"一个13岁的少年，就有做个好汉的志愿，且在行动上自觉地让自己吃苦，不怕困难，从小就能自觉培养这种优良品格，还担心他今后在事业上不会成功吗？

学习小提琴不到一年，思聪就能在琴上奏出自己想象的旋律，他想用小提琴来表达一些情景和人物，这是他的"创作欲"。有一天他给大哥奏出一首曲子，曲名叫《月之悲哀》，对哥哥说这是他读了一篇同名童话之后有感想而作的；接着又创作了一首《楚霸王乌江自刎》的曲子，说是读小学时期听老师讲述"楚汉之争"的故事，楚霸王项羽的智

◎ 马思武（左）、马思齐（中）、马思聪（右）
在法国巴黎，摄于20世纪20年代

勇英雄形象，是他少年时很崇拜的，现在就想在小提琴上表现这位英雄。乐曲带有短调的色彩。他展开想象的翅膀：看到项羽骑着一匹千里马，威风凛凛，还有急促的马蹄声，但结局很悲壮。哥哥给他鼓掌说："好嘢！"这两首"作品"并没有写在谱上留下来，只是少年时的即兴娱乐。13岁的少年有如此丰富的想象力，是创作的冲动让他"无师自通"。凭借着对新事物的好奇心和艺术的想象力，他在小提琴上随心所欲地创作起来。

在"红鼻子"老师家住了约一年，思聪对法文的听、说、读、写各方面基本能掌握，小提琴也有了初步的基础，就准备到正规的音乐学校去学习了。

三

1925年下半年，思聪还不满14岁，就决定投考巴黎音乐院设在东北部的分院——南锡音乐院，他不费力地考入了高级班。这里天气很冷，院内有很多参天大树，环境很安静，思聪很喜欢这个学习环境。虽然天寒地冻，他还是要坚持"二衣主义"，说零下20摄氏度也不"投降"，要坚持锻炼意志和身体。他进入这个音乐院便引起院长的好奇，一是他当年是第一个考入该院的黄种人；二是思聪拉琴、听音很准，耳朵对音准反应特别敏感。院长颇感兴趣地问他："是不是你们中国人的耳朵都特别好呢？"思聪夸口回答："恐怕是吧。"他很快适应了这个新环境，在学校生活很愉快，和同学相处很好，又可学习更多小提琴以外的音乐知识，主科小提琴每周上两节课，还要到老师家里再上两节课，其他还有视唱练耳、乐理、钢琴、室内乐、法文等课程，他还选了吹箫为副科。他说视唱练耳和乐理课的老师教学最好，他特别喜欢这门课，是他在该院学习成绩最好、收益最大的课程。视唱练耳这门功课是学习一切音乐的基础，思聪学好这门功课也为他学习小提琴演奏打下结实的基础。

思聪寄住在附近一位老妇人的家里，主人的大女儿擅弹钢琴，二女儿会打理家务。下课回家或假日，他就请主人的大女儿与他合奏，全家人都为能经常欣赏到两人的"音乐会"而感到高兴。思聪很开心，也更加勤奋，还经常跑去一家音乐商店租借乐谱，练习了不少在课堂上没有练习的乐曲。他说仅半年时间，店里的提琴乐谱几乎给他搜罗殆尽了，他的琴艺大有长进，音乐的基础知识也宽了，学习劲头越来越大，生活也更有生气。他很能抓住学习的每个机会，极善于学习。

学期大考那天就像开音乐会一样，每位同学都要上台演奏自己选定的曲目，台下坐满了老师和同学。有的同学第一次上台演奏，心慌慌连脚都站不稳，演奏当然就打折扣了。而思聪却没有这种感觉，这也许是得益于他平时在主人家里有合钢琴伴奏的练习。这有如天天上台演奏，加上他心理素质比较好（他早就要求自己要做一个天不怕地不怕的好汉），所以面对这样的考试场面，他就当作平常事了。站上舞台，他镇定地演奏帕格尼尼的协奏曲，获得了最优第二等奖。但这并没有令他感到兴高采烈，因他早已不太满意在南锡音乐院学下去，更不信任他的小提琴老师。他想要按照自己的要求去找一个更高明的主科老师和一个更好的学校，这是他的"新目标"。14岁的思聪不仅能自觉学习，也善于学习，在学习的实践中，开阔了眼界，积累了知识，这为他往后成为小提琴演奏家打下了良好的基础。

四

马思聪在巴黎学习期间喜遇两位广东老乡，一位是老校友陈洪，另一位是冼星海。这给他的生活增添了乐趣，也让他尝到了"助人为乐"的味道。

1923年思聪与广州培正学校的陈洪兄分别，赴法国学习。此后不久，陈洪去上海读书，也学了几年小提琴和法语。大约1926年春，时年19岁的陈洪也要奔赴巴黎留学，想去找寻他的老同学马思聪。他乘船颠簸了一个多月，到达巴黎时就感冒发烧，马思齐请医生为他治疗。思聪见到老同学当然很高兴，虽然他还是14岁的少年，但在巴黎生活了几年，法语比陈洪棒，对巴黎的街道也熟悉，就当陈洪的向导陪着他去购物。陈洪说，思聪很关心他的学习，热心介绍他去报考南锡音乐院，还跟院长打招呼。陈洪考上了，学习两年多，因经济有困难准备回国，就回巴黎与思聪相聚了几个月。这大约是1928年秋了，思聪已就读于巴黎音乐院，思聪的两个哥哥已经回国，他就和思聪在巴黎近郊"鸽子林"的一家民居租了两个小房间。陈洪在《忆马思聪》一文写道：这时思聪已渐成长，他们成了最亲密的莫逆交。这段时期他们参加了许多音乐活动，听音乐会，到票价最廉的"七重天"去看歌剧。他俩生活得很快活。

1929年后，他俩先后回国，回国初期又在广州相聚，还有过一段合作组织乐队和创办私立广州音乐院的历史。

大约是1928年秋冬时节，马思聪从马德里街的巴黎音乐院上课后出来，看到一位穿着破烂大衣的广东人向他打招呼，这是马思聪第一次遇见冼星海。思聪亲切地和他交谈，星海说他是靠在船上做苦工来到巴黎的，学小提琴和作曲是他毕生的志愿。但他很穷，为了学习，必须做各种苦工赚钱，思聪很同情他的处境。第二天星海领思聪到他住的地方畅谈，那"是一座巨大的大厦的第八层或第九层的顶楼。一间狭小的所谓房子，仅有一个成人的高度，一张床紧贴着一张台子，台子上是一面叫做'牛眼'的向天空的玻璃窗。星海练习提琴时就得站到台子上，上半身伸出屋顶，伸向天空，对着上帝练习他的音阶"（马思聪：《忆冼星海》）。思聪亲眼看到星海在如此艰苦的环境下仍坚持学习，被感动了，他马上向星海伸出援手。思聪介绍星海跟他的老师奥别多菲尔（Oberdoerffer）学习小提琴，并向老师介绍了星海的情况。老师也被星海学习音乐的理想和决心以及他刻苦奋斗的精神所感动，表示不收学费收他为学生。

冼星海比马思聪年长7岁，这年星海23岁，思聪16岁。学习小提琴这个专业，星海的年龄是稍嫌迟的，所以思聪说："除了同外在的境遇奋斗之外，星海还得同自己的资质、自己的年龄奋斗……但星海不顾一切，真是做到'不怕天，不怕地，只怕自己不努力'的地步，他日以继夜，不断学习。……以不可想象的苦干精神去学习的人，还有什么可以阻止他的成功？"（马思聪：《忆冼星海》）思聪不仅被星海的精神感动，更受到教育了。相比少年时有机会公费留学，还有哥哥的照顾，自己的条件优越多了。后来他在1935年《童年追想曲》一文的后记中写道："国亮先生要我写一篇关于我学音乐的经过，尤其讲及我初学音乐时的吃苦情形，我说：'我并未吃过什么苦，怎么好写呢？'他说：'那也不要紧，你写就是了。'读者想必也嫌我没有吃苦吧，我也自引为憾。聊以自慰者，却是幸而没有到外国去白花岁月而已。"思聪是个勤奋又谦虚、善于向别人学习的人，他对为理想而苦干的冼星海很敬佩，星海的精神影响了他的一生。往后他在一些会议的讲话和文章中，都多次赞扬星海的这种精神，鼓励人们向星海学习，他写道："星海，让我们，还有我们的子孙都追随你所示范给我们的榜样，我们将从你身上学习得必胜的秘诀，那就是你所具有的所向无敌的坚韧。"（马思聪：《忆冼星海》）

思聪在巴黎和星海相识后不久，就于1929年春回国，直至1935年，两人才在广州长堤青年会的"马思聪演奏会"期间再次见面欢聚。

五

1926年下半年，思聪在南锡音乐院学了约一年时间，大考之后，他就回到巴黎寻找新的小提琴老师。奥别多菲尔先生是巴黎国立歌剧院的小提琴独奏者，他成为了马思聪的第五位老师。第一次见到奥老师的情况，思聪在他后来的《童年追想曲》一文中写道："我见他时弹Lalc Sphonie Espagnole，他听了。表示非常的感兴趣。他说：'表情好，技巧上许多是差误的。'这技巧的差误大部分在于右手执弓之方法，小部分在左手的指头。"悟性极高的思聪，在老师的点拨下，很快就改正过来。他庆幸自己来法国三年，换了四位提琴老师后，终于碰到正规学院派的奥别多菲尔先生，把他从歧途中改转过来；也遗憾初到法国未能当即就学于一位好老师，不然可节约一半时间。于是他更加勤奋，每天练习六七个小时。老师给他拉肖松的《音诗》、萨拉萨蒂的《吉卜赛之歌》以及威尔海姆改编的舒伯特的《圣母颂》等难度大的作品。思聪领会了老师的教学要领，找到正确的学习方法，从此事半功倍，有了突飞猛进的进步。另外，思聪的师母也是一位一流的钢琴老师，思聪跟她学习，钢琴的演奏技术也得到不断的提高。跟奥别多菲尔老师学习约半年，师生俩准备向新的目标前进——让思聪投考巴黎音乐院。一个14岁的少年对自己所学能如此投入执着，不断提出努力的新目标，在一般同龄人中并不多见。他初露聪敏素质，老师对他投考巴黎音乐院充满信心。

但成功的道路往往是不平坦的，思聪平时不注意的颈部那块结疤，渐渐地长大起来，成了他拉琴的障碍物，这是他勤奋练琴所致的"职业病"。医生诊断这个"瘤"必须及时治疗，让他马上停止练琴，并建议他到巴黎一处叫贝尔克（Berck）的海滨城镇去医治。那是一个避暑胜地，那里的空气适合治疗此病。这个意外的诊断没有引起思聪的惊慌。一是他还不懂什么是"瘤"；二是他相信医生和老师的话，是可以治好的，以后还可以继续练琴。他安慰自己：到一个新的环境，过一种新的生活，说不定有另一种新的收获。他始终保持乐观情绪。

六

贝尔克是一处避暑胜地，有很大的海滨，沙滩广阔无际，是骨病病人的"大本营"。1927年还未到暑假，思聪为了治病，大哥提前陪他去贝尔克度假。这里游客成群结队在海边游泳，在沙滩晒太阳，热闹极了。思聪很快乐，兄弟俩很快就结交了一些青年朋友，一起游泳、看戏、打球、享受日光的维生素D，思聪说日子过得像节日一样快乐。但夏天过后，游客大都离开了，大哥也回巴黎上学，留下思聪继续在贝尔克疗病，原来三十个房间都住满的旅店，游客几乎走光了。思聪发现自己一个人住在这旅店里，很孤单。他在这里度过秋冬，北风呼呼吹，海浪在咆哮，沙滩也渺无人烟，这个15岁的少年，并不害怕，只是感到有点寂寞，而这个寂寞却给他带来新的机遇。他的颈病不允许他练习小提琴，他就决定专攻钢琴。他找到一位钢琴老师去上课，再找一位法文老师继续学习法文，还安排时间去书店借书读。半年时间里，他看了数量不少的古今中外的名著，还有哲学书籍。他在书店"旅游"，吸收着营养。他每天还要到沙滩去看太阳的升降，欣赏大自然的景象，沉思片刻，浮想联翩。更大部分时间，他寄托于钢琴。他说学习小提琴只在旋律上做功夫，当他开始正规学习钢琴，才知道旋律以外的音乐世界。从钢琴上他开始认识巴赫、莫扎特、李斯特、肖邦等音乐大师。尤其是法国近代作曲家德彪西、拉威尔等。他特别推崇德彪西，把他的一切作品收集起来，在钢琴上慢慢地欣赏具有魔力的和声、转调和那些东方色彩的旋律；他又接触了穆索尔斯基的作品，如《图画展览会》等，让他领略了俄国人的生活与了解了他们的性格；在欣赏斯特拉文斯基的作品《春之祭》后，引起了他疯狂的喜悦，觉得很新奇。他的视野扩大了，也促进了他创作的欲望。

思聪在贝尔克住了九个月，虽然失去了九个月的小提琴练习时间，但他却说在九个月里头作了很长的"旅行"，在另一个环境颇有所得，实现了他出发前的愿望："到一个新的环境，说不定有另一种新的收获。"

思聪的颈病痊愈后，带着新的收获，他于1927年12月回到巴黎。大哥已准备回国，他就再到奥别多菲尔老师家里上课，也继续向师母学习钢琴，他要提高，再提高。

半年后，暑假刚过，思聪就以优异成绩考入巴黎音乐院蒲虚里（Boucherif）先生领导的小提琴班，这次他又是第一个考入这间音乐院的黄皮肤少年。这是1928年夏，思聪刚过了16岁生日。他非常感谢奥别多菲尔老师的爱护和教导，说自己的所得，多由他所赐。

在巴黎音乐院学习一年，思聪成绩优异，技艺出众，常参与演奏活动，巴黎报纸已有将他称为"中国音乐神童"的报道。后因公费供给有了困难，思聪准备回国。他真的想家了。离开祖国近六年了，这次回去，他没有辜负父母所望——学好本领才回来。1929年春，他结束第一次留学法国的生活，启程回国。

◎ 马思聪（后排右一）和巴黎音乐院的老师、同学们一起，摄于20世纪30年代初

七

1929年4月初，思聪回到香港后，专注于练琴，并准备举办独奏音乐会。回到广州时，在老同学和亲友的帮助下，由广州私立培正学校音乐教师、作曲家何安东先生亲自策划，思聪首次在广州长堤青年会等地举行小提琴独奏会，引起轰动。据当时广州的《民国日报》报道说："马君天才，名副其实，技艺已造极峰。"一时"音乐神童"的名声在新闻界响起。这位17岁风度文雅的少年，能在这把洋乐器上面玩"魔术"，这不仅让当时对小提琴还很陌生的中国人大开眼界，也给他们带来民族自豪感。他在香港也举办了多场独奏会，香港《行政公报》就曾这样报道："一些人宣扬中国人根本不能真正领悟和欣赏西方音乐，马思聪最有力地驳斥了这些嘲笑者们的断言。可以毫不夸张地说，马思聪的演奏使他跻身于世界小提琴的佼佼者之列。"上海的《申报》也远距离作了他在粤港演奏的报道，为迎接"神童"到沪演奏造舆论。

马父育航一家人当年已迁居上海，思聪准备赴上海探亲，又刚好接到南京励志社及南京市政府国庆筹备大会的聘请，随即起程。他到达上海就受到主办方和文艺界人士的隆重欢迎和接待，国民政府铁道司司长陈伯庄先生也从南京到沪迎接。陈先生多年前曾任马育航老先生的秘书，交往甚密，这次与马父协助思聪在上海举办演奏活动。上海新闻界对年仅17岁的小提琴家极为关注和推崇，对思聪在上海两个多月的演奏活动，仅《申报》一家就发了十五六篇新闻报道（戴鹏海：《马思聪音乐活动史料拾遗》），这是极为罕见的。

在南京市政府欢宴各国使领馆官员的音乐会上，马思聪的演奏大获成功。大使观众们称马君技术已出神入化，实是绝大天才。他又应励志社邀请，在庆祝国庆游艺大会上演奏。

◎ 17岁小提琴演奏家马思聪

他在华光联欢社举办的音乐会上那次演奏，由于场地不大，观众挤得水泄不通，掌声雷动，大家欢呼："再来一首，再来一首。"在这一系列的演奏活动中，最为轰动和影响深远的演奏会有两场。一场是1929年12月22日下午3时15分在上海与工部局乐队的合作演奏，当年在租界的工部局乐队是全由外国乐手组成的，从未与中国的演奏家合作过。这次马思聪与该乐队合作，是中国近现代音乐史上第一人，上海观众感到无比自豪。他演奏莫扎特的作品《降E大调小提琴协奏曲》，由意大利指挥家梅百器指挥，演奏大获成功。另一场是以他个人命名，并专门成立了筹备处筹办的，听众全是中国人的音乐会。（戴鹏海：《马思聪音乐活动史料拾遗》）这个特别的安排，特殊的听众，也许是中国的小提琴演奏会中独一无二的了。当时这些听众的激动可想而知。

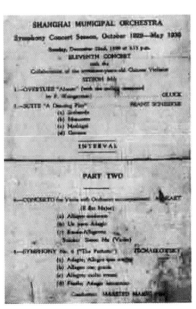

◎ 1929年12月22日马思聪与上海工部局乐队合作演出的节目单

马父育航对思聪取得的成绩和新闻界对"神童"的报道，持慎重的态度，鼓励他要虚心，要继续努力。思聪也懂得作为小提琴演奏家他是刚刚起步，还有更长的路要走。他已不满足在舞台上为中国听众仅演奏外国作品，他想改变这种局面，要自己创作中国的小提琴作品。

1930年冬，得到广东省长陈铭枢的批准，由广东省政府资助，思聪第二次赴法国留学，钻研作曲，师从保加利亚籍犹太作曲家毕能蓬先生（Binenbaum）。这位良师不只是思聪的和声作曲教授，同时也是他整个艺术修养的指导者。他引导思聪的视野拓宽到美术和哲学的领域。思聪回忆说：他们利用星期日往卢浮宫博物馆看画，老师说真正伟大的艺术家是能用最小的材料去完成庞大的效果的人，如贝多芬的《第五交响曲》就建立在四个音上面……老师教导他说："学习时尽量严格，创作时尽量自由。"思聪非常感恩毕能蓬教授，说："没有他，我或许会走上虚浮的道路，徘徊在不成熟、不完整的歧途，或者要浪费很大的气力与精神去找寻一条确切的路线。"

1932年春，马思聪带着丰收的喜悦回国了。

▎驾驭"三套马车"在广东起跑

一

马思聪6岁就离开故乡海丰，曾在汕头读小学，后在广州读小学也仅两年多，但广州是他演奏、教学、恋爱、战斗、逃亡、回归的地方，可谓是他的第二故乡。抗战时期，在迁址到粤北的国立中山大学任教的艰苦岁月，也令他难忘。他在广东留下的历史足迹，讲述着他人生中的一些苦乐故事，是他六十多年音乐生涯的一个缩影。

　　1929年，马思聪第一次留法回国后，与老校友陈洪在广州相聚。1930年初，艺术家欧阳予倩先生在广州刚创建了广东戏剧研究所，得省长陈铭枢的支持。欧阳先生不仅擅长演京剧和话剧，在音乐和舞蹈方面也是行家，他还想再办一个乐队，为戏剧研究所服务。为了争取省长的支持，他想出了一个点子，建议陈省长宴请马思聪与陈洪两位留学生，并邀请演奏一曲。陈洪先生回忆说："我和思聪演奏了巴赫的双小提琴协奏曲的一个乐章，陈省长表示赞赏，乐队的事便拍板定案了。"欧阳先生就委托这两位青年乐手去组织乐队的工作，于是两人兴致勃勃在广州和上海招兵买马。据陈洪教授回忆说："在上海还招了一位原慈禧太后宫廷乐队的单簧管乐手穆志清，在广州则招了何安东、黄金槐、谢剑生、严焕堂、张基良等一共20人，马思聪当指挥，我当首席小提琴。"1930年6月间乐队成立，经三四个月的悉心排练，首场音乐会第一个节目是莫扎特的作品《唐璜》的序曲。因马思聪突然说不指挥了，就由陈洪指挥。这是一支由中国乐手组成的乐队，当时在全国也是先例，是20世纪30年代广州的第一支管弦乐队，相比当年上海租界工部局的乐队虽是小型的，但工部局乐队是由外国乐手组成的。

　　马思聪当年不仅热心于他的专业小提琴演奏，还有创作音乐作品的激情。1929年回国后，他就"无师自通"创作了《古词七首》。他说中国古诗词的意境，能帮助他创造一种气氛，引导他的艺术想象。他出生于书香之家，自幼受到中国传统文化的滋润，一生喜读诗词，乐于为唐诗宋词谱曲。

　　1931年初，马思聪得到广东政府资助的机会，再度赴法国学习作曲课程。广东第一支管弦乐队就由陈洪先生负责，后来还附设了音乐班。不久，乐队也停办了。

　　1932年初，未满20岁的马思聪第二次从法国学成回国，不久在广州完成了他的第一部作品《弦乐四重奏》。这部献给他的作曲恩师毕能蓬先生的作品，受到恩师回信的好评："技巧是第一流的，你作的是严肃的音乐，你走的路是正确的路。"（马思聪：《创作的经验》）这年，他又在广州与陈洪兄相遇，两人商量如何在广州传播所学的小提琴艺术和西洋的音乐基础知识呢！思聪想要驾驭演奏、教学和创作"三套马车"，在广州走出一条音乐之路。于是两人商量后，决定在音乐班的基础上筹备创办私立广州音乐院，据闻还有陈伯华、梁水弦、胡春水诸位先生参与发起。当时学校条件是很困难的，两位留洋海归，是穷音乐家，音乐院规模不大，由马思聪任院长，陈洪任副院长，开始在广州白云路白云楼租赁宿舍开办，后搬到惠福东路。马院长教授小提琴、钢琴和视唱练耳，陈副院长教小提琴、钢琴和乐理等课程。学院招收了一位比马院长年长几岁的小提琴学生叫王恒，后来王恒又介绍其妹王慕理跟马院长学习钢琴。王慕理也比马院长大两岁，家居广州，父亲早逝，母亲是医生。不久，陈洪与他的钢琴学生卢碧伦在广州音乐院结婚，他后来回忆说："当时马思聪组织了一个乐队，到教堂指挥演出了门德尔松的《婚礼进行曲》为我们祝贺，这是他对我友谊极好的表现。"不久，20岁的马院长也和他的钢琴学生王慕理谈婚论嫁了。他们1932年在上海结婚，这对音乐伴侣，在此后五十多年坎坷的音乐生涯中，相濡以沫，同甘共苦，王慕理成为马思聪独奏音乐会的"终身"钢琴伴奏，马思聪就是王慕理的"终身"老师。

晚年的马夫人在回忆这段恋爱时，在美国家中对来访的侄女马之庸谈笑说："有一次我们俩相约去散步，在街上走着谈着，不觉到了吃饭时刻，他有点尴尬地对我说：'我们不要进大酒店，就在小饭店吃点东西吧！但你不能点高级菜，我没有那么多钱。'结果我吃了一碗云吞面，而他只吃了一碗素面条。"马夫人深情地说："从那一次我深感到他的纯朴、憨厚、坦诚的品德，非常可爱可敬。"

广州私立音乐院坚持办了四年，陈洪教授回忆说过程十分艰苦曲折。创办一年后，思聪就去了南京中央大学教育学院任教，在南京、上海举办演奏会，还完成了作品《钢琴三重奏》，又将他的九弟马思宏带在身边，教他学习小提琴。陈洪任代理院长，直至四年后停办，他才到上海国立音乐专科学校任教。私立广州音乐院历史虽短，但在广东音乐史上却开创了开办专业音乐院校的先河。

1933年至1935年，马思聪仍活跃在广东舞台。他曾与苏联犹太钢琴家夏里柯（Harnyore）先生合作在广州举办的小提琴独奏会，非常成功，受到广州观众的空前热捧。他们在观众热烈的掌声和欢呼声中再来一个又一个，观众对其中的《流浪者之歌》《印度哀歌》等的演奏评价最高。随后两位演奏家又合作在香港举行独奏会，香港《行政公报》《南华早报》《工商日报》等多家报纸纷纷报道"音乐神童"技艺出众。马思聪开始奠定他在中国音乐史上首位小提琴演奏家的地位。

据马夫人回忆，1934年秋，她在广州真光学校时的同学刘慧娴，其丈夫杨景循先生在佛山华英中学任校长，马思聪应杨校长之邀到佛山举办独奏会。他的演奏让佛山古镇的群众大开眼界，当时在佛山南海第一中学任音乐老师的黄友棣，立即前来拜马思聪为师，学习小提琴和作曲。

1935年马思聪又在广州长堤青年会礼堂举办独奏会，令马先生难忘的一幕是当晚意外地见到了老乡、老朋友冼星海，两人相见异常兴奋，这是他俩在法国见面后，回中国的首次相遇，两人还相约第二天讨论星海在法国创作的新作品。第二天一大早，星海捧来一大堆他近年来在法国的新作品与思聪研究，他们两人弹着、看着、说着，整个上午没有断过。（畏闲：《马思聪20—40年代往事琐谈》）后来马思聪在回忆此次会见冼星海的情况时写道："他搂着两本大书，其一是他历年所记载的事记，另外一本是他所有的乐谱……他有气魄，有粗野的力，有诚恳的真情……"

马思聪培养了九弟马思宏几年后，14岁的思宏已崭露头角，1936年在上海举办了独奏会，马思聪亲自为其钢琴伴奏。这是继马思聪之后，上海报刊在六年后再次为第二位"音乐神童"喝彩。1937年马思聪带九弟到家乡广东"亮相"，在广州为他策划了一场独奏音乐会，特邀自己的合作者夏里柯先生为思宏钢

◎　小提琴大师海菲兹（左）会见获奖者马思宏，摄于20世纪50年代

琴伴奏。4月2日下午8时，演奏会在广州长堤青年会礼堂举办，这也是马思聪第一次留学回国时在广州首次演奏的地点。思宏演奏的曲目有巴赫《第二奏鸣曲》、拉罗《西班牙交响曲》等七首世界名曲。广州听众反

应热烈，称赞马思宏14岁就有如此成就，前途无可限量，并为广东出现第二位"音乐神童"感到振奋。这也是马家的荣幸。马思宏是马思聪20世纪30年代在中国培养的第一位少年小提琴演奏家。1948年，马思宏获得公费资助，赴美国深造。1951年，他成为首位获得"海菲兹奖"的东方人，成为国际著名小提琴演奏家。

二

1937年，马思聪受聘于广州国立中山大学，任职教授。不久七七事变，抗战全面爆发，在民族生死存亡的关头马思聪用他的琴和笔作战斗武器，投入到抗日救亡歌咏运动中。

1936年，马思聪创作了第一首抗战歌《中国的战士》是四部合唱曲，表现团结的力量，由当时的南京中央大学音乐系歌咏团演唱，受到听众热烈欢迎。1937年，他与梁宗岱合作的《战歌》，也是四部合唱曲，表现胜利的辉煌。与蔡若虹合作写的《不是死，是永生》，是管弦乐队伴奏谱的男中音独唱曲，马思聪说："当时有一次在重庆嘉陵宾馆孔祥熙主办的晚会上演唱过，周总理当时也在座，这首歌曲演完时周总理曾和我握手……"这一年，广州医科学院学生金帆，年仅19岁就以笔名克锋出了一本诗集。马思聪与他合作谱写了《自由的号声》《战士们，冲锋啊！》，还有《让我们》等多首抗战歌曲。马思聪说，《战士们，冲锋啊！》表现了战士们以伟大牺牲精神作义无反顾的战斗的光辉形象。马思聪还与当时广东文化界救亡协会宣传部长、作家欧阳山先生合作创作了歌曲《武装保卫华南》，这是一首用广州方言谱写的抗战歌曲，当时在广州地区广为流传，大大鼓舞了军民的爱国热情和斗志。他们两位开创了粤语革命歌曲的先河。

马思聪还走上街头、学校、工厂教唱抗日歌曲，到电台录音宣传。他浑身充满抗日救国的激情，他说这些抗战歌可以说全是在炸弹爆发下孵化出来的。这一年他还以内蒙民歌为素材创作了第一部小提琴组曲《内蒙组曲》（三个乐章：史诗、思乡曲、塞外舞曲）。其中《思乡曲》最动人心弦，乐曲激起流落他乡的难民对亲人和故乡的思念，让他们鼓起要打回老家去的勇气。这首民族风格鲜明、雅俗共赏、与民众感情共鸣的《思乡曲》深受听众喜爱，它跟随作者的演奏足迹响遍中华大地，成为他的成名作，成为中国小提琴音乐的经典。

1938年10月间广州沦陷，马先生在香港暂住，参加在九龙旺角望觉礼拜堂举办的"抗日筹款音乐会"，演出前他突然患重感冒，但他却以有约在先而带病演出。（畏闲：《马思聪20—40年代往事琐谈》）当时有一位海丰老乡程跃群先生找到九龙尖沙咀马先生家里，告知马先生：香港九龙成立了"东江华侨回乡服务团办事处"。其中，他任团长，陈一民任政治指导员，与一群爱国青年学生组成"东江流动歌剧团"。剧团要南下广东东江一带宣传抗日，后天就要出发，急需一首团歌，已请林悠如教授写了歌词，现请马先生谱曲。马先生读着歌词："东海的浪号啕，东海的风狂啸，祖国如今遭了灾难，家乡如今已在沦丧。同胞手携着手啊！把我们破碎的河山再造。"他激动地说："你们宣传抗日，我支持，今晚我就写，你明晚来取。"他一夜之间就为他们谱好了《东江流动歌剧团团歌》的曲，这首抗日的歌曲随着剧团响遍东江大地。本年度他还在香港创作了《第二弦乐四重奏》。

为鼓励更多的人创作抗战歌曲，1939年，马思聪应香港《大地画报》主编马国亮先生之约，写了一篇充满战斗激情的文章《我怎样作抗战歌》。文章写道："……音乐穿上武器，取起号角便着实参加这大时

◎　1939年，马思聪发表在香港《大地画报》的《我怎样作抗战歌》

代的斗争了。这就是抗战歌。……因为抗战歌是民族斗争中宏伟的推动力，所以民众需要吧，而抗战歌的存在就含有关系整个民族的命运的重大意义了。"文章又写道："轰炸下的广州留在我胸中的不是恐怖，却是激昂……这种生活是痛快的，在高压力下提炼出更坚强的战斗精神。"这年他26岁，他的音乐之路，已经与民族的命运紧密相连，此后他陆续创作了二十多首抗战歌曲。

马思聪在抗日的炮火中颠沛流离，过着逃难的生活，也随广州国立中山大学迁址辗转于西南后方和两广，但他没有停止过演奏和创作。为抗日义演，为新音乐的发展，为养家糊口，他坚持不懈。

1941年间从重庆途经贵州，又到广西，于7月间，他们夫妇俩一路跋涉来到广东的粤北韶关，受到韶关各界人士的热情欢迎。当时的"反侵略大会中国分会广东友会"在西河西线茶座举行了"马思聪小提琴演奏会"，为抗战筹款义演，夫人王慕理担任钢琴伴奏，节目除了西洋名曲《西班牙屐舞曲》、肖邦的《夜曲》等，还有马思聪本人的作品《思乡曲》等。

马思聪从20世纪30年代初就开始不断创作小提琴作品，并成为他演奏会上的保留节目，改变了外国小提琴作品独占舞台的局面，让中国民众从此能欣赏到中国的"新国乐"，开启了中国近现代音乐史的新篇章。

在韶关的演奏会结束后，马思聪又匆匆起程赶赴香港，那时候开演奏会和教学是他主要的生活来源。当时香港已炮火隆隆，作家徐迟看到他在防空洞中创作《降E大调第一交响曲》，不久在桂林完成全部配器。马思聪说："写这一首交响曲的动机是明显的：爱国精神、民族风格和英雄气概。"当年中华民族正处在抗战惨烈时刻，民众生活困苦，但万众一心，为击败强敌不怕流血牺牲，以排山倒海的气概，去争取胜利。整部交响曲由四个乐章组成，表达了中华民族顽强不屈的英雄气概，以及对抗战胜利满满的信心。马思聪是我国作曲家中领先以交响乐形式，表现抗日战争的作曲家，这部《第一交响曲》于1946年由他本人在台湾指挥台湾交响乐团首演。

1941年12月7日，珍珠港事发，太平洋战争爆发。随后香港沦陷，马思聪又在战火中逃难奔波，携家人和三位学生陈宗源、梅振强和黄豪业逃离香港，经过敌寇封锁线，步行跋涉五天，春节前回到故乡广东省海丰县，在他三婶母的照顾下，度过了春节，过上两个月较为安定的生活。期间他仍勤于教学、演奏和采风创作。他向海丰民间艺人学习拉白字戏曲调；观看海丰的白字戏；在海丰县城、汕尾镇举办独奏会为抗日募捐；还和堂弟马思周合作给《思乡曲》填词，在家乡传唱。

海丰白字戏曲的独特风格令马思聪久久难忘，这成为他后来创作《钢琴弦乐五重奏》的灵感。春节过后在4月间，他接到桂林方面沈宜甲先生的电报，推促他赴桂林参与文艺界的抗日活动，即携家人和随行学生又匆匆起程。

1942年秋，马先生又重返中山大学师范学院位于粤北的管埠任教，他还经常往返"韶关（曲江）—坪石—管埠"一带开演奏会，生活仍然艰苦。1943年12月至1944年5月间，马思聪曾在韶关青年会开过多次演奏会，其中1943年12月7日至9日举行的三场演奏会，钢琴伴奏是马夫人王慕理。据当年的听众夏果先生回忆说："当第二个节目在进行中，后台忽然传来了婴儿的哭声，怎么一回事？一曲既终，听众爆出了最热烈的掌声。当马

◎ 《国立中山大学日报》（坪石版第936号）1944年3月18日刊登的马思聪音乐会广告

夫人走到后台后，婴儿的哭声便立刻停止了，听众哄堂笑开了，掌声再起……"当年在后台哭闹的就是马思聪夫妇的二女儿马瑞雪，1943年8月14日出生在坪石，在后台啼哭时才三个月大，当时思聪夫妇在台上演奏时，把怀中的婴儿交给在后台的朋友刘慧娴女士代为照料。

1943年在粤北管埠中山大学任教时，马思聪结识了画家、影剧编导

许幸之教授。当时他也是在中山大学师范学院任美术和戏剧指导。许教授比马思聪年长8岁，他曾留学日本学画，著有画集，又精通电影之道，1935年就导演了著名影片《风云儿女》。他还爱好音乐。他对这位性格憨厚、待人诚恳、文质彬彬的年青小提琴演奏家马思聪，十分敬重和爱护，马思聪也很敬仰许教授博学多才，把他视为兄长，两人成了亲密的莫逆交。许教授说："在木结构临时搭成的集体宿舍里，每天清晨，便会听到马思聪和他的夫人王慕理在饭厅里，在唯一的一架钢琴面前，风雨无阻地练琴，琴声悠扬悦耳……"（许幸之：《追忆与马思聪在林间的散步》）

抗战时期的管埠，是中山大学校本部的驻地，是知识分子集中的乡镇，马思聪常在这里举行音乐会。管埠周围的崇山峻岭有茂密的森林、弯曲的小溪，自然风光秀美。许教授与马思聪有野外郊游、散步的共同爱好，也有谈艺术的兴趣。有一次，他俩相约在森林的林荫小道散步，无拘无束地尽兴谈论，从古今中外的诗歌、小说、绘画、音乐，一直谈到戏剧和电影、名人、名著。许教授说：走进这座森林，就仿佛读到王维的画和诗那样："空山不见人，但闻人语响。返景入深林，复照青苔上。"马思聪补充说：也难怪苏东坡赞美王维的诗、画，说他"诗中有画，画中有诗呢！"王维是唐代集诗人、画家和音乐家三位一体的文化大家，这首仅二十个字的诗所描绘的诗情画意，恰如当时两位大师所处的景色。他俩一路置身于梦幻般的大树林，直至夕阳落下山谷，还联想起谈不完的话题，尽显两位艺术大师渊博的中西文化修养和艺术观。近半世纪后的1987年，许教授怀着悲痛的心情，以影剧编导的手笔，在《追忆与马思聪在林间的散步》一文中"回放"两人在森林小道漫步时栩栩如生的镜头。

当年在管埠的生活是清贫的，幸能暂避战火炮声，可闻鸟儿鸣、溪水叮咚响，只要有时间演奏和写作，马思聪就会感到快乐，乐思总在脑中回荡。在粤北管埠的秀丽自然环境中，他创作了第一部小提琴协奏曲——《F大调小提琴协奏曲》。在艰苦的抗战年代，这部具有广东地方色彩和民族风格的乐曲，表达的是民众对抗战胜利的信心和希望。全曲共三个乐章：第一乐章《鸟惊喧》，优美明快的音乐，让人联想到祖国山明水秀，充满鸟语花香，欣欣向荣的景象；第二乐章《昭君怨》，旋律取材自粤剧《昭君怨》，让人从王昭君离别祖国，要到遥远陌生的国土，那种哀怨的心情，联想到当下自己被日寇迫至家破人亡，四处逃亡的惨情；第三乐章《贺新岁》，音乐给人营造了兴高采烈、欢度正月节日的气氛，充满乐观主义精神。这年在管埠他还选取郭沫若诗集中的六首诗谱写歌曲，取名《雨后集》。他说："这些诗感情很丰富，其中一首《雨后》写得较好，钢琴伴奏部分写得较形象。"马思聪是广东人，对广东音乐感情深厚，1951年后又陆续以广东音乐为素材，创作钢琴独奏曲《粤曲三首》，他是中国早期以广东音乐为素材创作钢琴独奏曲的作曲家。

此后，马思聪夫妇辗转于中国的西南大后方，在颠沛流离的逃亡生活中，他一路还为难民演奏，与他们同苦乐，跟民众更亲近，感受民众的纯朴和真诚。他仍坚持不懈地驾驭"三套马车"，艰难地奔驰在崎岖的道路上，一面养家糊口，一面为抗日救国出力，一面推动新音乐的发展。他的作品《第一回旋曲》《内蒙组曲》《降E大调第一交响曲》《弦乐四重奏》《西藏音诗》《F大调小提琴协奏曲》以及《钢琴弦乐五重奏》等，都是在炮火声中诞生的。他在创作一批批充满战斗激情的抗战群众歌曲的同时，又创作这些高层次的纯器乐作品，是出于他对发展中国新音乐和提高全民音乐文化素质的艺术观所使。他曾在多篇论著中表述了这个观点："一向是提高的人，就看不到下面，因而与人民脱了节，在土地上不能生根；而追求普及的人，不能一下子努力向上提高，因而不能满足人民的欲望。因此，从事音乐工作的人，要尽量为提高而学习，也要尽量向人民学习。人民的声音是最忠于土地的，而音乐工作者，也得忠于土地，同时也要尽自己所能贡献于人民。"这个观点不管能否被音乐界理解和认同，他都坚持不懈走自己的路："由普及里提高，又从提高里普及，才是音乐以至一切艺术科学应走的路。"这体现了这位青年音乐家的民族自觉和使命感。

三

1945年8月15日，日本无条件投降，14年的抗日战争胜利了，却又潜伏着内战的危机。在三年国内革命战争期间，马思聪仍立足于广东。

1946年，马思聪从上海回到广东，出任广东省立艺术专科学校音乐系主任，兼教授小提琴、作曲和视唱练耳课程，夫人王慕理教钢琴课。

1947年，由于国民党统治区对亲共进步人士的迫害，一批进步音乐人士李凌、赵沨、严良堃、

◎ 马思聪1946年任教的广东省立艺术专科学校（校址：广州光孝寺）

胡均等流亡到香港。当时香港的青年人搞歌咏活动很活跃，合唱队在唱《唱出一个春天来》《民主是那样》等进步歌曲，李凌、赵沨等顺势在香港九龙筹办了一个"中华音乐院"，经港英当局注册为合法音乐教育机构，由地下党领导，其方针是为香港进步音乐活动培养领导骨干，也为未来培养中国的音乐领导干部。学院设有作曲、声乐和器乐三个系，李凌聘请好友马思聪任院长，他和赵沨任副院长，还有教员：严良堃、曾理中、陈良、陈培勋、关惠堂、谭林……都是抗日时期的老朋友。学院为马院长招了一个小提琴班，有九个学生。

当时学院设备和生活条件都极差，经济困难，教师也没有薪金，李凌说："大家过的是'军事共产主义的生活'。"但马院长不在乎这些困难，他一心想为中国培养更多的音乐人才，共同发展中国的新音乐事业。他和同事们相处得非常好，大家一条心，劲往一个目标使。后来李凌在《思聪三年祭——我与马思聪》一文中回忆道："从此，他每月都来中华上一次课，住三四天……思聪夫妇每次来中华音乐院上课，都和大家一起，晚上把学生的书桌并在一起作床铺，睡在大教室，苦乐与共。"为支持中华音乐院的教学，他不辞劳苦，总是那样乐观。同事和学员感动地说："一位著名小提琴演奏家兼院长，与我们苦乐与共，毫无架子，诚恳相待，给大家深刻的教育和鼓励。"

1947年后，全国各大小城市学生发起反独裁、反内战、反饥饿的民主运动，学生是主力，同时掀起"民主歌咏运动"，当时身为艺专教授的马

先生，态度鲜明地支持学生的民主运动，他采取大合唱的形式来反映这一时代的呼声。继1946年以反独裁、反内战为主题，与端木蕻良合作谱写了《抛锚大合唱》和《民主大合唱》之后，马先生这次又与金帆再度携手创作《祖国大合唱》（四个乐章：美丽的祖国、忍辱、奋斗、乐园）。他的目标很明确，就是为蒋管区中反内战、反独裁的学生运动而写的，歌词内容反映光明即将到来，新政权就要诞生了。作曲者以陕北民歌为素材，象征光明将从延安方面来。据词作者金帆和当时就读于艺专作曲班的学生钟立民先生的回忆："当时马先生谱出一段，我们学生就唱一段，全曲写完后，在艺专演出时就由马先生亲自指挥，爱国学生组成的合唱队多达七八十人，越唱越起劲，影响很大。后应中山大学邀请，到中山大学去演出，马教授亲自指挥，由音专教师、歌唱家罗荣钜担任全部合唱的领唱和第二乐章的男声独唱。听众沸腾了，要求合唱队从头再演唱一遍。"马思聪在《关于创作的访谈录》一文中说："这部作品是写给广东艺专同学们唱的，当时他们的视唱水平很低，不能唱变化音，所以在写合唱部分时，没有用转调，有些转调也只放在钢琴伴奏部分，当时有一位唱得较好的男高音罗荣炬，这个曲子的男高音独唱部分就是为他写的，照顾了他的音域和程度，他当时也只能唱较简单的转调。"歌曲在1948年3月间由严良堃

◎　1947年，广东省立艺术专科学校演唱马思聪的作品《祖国大合唱》，马思聪担任钢琴伴奏

指挥中华音乐院合唱队在香港演出，后又在南京、上海、杭州等地传唱，一直唱到南洋等地区。1948年他再与金帆合作谱写《春天大合唱》（五个乐章：冬天是个残酷的暴君、好消息、春雷、迎春曲、快乐的春天），表达了广大民众对即将到来的春天——中华人民共和国，所充满的渴望和信心。马思聪说："这个时候艺专的同学们的视唱水平提高了些，所以这部作品的变化音和转调就多了一些。"他在艺专写信给在香港的词作者金帆时又说："我很高兴，我写一首，学生就唱一首，情绪非常高涨，大家高兴极了。"马思聪极注意演唱者、演奏者和听众的实际水平，在创作中很好地处理普及与提高的关系。这部《春天大合唱》在广州首演后，1948年10月间在香港由严良堃指挥演出。

在三年国内革命战争中，马思聪立足广东教育战线，明辨是非，站在反独裁、反内战的民主运动一边，谱写了《抛锚大合唱》《民主大合唱》《祖国大合唱》《春天大合唱》四部大合唱，唱出了中国千万民众的呼声，跟着时代的节拍，推动民主运动的发展，为共产党领导下的统一战线，为推生一个新的国家"鼓与吹"。在这一历史时期还没有其他作曲家，用大合唱的形式来谱写这一特定内容的作品，马思聪用新的形式做出了贡献。

1948年秋，马先生拒绝在国民党反动派鼓吹内战的《戡乱宣言》上签名，也谢绝了美国驻华大使司徒雷登请他携全家去美国任教的邀请。他离开广东艺专，到香港找到好友李凌、乔冠华、赵沨等商量对策后，决定留在香港，等候时机北上北平。

1949年1月，北平和平解放，马思聪接受周恩来的邀请，与萨空了、金仲华、欧阳予倩等一百多位爱国人士，避开国民党反动派的视线，从水路经烟台到达北平，迎接中华人民共和国的诞生，出席了第一届政协会议和10月1日中华人民共和国成立的开国大典。为迎接全国政协的召开，他创作了管弦乐《欢喜组曲》。

四

1949年12月，中央音乐学院在天津成立，当年政务院任命马思聪为首任院长。一时政务、院务、教学、出访、治淮劳动等事务繁忙。但演奏家不能离开舞台，在中国音乐家协会和中央音乐学院的关怀下，他有机会在全国举行巡回演奏会，也念念不忘家乡广东。

1952年夏，马院长和陈培勋教授等，从安徽治淮工地上风尘仆仆赶到广州来招生，广州当时是中央音乐学院在中南六省设立的唯一考区。著名演奏家兼院长的马教授亲自来当"考官"，可见他对选拔音乐苗子、培养人才的重视。他确是位伯乐，这次他相中了广东几匹"良马"——彭鼎新、林耀基和杨宝智等。他们日后在马院长的亲自培养下，成为中华人民共和国第一代德才兼备的著名小提琴演奏家、教育家。他们继承恩师马院长的教学传统，又培养了一批批小提琴优秀人才，对发展中国小提琴音乐做出了贡献。

1956年至1962年间，马院长曾四次来到广东举行十几场独奏会，下榻爱群大厦。他在中山纪念堂、工厂、学校和城镇等地，演奏他的早期作品《摇篮曲》《内蒙组曲》《西藏音诗》和新作品《山歌》《跳元宵》《秋收舞曲》《新疆狂想曲》等，以及世界音乐大师柴可夫斯基、帕格尼尼、萨拉萨特等的名曲。广东的老听众和新知音都备受感动，广东的音乐家杨桦、陆仲任、黄锦培和侯战勇等老朋友，曾以真切的感情在《羊城晚报》和《广州日报》发表文章。侯战勇在文章中赞扬马先生演奏在民族风格方面比过去更为浓烈，听他的作品如到工地，如进牧场，如入梦乡。指挥家杨烨在文章中高度评价马先生在发展中国新音乐方面，热情地走过了一段很长的、独立的、创造性的探索道路；说他多年来熟练的技巧、真挚的感情与真正的艺术家风度，吸引了广大的听众；还赞扬他这些年来在表现生活、反映时代精神方面所作的努力，他的《跳元宵》《秋收舞曲》等新作品就是他深入生活以后的创作收获；文章最后还赞扬马先生在演奏方面的民族化，除

◎ 1956年1月在广州演奏的节目单

充分发挥西洋传统的小提琴演奏技巧之外，还运用了中国弦乐器演奏中使用的足以构成鲜明民族音乐语言的演奏方法，如《摇篮曲》中所使用的滑音。

1956年12月22日、23日，马院长在中山纪念堂举行的小提琴独奏会，反应热烈，在听众的要求下，不得不加演了场次，听众竟达一万多人次。当时《广州日报》等媒体作了跟踪报道。

1959年，马院长在广州中山纪念堂举行多场独奏会后，9月间，还到广州造船厂为工人演出，那是"大跃进"年代，各方面条件都很困难，但马院长诚意为工人群众演奏，也要为小提琴音乐播种，所以不讲究演出条件的优劣。当年有位叫江锡亮的听众是该厂的学徒工，半个多世纪后的2010年，在《老人报》发表一篇短文《我见过马思聪》，回忆当年的情景："我正在饭堂吃饭，突然看到一位端庄的男士，站立在凳子上拉小提琴，旁边的师傅告诉我，这是全国有名的音乐家马思聪先生啊！呵！那不就是《中国少年先锋队队歌》的作曲者吗！？今天让我见到他，真是太幸运了，我仿佛又回到红领巾时代……尽管饭堂内外人声鼎沸，并不是欣赏音乐的环境，但他仍然一丝不苟、专心致志为工人们演奏……'文化大革命'结束后，我特意找到马思聪的《思乡曲》唱片播放，音乐家马思聪拉小提琴的形象在我的脑海中难以磨灭。"由此可见，平民百姓听众对这位大名鼎鼎却很亲民的小提琴演奏家是多么的热爱！

同年，马院长在广州举行演奏会期间，还接受了记者吕俊的采访。在《羊城晚报》上刊登的《马思聪怎样成为一个音乐家》文章中，马院长谈了他学习小提琴的故事，回答了对"天才"的理解。他认为一般人所说的天才，大致是指天赋的条件，如学音乐先要有灵敏的听觉，歌唱家要有较好的声带等，但关键问题仍然在于后天的勤奋学习。他说天才就是勤奋，还举出人民音乐家冼星海为学习榜样，说："冼星海在巴黎生活穷困，但他的毅力和意志是惊人的，他不论在怎样艰难困苦的情况下，都毫不气馁，仍然孜孜不倦地坚持学习，从不间断，是值得我们所有人学习的。"马院长还谈到他准备开音乐会的时候，每天练琴的时间要达四五个小时以上。

◎ 马思聪多次举行演奏会的广州中山纪念堂

1961年5月，马院长再次来广州举行演奏会，20日和21日在中山纪念堂演出，24日到中山大学演出。当年中山大学有位爱好音乐的学生叫邓辉磷，聆听了马院长这三场演奏会。在此后漫长的岁月里，他很怀念马院长，一直保存着演奏会的节目单。也是在半个多世纪后的2003年2月，他在《羊城晚报》写了一篇回忆短文——《两角钱听马思聪演奏》，当年的情景历历在目："当时中山大学没有像样的演出场所，包括李德伦的中央乐团的演出都只能在'风雨操场'进行。操场两侧有柱子挡住视线的座位叫'廊座'，票价4角钱，因票少人多，要抽签，我就决心加了一角钱参加抽签，终于抽中了'中座'，高兴极了，有幸第二次欣赏马院长演奏。"他说，1959年11月28日和29日他也去欣赏马院长在中山纪会堂的演奏，买的是两角钱的票，因为热爱马思聪和他的音乐，至今还保留着演奏会的节目单，这成为了珍贵的"历史文物"。马院长在天之灵也会感激这位热爱他的音乐听众，大师虽永别了听众，但他的音乐仍在国人的心中长存！

1962年的春天，羊城百花盛开，迎来3月3日广州首届"羊城音乐花会"，这是广东音乐界的一次盛会。这次盛会中的盛事，马院长夫妇和15岁的儿子马如龙首次携手登台演奏巴赫的《双小提琴协奏曲》等节目。这是令广州观众难忘的一次演奏，听众热烈喝彩，纷纷议论：马思聪当年被称为"东方音乐神童"，现在"神童"也许就"遗传"给他的下一代了。

马院长几次在广州演出后，还到海口、江门、佛山、新会等地演出。他从不计较演出条件的优劣，一心致力于通过演奏去普及小提琴音乐。他想要中国人民在这把洋乐器上面听到我们民族最美的声音，这是他一生不懈追求的境界！

◎ 马思聪夫妇在演奏

在广州的几次演出，广东人民广播电台还为马思聪精心录制了独奏会的节目，其中大部分是他自己创作和演奏的优秀作品，这些作品成为当时广东人民广播电台深受听众欢迎的优秀节目。此外，中国唱片社广州分社也为他录制了唱片。

五

1962年是马院长来广东演奏的最后一次，往后三年他在全国各地巡回演出。直至1966年"文化大革命"爆发，结束了他在国内的演奏活动和任职近17年的院长职务，时年54岁。

1966年5月，"文化大革命"爆发，时任中央音乐学院院长的马思聪也无法幸免于难，遭受批斗。中央音乐学院和他家被贴满了大字报。"红卫兵"进驻了他家的四合院，马夫人王慕理、女儿瑞雪和儿子如龙，无家可归。期间，马夫人带着儿女在北京、南京、上海、广东间像流浪汉般穿梭往返，忍饥寒，历艰辛。8月间，他们乘坐的火车终于到达"家乡"——广州，王慕理的兄弟妹妹"收容"了他们。但广州的形势也很严峻，对户口查得很紧，不是久留之地。于是亲戚出谋献策：建议他们到大哥王恒岳父在南海县西樵山丹灶村的家中暂住。那里比广州安全点从广州乘坐公共汽车仅两个多小时，再步行一段小路即能到达。就这样，9月初，马夫人带着儿女终于来到丹灶村安歇下来，度过了半个月稍为安全的日子。没想到，不久又传来全国"红卫兵"大串联的消息，广州也乱起来，大字报满街飘、口号声震天响，看来丹灶村也不安全了。亲戚又建议他们离开此地到香港躲避，等"文化大革命"过去了，再回来。瑞雪的舅妈说，有个朋友下个月有船去香港，是个机会。瑞雪动心了。这时马院长家原来的厨师贾师父从北京传来好消息，北京和中央音乐学院的"红卫兵"在打"派战"，放松了对"牛鬼蛇神"的管制，马院长可以回四合院一个小房间睡觉，有机会与他见面。瑞雪马上决定前往北京见父亲。

瑞雪在广州买到开往北京的火车票。父女相见的场面令人心酸，经女儿反复劝说之后，父亲终于同意一起离开北京。父女俩"乔装打扮"，一个扮作"红卫兵"，一个扮作"木匠工人"，经过重重关卡，这位"老广州人"终于回到想念中的第二故乡——广州。在亲戚的引导下，他们又马不停蹄地奔向丹灶村，一家四口在"文化大革命"分别之后第一次团聚，悲喜交集。但这里还不是终点，因丹灶村的民兵对流动人口特别注意，要严查户口，在走投无路之际，一家人经过剧烈的思想斗争，下定决心冒着"九死一生"的风险乘船逃往香港。船主了解马思聪的身份后，深感同情和敬仰，同意四人一起上船，也先不收费用，到香港才收，一路还特别给予照顾。

1967年1月15日，这是一个没有月亮的夜晚，"002号船"在黄埔港发出"隆隆声"，要起程了。这声音触动马先生夫妇，眼前仿佛出现了18年前的一幕：为逃避国民党反动派对民主人士的迫害，他们夫妇一个怀中抱着3岁的小儿子如龙，一个手牵着6岁的二女儿瑞雪，从广州躲避到香港，从香港乘船避开国民党反动派的视线，向光明的北京出发。没想到18年后的今天又在广州，还是一家四口，却要逃避"红卫兵"的追捕，偷渡去香港，往后又向何处去呢？……历史像一个钟表，走了一圈又回到原点，但这已不是昨天的时光，这年他54岁，女儿瑞雪已23岁，她扶着父亲的手上船了，历史跟他们开了个玩笑……船在寒风大浪中大起大落向前奔驶，冲过了封锁地区。好人有好报，一家人终于在1月16日早就到达香港海面的青山岸边。但他们没想到香港也不是安全之地，"002号船"靠近香港就引起新闻界各方面的关注，北京那边又在追查马思聪的去向，香港当局无法保证他一家的安全。港英当局报告"老大哥"美国驻香港领使馆，美方乐意送马思聪一家去美国，他们终于完成当年美国驻华大使司徒雷登未完成的任务，而当时的马思聪夫妇也别无选择。1月20日下午，在驻香港美国领事的陪同下马家一行人上了飞机，1月21日抵达美国华盛顿，暂住弗吉尼亚州郊区。4月间，马思聪在纽约公开接受记者采访。他被定为"叛国投敌分子"，这是马思聪的第五顶帽子，一直戴到打倒"四人帮"九年后的1985年，历19年才被拨乱反正这把"利剑"捅破。著名小提琴演奏家、作曲家、音乐教育家马思聪的名字又得以在祖国响起了！

冤案平反的消息并没有令马思聪特别惊喜，因他早把那些"帽子"当作游戏中的"道具"，并没有阻碍他实现"追求我们民族最美的声音这个高目标"的民族梦。他在美国、东南亚和中国台湾等地举行演奏会，此外的大部分时间都在埋头创作。他日夜兼程，与时间赛跑，创作了二十多部多种形式的小提琴作品、声乐作品以及大型舞剧《晚霞》和歌剧《热碧亚》，民族风格鲜明，民族风情更浓烈。这就是他"爱国的证件"（作家徐迟语）。这些作品填补了马思聪在十年"文化大革命"时期音乐创作的空白。

进入晚年，马思聪深感留给他的时间不多了，他用只争朝夕的精神忘我地创作，积劳成疾，晚年心脏病严重。马夫人说他忙于创作，没有时间看病，发展到不能创作的状态，才进入医院做心脏手术，却不幸手术失败。1987年5月20日凌晨3时5分，一代巨星在美国费城陨落，享年75岁。亲人、国人对他的怀念竟成悼念！马夫人王慕理悲痛地说："他为音乐生，为音乐死！"骨灰暂放于费城乔治·华盛顿纪念公园的纪念堂。遗孀王慕理女士对来访的老朋友李凌先生表达她的心境："一个民族艺人，怎忍让其长眠异乡？我们总会重归故土的……"

▌抗日救亡在华南、西南大后方

一

1937年，抗日战争全面爆发，日本帝国主义大肆侵略中国领土，南京告急，国民政府移都重庆。1940年，重庆被定为"战时陪都"，成为抗战时期大后方在政治、文化、军事、经济的中心。同时广西桂林从1938年到1944年间，也成为南方沿海沦陷区人员的疏散地，大批文化人士和文化团体云集桂林，一时有"文化之城"的美誉，也是抗日救亡的宣传要地。

1939年冬，在中共中央南方局周恩来的领导下，由李凌、赵沨、林路等人士具体筹划，"新音乐社"在抗日救亡的呼声中诞生了。它先后在重庆、桂林活动，不仅引领新音乐文化的发展，在兵荒马乱的形势下，更成为参与民族解放、人民斗争的武器。重庆和桂林成为西南大后方对内、对外宣传抗日救国思想的重要阵地。

马思聪就在这个形势下，积极加入华南、西南大后方浩浩荡荡的抗日救亡队伍，在演奏、创作和教育多方面发挥他的"战斗力"，与广大爱国文艺工作者，以舞台为"炮台"、以剧场为"战场"，为抗日救亡奋战。

1939年夏，马思聪在刚迁往云南澂江（今澄江）的中山大学任教，因战乱加剧，生活艰难。10月间，夫妇携半岁的长女马碧雪来到重庆，准备筹备演奏会。这时他遇见老乡李凌先生，这两位广东老乡初次见面相谈甚欢，思聪比李凌长1岁，一个27岁，一个26岁，两个热血青年都怀着一颗抗日救亡之心，交谈起来一拍即合。李凌向思聪介绍冼星海在延安创作的《黄河大合唱》、《军民进行曲》（歌剧）等新作品和演出的情况，思聪很感动，对老朋友冼星海坚决抗日到延安所做出的贡献，表示了高度评价。李凌还送了件珍贵的礼物给思聪——部分西北民歌的简谱，马思聪如获至宝，他虽无缘到西北采风，却能在这些饱含百姓感情的民歌中获得创作的灵感。李凌对这位大名鼎鼎的法国"海归"小提琴演奏家很尊重，好学的他也想向思聪学习一些音乐专业知识（后向其学习和声、对位课），并团结他一起发展新音乐的工作。而马思聪则乐意听李凌介绍解放区和抗日救亡活动的发展形势，他给马思聪带来了"正能量"，让他工作的目标更明确了。两人还有共同的优点：勤奋好学、谦虚、真诚待人，并对发展新音乐充满热情。两位老乡不仅语言相通，心灵也相通了。李凌等主持《新音乐》月刊，还要在月刊开设《音乐通讯学校》栏目，目的是要提高自己队伍和读者的音乐水平。马思聪举双手赞成，并参与实际工作，在《新音乐》月刊发表多篇文章，谈本人学习音乐的心得、创作经验、对发展新音乐的见解等各方面内容。

在抗日救亡的20世纪40年代，马思聪和李凌在工作和生活各方面关系密切，彼此取长补短，互相帮助，相识相知。李凌说，他们从朋友关系加了一层革命战友的关系。两人一起共同促进新音乐事业的发展。同时马思聪又结识了著名作家徐迟，他对马思聪也非常崇敬，称他是国宝级音乐家，并开始跟踪他的演奏活动、研究他的创作、介绍他的作品。徐迟说，我就是那时期和他相识并成莫逆之交的。他们三人的友谊迸发出文艺的战斗力。

马思聪在重庆、桂林、贵阳、昆明等地举办了一系列的演奏会和参与重要的抗日救亡活动。1940年初到重庆，2月间他就为重庆电台举行奏播会，演奏了《思乡曲》《第一回旋曲》《泰戈舞曲》等；后加盟"励志社乐队"并担任指挥，因为不愿意在达官贵人的宴会上伴奏，乐队就被停办了，六十多位队员面临失业的境况。马思聪和李凌心急，想出一计，由马思聪出面找到时任立法院院长兼中苏文化协会会长的广东老乡孙科，要求重建乐团，事成后，由中苏、中美等文协创办"中华交响乐团"。乐团于1940年6月在重庆嘉陵宾馆成立，孔祥熙为名誉理事长，孙科为理事长，司徒德任总干事，马思聪、郑志声、王人艺和林声翕先后担任指挥，马思聪兼独奏家。这支在战火纷飞中诞生的乐团，是中国音乐史上第一个由中国音乐家组成的正规交响乐团。1940年6月间，在重庆中山公园举行的建团音乐会上，马思聪指挥、演出了莫扎特的《第四十交响曲》和他本人的作品《思乡曲》《塞外舞曲》等。这年在重庆嘉陵宾馆的一次晚宴上，马思聪与周恩来见面。不久马思聪致函苏联几位音乐家，介绍中华交响乐团的成立情况和今后的工作计划，希望加强中苏两国音乐文化的交流。苏联方面高兴地给马思聪回信，并以"苏联对外文化协会"的名义，赠送一批世界名曲总谱给乐团。从此中华交响乐团成为与世界乐坛交往的平台，将中国抗日的呼声传至国际，重庆一时有"音乐之都"的美称。此后马思聪指挥中华交响乐团举行多场演奏会，并独奏本人作品，百忙中还为重庆中央电影厂的影片《西藏巡礼》配了十几段音乐。

当时重庆有三大交响乐团：中华交响乐团、国立音乐院实验管弦乐团和国立实验剧院交响乐团。1941年3月5日，三大乐团选拔六十余人组成联合乐队，在重庆国泰大戏院举办演奏会，由马思聪、吴伯超和郑志声轮流指挥演奏世界名曲9首，其中马思聪指挥演奏贝多芬《第五交响乐》等三首乐曲。（重庆市文化局：《重庆文化艺术志》）1941年5月间，为募捐战时公债，马思聪夫妇在重庆抗建堂举办两场小提琴独奏音乐会。1945年2月间，应重庆育才学校校长陶行知先生之邀，马先生夫妇为该校难童学生举行募捐演出。当时马思聪一家四口刚到重庆，生活遇到困难，李凌和陶行知校长在学校极其困难的情况下，还特别安排他

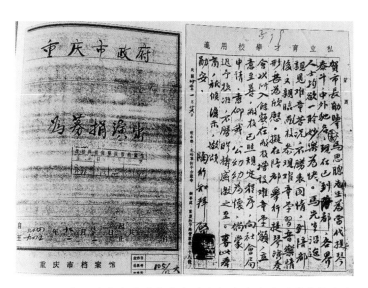

◎　1945年，重庆育才学校校长陶行知先生为马思聪募捐演奏会，致函重庆市贺市长

一家暂住在学校音乐组简陋的宿舍里，与大家同甘共苦。在茅草房里他仍每天练琴，为演出作准备。马思聪非常关爱该校音乐组的难童学生，还为音乐组的杨秉荪、杜鸣心、陈贻鑫等辅导小提琴、钢琴和乐理等功课。（陈贻鑫：《育才学校二三事》）这其间他与乔冠华、徐迟、金山等来往甚密，让他了解到错综复杂的政局。1944年开始，由于重庆和大后方掀起反独裁的民主运动，马思聪便热情投入到民主斗争的行列。1945年2月间，他参加了重庆文化界以"要求民生自由，结束一党专政"为主题对时局进言的签名活动；由马思聪作曲，郭沫若填词创作的歌曲《和平之光》发表在重庆《音乐艺术》杂志的第2卷第1期。同年3月间《新华日报》发表徐迟文章《介绍马思聪的乐曲——〈西藏音诗〉释》。为抗战募捐，马思聪夫妇在重庆又举办多场独奏音乐会。9月间从重庆首次到成都，在暑袜街礼拜堂举行音乐会，曲目有本人作品《第一回旋曲》《昭君怨》等，受到听众热烈欢迎，音乐会很成功。

二

1938年，马思聪在桂林发表了由他作曲，梁宗岱填词的抗战歌曲《战歌》，最早刊登在当年7月25日的《战时艺术》第2卷第4期上。在炮声轰轰的20世纪40年代初，从1941年6月到1944年10月间，马思聪曾携妻带女先后四次来到桂林，路途颠簸，期间通过演奏、创作、社会活动等参与抗日救亡活动。他是在桂林举行音乐会次数最多的演奏家，也是备受各界欢迎和敬仰的音乐家。

1941年6月间，马思聪夫妇从四川首次来到桂林，受到文艺界人士的欢迎，他的老朋友戏剧大师欧阳予倩，当时任职广西艺术馆馆长，他热情地在乐群社西餐厅举行茶会招待马先生夫妇，马思聪即兴奏起《思乡曲》，深深地感动了在座离乡背井逃难来到此地的艺术家们。几天后马思聪夫妇在大华饭店举行非正式演奏会，招待了桂林市新闻界。在各界人士的帮助下，马思聪于6月20日在广西戏院举行抵桂林的首场正式小提琴演奏会。演奏会一连演了三天，曲目除了世界名人名曲，还有多首是他本人的作品。这次演出是为响应发售战时公债而举办的，在桂林版《大公报》上连续刊登广告。（《桂林抗战文化研究文集》）此后，马

◎ 《大公报》（桂林版）1941年6月11—19日连续
在第1版刊登马思聪为响应购买战时公债在桂林广西
剧场举行小提琴演奏会的广告，王慕理女士钢琴伴奏

思聪在桂林活动近一个月，又到重庆，后经广东曲江到了香港，好友徐迟为他组织一次音乐沙龙，邀请在港文艺界名流学者欣赏马思聪演奏本人的作品。期间，马思聪还分秒必争地创作了他第二部小提琴组曲《西藏音诗》（三个乐章：述异、喇嘛寺院、剑舞）。

　　1941年12月间，太平洋战争爆发，香港上空敌机嗡嗡响，不久香港沦陷，马思聪又携妻带女，还有三个学小提琴的学生，一起踏上逃亡之路。他们经故乡海丰县于1942年4月间第二次来到桂林。5月30日、31日他在国民戏院举行两场独奏，还专为桂林电台举办广播演奏会。桂林版的《大公报》《扫荡报》先后发了十几条广告。8月22日至23日在国民戏院举行的"马思聪弦乐钢琴演奏会"，给各界观众带来惊喜和新鲜感，这是一场弦乐四重奏和钢琴、小提琴独奏，曲目有莫扎特的《D小调弦乐四重奏》，马思聪任第一小提琴，董作霖第二小提琴，林声翕中提琴，梅振强大提琴；王慕理女士演奏贝多芬的《第三钢琴协奏曲》，马思聪将原来乐队协奏谱改编为弦乐四重奏为王慕理女士协奏；马思聪还独奏本人作品。演出大获成功，观众大开眼界，反应热烈。桂林版《扫荡报》副刊于9月3日发表陆华柏的评论文章《马思聪弦乐钢琴演奏会听

◎ 1942年8月22日马思聪在桂林演出弦乐四重奏后合影，马思聪（第一小提琴，前排左一）、董作霖（第二小提琴，后排左一）、林声翕（中提琴，前排右一）、梅振强（大提琴，后排右一）、王慕理（钢琴独奏，前排中）

后感》，点赞马思聪的小提琴技巧和表现方面已达到炉火纯青的地步，认为这场演奏会的水平和形式，在桂林和西南地区，甚至在国内，都是高水平和不可多得的。演奏会结束后，夫妇又赶去长沙，为慰劳三战三捷的长沙军民，举行演奏会。

除了举办演奏会，马思聪在桂林还参加一些重要的社会活动。李凌在《思聪三年祭——我与马思聪》一文中回忆：1942年7月17日，思聪参加桂林音乐工作者举办的"聂耳纪念节"，在田汉先生的主持下，马思聪在会上发表了热情洋溢的讲话，称颂聂耳在民族解放运动中的贡献。随后又参加民盟组织的全国科学界年会，出席的专家学者在"阳朔之游"的船上，既畅谈艺术又议论时局。思聪和叶浅予、徐迟、林路、李凌、宗玮、钟敬文等在船上畅谈，非常开心，彼此关系密切起来。马思聪在生活和音乐活动方面得到更广泛的朋友圈带来的帮助。同时他也发挥所长，常为李凌和薛良等上和声课。在国难当头的日子里，朋友加同志的关系，给彼此增加信心与力量。

1942年5月29日，桂林版《大公报》文艺副刊上，发表作家徐迟和马思聪的《两封关于音乐的公开信——论纯粹音乐、标题音乐、舞剧、歌剧、世界性和民族性》，其中，徐迟给马思聪的信是提问题，马思聪的回信是对问题的回答。徐迟说思聪的"陈义"很经典：这些音乐理论问题在当时是超前的，不被大众所理解，却体现了艺术发展的规律，是有理论指导价值的，尤其是对世界性、国民性和个性等关系的论述，更具现实意义。接着是11月，马思聪在桂林版《新音乐》月刊第5卷第1期发表《创作的经验》，谈论本人音乐创作的经验与教训，对民歌的学习与运用，文章最后明确表述他现实主义的创作美学观："我想，在交响乐里，我该写我们这浩大的时代，中华民族的希望与奋斗、忍耐与光荣！"主编李凌先生读后非常惊喜，赞其内容精辟，文字精练、优美，充满文学才华。这年马思聪刚刚三十，而他在演奏、创作和理论修养等方面已趋成熟。在此期间他又在桂林完成《第一交响曲》的乐队总谱，这是当时国内首部以交响乐形式，以中华民族抗日为主题的作品。

1943年1月间，马思聪到柳州参加华南五省音乐工作者年会。接触了柳州当地的几个抗敌演剧队，他们对马思聪非常敬重，热情协助其举办了几场音乐会，感受到队员们的真诚关怀，被他们同甘共苦和乐观的精神所感动，彼此建立了友情。会后又回到桂林，这是他第三次到桂林。2月间，马思聪接连在国民戏院举行了两场小提琴演奏会、在桂林广播电台举办播奏会、到桂林中山中学为师生演奏，均受到人们的热烈欢迎。他演奏的曲目非常广泛，有柴可夫斯基的《D大调小提琴协奏曲》、肖邦的《祖国之恋》、舒伯特的《圣母颂》等，以及本人创作的《思乡曲》《喇嘛寺院》《剑舞》等作品。选曲做到雅俗共赏，体现马思聪普及与提高的实践。此后不久他回到迁往广东曲江的中山大学继续任教。1944年湘桂战役爆发，于10月间他又一路逃难第四次来到桂林，还不忘为难民募捐开演奏会。

据桂林战时有关统计资料，马思聪先生20世纪40年代四次到桂林，为战时募捐举办近十次独奏音乐会，还为桂林广播电台播演三场音乐会。这对于只有几十万人口的小城市，是绝无仅有的。20世纪50年代马先生又再次来到桂林演奏。桂林的新老听众感动地说：马先生的音乐，永远在这座山明水秀的小历史文化名城中回荡。

三

马思聪一家四口在湘桂撤退大逃亡的路上，经历前所未有的苦难熬煎，奔波往返于桂林、柳州、贵阳、昆明、重庆、成都，期间还不断为难民募捐演奏。

1944年8月，马思聪一家来到贵州，开演奏会、发表文章、进行音乐创作开展多方面的音乐活动。据贵州省图书馆资料统计，《贵州日报》

仅当年8月一个月，对马思聪来贵州演奏就发布了17条广告，演奏会共67场，其中有两场是马思聪夫妇参加的联合音乐会。该报在8月16日刊登三篇文章，其中一篇署名"路尔钰"的文章《把马思聪先生送给贵州》谈到：马先生此次来贵阳恰巧住在师范学院，齐院长和音乐界人士都盼望开办音乐系，聘请马教授任教，可是没有钢琴，于是要求国民政府送架钢琴给师范学院，也就把马思聪先生送给贵州了。另外该报同日在第三版刊登了马思聪发表的文章《关于民歌》，文中谈到：中国新音乐要有一块土地好让新的幼芽生长，就在民歌这块土地上生长。他感觉中国民歌丰富、变化而又独特，它们就是中国新音乐的泉源，中国音乐家们该向它们学习。它们所启示的是中华民族的灵魂，如果不把自己生长的这块土地认清楚，怎能获得创作新鲜的泉源。马思聪对中国民歌的认识和论述，体现了这位年青音乐家的民族自觉和文化自信。

1944年9月到12月，马思聪在昆明举办了一系列的独奏音乐会，受到各界欢迎，连时任云南省主席龙云先生也前去聆听。据《云南日报》《云南晚报》《民国日报》《正义报》等资料统计，当年这几家报纸刊登关于"马思聪演奏会"的广告就有二十多条。演奏会多数是为抗日救亡等活动进行募捐，诸如："为援助贫病作家""为盟友社募集基金""为两广同乡会筹款救济难民""为中国妇幼救济会募捐"，等等。11月间，马思聪有两场音乐会在昆明晓东街的南屏戏院举行，当年有两位海丰老乡在昆明金马书店工作，受委托在该店售卖音乐会票，两位老乡得到马先生的赠票，聆听了这两场音乐会。几十年后老乡王先生回忆说：那两场小提琴演奏会的收入，约合黄金六十两，当时有朋友跟马先生开玩笑说："这么多钱够你一生受用啦。"马先生认真回答说："我哪里需要这么多钱，我是为宋庆龄先生的'中国妇幼救济会'募捐哩！"王先生还提到：那时候，美国的时代唱片公司也想从马先生身上捞一笔钱，以一曲五百美元的代价，要把他的小提琴独奏灌成唱片，但是被马先生一口谢绝了。这表现了马先生高尚的民族气节。在抗日救亡的非常时期，无数团体和难民急需救助，马思聪把演奏募捐视为头等大事，在危难的环境下分秒必争开演奏会，不为五百美金灌录一首曲而减少为难民义演，大师的人格魅力着实令人敬佩。

马思聪对演奏曲目的安排，仍坚持雅俗共赏的原则，既有世界名家贝多芬、舒曼、萨拉萨特、柴可夫斯基等的名曲，又有本人作品《内蒙组曲》《第一回旋曲》《剑舞》等。当时赵沨先生在为音乐会撰写的评论文章《听马思聪和王慕理》（发表在《音乐艺术》1945年第6期）一文中说：十年了，我没有听见过这么深刻、热烈、精致、宏丽的演奏了……全场的听众，坐的、站的、前台的、后台的，仅容七百人的礼堂挤进了千人以上的听众都被征服了，作了这伟大的神奇的音乐俘虏［引自张静蔚：《马思聪年谱（1912—1987）》］。马思聪以普及与提高的理念，在实践中不断推动中国小提琴音乐的发展，同时逐步提升听众欣赏高雅音乐的水平。

1944年底，马思聪离开昆明再前往贵阳、重庆和成都等地举行音乐会。8月间他和徐迟在重庆见到毛泽东，交谈创作的提高与普及的问题。1945年8月15日，日本投降，马思聪举家从成都来到贵阳，贵州省省长杨森诚聘马思聪出任贵阳艺术馆馆长，《贵州日报》9月23日刊登这一消息。10月间，马思聪又连续举行多场音乐会。10月30日却传来冼星海不幸在莫斯科逝世的消息，他感到万分悲痛，对身边的朋友蓝先生惋惜地说：原想战后朋友们能重聚，不料抗战胜利了，为抗战付出最大力量的战士却倒下了。马思聪即倡议举办追悼冼星海的活动。由他亲自谱曲，演剧五队的岳庄作词，创作混声四部合唱曲《冼星海纪念歌》（后改名《你睡啦，人民的歌手》），又撰写了纪念会的《献词》。1946年1月25日，纪念活动开始，大会上朗读了《献词》："我们以最大的敬意、最沉痛、最感动的心情，倾听他给中国留下的那些史诗般的民族之声的记载、人民盼望光明的澎湃的呼声！"接着由马先生指挥，王慕理钢琴伴奏，舒模、宋扬所在的演剧队演唱了《冼星海纪念歌》。随后由舒模指挥演唱了冼星海的遗作《黄河大合唱》《茫茫的西伯利亚》《热血》等多首作品。贵阳《大公报》等对此作了详细报道，并出版特刊。

抗战胜利了，却潜伏着内战的危机，蒋介石撕毁《双十协定》，独裁统治升级：在昆明西南联合大学发生"一二·一"惨案，屠杀学生；在重庆制造"较场口事件"，郭沫若、李公朴等几十人被打伤。这激发起全国民主运动的高涨。马思聪辞去贵阳艺术馆馆长职务，在民主浪涛

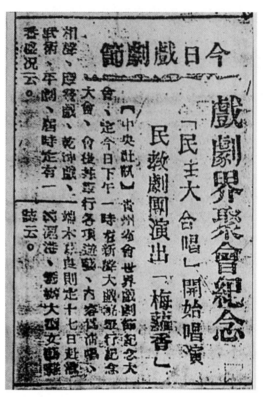

◎ 1945年2月15日《贵州日报》第三版报道剧宣四队演出马思聪新作品《民主大合唱》，舒模指挥、马思聪钢琴伴奏

中，他与作家端木蕻良合作先后谱出了《抛锚大合唱》和《民主大合唱》，后者直指"东方的暴君"压制人民的罪恶，号召人们起来抗争，争取民主革新，才有出路。这部合唱从创作到演出才用了半个月时间，于1946年2月15日演出，演出的名义是"马思聪小提琴独奏与演剧队联合演出音乐会"。上半场由王慕理伴奏，马思聪演奏本人作品《思乡曲》《西藏音诗》等；后半场由舒模指挥，马思聪钢琴伴奏演出《民主大合唱》。演出很成功，听众反应强烈。《贵州日报》连续报道，点评这是一场从内容到艺术都达到高水平的音乐会，是贵阳前所未有的，影响深远。这歌声一直回响在轰轰烈烈的民主运动中。

马思聪在西南大后方的音乐活动，贡献是多方面的。重庆中华交响乐团主编的《音乐导报》在1943年12月2日写道："马思聪常到前线慰劳将士，开露天演奏会，招待士兵们。也许，他会遭遇到许多困难，但他却仍不懈地工作着。"而当时美国驻华使馆主编的《战时中国艺术的中国抗战音乐活动》，其中名为《中国演奏界》的文章，对马思聪的演奏活动就作了很高的评价："特别是马思聪在这方面工作做得最多，他每年有六七个月的时间在做旅行演奏工作，他近来写了不少小提琴曲，贡献出这些宝贵的艺术给民众欣赏。"人民对这些民族风的作品有特别的爱好。

1932年，马思聪第二次学成归国时刚满20岁，其时日本帝国主义已于1931年挑起"九一八"事变，战乱已开始，至1945年抗战胜利，他时年32岁。他的黄金青年时期就在战乱逃亡中度过，其间搬了二十多次家，他是难民队伍中一名坚强的文艺战士，时刻紧握手中武器——小提琴，到处以舞台为"炮台"，为抗日救亡举行无数次募捐演奏会。在艰难的环境下，他还创作了十首小提琴曲，作为他演奏会的保留节目，由他本人首演。他改变了外国小提琴作品独占中国舞台的局面，为中国小提琴音乐的发展开辟一条民族化大道。他的一些大型器乐作品如《第一交响曲》等，以及关于音乐的理论文章，引领着中国新音乐的发展，也成为与世界反法西斯乐坛沟通的桥梁。在三年国内战争期间，他为民主、为中华人民共和国的诞生鼓与吹，创作了四部代表中华民族呼声的大合唱。马思聪把自己的黄金年华都贡献给了中华民族悲壮的抗日战争和新开端！

▎中国小提琴音乐的奠基人

马思聪有"琴声响遍全国的音乐家"之美誉，其音乐创作伴随他演奏活动的生涯。他是留洋学子，学的是西方的作曲理论、创作技巧。学成归国，当他的脚踏进祖国的土地上时，对于音乐创作脑子就发出问号："为什么写？如何写？"1936年他24岁那年，第一次到北平演奏，其间参观名胜古迹又接触了北平的民间音乐，这让他开了窍，找到创作的门路，是促使他音乐美学观转变的转折点，他后来回忆时感动地说："没有到过北平不知道中国文化之博大与美丽，北平的大鼓却是我的一个大发现与收获，这之前我对于中国民间音乐并无多大兴趣。我嫌它们过于弱，过于单调……可是大鼓给予我新鲜的感觉，节奏、旋律都奇特而自由，令人感到这是不断在创作中的艺术，一种并未让年岁染上陈旧的颜色的艺术。"（马思聪1942年《创作的经验》）他记录了大鼓中一些最具特色的旋律为素材，用在他的新作品《第二小提琴钢琴奏鸣曲》的慢乐章里。从此他虚心向民族音乐学习、潜心研究，在长期演奏和创作的实践中，终于找到了"为什么写"和"如何写"的答案。

1942年，马思聪在《新音乐》刊物发表《创作的经验》一文时就具体回答了"为什么写"的问题，他说："在交响乐里，我该写我们这浩大的时代，中华民族的希望与奋斗，忍耐与光荣！"1945年，他在《中国新音乐的路向》的文章中回答了"如何写"的问题，他认清了一条道路，找到了创作的"窍门"，他说中国的音乐家们，"除了向西洋学习技巧，要向我们的老百姓学习，他们代表我们的土地、山、平原与河流。""新中国的音乐不会是少数人的事，它是蕴藏在四万万颗心里头的一件事。"1946年，在《从提琴到作曲》一文中他进一步明确指出："自己的路，首先要在自己的土地上踏出来。""只有深切地把自己强化到变成这土地的一部分，才能正确地走上民族风格的路，而从这里开阔自己的路。"而在《关于创作的访谈录》和《创作的经验》中他又特别指出："我非常注意中国民歌，并力图掌握中国的音乐语言。""民歌与我互相影响，成就了音乐创作。""民歌给我的影响是它的本质、色彩、特点至独特的风味，而我则以之纳入某一种曲式里头，以和声及作曲技巧去处理它。"

马思聪和音乐家李凌在交谈中说："作曲家，特别是一个中国的作曲家，除了个人的风格特色和创造性之外，极端重要的是拥有浓厚而突出的民族特色。"（李凌：《思聪三年祭——我与马思聪》）以上一些论述，体现了马思聪的民族自觉与文化自信。而他在一手伸向西洋，一手伸向民间的实践中，做到洋为中用，中西合璧，创作了中国的小提琴曲"新国乐"。

中华民族精深博大的文化滋养了马思聪的创作，丰富的民族民间音乐给予他灵感，开启智慧，升华境界。他晚年在美国与作家徐迟的通信中就很精辟地表述他追求的最高境界："追求我们伟大民族最美的声音这个高目标，一定努力以赴，至于驰誉世界，就难说了。这当中有极其复杂的条件和机缘。"

在音乐创作的园地里，马思聪辛勤耕耘半个多世纪，不懈创新的理念贯穿在他毕生的音乐生涯中，早在1947年他发表的文章《新音乐的新阶段》，就十分精辟深刻地论述艺术创新的重要性：中国的新音乐与抗战同时诞生已十年了，它是战地号角，歌唱光明正义；它向一切恶势力挑战，向光明迈进。这一切是新音乐的贡献。但他认为："新的涵义是相对的，今天新的东西，一到明天也许不新了，只有不断创造新的生命，才是真正的新。"他认为新音乐如停留在一定阶段上，凝固了，便成为旧东西。他不喜欢老一套，厌倦老八股、新八股，他说："八股是水塘里的死水，谁贪恋安静，就变成死水，只有大河流的水是永远新鲜的，因为它流动，因为它永远在变。""一切新的、有生命、活的东西都具备这样的条件。"最后他点出创新的核心："思想是重要的，观念是重要的，它们决定我们的行动、我们的工作。"所以马先生一生非常勤奋，学贯中西，不断创新，探索洋为中用，追求真善美，在排除各式各样"左"的干扰中坚定向前，走自己的路，终于收获硕果。

马思聪的作品涉猎音乐的多个领域，尤以相当数量的，民族风格鲜明、雅俗共赏的小提琴作品最为突出，经他本人几十年的演奏实践，几乎达到炉火纯青的地步，这些作品在世界音乐之林中闪耀着民族风采。苏联音乐家什涅尔逊对马思聪的作品给予高度评价："马思聪的《内蒙组曲》《西藏音诗》，它富有特色的主题，音乐的民间特征、新颖的色彩效果，以及作曲家所要求的演奏技巧，使得这两部作品成为现代小提琴演奏中引人珍爱的曲目。苏联听众是非常喜欢这两部天才的乐曲的。"（李凌：《思聪三年祭——我与马思聪》）由此可见，马思聪为祖国的小提琴艺术在国际地位上的提高做出了重大的贡献。

马思聪的小提琴作品题材丰富、体裁多样、民族风格鲜明、地方色彩浓厚、并具独特的艺术个性。1937年，他25岁时创作的《内蒙组曲》，其中一个乐章名为《思乡曲》，主题素材取自流行于内蒙古一带的民歌《城墙上跑马》，悠长、深沉而忧伤的曲调，牵动当年抗日民众的思乡情结，与他们心灵共鸣，广为流传，其艺术魅力常青，让他的这首成名曲成为小提琴音乐的经典。1992年，小提琴组曲《内蒙组曲》、管弦乐《山林之歌》入选20世纪华人音乐经典曲目。2016年5月，中国音协副主席、指挥家谭利华在《音乐周报》对第五届"中国交响乐之春"的报道中表示："马思聪先生在60多年前创作的管弦乐《山林之歌》，到现在看来都非常先进——作曲技法先进、民族风格地道，很多手法到现在都没能超越。"

马思聪的老同事、研究马思聪的资深学者苏夏教授评说，马先生的作品如其人："他正直憨厚，知识渊博，温文尔雅，和风细雨，待人真诚，乐观自信。他的小提琴作品风格多偏于抒情秀美，隽永纯真、朴实无华、委婉述诉、乐观向上。"李凌先生补充说："有点像吃橄榄，越嚼越甘香。"他的优秀作品成为国人的美好记忆。

◎ 马思聪的管弦乐作品《山林之歌》、小提琴作品《内蒙组曲》，1992年入选中国20世纪华人音乐经典曲目

马思聪说，他对每部作品都要反复修改，精雕细刻，直至自觉满意才停笔。所以他的小提琴作品起点之高，数量之多，体裁之广，几乎包括了小提琴所有的传统形式：组曲、回旋曲、舞曲、二重奏、协奏曲、双提琴协奏曲、音诗、奏鸣曲等。在创作中他特别喜爱运用民族音乐语言，来表现祖国的乡土风情，充满生活气息，如《跳龙灯》《跳元宵》《喇嘛寺院》等，雅俗共赏，给人美的享受，乐曲标题也引人浮想联翩。他一生在小提琴音乐领域中辛勤播种耕耘，洒下一生的汗水，育出一片中国小提琴园地的多彩之花。这位中国小提琴音乐的拓荒者，被誉为中国小提琴音乐的奠基人，这是当之无愧的。他一生创作的小提琴作品已出版的有：十四首独奏曲（其中包括四首回旋曲）、四部组曲、四部奏鸣曲（其中有一部是小提琴二重奏）、两部协奏曲（其中有一部是双小提琴协奏曲）。（苏夏：《〈马思聪小提琴音乐曲集〉跋》）

纵观中国近现代的作曲家，在这个领域里面，从质量、数量和体裁多样化等方面，至今还无人超越马思聪。他的这些优秀作品，作为中国专业

院校选用的教材和演奏家选择的曲目，成为后辈的中国作曲家借鉴和学习的典范。

马思聪在其他音乐领域的成就也很卓著，大部分作品在他那个年代已处于领先地位。中央音乐学院编纂出版的《马思聪全集》，展现了他一生在中华民族文化沃土辛勤劳作所取得的丰硕成果。

《马思聪全集》共八卷十册（含补遗卷），分别为：第一卷《交响音乐》（上、下）、第二卷《协奏曲》、第三卷《舞剧　歌剧》（上、下）、第四卷《合唱》、第五卷《小提琴独奏　器乐重奏》、第六卷《其它音乐作品》（含歌曲、钢琴）、第七卷《文字　图片》（含文章、书信、日记及年谱等）、补遗卷（音乐作品·图片）。并配有全集中主要作品的录音CD碟15张。全集的出版向国内外乐坛展示了马思聪先生卓越的艺术成就，它是中华民族珍贵的文化遗产，将永载中华史册。资深学者赵宋光教授在他的文章《像马思聪那样高举民族学派的旗帜》中写道："马思聪先生是二十世纪中国民族学派的先驱者和代表人物之一。这样的评价，他是当之无愧的；这样的评价，也是我们今天应有的认识。"

不离教台和舞台的马院长

一

1949年4月间，马思聪和欧阳予倩、金仲华等爱国人士从香港乘船经烟台来到北京，他们怀着满腔热情迎接中华人民共和国的诞生。马思聪先被聘为燕京大学音乐系教授，接着北京先后召开中华全国文学艺术工作者代表大会和中华全国音乐工作者协会成立大会，马思聪又被选为文联常务委员和音协副主席，并作为文联十五名代表之一，于9月出席第一届中国人民政治协商会议、参加开国大典。他满怀激情创作了管弦乐《欢喜组曲》，向大会献礼。11月间又随周恩来总理率领的中国人民友好代表团出访苏联，这一年政务非常繁忙，但新环境新气象让他异常兴奋。苏夏教授说：马思聪告别青年动荡艰辛岁月，进入金色的中年——有安定的生活、能专心的教学、静心地创作、自由地开演奏会，他对新政权充满希望。

文艺界大会之后，李凌、严良坤、黎国荃和马思聪等一批老朋友，就在周恩来总理指示下，着手筹备现中国最高的音乐学府——中央音乐学院。12月，由政务院命名，学院正式在天津成立。周总理任命时年37岁的马思聪为首任院长，吕骥、贺绿汀为副院长。李凌先生回忆说："思聪非常珍视这一工作，对办教育非常热心。认为我国音乐教育幼弱，不能空想，要有任重负远的意志能力，还要有百折不回的毅力。要团结有才华有学问有意志的人，要争取众多友好国家的专家指点。"马院长身体力行，在新政权、新学院成立之初，师资和教材短缺的情况下，他把广招贤才、培养学生放在重要位置，以长远的眼光、丰富的经验，作为一位"伯乐"，到处招贤任教，又不拘一格地招收学生；他贯彻开放的、先进的理念，主张"派出去请进来"，培养人才，提高教学质量。当时他还担任文化部派出国留学生的考委会主任，一方面派出严良坤、韩中杰、杨秉荪、张莉娟等一批人才出国学习；另一方面聘请苏联、东欧、德国等的专家来教学、训练乐队、指挥合唱等课程。

二

马思聪很注重对学生基本功的训练和全面的文化修养的培养，他一面自编教材一面亲自指导学生。

马思聪认为视唱练习这门功课是学习一切音乐的基础，当时教材奇缺，尤其是本国的视唱教材几乎处于空白状态，于是在一种新编本土视唱教材的紧迫感的促使下，马院长跨"领域"创作了《视唱练习》，并写了《自序》。该书于1953年由上海新音乐出版社出版，被国内音乐院校所采用，促进了音乐院校对专业视唱教学的重视。华南理工大学艺术

◎　马思聪在给中央音乐学院附中的学生上课

学院白翎教授在解读马思聪《视唱练习》自序的文章中指出：马思聪视唱教材所体现的前瞻性，原创性与民族性，让我们认识马思聪视唱教学思想以及对学科教材做出的贡献。

有丰富演奏和创作经验的马院长，注重培养学生全面发展，对中央音乐学院的机构、课程的设置也提出全面的构想。他确立了教学、创作、表演和科研融为一体的办学思想，推动中央音乐学院全面快速发展，这也是对中国专业音乐教育做出的重要贡献。

马思聪招收学生不拘一格，常常在基层发掘人才。1952年，学院响应政府号召，马院长带领师生到安徽参加治理淮河的劳动，体验生活。有一天，他在工地上听到一段很好听的山歌声，马院长觉得这个11岁的放牛娃朱仁玉歌唱得很好，有音乐天分，就利用"职权"把他带回音乐院少年班去学习钢琴、小提琴。只有小学三年级程度的他，不但在专业上受到很好培养，文化课也有专门的老师辅导，生活费用也由学校全部负责。他也不负期待，顺利升至学院作曲系，后成为专业的作曲家。随后马院长又从治淮工地上风尘仆仆地赶到广州去招生，相中了彭鼎新、杨宝智、林耀基等人。此后，在北京、天津先后又收教13岁的盛中国、7岁的向泽沛和刘育熙等学生，根据他们不同的程度，因材施教。经过马院长的悉心栽培，林耀基、盛中国等又被派往苏联深造。学生们也学有所成：盛中国成为中华人民共和国最早在国际上为中国争得荣誉的小提琴演奏家之一；林耀基则专攻小提琴教育，成为当代小提琴教育界的杰出代表人物，他的多位学生在国际比赛荣获金奖；杨宝智承传恩师集演奏、教学和创作于一体，尤其在探索小提琴作品民族化的创作方面受到高度评价；向泽沛随马院长学习时间长达14年，得大师真传，成为中国交响乐团首席，他传承恩师的教学方法培养一批批优秀人才；刘育熙后留学法国，享誉国内外，也成为一位良师。20世纪四五十年代马先生就已经培养了这样一批小提琴人才，可说是桃李满中华。

马院长在教学中鼓励自己的学生要博采众长，并创造条件让学生学习其他大师之长补自身之短，告诉他们不要有门户之见，才能全面发展。他待学生如子女般呵护，照顾学生的生活和健康情况也成了他的教学中的重要一环，有生病的或生活困难的学生，他都会动用"职权"为之解困，一心要帮他们成才。他的学生李富华、向泽沛、阿克俭等在回忆文章中，都不约而同地提到恩师的无私之助，真诚之爱，让他们终生难忘，成为了他们事业前进的动力。读他们回忆恩师的文章，令人为之动容。李富华因下乡劳动受伤，后又患上眼疾，经济也有困难，马院长两次接他来家里住宿，帮他治疗，如儿子般呵护；向泽沛因父亲被错划为"右派"，经济、学习、看病都有困难，马院长不但没有收取学费还帮他一一解决了困难；在少年班的阿克俭和黄晓和，上课记录有困难，马院长每次上课给他俩布置作业，都亲笔写在他们的本子上。几十年后，他俩还保留着这宝贵的笔记本。当了乐队指挥和作曲家的卓明理先生，六十多年后回忆抗日战争时期逃难到广东粤北的坪石，跟马先生学琴的动人情景："我17岁逃难到坪石时，跟马先生学琴，马先生看我学了两个月就赶过那些学了两年的同学，很喜欢我。有一次我的钱被小偷偷光了，去上课交不起学费，马太太问马先生怎不见我交学费？上两次

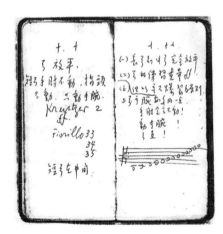

◎　马思聪给阿克俭上课的亲笔记录

被马先生搪塞过去了，这第三次看样子不行了，马先生就借和我握手的机会把自己的钱塞在我手中，附耳说道：'交给师母。'然后他写了一封充满溢美之词的介绍信，给正在为缺音乐老师发愁的'培联'中学校长林瑞铭，推荐我去教音乐课以糊口。我的感动岂能用言语来形容！"杨宝智教授说卓明理把这段经历记了一辈子，事隔六十多年之后，向他追述这令人动容的事迹时还是泪汪汪的。那个年代师生都清贫，马先生教私人学生以补贴家用，但他更在乎培养英才。这些动人事迹突显大师的崇高人格，是令人崇敬的一代师表。

马院长众多德才兼备的学生，均成为我国第一代著名演奏家和教育家，对发展我国小提琴音乐事业做出了贡献。

三

马院长繁忙中不忘创作，非常勤奋，在参加治淮劳动时也是争分夺秒地搞创作。他白天要劳动、组织工作、演出，晚上大家休息时，他就在蚊帐里点灯作曲。这期间他通过体验生活，采风搜集当地民歌，创作了小提琴曲《山歌》《跳元宵》《春天舞曲》《跳龙灯》《抒情曲》等，还有歌颂治理淮河的《淮河大合唱》（金帆词）。马先生担任中央音乐学院院长近17年（1949—1966），期间创作的各类体裁大小的器乐作品就有二十多部，其中大型的有管弦乐《欢喜组曲》《山林之歌》《第二交响曲》《大提琴协奏曲》等，还有一些钢琴曲作品，各种类型的声乐作品也有二十多首。这些作品反映中国欣欣向荣的景象和民族风情，有清新的时代感。这是马院长又一个创作的高峰期，他非常珍惜这段新生活。

新社会到处是马院长的舞台，他通过不断举办演奏会，在全国普及发展

◎ 上海《新民晚报》1957年9月19日报道马思聪在上海的演奏及该报记者的采访纪要

小提琴音乐，提高听众对中外音乐艺术的欣赏水平，也对新作品进行试奏、修改。他得到中央音乐学院、中国音协的关怀和各地区文化部门的欢迎，使马院长可以安心地准备他的演奏曲目和巡回演出旅程。至1966年，他的演奏足迹除西藏外，踏遍祖国东西南北大部分的大小城镇。他也到基层为工农、学校演奏，还到朝鲜前线、福建前线为战士慰问演奏。观众和媒体亲切赞扬他是"琴声传遍中国的音乐家"。

作为中国最高音乐学府的院长，马思聪频频代表国家出席国内外的重大音乐活动，1949年11月，他作为中苏友好协会总会理事，随周恩来总理率领的中国友好代表团出访苏联。1951年5月，以中国音乐代表团团长身份，率音乐家喻宜萱、周广仁、郭兰英、杜鸣心、安波、边军、刘管乐等组团赴捷克斯洛伐克出席"布拉格之春"国际音乐节。在中国代表团音乐家举办的音乐会上，马院长演奏了自己的作品《F大调小提琴协奏曲》等曲目。期间马院长还出席"国际十六国作曲家大会"并作《关于中国群众音乐创作》的专题报告，让国际社会了解中国音乐的发展概况。回国后他还在当年的《人民音乐》杂志6月号发表文章《参加布拉格国际音乐节归来》，介绍国际音乐节的情况。1955年2月，马思聪应波兰邀请出任在华沙举办的第五届"肖邦国际钢琴比赛"评委，我国年仅19岁的青年钢琴家傅聪参加此次比赛，荣获第三名和演奏玛祖卡舞曲的最优秀奖。当年5月马思聪在《人民音乐》杂志发表《关于傅聪得奖》一文，总结傅聪的成功经验：第一，傅聪平时喜读文艺作品，文艺修养对音乐的表现有很大帮助；第二，傅聪非常勤奋练习技巧，一天练习十二小时以上，掌握了纯熟的技巧，这是基础，技巧借助文艺修养，就能完满表达作品的思想感情；第三，他虚心接受指导意见，反复修正，不断提高。这几点精辟的总结，对一个演奏家可说是符合演奏艺术规律的普遍"真理"。当时的音乐界正在批判贺绿汀同志的"单纯技术观点的资产阶级思想"观点，对于当时极左的气候，马院长这个总结是有理有据的正面回答：青年演奏家和音乐院校的学生应借鉴傅聪的经验，苦练技巧，全面发展，为国争光。这给当时音乐界吹进一阵清风，意义深远，即使放在当今也有现实意义。

1957年11月，马院长又出访苏联，参加苏联"十月革命"四十周年庆典活动和访问苏联音乐家，归来后在《人民音乐》杂志发表文章《莫斯科、列宁格勒、基辅——访苏杂记》。接着是1958年3月，他应邀赴莫斯科出席"柴科夫斯基钢琴小提琴比赛会"并担任评委会副主席。当年的《人民音

◎　1958年马思聪出席苏联"柴科夫斯基钢琴小提琴比赛会"的评委会副主任（前排右三为马思聪）

乐》杂志5月号发表了他《记柴科夫斯基钢琴小提琴比赛会》的文章，文中谈到："他们的音乐总是属于作曲家本民族的，大都有着鲜明的民族风格，深刻了解他们的音乐，演奏他们的音乐，也就是了解各个不同的民族的思想感情。通过音乐，各国人民相互之间更加接近了，更加友爱了……音乐语言不受国界民族的限制，它是人类共同的语言。"马院长还倡导各国应加强音乐文化的交流。

　　马院长作为中华人民共和国首位受邀出席国际音乐比赛并担任评委会副主席的音乐家，是受到国内外音乐家尊敬的，他为构建中国与国际乐坛交流之桥尽心尽力，每次出访归来都及时通过文章或报告，介绍国际乐坛的新面貌，给我国音乐界带来正能量。

四

　　在《人民音乐》杂志1958年5月发表马院长的文章《记柴科夫斯基钢琴小提琴比赛会》两个月后，文艺界又掀起"拔白旗"运动，要对教师进行"思想改造"。马院长也是被"拔"的对象，要拔他的"大、洋、古"。当年还是中央音乐学院学生的周柱铨教授，在近半个世纪后回忆道：有的学生连他的名作大型管弦乐曲《山林之歌》都否定了。马院长在会上记录着，微笑着，却一言不发。散会回家，他连夜写出民族管弦乐曲《大红花》，此曲其一是"小"非"大"、其二是"中"非"洋"、其三是"红"非"白"。学院领导立即组织录音，不几天在文

化部举办所属高等院校"大跃进"成果展览会上展出。历史是公正的，管弦乐《山林之歌》于1992年入选"20世纪华人音乐经典"曲目。

1959年初，批判所谓"白专道路"的"拔白旗"运动还未停止，"左"派又掀起对马院长演奏曲目厚古薄今质疑的风波。当年《人民音乐》第2期发表一篇名为《评马思聪先生的独奏音乐会》的文章，文章认为演奏《圣母颂》《魔鬼的笑声》《流浪者之歌》等曲目是演奏者炫耀技巧、《思乡曲》是二十多年的旧调、《西藏音诗》是歪曲、丑化西藏的面貌，等等。作者严厉地质问："我不知马先生对于党的厚今薄古和一切文化艺术都要为政治服务的方针是如何理解的？"这引起了当时音乐界一场长达五年之久的"论战"。这是一场关于如何正确对待中外优秀文化遗产、如何理解"洋为中用""百花齐放"的大辩论。面对质疑，马院长保持冷静，以实际行动表达他的艺术观点。心怀对中国音乐发展前途的忧虑，马院长继续按计划进行演奏和创作，照常出席各种会议，也写文章。《人民音乐》杂志上陆续发表了他的音乐作品，同时，还登载专家苏夏、吴祖强等对他作品的评论文章。期间，马院长继续被选为文联、音协的领导人和人民代表。

这五年间，马院长到华东、华南、西北等十几个大小城镇、工厂、公社、边防等举行几十场演奏会，受到热烈欢迎。他始终坚持为大众演奏这一"永恒的主题"，为基层听众辅导，并听取他们对演奏会和对新作品的意见。1958年秋，他开始动笔写以革命战争为题材的《第二交响曲》，次年5月完成。该作品的构思与毛主席写1935年红军重回遵义前夺取娄山关的战斗情景的《忆秦娥·娄山关》词作有着密切的联系，这是一部史诗性的作品。1961年7月，马院长亲自指挥中央乐团在北京首演。有评论道：这部作品无疑是我国近年来器乐创作中的一部成功之作，一方面体现了马先生创作题材范围的扩大，另一方面也给革命历史题材的交响音乐提供了许多可贵的经验。1960年他的新作品《A大调大提琴协奏曲》也诞生了。这五年他还不停地在音乐刊物、报纸发表了十几篇文章，大部分都涉及中国音乐发展的问题。1959年发表的《十年来管弦乐曲和管弦乐队》，文章肯定我国管弦乐曲和管弦乐队发展的成绩，指出当前发展状况还是年青、不成熟、缺乏经验的，要继续努力学习。1960年发表的《中国人民喜爱捷克斯洛伐克音乐》一文，赞扬来华演奏的"斯美塔那四重奏团"，让我们能欣赏到世界一流的弦乐四重奏艺术。还感谢他们演奏《F大调弦乐四重奏》，对中国的风格掌握的那么准确。文章态度明确：各国要加强文化交流，要互相学习。1961年，马院长连发四篇文章，其中有《精益求精》《交响乐创作的技巧》《我和美术》。《精益求精》是篇精辟的艺术随笔，文中指出："一切有成就的艺术家，无不从勤练巧练中得来。"总结起来就是：要学习前人的经验，又再创造新的技艺、新的风格，没有捷径可走，只有一条可靠的门路——精益求精。艺术造诣要经过千锤百炼，用现代语言表达，就是要有"工匠精神"，这也是马院长的经验谈。《交响乐创作的技巧》则是一篇理论性较强的文章，文章强调："重视创作技巧并不是忽视音乐作品内容，相反地，是为着要很好地表现音乐作品的内容。"《我和美术》是应广州《羊城晚报》之约而写的艺术随笔，马院长对美术有浓厚的兴趣，日常闲暇时间经常览赏各类画作，他在文章中谈到："欣赏名画，往往会引起我在音乐上的很多联想……一幅幅优美的抒情画，能把人带入作曲家想象的画的境界。"所以马院长对读者说："多看一些好画，多听一两支优美的乐曲，多阅读一些优秀的文学作品，对提高一个人的精神境界、培养高尚的情操，都是很有帮助的。"他还强调："对于一个艺术家来说，我觉得最可珍贵的东西就是在艺术上不断的创造、提高和发展，没有什么比艺术上的停滞更可怕了。"

马院长身体力行，创新理念贯穿他一生的创作实践。1963年2月间，马院长在发表的《提高独唱独奏水平问题的我见》一文中谈到："我国近几年来在表演艺术取得了成就，但不能满足群众要求，国家人口多，而演唱、演奏家太少，高质量的也不多，今后要进一步提高演唱、演奏水平。"文章强调要提高，首先要"路子正"，这是基本功的基本功。指出："基本功是演唱、演奏的钥匙，找到它，就能打开一切大门，走一条直路达到目的。因此，我们应该想尽办法来找到这个钥匙。"文章还提到节目安排问题："不要忽略旧的、新的两方面，要逐渐增加新的东西。"在创作上则鼓励在实践中要尝试去创新。这是马思聪担任院长16年间发表的最后一篇文章。同年6月，姚文元在上海挑起对法国作曲家德彪西的批判，而马思聪青年时代就极崇拜德彪西，姚文元此举目标很明显，此后两年马院长沉默了。此时已是风雨欲来。

在任16年的马院长经历无数次政治运动和文艺界极左思潮的干扰和冲击，道路是艰难的。但在艺术上的问题他是个固执的人，对个人的创作和中国音乐的发展问题，他不人云亦云，认定一个目标，看清一条路，尽管风吹雨打，胜似闲庭信步，有勇气排除各式各样的干扰，坚定走自己的路。他坚持不懈地工作，在教学，创作，演奏和音乐文化交流等多方面，终于取得卓越的成就。自20世纪30年代以来他还发表了30多篇文章，多数涉及个人的经验谈和中国音乐发展的问题，他超前的音乐思想，为中国音乐事业的健康发展和繁荣立下了汗马功劳。给我们深刻的启迪，放在今天仍具有现实意义。

▌ 晚年二十年

我平生有两件事深感遗憾，其中之一就是马思聪五十多岁离乡别井到国外去。我很难过。

——周恩来总理回忆往事（20世纪70年代）

一

1967年1月，时年55岁的马思聪经中国香港到美国。一家四口刚到达华盛顿那天就被安排在近郊的一间乡村别墅落脚。为了安全，他暂时未公开身份。首先，他联系了住在纽约的弟弟马思宏，阔别二十多年，弟弟也成了著名的小提琴演奏家，兄弟见面相拥而泣。身在加拿大的大姐马思锦夫妇也赶来了，了解到弟弟所受的苦，泣不成声，谈起国内亲友的情况，有说不完的话题，直至深夜。他们带来花旗参和维生素之类的，让思聪一家服用，希望他们尽快恢复健康。通过思宏夫妇，马思聪了解到美国音乐界的一些情况：在当地，音乐家是相当困难的，尤其是演奏家特别辛

◎　1967年1月21日，马思聪一家初到美国

苦。他们商讨让哥哥尽快公开身份，开场音乐会，以便正常地进行演奏和创作活动。思聪也很焦急，因近一年无法练琴，3月份朋友从香港带来他的"狮子头"琴还不能用，需交思宏去修理。4月间，思聪被通知迁居到一处五层楼其中一间公寓，要自己交租金。从此，马思聪在异国他乡度过了他最后的二十年。

美国并没有给马思聪留下好印象，初到美国，他在和亲友交谈中表示：家里很寂静，利于创作，但美国生活相当无聊，美国人崇尚个人主义，彼此几乎不相往来。在和某乐团负责人的交谈中，他了解到这些乐团领到国家津贴者甚少，资金得自己去想办法，文化不受重视。出于对西方社会状况的担忧，因此在粉碎"四人帮"后，他都不同意大女儿马碧雪夫妇到美国探亲，也不同意碧雪在香港教钢琴。而自幼跟父亲学提琴的小儿子如龙，进入技工院校学习，成为机械绘图师，有较稳定的收入。业余继续跟父亲上课，既是父母的合作者又是业余音乐活动的演奏家。自幼喜好文学又曾以钢琴为专业的女儿瑞雪，则进入艺术院校进修，后成为华人文学女作家，出版有散文集、诗集、小说、诗剧等，还作歌词、写剧本与父亲合作。

为了继续实践他为民众演奏的初心，为了追求民族最美的声音这个高目标，马思聪仍坚持"工匠精神"，夜以继日地工作。马思聪决定自力更生：学开车、练琴、开演奏会、作曲、出版、购房子，过自己自由的生活。他说在美国会开车就等于有了两条腿，6月份他就考得驾驶执照。开始出门时会走弯路、错路，他说用练琴的精神，一回生两回熟，

熟能生巧，很快他就可开车去远程探亲访友。英语也难不倒他，生活逐渐有了生气。他急于购得一把好提琴和一台钢琴。他有幸得到前国内同行好友马孝骏先生的关怀帮助。马孝骏是大提琴名家马友友的父亲，住在纽约，当年马友友还年幼，而小提琴已拉得有相当程度，马孝骏常带一双儿女来请马思聪指导。思聪夸两姐弟技术已很优秀，只差一些基础的训练。马孝骏夫妇非常热心，为协助马思聪解决一些问题而奔波。挑选琴是件难事，选中后他还主动为马思聪在银行贷款。他常邀请马思聪一家到他纽约的家中作客，两家人演奏起马思聪的作品《钢琴弦乐五重奏》，令马思聪非常开心。夫妇俩到马思聪家里还会动手包宁波饺子，令马思聪倍感温暖，还称赞孝骏有颗金子般的心，两家人交往密切。马思聪说美国人崇尚个人主义，但在美国的中国人却有亲情。这期间他还会见了斯义桂等音乐界人士。前美国飞虎队陈纳德将军的夫人陈香梅女士也曾来拜访马思聪。

买了钢琴和小提琴，马思聪重新开始练琴和作曲。他感觉左手指有点发软不太听话了，非苦练不能恢复，就暂时不开音乐会了，而是指导弟弟思宏演奏他的作品《F大调小提琴协曲》，为思宏夫妇的演奏会作准备。10月31日晚，马思宏夫妇在费

◎ 1967年马思聪（中），指挥家董麟（右）和马思宏（左）在美国为演奏《F大调小提琴协奏曲》作准备

城音乐厅举行演奏会，马思聪一家出席。思宏演奏《F大调小提琴协奏曲》，乐队指挥是指挥家董麟，他是思宏夫人、钢琴家董光光的弟弟。演奏非常成功，观众反应热烈，不少侨胞听众都赞其"为国争光"。

为克服左手指"不听话"的问题，思聪每天安排练习的时间多于作曲的时间。少年时一天五小时以上练习的时间，这对于一个"五十而知天命"的人来说是不容易的。他在苦练巧练中不断攻克这个难题，在演习中录音，在录音中发现问题，精准针对问题练习提高，到美国初的两

年都是如此。进入老年的演奏家和作曲家马思聪，必须与时间赛跑。

1968年1月，马思聪购买了马里兰州一幢有花园有游泳的二手小别墅，于是买家具、搬家，都要亲力亲为全家总动员了。从此马思聪要经常做推草坪和清理游泳池的劳动，这倒是锻炼了他的身体，游泳也成了他的乐趣。他每天还要保证四五个小时的练琴、录音时间，从录音中发现了缺点，为了纠正有时一首曲要反复录音三四次，要自己的耳朵通过了才算"过关"。他说："票友与科班是有大差别的。录音真是最好的师父，这面镜子把什么缺点都照出来了。"马思聪就用这种精神，最后二十年如一日地对自己的演奏和作品不断地修正提高。他演奏的曲目大部分是本人作品和部分西洋古典名人名曲，仍全部背谱演奏。

1969年1月7日，马思聪首次在纽约林肯中心费哈曼大厅举行小提琴独奏会，钢琴伴奏是S. 桑德尔斯。曲目有凡拉刺尼的《E小调奏鸣曲》、巴赫的《恰空》等，有五首本人作品：《山歌》《跳龙灯》《牧歌》《第一回旋曲》《内蒙组曲》。演奏会反应热烈，听众特别赞赏他本人的作品。

由于女儿瑞雪与美籍华裔学者吉承凯于1969年结婚后定居费城，马思聪夫妇与小儿子如龙也于1969年10月迁居费

◎　1969年马思聪在纽约市演奏

城郊区的高层公寓居住，直至1987年逝世。在这个不需要自己费时出力修理草坪和游泳池的新环境，马思聪有更多时间专心地开展创作，此后他在美国埋头作曲，20世纪70年代进入他老年创作的高峰期。开演奏会的重点放在了台湾，这便于他新作品的试演、出版以及为创作采风收集素材。

1972年4月，马思聪夫妇在美国洛杉矶举行独奏会，由夫人王慕理作钢琴伴奏。演奏会受到听众的热烈欢迎，尤其是华侨听众被他的《思乡曲》等曲目所深深感动。夫妇二人在演出后接受了州政府赠送的奖状和荣誉市民金钥匙、侨胞赠送"驰名中外"的金盾。1974年9月，他在华盛

◎ 1972年4月，马思聪夫妇在加利福尼亚州接受州政府赠送的奖状和荣誉市民金钥匙及华侨赠送的金盾

顿华人礼拜堂举行小型演奏会，此后也经常应邀举办小型演奏会，但主要的精力仍放在作曲上。

在与挚友作家徐迟的通信中，他表达了自己不断追求的境界："追求我们民族最美的声音这个高目标，一定努力以赴……"在晚年最后的二十年里，他仍以创新的理念，孜孜不倦的精神，精益求精的态度，创作了二十多部体裁多样，民族风格鲜明的大小型音乐精品。他说创作像"无期徒刑"，但不断工作倒觉得心安理得些，否则会感到空虚。而他的日常生活还是丰富的，他兴趣广泛，酷爱读书，常到图书馆阅读，有时在那里待上一天静心创作。他也喜好观赏名画，经常去参观博物馆、画展。春天百花盛开，夫妇俩会驱车到处去观赏，家里种养各式各样的奇花异草。他有一颗童心，生活充满情趣。

二

1970年，马思聪开始构想芭蕾舞剧《晚霞》的格调并把其列入创作日程。他还带着《晚霞》的构想去请教被誉为"中国现代文化史巨匠"的科学家顾毓琇。马思聪非常敬重他，往后两人都交往甚密。《晚霞》取材于《聊斋》中的同名故事，由4幕11场42段乐曲组成。这部大型舞剧中的众多人物有着不同的音乐形象，马思聪断断续续地创作、修改，七易其稿才完成，历时50个月，于1979年完成。因这期间他要练琴、录音，还要赴台湾演出，也创作了些小型作品。1971年完成小提琴作品《高山组曲》（祭神、饮酒、芦荻、战舞、招魂、丰年舞）。他以台湾少数民族民歌为素材，反映他们的民俗风情。

1972年2月，马思聪在创作笔记中写道："晨早四时起来作曲，修改稿子。"8月定稿《李白诗六首》，包括《将进酒》《长相思》《行路難一》《行路难二》《关山月》和《渡荆门送别》这六首。他在《我谱李白诗六首》一文中说："李白的年代离开我们已千余年了，他的诗今日读来仍然新鲜亲切，许多诗句还在说着我们心中想说的话……李白诗触及人生的各方面，用最直接、最平易、最简洁的词句表达最深入又最普遍的情感与境物……钢琴伴奏方面，我着重于表达每首诗中的气氛与境界。"

1973年，马思聪完成了多部作品，包括由马瑞雪作词的女声三部合唱、女高音独唱曲《家乡》；由马瑞雪作词的女高独唱曲《热碧亚之歌三首》，马思聪说女儿这首歌词修改后竟是一首好诗，感人至深；还有无伴奏男女声独唱及混声四部合唱《亚美山歌》（春耕、月亮、庆丰收——春天），一部小提琴作品《亚美组曲》（春天、寂寞、山歌、月亮、山地舞）还有《小提琴独奏奏鸣曲》，马思聪对此曲修改多次仍未满意，他说："可能已有十余稿了。作曲如蜘蛛结网，常常要失败多少次才成功。"

1974年至1979年，马思聪先后完成了《无伴奏小提琴奏鸣曲》（1974年）、《唐诗八首》（1975年）、芭蕾舞剧《晚霞》（有钢琴乐谱和管弦乐谱，1979年）。期间他多次赴台湾演奏。马思聪在舞剧《晚霞》创作札记中的小结中写道："《晚霞》于1970年9月5日构思，9月15日开始写，虽然时写时停，时又写了《李白诗六首》、《唐诗八首》、《亚美组曲》、奏鸣曲、协奏曲等，统计已写了四年了。可见'天才'之有限。但终于写完了，最低限度我自感快意者，是我有这耐心，有耐心也很不错吧！"

马思聪在创作上就是一贯的坚持、有耐心，对每部作品都精雕细刻，写到满意才停笔。《晚霞》这部中国化的芭蕾舞剧就曾七易其稿才最终定稿，并于20世纪80年代和90年代先后在台湾、北京首演。

进入20世纪80年代，马思聪与国内亲友李凌、金帆联系频繁，了解国内形势好转的情况。他的好友、同事徐迟、吴祖强、沈湘、卞祖善等出访美国时，也曾拜访他，带来音乐界新面貌的消息，令他感到欣慰。他常触景思乡，到中国城唐人街饮茶时，就会感叹："好像回到了家乡。"这期间他心脏出现了一些问题，他在日记中写道："上坡吃力，注意勿使心脏退步即可，活多几年，写几首想完成的作品，留给我国贫乏的乐坛是所至望。"所以他仍坚持不懈地创作和进行演奏活动，这期间创作了一些大中型器乐作品，主要还是以创作小提琴曲为主，其中有：《双小提琴奏鸣曲》，这首作品1982年动笔，经一家三口多次在家中试奏、录音修改，1983年1月间完成；同年还创作了《第三小提琴回旋曲》，这是根据1954年创作的小提琴独奏曲《新疆狂想曲》改写而成的《小提琴二重奏》，配钢琴伴奏谱和弦乐伴奏谱；1984年完成了《第四小提琴回旋曲》和《第三小提琴奏鸣曲》。还有多首《小提琴二重奏》。1984年冬，他开始构思写一部歌剧《热碧亚》，这是女儿马瑞雪根据新疆一位名诗人所写的爱情悲剧长诗编写的剧本，主角是一对恋人赛丁和热碧亚。瑞雪第一次写的剧本，没有被父亲认可，父女经多次讨论修改才定稿，1985年开始创作。

急于早日完成歌剧《热碧亚》，希望能在台湾先看到首演，于是日夜兼程，三易其稿于1986年完成，赶写完成了钢琴谱，乐曲带有浓厚的新疆地方色彩。由于积劳成疾，马思聪心脏病恶化，多次进住医院，不能工作，来不及创作管弦乐谱。因心脏手术失败，不幸于1987年5月20日凌晨3时5分与世长辞，他猝然离去没有留下遗嘱。他在医院病床上的期间，曾对女儿瑞雪谈到他自己的一生和同时代中国知识分子的命运："狄更斯讲过一句话，说他生在一个动乱的时代，每一分耕耘都比太平的时候艰苦。我们生活在和狄更斯一样的时代，越是这样我们越要努力去工作，尽管我们付出的辛劳总是受到很大的阻力。"

歌剧《热碧亚》成为马思聪最后一部作品。他晚年的全部音乐作品，填补了国内十年"文化大革命"期间音乐界在这些体裁上创作的空白。同时，也促进台湾地区音乐艺术的发展，这些作品大部分在台湾地区得到出版、演出、电台录音播放。1988年，台湾文艺界为纪念大师逝世一周年，首演了歌剧《热碧亚》，以告慰马大师的在天之灵！

三

马思聪在美国繁忙地进行创作，仍先后安排"七访台湾"的活动，包括：演奏会、在电台录播音乐节目、新作品试奏、座谈会听取评说、出版作品、指导演出芭蕾舞剧《晚霞》……

　　1967年，马思聪受邀到台湾地区演奏，马思聪答应1968年春季可去举办演奏会，并提出安排去东南亚的泰国、菲律宾等国的演奏日程。那里有不少华侨，还有"马氏宗亲会"和"王氏宗亲会"的组织。

　　马思聪对台湾并不陌生，1932年他20岁就曾在台湾举办独奏会。1946年他担任过台湾交响乐团的指挥兼独奏家，亲自指挥演出本人作品《第一交响曲》，并举行多场个人独奏会。台湾新创造出版社为此出版了演奏会特辑，还刊登马思聪的名篇《从提琴到作曲》。1946年8月，他的小儿子马如龙就在台湾诞生。马思聪在台湾有广大乐迷、同行好友和老乡族亲。由于历史原因，他已二十多年未踏足台湾。他说台湾的听众也是我的同胞，我去台湾是为我的同胞演出。

　　1968年3月30日，马先生夫妇从美国起程经日本首次到中国台湾访问演出。到达台北时，政界、文艺界、亲友和记者都来迎接。踏进台北，给马思聪的第一个印象是"没有秩序相当乱，路上行人匆匆忙忙的撞来撞去"。当晚由侨委会宴请，有原籍海丰的官员陈祖贻、曾广顺，还有孙科等出席。接着他又出席当晚在中山堂举行的欢迎音乐会，会上由邓昌国指挥特别演奏了马思聪的管弦乐作品《山林之歌》。音乐会毕，他对夫人王慕理说，"乐队很幼稚，演奏水平太低，这样的乐队花数十年

◎　1968年，听罢台湾阿美人的歌舞，马思聪夫妇与姑娘们合照

工夫也难进步"。这是台北给马思聪的第二个印象。他在台湾多个城市和大专院校举行独奏会，受到空前热烈的欢迎，文艺界有些人士说："感谢上天给我们降下一位'仙人'。"他还到电台录播演奏节目，与"四海唱片公司"签署灌录出版合同。他会见了族亲马毓清、马淑梅，文艺界人士沉樱、黄君璧、林声翕、李永刚等，社会活动家陈香梅等和原籍海丰的官员陈祖贻、曾广顺，中山大学的同事等。他又与文艺界开座谈会，还受到惠州、海丰同乡会的宴请以及蒋介石、宋美龄和蒋经国的接见。他游览日月潭、澄清湖、郑成功祠等名胜，观看亚美人、台湾少数民族的表演并进行采风。这期间他还到菲律宾和泰国访问演奏，受到菲律宾总统和泰皇的接见，在皇宫与喜好音乐的泰王谈论音乐，应邀演奏一曲《思乡曲》。他受到两国"马氏宗亲会"的热烈欢迎，并出席了宴请等活动。这次台湾地区及东南亚之行历时两个多月。此后马先生再多次赴台演出、录制节目、出版作品。

1977年1月16日，马思聪开始第三次在台北、台中和台南等城镇、学校进行巡回演奏。在参观新竹县时，县长在家设宴招待，县长夫人亲自下厨做菜，马思聪说菜式似海丰的家乡味，新竹县的山歌也有家乡海丰的韵味。他在台北老乡陈祖贻家里品尝"海丰菜茶"，用海丰话聊天，他很开心，说好像回到了故乡，令他思乡了。

◎ 马思聪指挥乐队为马如龙演奏《F大调小提琴协奏曲》协奏

1981年3月，他第四次赴台湾举办独奏会，演奏了小提琴新作品《亚美组曲》等，台胞听众感到很亲切。马如龙先后多场演奏了父亲的作品《F大调小提琴协奏曲》，马先生亲自指挥乐队为儿子协奏。在马先生指导下，乐队还演奏了马先生的管弦乐作品《山林之歌》，他说乐队开始有点进步了。同年10月他第五次赴台湾是为了指导台湾方面排练、演出他的新作品芭蕾舞剧《晚霞》。该剧12月17日在台湾首演时取名《龙宫奇缘》。舞剧的演出令他十分欣慰，评论文章不

◎　1981年12月17日在台湾首演的舞剧《龙宫奇缘》剧照

断，赞扬这部取自中国素材，由中国人作曲、演奏、演出的中国式芭蕾舞剧，是弘扬中华文化的大贡献。但马先生认为演出的水平还不高，他曾致信国内好友李凌、金帆和苏夏教授等，谈《晚霞》的演出，他说，"大陆乐团、舞蹈团听说很有水准，如果演《晚霞》会演得出色的"。他希望能看到《晚霞》在大陆演出。遗憾的是马先生逝世三年后的1990年，《晚霞》才由中国歌剧舞剧院在北京首演。

1984年4月，他第六次赴台湾演奏。此行马先生还为演奏的新作品写了简介，听取观众的意见和同行的评论，新曲目有：《热碧亚之歌》《双小提琴协奏曲》《高山组曲》和小提琴二重奏《新疆狂想曲》等。台湾歌唱家演唱了《热碧亚之歌》以及《唐诗八首》的其中三首；马先生夫妇和儿子马如龙演奏《双小提琴协奏曲》的第二乐章；指挥家陈秋盛指挥台北市交响乐团演奏马先生的作品《第一交响曲》，这是1946年马先生在台湾亲自指挥演奏这部作品的38年后再看到这部作品的演奏。马先生说："能重演此曲，我喜悦的心情夹杂着无限的感慨。"这感慨也激起听众的共鸣。5月8日离台回美国，马夫人说这次台湾之行很伤马先生的元气，他的心脏病更严重了，他也没有时间去看病。

◎　20世纪80年代马思聪夫妇与儿子马如龙在台湾演奏马思聪作品《双小提琴协奏曲》

　　1986年2月，马先生第七次赴台演出，马先生夫妇和儿子马如龙再次演奏马先生的作品《双小提琴协奏曲》，他反复演奏这首作品是要不断修改提高。乐队演奏了舞剧《晚霞》的音乐片段：乳莺部、燕子部等，台湾艺专学生演奏马先生的作品《钢琴奏鸣曲》。期间马先生与青年作曲家马水龙谈创作，称赞他的作品《梆笛协奏曲》很不错；又与广播公司音乐风节目《每月新歌》资深主编赵琴女士谈合唱《亚美山歌》等新作品的出版事项。此次演出后马先生自觉疲劳不堪，说此次是赴台演奏的最后一次了。这被不幸言中，当时马先生的心脏已出现严重的问题。1987年5月20日，马先生因心脏手术失败，不幸在美国逝世，享年75岁。夫人王慕理女士悲痛地说："他为音乐生，为音乐死！"亲人悲痛，国人同哀。台胞感谢大师繁荣台湾地区的乐坛，推动台湾地区音乐艺术的发展。

　　大师的艺术道路艰难坎坷，而晚年二十年"苏武牧羊"般的生活，也没能阻止他前行。是"追求我们民族最美的声音这个高目标"的理念，让他勇于排除千难万险，坚定不懈地走自己的路，终获硕果，为中华民族留下丰厚的精神财富。

　　马思聪的音乐让他永生！

▌ 在《思乡曲》的乐声中永生

　　大师匆促地走了，带着遗憾和国人永别，他还有许多没写完的作品，他未能落叶归根。国人怀念他，感激他为中华民族留下丰富的精神财富，让国人共享。他的好友作家徐迟在纪念他逝世一周年的《祭马思聪文》中写道："幽幽琴声，一往情深。民族之音，冬夏常青。百世芳芬，千秋永恒。"

　　文艺界为缅怀这位驰名中外的音乐家，学习、研究、发扬先生的优秀音乐传统，在国内音乐界的倡导下，首先在马先生的家乡——广东省举办了一系列马思聪音乐作品音乐会、研讨会。1988年10月，在他的第二故乡——广州市，举办了全国性首届"马思聪作品学术研讨会""马思聪作品音乐会"，研讨会代表们深切缅怀马先生，回顾他坎坷的艺术人生，并深感痛惜；敬仰他的高尚人格、杰出成就；对他发展中国音乐事业做出的重大贡献，给予高度评价。1990年6月，在北京中国音乐家协会的领导下，成立以吴祖强教授为首任会长的"马思聪研究会"；广州太平洋影音公司、广州唱片分社录制出版《马思聪音乐作品专集》。1992年12月，在马先生的故乡——海丰县，举办全国性"纪念著名音乐家马思聪诞辰80周年暨第二届马思聪学术研讨会"；先后出版《马思聪歌曲集》《论马思聪》一书。2000年，马夫人王慕理（1909年8月14日—2000年9月6日）逝世，子女遵循父母遗愿，将父亲所有遗物（手稿、小提琴、钢琴、乐谱、名家字画等）赠送给广州市政府。2002年，广州市政府举办"纪念著名音乐家马思聪诞辰90周年"系列活动："马思聪音乐艺术馆"在麓湖公园旁的广州艺术博物院揭幕，"马思聪学术座谈会"迎来全国有关的专家学者出席，广州乐团举办"马思聪作品音乐会"；同时在马先生故乡——海丰县，举办"发扬大师爱国亲民、不懈创新的传统座谈会"、"马思聪故居"挂牌仪式，并在故居举办"马思聪音乐家庭图片展"；海丰县举办"马思聪声乐作品音乐会"等纪念活动。

2004年，由广州市政府提供经费，广州市文化局主持与中央音乐学院、马思聪研究会合作筹备编纂《马思聪全集》。全集历时4年于2007年完成，7卷加《补遗集》共10册，配有CD15张。当年12月13日《马思聪全集》在广州艺术博物院举行首发式，随后在中央音乐学院也举行了首发式。

令人惊喜的是马思聪先生要"回国"了。小儿子马如龙向温家宝总理报告希望将马先生"迎回"祖国，获得支持。在副总理李岚清的协助下，得到广州市政府的大力支持，儿子终于帮父母亲实现了他们落叶归根的遗愿。离国40年后，马先生终于回到他的第二故乡——广州市，"安家"在白云山下环境秀丽的"聚芳园"，和祖国的土地永远在一起。这天是2007年12月14日，在《思乡曲》的乐声中，广州市政府有关领导，马先生国内外的亲属，文艺界的代表，故乡汕尾市、海丰县的乡亲们，

◎ 马如龙敬献的花篮写着"父亲、母亲：我们回家了"

都来迎接马先生夫妇。儿子如龙献上一篮鲜花，上面写着："父亲、母亲：我们回家了。"场面悲喜交集，令人动容。

马先生的"新家"在麓湖公园的"聚芳园"，他的老朋友冼星海先生的"家"也在麓湖公园内，取名"星海园"，他俩是邻居了。这也是广东人民的荣幸，两位音乐大师回归故里，将引导音乐界年青一代为建设文化大省贡献力量！

◎　1988年10月3—7日，第一届"马思聪作品学术研讨会"在广州举行，吴祖强教授主持会议，马思聪女儿马瑞雪在会上发言

◎　1992年12月7—10日，"纪念马思聪诞辰八十周年"暨第二届"马思聪作品研讨会"在海丰县举行，图为研讨会代表与汕尾市、海丰县的领导合照

◎　马思聪音乐艺术馆（广州美术学院教授韦振中为马思聪塑像）

◎　马思聪夫妇的亲属出席马思聪塑像揭幕仪式

▍后记

2017年，我接到广东人民出版社委托编写《当代岭南文化名家·马思聪》的任务时，感觉像有如十岁的小孩子要挑一百斤的重担，压力很大。因马思聪先生是集演奏家、作曲家、教育家和指挥家于一身的大师，享誉中外。我非资深研究马思聪的专家，也不是专业作家，而是一个"80后"老人、普通的音乐工作者，能完成这一重任吗？我心里不踏实。但有一种责任感、一种真诚的爱——对马先生杰出艺术成就的敬仰和钦佩，被他人格魅力所感动，以及一种"先天"的亲情，激发起我有一股要讲述他丰富而坎坷的人生故事的激情。我借助各方力量，终于有勇气要在学习中挑起这个重担。

协助的力量来自各方面：一方面来自马先生的夫人、子女、兄妹等亲属的口述历史、历史照片、回忆录以及马先生的一些创作札记。他们和我有密切的往来，我得到了他们的信任和帮助；另一方面来自马思聪研究会，研究会成立二十多年来，推动举办一系列马思聪学术研讨会和音乐会等活动，专家们从各方面多角度发表了内容丰富的文章评论马思聪和《马思聪年谱》等，这些都是我学习的课本，引导我走近马思聪。有幸我也是以上一系列活动的参与者、策划者之一，在具体编辑《马思聪文集》《马思聪全集（第七卷）》，以及策划"马思聪艺术生涯图片展"、编辑承制出版马先生音乐作品CD等的过程中，我逐渐走进马思聪的"世界"。每次读他的文章就像与他对话；翻看他的历史照片仿佛他就在我们的生活中；聆听他的《思乡曲》，他在舞台上演奏的形象就好似近在眼前；联想他在异国他乡思乡的苦情，我潸然泪下。我也常常会梦想：如果马先生再活二十年该多好呀！在改革开放宽松的环境中，他能完成计划中更多的作品，在国内广阔的舞台上演奏他的新作品，为国际获奖的小提琴家微笑鼓掌、发表文章……当梦想回到现实的不可能，我就深感惋惜，为他坎坷的艺术人生而心痛。

我父亲和马先生是堂兄弟（同祖父），父亲比他长两岁，他俩曾一起在汕头读小学，生活在一个大家庭，关系亲密。我和马先生有过几次见面，其中有几件事给我留下深刻印象。在抗日战乱的1942年春，因香港沦陷，马先生夫妇带领三位小提琴学生逃难回到故乡海丰，住在县城幼石街他三婶母家（我的祖母）。我每天一早就会听到他在厅堂拉"do、re、mi、fa、so、la、si……"，然后才拉好听的曲子，每天如此，我那时年幼不懂他是在练习音阶；他晚上还要去为乡亲们演奏或观看白字戏，白天就请了一位拉胡琴的民间艺人来家里教他拉白字曲。有一天他背起小提琴和堂兄弟们到几里外的围雅村探望外婆，我也跟着大人去凑热闹。老表和乡亲们就要求他演奏一曲，他是有备而来要奏白字曲了，大家听着哈哈大笑，问他这把洋乐器怎么能唱家乡的白字戏？他说："这乐器和人学唱戏一样，我学什么它就会唱什么。"多么通俗的比喻，这次马先生留给我的印象是勤奋、热爱民间音乐、接地气。1962年，马先生到广州举办演奏会，下榻爱群大厦，我在省广播电台工作，聆听了他的演奏，还有机会陪祖母（他敬重的三婶母）应约到爱群大厦与马先生见面聊家常。他又提起家乡的地方戏，又询问那位当年教他拉"白字曲"的鄞师父是否还健在？而令我更难忘的一件事，是让我陪他儿子如龙到邮局寄物件给上海的傅雷先生。我问："是被划为'右派'的翻译家傅雷吗？""就是他。"如龙回答。如龙又说爸爸不在乎傅先生是"右派"，他们是好朋友，爸爸要给他点帮助和安慰，里面是节目单、书和食物。马思聪对朋友多么的诚实、真诚、一片爱心。作家马国亮先生（马思聪六妹马思荪的丈夫）曾对我谈起马先生要与他合作写歌剧的事，马先生到上海开演奏会时，借此与他一家见面聊家常，马先生请他写个剧本，国亮先生说："我是'右派'会影响你的。"马先生说："50年代你在香港被英政府视为亲共左派而驱逐出境，回到祖国的怀抱却成了'右派'？（当时他在上海电影制片厂工作）我看你不是左派也不是右派，是作家，你写吧，我不在乎。"这就是马思聪，一个在艺术上和政治上不会人云亦云去跟风、正直、有独立人格的艺术家。

1985年4月，马先生冤案平反，我开始与他有通信。当我收到他当年10月15日的长信时，激动万分。他说高兴收到我录制出版的《马思聪小提琴作品》盒式带和海丰"白字戏"录音带。他回忆少年时与我父亲和祖母相处的快乐时光，但又因再也见不到他们而觉得伤感，他思念亲人。读着信我眼睛模糊了。他又忆起学习"白字曲"以后创作《钢琴弦乐五重奏》的话题，要我再寄点短小的"白字曲"录音带给他。晚年他的亲情、乡情更浓烈，这也体现在他晚年的作品中。在与马先生接触的言谈中，让我进一步了解他的内心世界。

马思聪先生从少年被誉为"音乐神童"到成长为"音乐大师"的历程中，离不开良好的家庭教育、时代的机遇、本人的天赋和勤奋。他长在一个文化底蕴丰厚、戏曲之乡、人才辈出的古邑——广东省海丰县；他是清代举人、廪生的后代，自幼受到中华民族传统文化的熏陶。但他的父亲不是书呆子，是深受资产阶级民主革命思想影响，反对封建帝制，主张民主共和的"造反秀才"，他的子女受其影响，有追求民主自由的理想。马思聪幼年又留学法国，造就了他有深厚的中西文化修养，我就是沿着这个思路撰写《马思聪传略》。他六十多年的艺术生涯是非常坎坷的，也是丰富的，他的无数苦乐故事就编织起一幅成功的画卷，离开这些故事就没有真实的马思聪成长史，我编写他的传略就是想讲述他的一些故事。我不是专业作家，讲得可能不动听，这是我的习作，有待专家、读者雅正充实。

期望21世纪有热爱马思聪先生的专业作家撰写一部新的马思聪正传，拍摄一部"格林卡"式的马思聪电影。作为中国小提琴音乐奠基人的马思聪，享誉中外，中国有资格以马思聪的名誉，举办"马思聪国际小提琴比赛"。早在20世纪90年代，"马思聪研究会"首任会长吴祖强教授是提出此倡议的第一人，这是国家的荣誉，也足以成为广东乃至国家的一张亮丽的"文化名片"。

《当代岭南文化名家·马思聪》是一部集体创作，我只是编著者。感恩马先生的家人、亲属对我的信任和帮助；感谢马先生的同事、好友、学生和热爱马先生的听众，用心血记录了马先生的历史足迹，给后人看到一个真实的音乐家马思聪，让我也受益匪浅；要谢谢广东人民出版社沈晓鸣等责任编辑的帮助，对稿件进行修正、修饰，他们还关心我这位"80后"老人的健康，让我慢节奏地顺利完成任务；还要感谢珠影厂摄影师马卫先生，在美国协助翻拍由马夫人提供的马先生在国外的一批历史照片，在国内研究马先生的一系列活动中也给我们留下许多珍贵镜头。还有在电子版方面协助我的"小字辈"马健文和马鸣凤，我在电脑写作过程中，一旦电脑乱了套，他们就及时来"解套"，马健文是得力助手，让我体会活到老学到老才能完成这一重任。

马之庸

2018年5月于广州

第二篇

众说马思聪

▍在北京《马思聪全集》首发式的书面讲话

李岚清

　　我非常高兴应中央音乐学院王次炤院长的邀请，前来参加纪念马思聪诞辰95周年暨《马思聪全集》首发式。听说马思聪先生的亲属也专程从海外赶回来参加这次活动，我们就有机会一起在这里纪念和缅怀马思聪先生。

　　马思聪是中国20世纪杰出的作曲家、小提琴演奏家和音乐教育家，我称他为中国小提琴音乐的里程碑。一提到马思聪，我的脑海里就会自然流淌出《思乡曲》《塞外舞曲》等作品美妙动人的旋律；同样，当这些美妙动人的旋律响起时，我脑海里就会浮现出拉着小提琴的马思聪形象。在我这个音乐爱好者的心目中，他就是中国小提琴音乐的"代名

◎　马思聪外甥何荣教授指挥演奏管弦乐《思乡曲》

词"。他毕生致力于中西音乐艺术的融合和创造，应用精湛的西洋音乐技巧，出色地表现了中华民族的审美内涵与文化底蕴。同时，马思聪还是中国现代音乐教育的先驱之一，是中央音乐学院首任院长，他促进了现代音乐教育体系在中国的建立，为中国培养出一批蜚声世界乐坛的优秀人才。

我虽然未与马思聪先生见过面，只知道他是小提琴演奏家，但是后来是音乐让我对这位大师有更多了解。2001年，我在任国务院副总理时，曾主持召开过一次音乐

◎ 2007年12月24日，中央音乐学院举行《马思聪全集》首发式（北京）暨作品音乐会

家的座谈会，在会上我问当时的中央音乐学院院长：中国有没有像贝多芬的交响曲那样有分量的交响乐？院长回答：有，马思聪就有。我说：好，那就演马思聪的，让人们知道中国也有自己的交响乐。2002年12月23日至24日，为纪念马思聪诞辰90周年，中央音乐学院、中国音乐家协会、马思聪研究会，在中央音乐学院举办了"第三届马思聪学术研讨会"及纪念音乐会。我出席了那次纪念音乐会。在聆听马思聪不朽的音乐时，我深深为那些作品优美的旋律所感染，也为马思聪丰富的音乐创作经验和卓越的音乐才华所折服。马思聪无愧是一位永远值得中华民族自豪的小提琴演奏家、作曲家和音乐教育家。

2003年，我离开岗位后，以一个音乐爱好者的身份撰写了《李岚清音乐笔迹——欧洲经典音乐部分》之后，形如学习研究中国近现代音乐。在此过程中，马思聪先生取得的成就和他的人生历程深深地印在了我的脑海里。2006年4月，我在《南方日报》上发表了《马思聪——中国小提琴音乐的里程碑》一文。我的目的就是希望更多的人认识和了解马思聪，了解他为中国音乐事业发展做出的贡献，了解他对祖国、对人民的深深眷恋。

还有一件事情，也让我对马思聪先生的爱国情怀深为感动。2006年，《人民音乐》杂志副主编于庆新告诉我，说他受马思聪的儿子马如龙委托，以马如龙的名义，向有关方面提出马思聪先生骨灰回国安葬事宜。温家宝总理对这件事很重视，批示请文化部具体办理。前不久，马思聪先生的骨灰已从美国运回祖国，安葬在广州白云山麓，终于实现了马思聪先生的遗愿。对此，我感到十分欣慰。

　　在马思聪诞辰95周年之际，中央音乐学院和广州市文化局分别在北京和广州举行《马思聪全集》的首发式和作品音乐会。通过编辑和出版《马思聪全集》，纪念已故的马思聪先生，同时为中国音乐事业和音乐教育事业呈现出一套马思聪的完整的艺术遗产。我衷心祝愿这次活动圆满成功，并深信马思聪的艺术精神和音乐成就，必将激励一代又一代的音乐家，为祖国和民族音乐事业的发展而努力奋斗！

　　［原载《人民音乐》2008年1月号。李岚清（1932—　　），江苏镇江人，第十五届中共中央政治局常委、国务院原副总理］

德艺双馨的大音乐家
——97岁喻宜萱教授忆马思聪

喻宜萱　口述
金毓镇　整理

马思聪先生是我一生非常敬仰、钦佩的一位德艺双馨的音乐家，小提琴大师。我很敬仰他的成就和为人。他的品德非常高尚，艺术非常精湛。我已经走过97年的人生历程，但我听到这么杰出的中国小提琴家，马思聪先生是第一位。可能是在20世纪30年代初，他刚从法国回来，中国音乐界都称他为"神童"，赞赏他的音乐天赋。他在巴黎相当长时间，但他宁愿放弃在国外的优越生活，怀着一片爱国激情回到祖国，目的就是把他所学的专长为祖国服务，促进中国音乐发展。他那颗中国心令人佩服。

他不仅自己拉琴，而且致力于创作，并在这方面获得丰硕的成果。他虽然掌握了很多很精练的外国作品，但他并不满足于只把外国作品介绍到中国来，而是更加尽力演奏他所创作的具有中国风格的作品，他既是演奏家，又是杰出的作曲家，这是很难得的。

马思聪先生回国后第一次开独奏会是在上海，当时中国没有音乐厅，只是在上海市政厅有一个工部局礼堂，经常只有外国人组成的乐队演出，指挥是意大利人叫帕奇（亦称梅百器），首席叫富华。马思聪先生从法国回来还很年轻，是中国人第一次在这座市政厅演奏。当时我还是学生，在肖友梅先生办的音乐专科学校学习，已经是高年级学生，快毕业了。马思聪先生的独奏会提出要请一个穿插节目，最好是唱的，好让他有休息的时间。我至今也不知道是谁把我推荐去的，在马思聪先生第一次独奏会上我唱了三首舒伯特的歌曲，感到很高兴。这是我做学生第一次的公开表演，可说是一开头就沾了他的光。

虽说1949年以前我就与马思聪先生相识，但平时很少来往。我于1933年从上海音专毕业，有人推荐我到南京中央大学音乐系去做助教，系主任是唐学咏，也是从法国回来的。当时马思聪先生也在音乐系教小提琴，但我与马先生并没什么机会接触，与马思聪先生接触较多的是在中华人民共和国成立以后的几次一同出国。我是中华人民共和国成立以后从欧洲回来的，第一次是1953年随中国音乐代表团去捷克斯洛伐克参加布拉格之春音乐节，马思聪先生是团长，团员人数不多。马思聪先生虽然是团长，但从不摆架子。他是真正的艺术家，不断追求艺术的完美，热爱艺术，从不把艺术当作求名求利的工具，没有一点出人头地、压倒别人的坏思想，没有一点名利欲望，所以称他为品德高尚、德艺双馨的艺术家是当之无愧的。

马思聪先生跟大家平起平坐，一点架子也没有，他也参加演出，第一场演出在德沃夏克音乐厅，他拉了一些外国曲子，还拉了他自己创作的作品，给我的印象很深。他的提琴拉得很出色，受到热烈欢迎，掌声雷动。一是因为他的技艺高明，二是他的作品独具一格，富有中国风韵的魅力。而他面对成功没有一点洋洋得意、喜形于色的自满，仍然是文质彬彬，很有礼貌。他的这种高贵品质给我印象特别深刻，更使我受益匪浅。

另外我也佩服他的中国文化修养，听他的谈吐就知道他对中国的历史、文字、诗词歌赋都有不俗的修养，对祖国的古典文化有深刻的了解，他是怎样得来的？至今我也解释不了。

马思聪先生有一颗可贵的爱国心，只要国家需要，一声号令他就全力以赴。1953年我们一起去朝鲜慰问中国人民志愿军，又有幸和马先生在一个团。我们去的时候是11月，刚刚停战，火药味还挺浓。朝鲜很冷，演出场所都是广场，看演出的志愿军就坐在冰冷的地上。志愿军战士十几二十岁，都是我们的亲人。他们随时都有牺牲的可能。祖国派我们来看望这些年轻的亲人，他们全副武装席地而坐，炊事班带着柴米油盐，背着大锅坐在后面，一声号令他们马上就得去作战。面对这种场景，所有演员都是全心全意上场演出，马思聪先生这样的大艺术家也是竭尽全力，当他出场时，后台烧了一盆木炭，让马先生上台前烤烤火、搓搓手，但出台不到五分钟手就僵了，他仍然积极活动，坚持下去，尽量拉好。大家都是代表祖国来看望亲人，都希望他们听到美好的音乐，得到片刻欢乐。马思聪先生作为一个大音乐家能这样做很不容易，世界上许多大音乐家出风头的日子很多，而这种场合他们是否经历过？恐怕大都没有，所以我对马思聪先生这方面做出的表率非常敬佩。

另有一次我和他一起去莫斯科参加苏联建国40周年庆祝活动，主人请我们在红场观看了阅兵典礼，还去列宁格勒①参观访问。我们在红场被安排在很好的位置，观赏阅兵庆典威武壮阔的场面。那次梅兰芳先生也去了，大家一起游览列宁格勒，在莫斯科一起上街买东西，马思聪、梅兰芳先生都和其他人同去，像普通人一样，给我留下深刻印象。

1950年，马思聪先生被任命为中央音乐学院院长。实际上他对行政一点兴趣也没有，他的才能表现在艺术方面、音乐方面。当然不是说他没有才能管理行政，是他根本没有这种意图、这种想法。他脑子里没有"升官发财"这几个字。院长职务是国家委任的，中国政府让名家当院长，看中他的才气，为音乐院增光，为国家增光，但他根本不想当官，手中有权也不愿利用，依然一颗平常心。院里的事情都是党委书记管，他还是拉他的琴，开音乐会，搞创作，教学生。他教学生特别认真，分给他的学生他都尽心尽力去教。1961年我做了副院长，我看他做院长都不发号施令，我做个副院长又算什么呢？千万不要摆这个架子，我本来就是个平常人，应该保持一颗平常心。我们国家很重视人才，他当院长时的条件还很艰苦，学院想把他的日常生活安排得好一些，但他并没有丝毫这方面的要求。后来他还经常请我们去他家玩，吃广东菜，很亲切，没有一点架子。

"文化大革命"中我们还有一段艰苦的历程，一起关在牛棚里头。那真是一段艰苦的生活，有时还要在院子里游行，手里敲着簸箕，喊

---

① 列宁格勒：现圣彼得堡。

"我是牛鬼蛇神"。党委书记赵沨排第一，后面就是马思聪，我也戴了一顶高帽子，好像排在第四的位置上。

我觉得这不光是我们个人吃苦的事，而是中国历史上"左"倾路线造成的噩梦。不少无辜的人受到打击，甚至丧失生命，这是时代的悲剧。

马思聪先生也为此受到伤害，但他热爱祖国的心仍旧如当初。虽然他后来去了国外，但依然热爱祖国。周总理几次想接他回来，但因各种原因没有成功，马先生自己也很想回来，最终却没有达成愿望。

马思聪先生的不平凡不仅在艺术成就上，更难能可贵的是他始终有一颗平常人的心，一颗热爱祖国的心。所以我称他是德艺双馨的杰出艺术家是有事实根据的。对马思聪先生的感受都是我亲身经历到的，是实实在在的。

［原载《人民音乐》2007年5月号。喻宜萱（1909—2008），江西萍乡人，女高音歌唱家、音乐教育家，中央音乐学院原副院长，获首届中国音乐"金钟奖"终身成就奖；金毓镇，江苏苏州人，大提琴演奏家］

深入开展马思聪研究

——纪念马思聪先生80寿辰

吴祖强

1992年5月7日是马思聪先生80寿辰。马先生出生在5月，去世也在5月，今年的5月20日也正是他不幸于美国辞世的5周年忌日。中国音乐家协会马思聪研究会决定在今年11月举办第二届马思聪研讨会，以纪念他的80岁生日和逝世5周年。

这一届研讨会得到了马先生的家乡广东省和海丰、汕尾两地领导同志们的大力支持，从组织到经济方面都给予了帮助。海丰县还热情邀请研讨会到他们那里去开，由他们负责会议的接待和活动安排。这清楚地表明了这位卓越的音乐家在他的乡亲父老兄弟姐妹心目中的位置。马先生的家乡人以马思聪这个名字而自豪，尊敬他并且怀念他。当然，他们完全知道，作为当代著名的小提琴演奏家、作曲家和教育家的马思聪的一生劳绩早已铭刻于全中国音乐发展史册，并且在国际上闪耀着光辉，而不仅是属于广东。但是，这种乡土之情对一个艺术家而言，的确弥足珍贵。能够在马思聪的故乡举行这次纪念他的活动，真是再好不过的了，让我们十分感动的是，广东和海丰、汕尾承担会议的大部分费用，对此，马思聪研究会谨向他们表示衷心的谢意。

第一届马思聪研讨会是于1988年10月在广州举行的，那是一次马思聪的作品研讨会，会期虽只有短短四天，成果却是相当丰硕的。提交会议的论文共有二十余篇，涉及马先生创作的众多方面。马思聪的音乐生涯始自演奏，但创作却伴随了他一生，也许可以说，他的长达约60年的创作活动其实已经占据了其音乐生涯的首位。据苏夏教授在那次研讨会所提交论文中统计，马思聪仅在大、中型音乐创作上就完成了共达64部形式与体裁各不相同的作品。在我国现代音乐史中，他应属于最多产的作曲家之一，而且作品中有相当数量可被认为是中国近代音乐文献中的传世之作。因此，对马思聪的研究工作先从他的创作方面着力是很自然的。

对马思聪作品的初步研讨表明，这位具有浓厚民主和爱国思想的音乐家创作活动所积累的宝贵经验，的确是我们应该珍惜和好好继承的重要财富。马思聪的生活道路并不平坦，可是对艺术的追求及创造却是一往无前的。他的作品感情真挚，个性鲜明，构思新颖，技巧严谨，而且难能可贵的是大多能够做到"雅俗共赏"，深受听众欢迎，在我国革命和建设的各个历史时期产生过很大影响。"文化大革命"导致马思聪全家亡命海外，使得他的作品演出和传播在中国大陆造成了长久岁月的空白。这当然是我国音乐事业发展过程中的损失。1985年公安部、文化部终于批准中央音乐学院为他彻底平反的决定，马思聪冤案的平反为他的音乐在祖国大陆复苏铺平了道路，但时光却已经流逝了近廿年。平反三年后的第一届马思聪创作研讨会，除了恢复其作品的社会影响和开展学术交流之外，在重新衔接起他音乐中断了的岁月上，也起到了积极作用。

在第一届研讨会结束时，大家都认为对马思聪作品的研究必须继续下去。特别是对1967年他流亡海外以后的作品，当时由于资料缺乏，论文中触及较少。然而，一位作曲家的晚期作品却往往是对其创作研讨中的极为重要的部分。因而许多同志曾建议第二届研讨会应该在这方面加以弥补。四年过去了，令人高兴的是，在此期间，他的20世纪70年代力作舞剧《晚霞》由中国歌剧舞剧院在北京公演，并受到热烈欢迎；中央音乐学院在校庆40周年之际举行了首任院长马思聪作品音乐会专场，其中包括他在美期间的部分作品；人民音乐出版社出版了他后期的重要作品《双小提琴协奏曲》（钢琴协奏谱）；电台也较多播放了他的遗作。中央音乐学院还找到并整理出他20世纪50年代创作而因故未得演出的郭沫若名剧《屈原》的音乐，在上述作品音乐会专场中进行了首演。这样第二届马思聪研讨会便有可能对他的创作继续研讨，因而商定仍然将对创作的研究作为本届研讨会的主要内容之一。毋庸置疑，研讨会将在这个方面取得新的成果。

见诸于音乐史上的大多数演奏家并不从事创作，但他们和教学活动的紧密关联却似乎无一例外。马思聪先生在进行大量演奏活动和创作同时，也教了不少学生。他在几所学校担任过教席，教过音乐基础课，教过作曲，但更多是教小提琴。作为小提琴演奏家，他的学业是在巴黎完成的，但如果据此便认为他只是小提琴演奏艺术中所谓"法国学派"的代表，那就远远不够了。他有驰骋乐坛数十年的演出实践，他是有大量作品的作曲家，特别是他兼容中西的文化素养，并坚定地以发扬、创造中华民族音乐为己任，再加上他独有的艺术家"风度"，这就使他的小提琴教学具有了十分不一般的含意。马思聪并没有给他的长期小提琴教学传下什么经验总结或专著，但他的众多学生对他的授课都保留着难以忘却的印象。也许是演奏家和作曲家的名声掩盖了作为小提琴教师的马思聪的亮度，因而他在世时并未以"名师"著称，也罕见有人以他的教学为题作文，他的一些学生们常以此为憾。于是当举行一次"马思聪小提琴比赛"的倡议提付讨论时，对马思聪的小提琴教学也应该研究和总结的意见便也提了出来。改革开放十多年，小提琴演奏人才辈出并在国际乐坛一再显示出实力，普遍赢得了赞誉。收获在今朝，根基却在于往日的耕耘，其中马先生的教学作用何在呢？在我国举办"马思聪国际小提琴比赛"的设想终因目前困难尚多而暂时搁置，但在研讨会的筹备会议上，出席者却都赞成将对马先生小提琴教学的研讨列为这届研讨会的主题之一。

迄今为止，对马思聪先生教学活动的研究还是一项缺门，我们希望这是在一个新的研究领域内的有价值的开端。考虑到以后或许会引发对他终身所从事的小提琴演奏艺术的成就进行一些可能的探讨，它也许会成为"马思聪小提琴比赛"实现时伴随的学术课题。

如此，经过了时间不短的酝酿所最终确定的第二届马思聪研讨会的主要内容便落到两个方面：继续对马思聪的创作（侧重于后期作品）的研讨以及对马思聪的小提琴教学特点的回顾和初步归纳。前者将有助于通过马思聪漫长的创作历程的全貌来总结一位当代中国音乐界巨擘的创作经验和贡献，使这方面的研究能够更为深入；后者则有助于我国小提琴人才培养的理论探索，并将扩展马思聪研究的范围。

从筹备工作反馈的信息来看，与会者提出的研讨题目也还接触到一些其他方面。其中相当重要的一个题目是对《马思聪年谱》的编纂和修订。应该说，这是马思聪研究的一项基础工作。这份年谱经过艰苦细致的资料收集、整理和系统成文，已有可能提交本次研讨会加以讨论定稿。毫无疑问，年谱初稿的完成将给今后马思聪研究工作带来很多方便，将能给马思聪研究活动的进一步开展以很大的促进。

聂耳、冼星海、萧友梅、黄自等为我国近现代音乐的发展开拓了道路，奠定了基础。一部中国近现代音乐史则是万千音乐工作者近百年辛劳的结晶。其中，马思聪所耗费的心血与做出的贡献具有重要的意义。马思聪的不懈努力真正是贯穿了一生：1923年他年仅11岁时随兄去法国巴黎学习小提琴演奏，后又兼学作曲；1931年开始在穗、沪、宁从事教学、演奏和创作；抗日战争期间辗转西南，接受新音乐运动的影响；抗战胜利后受到民主运动和解放战争的鼓舞，写了大量歌颂祖国向往光明的作品；中华人民共和国成立后更是全身心投入社会主义音乐建设事业；"文化大革命"带给他的深重灾难和无情打击也未能使他停止前进的步履，在晚年长廿载有余的海外流亡生活中，对发展民族音乐的坚定信心并无动摇。1984年11月我去美国访问时曾有机会专程去费城看望他，后来我在一篇文章中记下了当时的印象："在一个多小时的交谈中，他除了无限感慨地说：'我出来18年了，这比我以前在国内生活的那段时间还要长'而对于给他极大不幸和伤害的'文化大革命'中的不愉快往事，竟然未置一词，倒是问了我不少关于国内各方面、文艺界及中央音乐学院的现状，多次提起并为近年来我们自己培养的青少年优秀人才在世界乐坛上连续为国争光，感到非常欣慰。"当时我觉得"他仍然和我们一同为国内所有新的成就而兴奋欢愉，我清晰地感到他的心仍然是和我们连在一起的"。我想，正是由于对祖国、对事业、对音乐、对艺术的无限热爱，他才能够在任何情况下，甚至身处艰难逆境都不曾懈怠，直到离开这个世界。

◎　1984年，时任中央音乐学院院长吴祖强，在中国驻美国大使馆官员舒章先生陪同下，前往美国费城探望马思聪夫妇

马思聪先生正计划回国之时因心脏手术失败而辞世。终其一生未能回归故土，是他的、也是我们大家的无可弥补的损失和遗憾。今天，他在九泉之下可以告慰的则是，祖国并不曾忘记他，他的旧友、学生、喜欢他的音乐的听众都没有忘记他，也永远不会忘记他。纪念他的80寿辰，马思聪研究会在今年举办第二届马思聪研讨会，显示了大家对他的诚挚景仰和怀念。他对发展我国音乐事业所做出的杰出贡献将长期和我们一同在继续前进的途程中发挥积极作用。

在纪念马思聪先生80寿辰之际，我们谨向马先生的夫人王慕理女士及他们的子女们致意，这次研讨会的筹备一直得到马思聪先生家人的热心关注，马思聪研究会对此表示深切的感谢。

［原载《人民音乐》1992年9月号。吴祖强（1927—　），江苏武进人，作曲家、音乐教育家，曾任中央音乐学院院长、马思聪研究会首任会长等职］

马思聪在中国近代新音乐文化发展中的地位

汪毓和

马思聪之所以能在音乐创作和音乐演奏上做出如此突出的成就，一方面与他个人的音乐天赋和长期刻苦努力从事艺术实践分不开；另一方面则与他在政治方向上坚持爱国主义和民主主义，以及在艺术道路上坚持现实主义原则的进步立场是分不开的，例如在抗日烽火燃遍祖国大地的关键时刻，马思聪作为一位小提琴演奏家和主要从事器乐创作的作曲家，也和当时大多数进步音乐工作者一样积极投入抗日歌咏活动，一连创作了几十首抗日歌曲，还经常亲自参与群众歌咏的指挥。他为了坚持不在敌伪统治下工作，曾长期携妻带女过着流离颠沛的生活，如1941年冬"太平洋战争"爆发，香港沦陷，他曾带着全家跟随逃难的群众步行几百里走到家乡海丰，后来又由于战争的原因他又带着全家在桂林、柳州等地居住。1944年"湘桂大撤退"时，他带着全家从曲江，经梧州、柳州、桂林等地到达贵阳。在战火弥漫的岁月里他先后搬了22次家，几乎没有一个可以长期安居的住处。对于这些他丝毫不感觉有什么委屈或抱怨，他从来都把自己视为普通群众中的一员。

特别要指出的是，当时在大后方的国统区存在比较复杂的政治斗争，作为一个艺术家是靠近进行势力，还是依附于反动势力，这是当时摆在马思聪面前的现实考验。马思聪则选择了前者，他公开站在以"新音乐社"为代表的进步音乐工作者的一边。积极为《新音乐》月刊写稿，公开赞扬聂耳、冼星海对中国音乐事业的贡献，热情关心陶行知所创办的育才学校；而且在《新音乐》月刊被反动派查封的情况下，他积极推荐李凌到中华交响乐团去工作，创办《音乐导报》，为大后方的新音乐运动重新争得一个可以公开活动的阵地。在抗日战争胜利后，他积极支持在上海成立的、以新音乐工作者为骨干的"上海音乐家协会"，在第三次国内革命战争时期，他又积极支持李凌、赵沨在上海、香港艰苦创办的"中华音乐学校"和"中华音乐院"，担任这两个学校的校长，并亲自为"中华音乐院"授课。当时马思聪主要在广东省立艺术专科学校任音乐系主任，1948年艺专校方逼迫马思聪在一个所谓支持反动派"戡乱"的反动宣言上签名时，他断然加以拒绝，并为此不惜辞去那里的职位；但在1949年春，当香港地下党动员他与一些民主人士到华北解放区筹备新政协的成立时，他欣然表示接受。为了躲避反动派的耳目，中共党组织要求他暂离家人北上，而且只能随身带一把小提琴和极简单的行李。马思聪与王慕理结婚后历尽战乱，他从来都是携妻带女到处跑，而唯独这一次他却同意舍家远行。当时马思聪就像一切向往革命的进步人士一样，不为名、不为利，一心为着祖国的光明未来而投身革命的洪流。

1966年"文化大革命"的冲击及他所遭受的种种侮辱和迫害，使他受到了有生以来的最大打击。但在他被迫出走前，他曾有过犹豫，还对见不到周总理和乔冠华而感到遗憾。在他定居美国期间，仍念念不忘在北京工作期间的一切，念念不忘在北京所居住的"家"，念念不忘祖国音乐事业的发展，念念不忘在祖国的老友和亲人。20世纪80年代以来，每当与国内友人见面或给他们写信时，他都流露出希望有机会回祖国探望和他的作品能在祖国的舞台上演出的深厚感情。

由此可见，在这半个多世纪中国动荡不安的政治斗争和政治动乱中，马思聪的基本立场始终是站在祖国人民的一边。也正是这样一种对祖国人民的浓厚感情促使他从抗日战争时期就决心以民歌作为他进行音乐创作的最主要的源泉，决心沿着现实主义创作的新的方向前进。他曾经说过这样的话："作曲家，特别是一个中国的作曲家，除了个人的风格特色和创造性之外，极端重要的是拥有浓厚而突出的民族特色。中华民族是世界上最大的、历史最悠久的民族之一，它有着丰厚的音乐宝藏，这是任何一个国家所无法比拟的。这份遗产是我国作曲家特有的财富，是所有的作曲家的命根。"因此，他从不以自己对欧洲音乐文化的丰富修养而自满，他总是孜孜不倦地为音乐创作的民族化进行不断地实验，再实验。他很清楚要使欧洲的作曲技术同中国的传统音乐文化相结合，是要经过反复刻苦地努力才能一步步地实现的，因此，他不仅在从事各种形式的音乐创作中进行这种探索，而且还认真从事为中国民歌配上多声伴奏的创作实验。他的两辑《民歌新唱》正是这一实验的具体产物。这一实验他从抗日战争期间就开始，直到中华人民共和国建立后也未停止。由此可见，马思聪在音乐创作中重视民歌还不仅仅是作为一个艺术问题去考虑的，而是作为一个政治感情来对待的。例如他在《第一小提琴协奏曲》中运用了他家乡的民间音调是表示了他对家乡的思念和对祖国的感情；他在《祖国大合唱》中运用了陕北的音调是为了表示祖国未来的希望在陕北；他在《春天大合唱》中运用我国民间锣鼓的音调是为了预示一个新的中国即将诞生，等等。这一切都是出自他内心的艺术表现，而不是任何第三者给他授意的结果。

综上所述，马思聪作为一位著名的演奏家、作曲家、音乐教育家，曾为中国近现代音乐文化事业的发展做出了突出的贡献。在这些领域他都以自己的出色技艺和丰富的成果走在他同辈音乐家的前列，他所取得的成就不仅为中国音乐在世界乐坛取得了声誉，更重要的是对中国的小提琴演奏、中国的小提琴音乐创作开辟了一条健康发展的道路，为中国各类音乐创作和中国专业音乐教育的发展留下了深刻的、积极的影响。今年是马思聪诞辰80周年，又是他不幸逝世5周年，我们在回顾中国近现代音乐发展所取得的辉煌进步的时刻，理应为马思聪对我国音乐事业所做的一切贡献而感到自豪，我们还应将这些宝贵财富进行深入地挖掘，使之为中国音乐事业的建设发挥其永久的推动作用。

［原载《人民音乐》1992年12月号。本书限于篇幅，仅收入文章的最后部分。汪毓和（1929—2013），四川成都人，音乐史学家、中央音乐学院教授，曾任中央音乐学院音乐研究所所长、马思聪研究会会长、《马思聪全集》编委会主任等职，荣获中国音乐"金钟奖"终身成就奖］

马思聪的人格魅力

陈自明

今年是我国著名的小提琴演奏家、作曲家、音乐教育家马思聪的90岁诞辰，也是他逝世15周年。

作为音乐家的马思聪是不朽的，他的作品证明他是中国当代最伟大的作曲家之一，他作为中国民族乐派的先驱者和奠基人的地位也是确定无疑的。随着对他的作品更加深入的研究以及对一个多世纪中国音乐发展历程的回顾，人们会更清楚地认识到马思聪在中国音乐史上所处的位置和价值。

作为一个具有爱国主义、民主主义思想的知识分子，作为具有时代良心代表的艺术家，马思聪有自己的做人原则，他为人真诚、正直、宽厚，平易近人，没有任何架子，从不趋炎附势，也从不介入无谓的派系纷争。道德、文章、作品都令人敬仰。马思聪身上的人格魅力也使人们的心灵为之净化、升华。

20世纪30年代，马思聪从法国学成归国，在香港、广州、上海、南京等大城市举行了多次小提琴独奏音乐会，引起了轰动，被誉为神童。但当时的旧中国军阀割据，民不聊生，饥寒交迫，国难临头。在这样的情况下，开展音乐活动谈何容易。但马思聪却以坚韧不拔的精神进行音乐的普及工作，他除了演奏小提琴外，还创办音乐学校、组建交响乐团、进行音乐创作，并先后担任过重庆励志社交响乐团、中华交响乐团、台北交响乐团的指挥。他在励志社交响乐团工作时，为了维护音乐家的尊严，反对搞堂会，反对为"贵宾"在席间演奏，竟被社长解职，乐团也被解散，他义无反顾，体现了中国知识分子的骨气。但为了60多名乐团成员的前途和生活，马思聪又出面找时任立法院长的同乡孙科接洽，成立了中华交响乐团，他担任首任指挥，在中华交响乐团存在的9年中，做了大量的音乐普及工作。

马思聪回国时，日本已侵占了中国的东北，并继续向南进攻，中国的存亡已到了生死关头。他过去一直崇尚室内乐等纯音乐，但他认识到：民众"要藉抗战歌来发泄他们革命的情绪。他们奋起来解除枷锁的激昂"；"抗战歌是民族斗争中宏伟的推动力，所以民众需要吧"。在"七七事变"时他写出了《卢沟桥之歌》，在"八一三淞沪战争"时他写出了《战士们！冲锋啊！》，直接配合了当时的抗日战争。他总共创作了20首抗战歌曲，用他自己的话来说，"大部分的抗战歌可以说全在炸弹爆发下孵化出来"。他还常常亲自指挥歌咏队演唱抗战歌曲。可以说，作为爱国主义者的马思聪这时已投入到抗日救亡运动的热潮中。

20世纪40年代，马思聪到了桂林，当时中国进步的文化艺术界人士都聚集在桂林。他参加了民盟组织的"阳朔之游"和在柳州举行的大后方新音乐工作者年会等活动，感受到真挚、亲切的同志情谊，心情十分愉快。他为李凌办的《新音乐》杂志写稿，还为群众在露天开小提琴独奏音乐会。1944年，日军攻陷桂林，马思聪夫妇带着两个孩子一起逃难，一路上颠沛流离，他亲自体验了人民的苦难，国民党政府、军队的腐败、蛮横以及革命青年对理想的真诚追求和对人民的同情。在逃难的路途中，他有时就住在老百姓的家中，还为他们拉琴。

正是有了自己亲自深切的感情体验，他才写出了描述国民党抗战失误、人民苦难深重但决心抗战的《抛锚大合唱》和揭露"东方暴君"压制人民抗日的罪恶行径的《民主大合唱》。用音乐来表达人民要求抗日、争取民主的心声，可以说这时的马思聪已经成为一名争取民主的斗士了。

从1947年到1949年，马思聪担任广东艺专音乐系主任兼香港中华音乐院院长。在这期间，他与进步的音乐工作者、青年学生关系很密切，对革命和未来的中国充满了希望和信心。这个时期创作的《祖国大合唱》和《春天大合唱》就表达了他的这种心情和渴望。

1948年秋，国民党政府强迫文化界人士在反共的《戡乱宣言》上签字，马思聪拒绝签名，并搬到香港居住。据说当时美国驻华大使司徒雷登曾邀请他去美国当教授，法国里昂音乐学院也拟聘请他去教学，但他都拒绝了。1949年1月，北平和平解放，马思聪应邀北上参加新政协会议和第一届全国文艺界代表大会。为庆祝新政协会议的召开，他创作了《欢喜组曲》。他被选为中国音乐家协会副主席，周恩来总理请他担任新成立的中央音乐学院院长。

马思聪在担任中央音乐学院院长时，除了教授小提琴、进行创作外，还对教学提出了很多重要的意见，如一定要重视基本功的训练，视唱练耳采用固定唱名法、同时也要掌握简谱，要派青年出国学习、进修，聘请苏联及东欧各国专家来院任教，重视艺术实践，建立合唱、合奏课等。此外，他还响应党的号召，去抗美援朝的前线为战士慰问演出，到淮河的水库工地参加劳动，为工人农民们演出。

马思聪对中华人民共和国成立前的音乐派别之争，是不太感兴趣的。他曾对李凌说过："提倡抗日救亡的朋友们做的，好比黄河，汹涌澎湃，宏伟壮丽，它记刻中华民族的灾难、喜悦和人民世世代代不甘心灭亡的战斗精神。另一些人做的工作，有如浩荡的长江，源远流长，一波万顷，灌溉宽广的田野、农庄，养育无数百姓……各有功德，各有优胜，没有必要长久地势不两立。"这是多么宽阔的胸怀，多么远大的眼光。

中华人民共和国成立后，各方面都取得了很大的成绩，然而，极左的思潮却愈演愈烈，群众运动不断，文艺界受到的冲击更大。

在20世纪50年代中，上海音乐学院院长、著名音乐家贺绿汀的一篇文章《论音乐的创作和批评》发表后，在音乐界引起了争论，实际上是对贺绿汀进行了一场围攻，重点是批判贺的"纯技术观点"，并上纲为"音乐领域中的资产阶级唯心论思想""脱离政治、脱离生活的技术至上的观点"等。马思聪也知道这场围攻是有来头的，但他仍然仗义执言，说出了自己的心里话，尽管他知道这样做对他不利，但为了维护真理，他无所顾忌。在《作曲家要有自己的个性和独特的风格》（1956）一文中，他这样写道："比如关于贺绿汀同志的文章所引起的争论，就用不着那样大张旗鼓地搞。贺绿汀同志提出加强技术学习是对的。他也并没有否定学习政治和学习马克思列宁主义，也没有否定体验生活的重要性。他也曾明确地谈到技术本身不是目的而是一种手段，学好技术并不等于就能创造艺术。而实际上我们的技术水平很不高，急需加以提高，难道我们仅仅满足于我们目前较低的技术水平而不想前进了吗？所以我认为这次争论并没有解决音乐上的主要问题。"

虽然马思聪未被打成"右派"，但是，从1959年2月到7月，在《人民音乐》杂志上展开了一场"马思聪演奏曲目的讨论"也对马思聪造成了很大的压力。它最初由一篇《评马思聪先生的独奏音乐会》文章引起，文中对马思聪演奏的曲目提出批评，说音乐会的节目除了马思聪在1949年以前的作品外，其余都是西欧古典音乐家的作品，责问："我不知马先生对于党的厚今薄古和一切文化艺术都要为政治服务的方针是如何理解的？"但讨论中的大部分文章都不太同意上述文章的观点，《人民音乐》也发表了编辑部文章，作了小结，指出人民的需要是多方面的，对艺术为政治服务不能作狭隘的理解等。但是，到了1961年4月，一位年轻的阶级斗争勇士写出了批判《人民音乐》小结的文章，并将这次讨论升格为针对资产阶级学术思想的轰轰烈烈的学术批判运动。

马思聪对这场矛头直接指向他的讨论没有表示任何意见，只是保持沉默。这与他一贯不愿介入纷争的态度是一致的，而且，这一期间正是他全力以赴、创作《第二交响曲》的时候，如果去与阶级斗争的年青勇士们争斗，那一定会大大分散他的精力，影响到他的创作，而《第二交响曲》正是马思聪创作生涯中首次将革命历史题材作为主题的交响乐作品。1961年7月在马思聪亲自指挥下，中央乐团演出了这部作品，取得了成功。也可以说马思聪以自己的新作品，回答了"勇士们"对他的指责。

马思聪在"文化大革命"中被迫远赴美国。到了美国之后，按照美国的规定，如果马思聪申请政治避难，就可以领难民救济金，但马思聪拒绝了。他绝不会为了金钱出卖自己的人格，他表示要靠自己的本事来维持生活。后来他得到美国作曲家基金会的支持，只要他进行创作就可以得到资助。因此，马思聪在美国的物质生活还是有保障的，但他仍然在想念自己的祖国，并且不断创作出新的作品。对马思聪来说，祖国丰富多彩的民族音乐启发了他的灵感，也是他创作中永不枯竭的源泉。他渴望重新回到自己祖国的土地上，在他去世后，家人在他的书桌上，发现了一篇未完成的遗作，《思乡》是它的标题。可惜由于病魔过早夺去了他的生命，未能回到祖国，成为他终身的遗憾。

马思聪是一位伟大的音乐家，是一位具有高尚品格的中国知识分子，面对在日寇侵略下，中国人民家破人亡、妻离子散的悲惨境地，他没有绝望、悲观，也没有逃逸到他乡，而是与人民站在一起，用他的歌曲、琴声来鼓舞人民进行抗日。

马思聪为人谦逊、忠厚、平和，中华人民共和国成立后他任中央音乐学院院长、中国音协副主席，应该说是中国音乐界的大人物了，但他从不居功自傲、摆领导、权威的架子。他的老同学陈洪教授回忆说每次他到北京，马思聪一定请他到家里会面、吃饭，十分亲切，没有一点架子。

纵观马思聪的一生，无论是在鲜花、掌声中生活的巅峰时期，还是在抗日战争与人民共患难的时候，或是"文化大革命"中受到不公正对待的日子里，还是晚年在美国居留时，他都能坚持自己的信念，保持自己的人格，体现了中国知识分子"威武不能屈、富贵不能淫、贫贱不能移"的优秀品质。在纪念马思聪90岁诞辰的今天，我们应该永远向他学习，做一个真诚、正直、谦逊的人。

　　[陈自明（1932—　），江苏苏州人，中央音乐学院教授、世界民族音乐研究专家，曾任中央音乐学院党委书记、中国音协世界民族音乐研究会会长]

▎像马思聪那样高举民族乐派的旗帜

赵宋光

记得我第一次亲聆马思聪先生的小提琴演奏，是在1950年冬，在"北大三院"的大礼堂里。那时，北京大学的校本部在沙滩红楼（紫禁城之东北），男生宿舍在北河沿校区，当时称为"三院"，那里有一所空旷的大厅，是户内大型活动的所在。那年我是哲学系二年级的学生，周末照例跟全系同学一起参加晚会活动。跨系的大小活动通常是学生会主办的，那个周末，学生会请来了马思聪先生，给全校学生表演小提琴独奏。条件相当简陋，学生们席地而坐（个别自备马扎），伴奏的钢琴是一台陈旧的立式琴，但大家都听得很专注，为马先生全神贯注充满激情的琴声深深吸引。那个晚上，马先生演奏了《思乡曲》《塞外舞曲》《牧歌》和《西藏音诗》。那时的我，是一个尚未专攻音乐的文科学生，纯属外行，谈不上什么专业水平的欣赏和评说；听乐之际，我为那美妙的音乐、和谐的音响和充满民族韵味的独特意境所倾倒，留下了深刻印象，至今记忆犹新。

一位音乐学院院长，只要一所普通高校的学生会一请，就来了，来亲自为文理法医农科学生演奏小提琴，普及民族音乐。这样的事，在1950年以后半个世纪的中国音乐教育界，是绝无仅有的。马先生是那样平易近人，既没有专家的架子，也没有院长的作派，他怀着一颗为民族音乐的振兴呕心沥血的赤诚之心，来到普通大学生中间，亲自献上最高雅的艺术创造，以唤起青年一代对祖国民族音乐的热爱和自豪。

马思聪先生的平易近人，还体现在他深入工农大众。1952年7月，中央音乐学院的干部和教师35人来到安徽北部治理淮河的工地上，参加劳动，又演出和创作，其中就有40岁的马思聪院长。之后，他相继发表了一批以民歌为素材的新作。正如他自己所说："要向我们的老百姓学习，他们代表我们的土地、山、平原与河流。新中国的音乐不会是少数人的事，它是蕴藏在四万万颗心里头的一件事。"

马思聪先生不仅是一位不离演奏舞台的院长，也是一位不离教师讲台的院长。他自1949年4月应聘为燕京大学教授以后，几年间一直在燕京大学执教。跟他学小提琴的学生一个接着一个，络绎不断。在他细心引导关怀培养下，中国小提琴表演学派的一代新秀成长起来了，中国小提琴教学学派薪传代继，确立起来。

更为重要的是，马思聪先生不仅致力于小提琴表演艺术、小提琴教学和音乐基础训练教学，而且以自己几十年坚持不懈的作曲探索，为中国民族乐派的建立做出了独特的不朽贡献。马先生11岁就到法国学习音乐，1925年秋就进音乐学院深造，那时在欧洲涌现的五花八门新潮流他都接触到了，然而他并不盲从。他以岭南书香世家、海丰陆丰民间音乐和广州粤曲粤乐所熏陶的传统审美趣味为尺度，对所接触的音乐文化有自己独立的选择。在诸多流派相比之下，他选定了浪漫派、印象派和一些民族乐派为自己借鉴的参照，来建设自己心目中的中国民族乐派，而不去赶那些先锋的时髦。这种精神，这种独立的民族自觉，对于今天的年轻一代探索者，不是颇多教益和启迪的吗？马思聪几十年的创作道路和大量的传世佳作，不正是值得今天的探索者们细心研究、虚心学习的吗？

从马思聪先生55岁被迫出走，到75岁病逝他乡，在远离祖国在大洋彼岸，他的音乐创作依然紧紧围绕着中华文化的审美情怀。这二十年间，他相继创作了《李白诗六首》《唐诗八首》，以《聊斋志异》故事为题材的舞剧《晚霞》，以台湾少数民族的音乐为素材的《亚美组曲》《亚美山歌》《高山组曲》等，以及根据19世纪维吾尔文长诗《热碧亚—赛丁》创作的歌剧《热碧亚》，为此搜集并研究了大量的新疆民间音乐。依恋中华民族文化的一颗赤子之心，在远离祖国的孤寂境遇中更显出其真挚热烈。今天我们建设民族音乐文化的条件，好得没法相比，回眸马思聪先生在逆境中的动人业绩，我们有什么理由不以百倍的热忱弘扬中华音乐的精髓？

　　马思聪先生是20世纪中国民族乐派的先驱者和代表人物之一。这样的评价，他是当之无愧的。这样的评价，也是我们今天应有的认识。像马思聪那样高举民族乐派的旗帜，在新世纪建立新功勋吧！

　　［原载《广州音乐研究》2002年。赵宋光（1931—　），浙江湖州人，音乐理论家、教育家，曾任星海音乐学院院长、广东省音乐家协会主席等职］

学习、研究马思聪的创作经验

孙　慎

马思聪离开我们已经十个年头。今年是他的85岁诞辰。中央音乐学院、中国音乐家协会等七个单位共同在这里举行纪念活动，并为他的塑像揭幕。这有着重要的意义，表达了我们大家对这位著名音乐家为祖国音乐事业的发展所做出的重要贡献的缅怀和敬仰。

马思聪既是著名的小提琴家、音乐教育家，又是成就卓著的杰出作曲家。

作为作曲家，他的作品几乎涉及音乐创作的所有领域，内容和形式丰富多彩，其数量之多，充分反映了他写作的勤奋。

他认为"作曲家必须和人民结合，要尽量向人民学习"。所以他把自己的作品同人民、同时代结合起来，努力反映人民的要求和愿望。

他在抗日战争时期写的《自由的号声》《保卫华南》《冲锋》《不是死，是永生》等二十多首群众歌曲，表现了人民对抗战的坚定意志和必胜信念，器乐作品《内蒙组曲》《西藏音诗》等表现了对祖国河山的思念和对勤劳人民的讴歌。抗战胜利后写的《民主大合唱》对国民党政府发动内战的反动本质作了无情的揭露；《祖国大合唱》《春天大合唱》讴歌了人民革命斗争和呼唤美好春天的到来。中华人民共和国成立后，他以更旺盛的精力投入创作，写了大量作品。如歌曲《中国少年先锋队队歌》《十月礼赞》，大合唱《工人组曲》、《鸭绿江大合唱》（反映抗美援朝战争）、《淮河大合唱》等；小提琴作品《山歌》《慢诉》《跳元宵》《春天舞曲》等；钢琴作品《鼓舞》《杯舞》《巾舞》

《粤曲三首》等；管弦乐作品《山林之歌》、《第二交响曲》、郭沫若剧作《屈原》的配乐；等等。这些作品或者是表现了作者对新的现实生活的深切感受，或者是对于人民革命事业的热情赞颂，或者是用新的视角表现历史人物。在旅居美国期间，他更把几乎是全部精力投入创作，写出了《亚美组曲》（根据台湾民歌写成）、舞剧《晚霞》（以《聊斋》故事为内容）、歌剧《热碧亚》（根据新疆民间故事写成）等二十多部作品。在这些作品中蕴藏和倾注着作者对祖国的强烈的爱和思恋之情。

马思聪很重视向民族音乐汲取营养，他说"中国音乐是一片肥沃的没有拓荒的草原，特别是我们这一代，谁在那'民族歌谣'里浸润得更多、吸养得更多，谁就幸福"。这是他从实践中得出的经验。

马思聪在许多作品中运用了民间音乐的素材。正如他在1937年创作了《第一小提琴回旋曲》和《内蒙组曲》之后说的："从这两曲起，我开始进入利用民歌来创作的新途。"有的作品虽然没有运用民间音乐的素材，但也力求在风格上具有民族的特点。他的作品感情真挚，听起来使人感到亲切而清新。

强烈的爱国主义和民主思想是马思聪作品的基调。

今天我们纪念马思聪，一方面是为了缅怀，另一方面更为重要的是要学习、研究他在音乐创作上的成功经验。例如，作曲家必须和人民结合，向人民学习的创作思想、现实主义的创作方法、重视民族音乐的观点以及创作技巧的运用，等等，都值得我们好好总结，并在建设有中国特色的社会主义音乐中加以继承和发展。因此我建议马思聪研究会把出版马思聪作品全集作为自己的重要目标之一加以实现，我想，这将是功德无量的事。

[原载《人民音乐》1997年11月号。孙慎（1916—　），浙江镇海人，作曲家、音乐活动家，历任人民音乐出版社社长、中国音协党组书记等职，荣获首届中国音乐"金钟奖"终身成就奖]

马思聪的演奏艺术和音乐创作

苏 夏

1997年是我国杰出的、天才的作曲家、小提琴演奏家、音乐教育家和乐队指挥家马思聪（1912—1987）诞辰85周年和逝世10周年。

马思聪首先以小提琴演奏家闻名于世。他于1923年（时仅11岁）赴法国学习小提琴，是中国早期到欧洲学习艺术的先行者之一，在国外学习小提琴演奏也以他为最早，是第一位考入巴黎音乐学院学习音乐的中国留学生。在法国时他已被称为中国音乐神童，此美誉在国内亦广为传播。

马思聪于1929年第一次回国，曾先后在香港、广州、上海等地开音乐会。据上海《申报》报道，每一次演出会场均"人山人海"。在南京的一次为外国使馆人员演出后，日本公使起立致辞，称马思聪的演奏"技术已入神化，实是绝对天才"。因此，马思聪是中国专业小提琴音乐演奏领域的拓荒者。

马思聪于1932年回国定居并开始他在国内外的演奏生活。今天，我们已很难找到当年的音响资料，但仍存有为数不少的演出评论。我们可以从1935年（时年23岁）马在沪、港两地演出后，上海的《上海德文报》《华北新闻日报》，香港的《行政公报》《南华早报》《德臣西报》和《星期周报》等报的音乐会演出评价中了解到马思聪当年的演奏艺术。现归纳综述如下：马思聪的演奏风度是谦虚、干练和庄重的。他无论从技巧还是从音乐方面都极其出色地掌握了他的乐器。言其出色是因为他演奏的是外国乐器而无论在视觉上还是在听觉上都不露丝毫痕迹。他具有良好的触感和对音乐时值和意义的理解。所有这些都从他感人的演奏中充分地体现出来。在技术上，如果准确的双音（尤其在演奏八度双音时），干净、实在的手法和演奏无误的泛音是检验优秀小提琴家的试金石，那么马先生的确算得上是一位非常优秀的小提琴家。他演奏上的各种弓法和指法无不运用自如，音量、音质和变化上都属一流的音色，强烈的音乐比例感和控制意识为他的演奏增添了一分庄重感，他严谨而有效地运用颤音，避免滥用这种技法。随便运用颤音非常有损于小提琴的演奏。在演奏柴可夫斯基的小提琴协奏曲时，马思聪显示出驾驭一部为展开小提琴全部技巧而作的作品的能力。演奏坚刚雄壮，迥殊前之荡气回肠。强度之双音，急迫之跳弓，出于马手如擎遄急下，怒涛壁云，变化倏忽，不可方物。众称马为神乎其技。一些人宣称中国人根本不能真正领悟和欣赏西方音乐。马思聪最有力地驳斥了这些嘲笑者们的断言。可以毫不夸张地说，马思聪的演奏使他跻身于世界小提琴手的佼佼者之列。从以上评论中，足以了解马思聪当年演奏艺术的卓绝。

与马同时代的人都注意到，他为人温厚、文质彬彬，谈话徐言细语，待人以诚。乐如其人，他的演奏风格也是简洁纯朴、含蓄深刻、线条优雅的。他像个抒情诗人，向往自然，从不以炫技去哗众取宠；他对西方音乐有深入的了解，在特定的音乐风格下，能准确地以自己的方式去表达音乐内容和展示音乐情节；他追求法兰西演奏学派的那种浪漫气息，那种干净、秀美、隽永的歌唱性；他追求音质的集中、深厚而又透明、柔中带刚、使声音传得远而耐听。1937年后，由于抗日战争全面爆发，马思聪的演奏生活发生了极大的变化。由于他在创作上追求中国风格，使他的演奏也浸入更多的中国人的真挚，使他演奏自己作品时具有了民族化、群众化的风格。为了更生动地表达中国语言的韵味，为了调式和旋法的需要，他吸收中国弓弦乐器的演奏经验，创造了不少新的具有中国特色的小提琴演奏法，这些演奏法又成为马思聪小提琴音乐的有机组成部分。中国当代作曲家和演奏家们在这些范例中已得到很多的启发。

马思聪是职业的小提琴独奏家，正如1943年12月2日美国驻华使馆的报告《战时中国艺术中的中国抗战音乐活动》所说："小提琴家马思聪在这方面（指个人演奏会）的工作做得最多，他每年有六七个月的时间在做旅行演奏工作，他近来写了不少小提琴曲，也常献出这些宝贵的艺术给民众欣赏，人民对这些民族风的东西特别的爱好，听众常常忘记了严寒，雪夜里聆听他的演出，心身跟着弦音奔驰，直至最后一个音完了，人们才松一口气。他常到前线慰劳将士，开露天音乐会，招待士兵们听。也许，他会遭遇到许多困难，但他却仍不懈地工作着。"1954年马思聪对作家徐迟说："要演奏，哪怕它很花时间！一定要演奏，因为还有一个理由，现在的听众范围更扩大了。"在他的晚年，他写的简历中有这样一段话："除创作及教学外，并经常到全国各地举行演奏会，除西藏一省，足迹走遍全国东西南北，各大小城市乡镇。"

面向广大人民群众演奏，这就是小提琴演奏家马思聪。

马思聪对中国现代音乐史的最大贡献是他的音乐创作。他为参与建立和发展中国的民族乐派呕尽了一生的心血。

马思聪是个爱国主义者。他音乐创作的转型是抗日战争同步开始的。作为热血男儿的马思聪，以创作群众歌曲为武器参加战斗，这时他已认识到要创造"一种更新鲜更具有特性的国乐"，他"深深感悟到，中国人作曲，应具有中国的民族风格，有自己的语言"。于是他开始"利用民歌来创作"。这并不是像英国作曲家佛格汉·威廉士所说的"做民歌运动的寄生虫"，而是采用一个民歌的片段，挖掘它的内涵，利用它来完成高堂大厦。这里已濡染了作者的性格。用马思聪的话来说："这些民歌或动机，在我决定采用它们之时，已变成我的一部分。"每一首小提琴作品，都是用琴弦歌唱的弓弦乐化了的马思聪式的新民歌，新音乐，具有中国语言韵味的乐汇、句法、旋律发展的逻辑思维、和声与音乐结构，这里虽也融入了欧洲大师们的创作经验，但它们是中国化了的。作家徐迟说："他有着属于自己所特有的风格，不署名都能立刻知道：风格即其作者。"在西洋乐器的独奏曲中，除了贺绿汀的《牧童短笛》外，我似乎还没听过像马思聪那样用农民的音乐语言把农民们的生活情景描绘得那么细腻、生动，那么丰富多样，而且数量又那么多。他的老朋友端木蕻良说马思聪的性格是农民式的，他"是一个有着农民的沉厚和泛溢着无比的精力的作家，他的朴素的语言有时甚至不能满意的传达他自己的意思，他的农民式的'羞怯'也有时会给人一种孤僻的错觉。其实他和那么朴素的真正的人们总是会一家人似的合在一起的。"又说："马思聪用他深沉的人生体验和技巧的纯熟的运用，为我们写出了音响的诗"。仅小提琴音乐体裁一项，马思聪共写了14首独奏曲（其中包括4首回旋曲）、4部组曲、4部奏鸣曲（其中有1部为小提琴二重奏而写）、2部协奏曲（其中有1部是为双小提琴而写）；据传说马先生在美国时还写过狂想曲24首、二重奏50首等，这有待今后核实。这些作品中的绝大多数都经过作者本人在演奏生活中检验或修正，具有艺术的生命力，它们早已成为专修小提琴的学生应学的曲目。在这半个世纪中，几乎所有中国作曲家所写的小提琴音乐都在不同程度上受到马思聪的影响，这就显示了马思聪的威望及其在弓弦音乐创作上的典范性。

除了浓郁的民族民间音乐气息外，音乐的抒情性、幻想性和传奇性也是马思聪重要的音乐风格特点。

舒曼在谈及舒伯特时曾说："舒伯特把自己的所见所闻全部写成了音乐。"马思聪也是这样。在他那诗情画意的音乐中，它讴歌的全是祖国和家乡：小提琴曲《摇篮曲》记录了他童年的爱，是一首献给母亲的歌；在《钢琴与弦乐五重奏》中，写了他在童年时代和青年时代对故乡的感受和思念，套曲的四个音乐主题均采用乡土民歌白字调的片断，甚至有类似梆子的深夜打更声，表示对家乡的回忆；1941年抗日战争进入最艰苦的阶段，他写了弘扬民族浩气、赞美祖国的《第一交响曲》。

对于大自然，马思聪在音乐中常给她蒙上一层美丽、幻想与传奇性的面纱：《第二小提琴钢琴奏鸣曲》的音乐使人联想到沙漠、烈日、金字塔、黑夜、五彩的鸟类、懒洋洋带着神秘的黑而大眼睛的阿拉伯女郎。在乐队套曲《山林之歌》中，以屈原诗歌中的《山鬼》为核心，美丽的山林女神"山鬼"在群山之间出没呼唤情人，歌声在幽谷中回荡；在歌声中出现用特殊拨弦法奏出似大三弦沙沙作响的琴声；在弦乐颤音声中伴奏着月夜的恋歌中，"山鬼"还在幽怨地歌唱。马思聪从另一角度，浪漫与幻想的角度来表达自己"对山林的生活和自然形象的感受"。

传奇性的、美丽的各种民间少女形象在马思聪的音乐创作中长期贯串着出现。英勇的秦良玉、《小提琴协奏曲》中的王昭君、《汉舞三首》（鼓舞、杯舞、巾舞）中的少女、《山林之歌》中的山林女神"山鬼"、芭蕾舞剧《晚霞》中的少女晚霞和歌剧《热碧亚》中热情、活泼的热碧亚等。这些少女的音乐主题都写得很美，形态各异。由于时代的原因，她们中的多数命运总是不幸的，其音乐幽怨，如泣如诉。这是马思聪的另一束音乐画卷。

马思聪是个民主主义者，是中国共产党的革命同路人，在反对蒋政权的民主斗争中配合不同时期的政治任务他写下了许多带政治鼓动性的大合唱：1946年写的《民主大合唱》和《抛锚大合唱》，1947年写的《祖国大合唱》和1948年写的《春天大合唱》，1949年以后他写了《抗美援朝大合唱》和歌唱社会主义建设的《淮河大合唱》。其中《祖国大合唱》中的《美丽的祖国》，至今仍被传唱，是歌颂中国歌曲中的优秀之作。1958—1959年马思聪完成了受毛泽东诗词《娄山关》启发的《第二交响曲》，作品表达了中国人民在艰苦的革命战争中所表现的百折不挠的斗争精神和最后取得的辉煌胜利。这部作品不仅表现了人民战士的革命英雄主义的气概，而且艺术形式新颖，与传统交响乐迥然不同，是中国交响乐中经典之作。从马思聪的抗日群众歌曲20首至上述所列的一系列革命题材的创作，构成了他音乐创作中的中国人民革命斗争的壮丽编年史。

马思聪的大合唱中，由于"赶任务"的关系也有些较粗糙之作；在他的声乐曲中，在词曲结合的声韵方面，人们也有些意见。他自己也有不同的解释，这都是事实。

但马思聪绝不是个低回于个人趣味和雕虫小技的人，而是一位有深刻人道主义思想的艺术家；他在创作上走现实主义的道路，音乐上力求雅俗共赏；他热爱民族民间艺术，源远流长的传统在他的艺术中获得具有个性的解释，而现代技术手法则要服从于他的积极的艺术观；他的杰作里表现了人民群众的思想感情，用历史题材的音乐画卷铭记了时代精神。这就是马思聪和他的音乐。

马思聪任中央音乐学院院长期间，曾兼任小提琴教授，现小提琴教授林耀基、韩里、刘育熙等均为其入室弟子。若将来能出现中国小提琴演奏学派,他的作品必然是这个学派的组成部分,他应该是这个年轻演奏学派的奠基者。马思聪和他丰富的音乐创作应是作曲学生学习写作的百科全书,学生从中必受到极大的启发,尤其是在如何发展民族音乐方面。

马思聪的音乐已被广泛地传播,通过电台、电视媒体的播送,全世界的华人都听到了祖国的声音:《思乡曲》。这真挚而温暖的琴声使他们感到熟悉而亲切,这里也有马思聪的真诚。

1997年9月17日

[原载《中央音乐学院学报》1997年第4期。苏夏(1924—2020),广东东莞人,作曲家、音乐评论家,中央音乐学院教授,曾任马思聪研究会副会长]

马思聪对中国专业音乐教育的贡献

汤 琼

马思聪是中国著名的作曲家、小提琴家、音乐教育家。以往对马思聪的研究多集中在他的音乐创作方面，有些对他在小提琴演奏、教学方面的研究文章、访谈等，但也不够深入，涉及他在音乐教育方面的研究很少。本文主要针对马思聪作为音乐教育家和音乐教育机构的领导者，对中国专业音乐教育的贡献进行初步探讨。

作为一位音乐教育家，从他1932年初（19岁）回国，从未离开过教学。马思聪曾说，"我幸运地11岁那年到法国去，我所受的音乐教育就完全是法国的"。他对音乐学院的办学有着自己独特的思想和做法，事实证明他的思想是符合音乐教育规律的，对探索一条符合中国国情的专业音乐教育道路具有重要意义。马思聪对中国专业音乐教育的贡献主要体现在以下几个方面。

一、创办音乐教育机构并长期担任音乐教学工作

1932年，当时只有19岁的马思聪从法国回到中国，就与陈洪创办私立广州音乐院，任院长，并教授小提琴、钢琴、视唱练耳等课程。1933—1937年，任南京中央大学教育学院讲师，教授小提琴、中提琴和大提琴，1933年开始教授弟弟马思宏小提琴。1934年受聘为国民政府教育部音乐教育委员会委员。1937年受聘于广州中山大学教授到1942年。1946年任广东省立艺术专科学校音乐系主任，5月同时任香港中华音乐院院长（李凌、赵沨办的业余音乐大学），培养了不少音乐家。1949年曾

被聘为燕京大学音乐教授。1949年12月被政务院（即国务院）任命为中央音乐学院首任院长，一直到1966年，担任了近17年的院长，具有丰富的教学和管理经验。

二、奠定专业音乐教育教学、表演和科学研究的基本格局

中央音乐学院从建院初期便确立了教学（各系）、表演（音工团）、研究（创研部）的基本格局，从学校的课程设置、大量音乐人才的培养和长期从事教学工作，到将音乐创作、表演和研究融为一体、相互促进的办学思想，都体现了马思聪的专业音乐教育思想对学院发展的影响，以及对中国专业音乐教育发展的贡献。

马思聪本人的演奏、创作、教学也一直是同时进行的，他一生几乎没有停止过演奏和创作，在去美国前，也没有停止过教学。同时，他也发表大量的文字著述，仅1950年到1967年就发表近38篇。可以说，马思聪的音乐思想不仅体现在他的创作中，也影响和体现在他的专业音乐教育的思想中。

三、重视音乐基础训练、注重专业技能的培养

遵循音乐教育的规律，突出专业音乐教育和训练在音乐学院的重要性，加强基本功的训练，注重专业技能的培养，这是马思聪一贯秉承的音乐教育思想，具有一定科学性。

马思聪1963年发表在《人民音乐》2月号的《提高独唱独奏水平问题的我见》一文中曾写道："如何更有效地提高演唱演奏水平的问题。首先谈一下关于基本功的问题……基本的东西要正确，才能一步步走下去。对基本功，不同的表演艺术有不同的理解，如小提琴，我们说音阶、练习曲是基本功。我要谈的不是这一些，而是基本功的基本功，即'路子正'的问题。"实际上，马思聪谈的是对音乐的认识和理解、正确的声音概念等，这是学音乐最重要的基本功。基本功不仅仅是技术的概念，这一点是很重要的。

马思聪非常重视视唱练耳，他认为视唱练耳的水平和个人的音乐才能关系很大，这也许与他所接受的法国高等音乐教育思想有密切关系。中

华人民共和国成立初期，我国"视唱练耳"教材基本空白，马思聪为此亲自写作了《视唱练习》一书，并写了自序，该书于1953年10月由上海新音乐出版社出版。他在序中写道："视唱这一门功课是学习一切音乐（学问）的基础。通过它，作曲家才能用音乐来思考，声乐家、器乐家才能辨别音与节奏之准确与否；通过它，写在纸上的音符才能变成具体的音进入脑筋，把它们唱出来、演奏出来、想象出来。""这本《视唱练习》的写成，鉴于我国视唱课本的完全缺如。当然，也可以用法国的*Solfège des solfèages*，但显然是不能令人满足的，中国的音乐工作者有义务写一些自己的课本。""这本《视唱练习》，在进度上没有很标准的由浅入深的次序，并且进度太急，希望以后能另插数十首，就可以使进度更平均、更合用了。最主要的是希望这本《视唱练习》的出版，能起一点抛砖引玉的作用，引起我国音乐工作者更多注重这一门功课，写出更多更好的试唱课本来。"同时指出，"我认为，专门的音乐学校，应当采用固定唱名法，同时也要精通简谱，以为做普及工作之用。"

四、重视对民族民间音乐的学习，注重中西音乐的兼容

马思聪特别强调在吸收西方优秀的音乐文化遗产的同时，建设中国自己特色的专业音乐教育，重视对中国民族民间音乐的学习，强调中西兼容。他曾说，"中国的音乐家们，除了向西洋学习技巧，要向我们的老百姓学习，他们代表我们土地、山、平原与河流"。"新中国的音乐不会是少数人的事，它是蕴藏在四万万颗心里头的一件事"。

在明确了办学的指导思想和宗旨以后，音乐学院课程的设置基本按照这个精神来设计。如1950年，声乐系的课程设置：声乐、民间音乐研究、戏曲常识、说唱、表演、朗诵、外文（意、法、德语）。其中民间音乐研究和戏曲常识两门课程是强调民间音乐学习的体现。这个时期所开设的部分音乐技术的课程，如作曲技法、基本乐理，也明显加强了对我国民族民间音乐的学习和研究等方面的内容。

五、重视表演艺术的实践

在担任行政职务和教学工作的同时，马思聪本人从来没有停止过自

己的创作和演奏。他既担任过指挥，又是当时中国著名的小提琴家和作曲家，对音乐和音乐教育的规律认识非常明确。他的个人经历也是对他的这种思想的最好的解读。他认为，在专业音乐院校里，学生的表演实践非常重要，特别是合奏、合唱课，不能脱离表演实践。

六、珍惜人才，强调因材施教，对中国小提琴教学做出巨大贡献

马思聪年轻时就开始从事小提琴教学，培养了马思宏等小提琴家。著名的小提琴教授林耀基、韩里、刘育熙等均为其入室弟子，小提琴家盛中国、音乐学家黄晓和、作曲家杨宝智等也曾跟马思聪学习小提琴。

他因材施教，根据不同学生的情况，为学生指明学习工作的方向。在小提琴家林耀基的文章中，曾提及马思聪对自己求学道路上的重要影响。林耀基15岁被招进中央音乐学院少年班，曾跟随马思聪学琴6年。由于学琴晚，基本功不够好，以当时的条件很难成为出色的演奏家。在马思聪的建议下，林耀基将学习和工作的重心逐渐转到教学上，随后又被学校选派到苏联留学，最终在小提琴教学上取得了震惊世界的影响和成就。

七、鼓励创新精神，注重培养学生的创造性

在教学方面，马思聪非常注重培养学生的创造性。他在《从提琴到作曲》一文中写道："作曲是一种音乐创作的冲动……我作曲在我学和声学之先。这个凭自己去摸索道路的做法是有其好处……我在开始作曲几乎两年后才学习和声，和一切作曲的技术。我在开始作曲的头几年写了一些西洋色彩的作品。所谓西洋色彩，并不单指旋律上而言，主要的是一种思索的方式，情感的状态，和乐曲的形式，而和声当也包含在内。"他鼓励学生创作，强调注重捕捉冲动、个人情感，这对于作曲界目前一部分技术至上的创作倾向颇具深意。

八、注重学生全面素养的培养和提高，培养高素质音乐人才

在一篇谈傅聪获奖（《关于傅聪得奖》，载《人民音乐》1955年5月号）的文章中，马思聪认为，作为一个演奏家，一定要提高自己的一

◎　坐落在北京西城区鲍家街43号的中央音乐学院

般文艺修养，同时对技术更要勤加锻炼。技术是基础，但仅仅是手段，它本身不是目的。我们所要追求表现的却是作品的内容，是它的思想感情，在这一方面就不得不同时提高一般文艺修养，音乐上的表现力不是死命去学就可以得来，对乐句的处理，要演奏者自己去感觉，不是多练几遍指法就可解决的——这在他的办学的思想和小提琴的教学中都有所体现。

马思聪本人对普及古典音乐做出了很大贡献，他密切关注音乐生活，不脱离社会，写了很多的乐评。他敢于提出问题，评论也不是全部的赞美。他关于音乐和音乐教育的许多音乐思想都体现在他的文章、乐评和创作中。他一方面重视中国民族民间音乐学习，注重音乐基本功的训练（如视唱练耳）、重视表演艺术的实践；另一方面注重培养学生全面的素养，特别是对学生全面的修养，文学、美学等培养。他的学生曾提到在演奏作品的时候，马思聪会先引导学生去了解、学习跟作曲家相关的艺术方面的内容，如演奏德彪西，先讲印象派的绘画、象征派的诗歌，启发学生深入去理解作品，从而才能把作品的风格演绎到位。

他发表文章，写乐评，率团出国参加音乐节，担任国际重大比赛的评委，这些对刚刚成立的中华人民共和国，在国际音乐界发出自己的声音，是很有意义的。

马思聪先生对中国音乐教育的发展做出了巨大贡献，尤其是中央音乐学院的每一步发展都与马思聪院长所奠定的学术传统密不可分。作为音乐教育家，马思聪奠定了中国专业音乐教育的基础，他的教育思想深深地影响着中央音乐学院几十年的建设和发展。他不愧为中国专业音乐教育的开拓者和中央音乐学院学术建设的奠基人。

　　[原载《艺术评论》2012年第7期。汤琼（1965—　），湖北武汉人，中央音乐学院教授，中央音乐学院音乐学研究所副所长，马思聪研究会常务副会长]

"诚心诚意做一条孺子的好牛"

——马思聪在宁夏

孙星群

今年是我国第一代小提琴音乐作曲家、演奏家、音乐教育家马思聪先生诞辰95周年，逝世20周年，他是我国小提琴音乐的开拓者，他把源于西方的小提琴通过他的努力完全地中国化了。1960年我与马思聪院长有过一段短暂的缘分，虽然47年过去了，但这段相处一直萦绕在我的脑际，一直想把它写下来，但就是写不下来，这大概就是越激情越难忘就越难于落笔。

1960年7月底，第三次全国文学艺术界代表大会刚刚闭幕，马思聪院长就携妻带子到西北演出，马思聪先生小提琴演奏，王慕理女士钢琴伴奏，他们的二女儿马瑞雪、儿子马如龙同行，他们到内蒙古的包头——宁夏的银川——甘肃的兰州——新疆的乌鲁木齐——青海的西宁，风尘仆仆地一路走来，演出了很长一段时间。

马院长在银川演出了三场，8月20日、21日在银川市的红旗剧院演出两场，22日在银川市的新城剧场演出一场。宁夏文化局为做好宣传接待工作，从18日就开始在《宁夏日报》上刊登"中国音乐家协会副主席、中央音乐学院院长、著名音乐家、作曲家、小提琴家马思聪独奏晚会，钢琴伴奏王慕理"的演出广告，刊登了五天，征求"办理团体及个人订票手续"。当时我在宁夏文联任音乐组秘书，演出事务由宁夏文化局剧场管理委员会负责安排，整个接待工作由宁夏文联副主任姚以壮负责，我参加具体的接待工作。

1960年，宁夏回族自治区成立不到两年，各方面条件都很差，1958年我从北京调宁夏时，银川市的城市建设还没有起步，还没有自来水厂，我住的文化街是盐碱地，平时地上一片白花花的盐碱，井里都是苦水，我工作的单位每天都要雇人用毛驴车驮上汽油桶去几里地以外的甜水井拉甜水，做饭烧开水、洗脸刷牙。马院长来宁时住在自治区人民政府的交际处，交际处坐落在银川市中山公园的边上，环境还比较安静，里面有坐北朝南的两层楼房四排，马院长一家住在3号楼（即第三排）的楼上。红旗剧院在市区，就当时的条件来说还可以，有一台立式钢琴；新城剧院在银川市的新市区，剧场是简易的木构建筑，谈不上什么音响美，从交际处住地取新城剧场是砂砾铺的公路，汽车要走20多分钟，剧场周边多是小工厂，是比银川市条件更差的工业区，听众都是工人。1960年马院长去宁夏演出时，宁夏党机关的反地方民族主义运动刚刚结束不久。因此，不论是政治气氛，还是物质条件，也不论是文化基础，还是艺术队伍的水平，都是不尽如人意的。他在这个时候、去这样艰苦的地方演出，是需要有一颗爱民、为民的心的，是需要满腔火炽的热情的。就我所知，当时的包头、兰州、西宁、乌鲁木齐的条件也不比宁夏好多少，因此，一路上风尘、颠簸，其劳累、辛苦是可想而知的。

　　马院长在银川演出的曲目，据手边材料记载，有《内蒙组曲》全曲及其中的《思乡曲》《塞外舞曲》等，有威尼斯基的《莫斯科之回忆》、萨拉萨特的《屐舞曲》、肖邦的《夜歌》，等等。从曲目安排看，当时是中西各半，古典与现代各半，民歌改编曲与创作曲目皆有，本人作品与其他经典作品皆有。我理解这是马院长的一个安排，他要让听众享受世界名曲，也聆听中国作曲家的作品；既接受熟悉的作品，也接触陌生的作品。总之是为扩大西北听众的视野，让听众接受更多的西方作品，让听众接受更多的西方小提琴曲目所作的普及工作。由此而知，马院长的西北之行是他精心构思的，并不为政治风向、政治气氛所左右，所约束，所改变。

　　马院长在银川演出的几天里，沉稳、安详、宁静，他与我说话不多，除安排的活动外，也几乎不上街，只是瑞雪活泼，经常和我在一起弹弹琴，说说话。但马院长仍照自己的世界观、人生观、艺术观、美学观待人接物，行事做人，安排节目。在演出结束后，宁夏文联副主任姚以壮和我陪同马院长一家去中华人民共和国成立前宁夏军阀马洪逵在贺兰山修建的避暑山庄看看走走，也就是上山避避暑气。所谓马洪逵的避暑山庄也只是在贺兰山半腰盖几间木头房，并没有什么雕梁画栋的建筑群，在山上休息的中间，马院长让马如龙给大家独奏几首曲子，我记得很清楚，如龙演奏的是帕格尼尼的《魔鬼的笑声》，而这正是马思聪在"大跃进"年代被批评的，在音乐会上演奏的曲目，但马院长心静如水，稳如泰山，仍然闲庭信步于董大勇的指责与当时的政治气氛中，不为不公的批评所动。让如龙再演奏这首曲子，就表明他不认为《魔鬼的笑声》不好，也不认为批评就对，演奏家应当掌握西方更多的经典曲目才能前行，从这里看，马院长的西北行既是下乡演出，下乡为工农兵服务，也是暂时离开那不必要争论的一种权宜之计，以腾出时间与精力，以平静的心态来完成他的《第二交响曲》的再修改。当然，这一切不是当时的我所能理解、所能感悟的，而是今天读了许多材料后的新认识、新理解。

在几天短暂演出的中间，我们请马院长举办一个讲座，给宁夏歌舞团的乐手们上一堂课。这个歌舞团是新组建的，都还年青，艺术修养都还亟待提高。那天的讲座是在马院长住处的一楼会议室举行的。他听了几个小提琴手的演奏后，着重论述了左右手的关系，要求大家不要只看重左手指法，要充分认识右手拉弓的重要性，要求每天都要拉空弦，空弦练习要拉出乐感来，等等。强调每天专心致志练琴的必不可少，反复告诫大家"一天不练琴，自己知道；两天不练琴，朋友知道；三天不练琴，观众知道"的道理。这些谆谆教诲对今天的青年读者来说一点也不觉得有什么深奥之处，甚至还觉得太一般，太浅显了。而在天天批判技术、批判资产阶级名利思想、"反右"运动结束不久的20世纪五六十年代，这也算是大胆的了，也算是唱反调了，也算是顶风而上的言论了。这堂课给我很深的教育，留下了难以忘怀的记忆，它不但讲解了技术，解析了演奏的一些技巧，更重要的还在于告诉我们这些晚辈、这些年轻学子要认真做人，踏实拉琴，埋头做学问，不表面，不浮躁，不急功近利，它的人生哲理要深刻于技术要求。

马院长离开宁夏后，我给他寄过信，寄过一首小提琴的习作《五哥放羊》，还寄过一首根据郭沫若、周扬编的《红旗歌谣》上的民歌写的二重唱《井台上》。他回到北京后用八行书的毛边纸的信纸给我回了一封长信，竖写的，还有好几张他们在西北各地演出时拍的照片，是用当时的120相机拍的，比较小，马院长在每张相片的背面都写上拍照的时间与地点。

◎ 1960年8月马思聪在青海省西宁市人民剧场举行的小提琴演奏会的节目单，没有标明地点和时间，是他巡回演奏中通用的节目单，此件由当时的音乐爱好者牛省庆珍藏

其中有"登贺兰山远眺银川"、"青海塔尔寺"、"青海塔尔寺大寺院顶上一角"（1960年8月）、"甘肃敦煌沙漠上古代的废墟"（1960年9月）、"新疆乌鲁木齐天山上瑶池"、"南疆喀什香妃墓前"、"新疆喀什维吾尔族歌剧演员"、"新疆南山牧区"、"新疆南山哈萨克族牧民"、"新疆吐鲁番戈壁滩上骆驼队"（1960年10月）等。信中谈了他对我习作的指导意见。这封信我是在农村收到的。当时，宁夏文联大部分同志都到宁夏六盘山区的同心县豫旺村参加"三秋"，我视之若宝地将这封信夹在一本书中，想回到银川后再珍藏起来，就是这么珍视又珍视的一封信，回银川后千找万找就是找不到，不知丢失到哪里去了。今天想来仍十分的懊恼。

当时我是二十出头，虽然开始在《人民音乐》发表创作评论文章，但仍然是一个无名毛小子，还不知道自己往哪个方向发展，马院长能抽出宝贵的时间为我回信，详谈意见，指导我的创作，真是长辈对后生的厚爱，长信的字里行间洋溢着炽热的老师对学生的感情与谆谆教诲。今天思来，我仍有春风拂面的温暖，与他在银川时很少与我说话，形成了对比。马院长爱青年，爱人才，提携后生，培植晚辈的崇高风范，令我敬仰，铭骨不忘。

我这里记的仅仅是马院长在宁夏五六天的一些小事，无关重大，文章虽短，一是谨记以表怀念之情；二是使人们进一步了解马思聪先生的人品与性格，可以进一步理解马思聪先生心中装着人民；三是可以看到当代音乐史上如何正确对待西方音乐，如何正确对待中西方音乐文化交流的不同观点与矛盾是一直不断的。马院长常说"诚心诚意做一条孺子的好牛"，这就是他为人为事的座右铭，高风亮节，可敬可佩，可歌可颂矣。

［原载《人民音乐》2008年1月号。孙星群（1938—　），福建福州人，音乐学家，福建省艺术研究所研究员］

追忆与马思聪合作的日子

金 帆

马思聪是一位爱国的音乐家，他的作品不单在中国有很大影响，在国际上也有影响。他不幸逝世，对中外音乐界是一个损失。在这里我想谈一谈我所知道的一些事情。

我认识马思聪是在1937年的抗战初期，那时他在广州中山大学任教。我是一个学医的学生，因崇拜鲁迅和郭沫若，也一面学医一面写文章，主要是写新诗，参加了"中国诗坛社"，用克锋笔名出版诗集。最先拿我诗集中的诗去谱曲的是马思聪和李焕之。当时我很高兴，尤其是马思聪，一位著名音乐家，竟看上了我这个无名小卒！李焕之在香港，我和他通过信；马思聪在广州，我便直接到他家拜访。他住在惠爱东路（今中山路），他热情地把我迎进客厅，惊奇地问："你这样年轻呀？"我不知道怎样回答才好。他问了我一些情况。他说："我把你的一首诗，改名为《自由的号声》你没有意见吧！"我说："没意见！没意见！"我心想，他能看上我这个无名小卒，真是感激还来不及呢。接着他鼓励我多写一些爱国的好诗。这时有一位歌唱家来看他，他介绍说："这是少年诗人克锋。"虽然这是件小事，但可看出他对人是非常诚恳和热情的，并不摆大艺术家的架子。后来听说，冼星海同志在法国遇到困难，是他介绍他的小提琴老师免费教冼星海的。

抗战初期，马思聪写了不少抗战歌曲，除了把我的几首小诗谱成歌曲外，还和欧阳山等同志合作写了不少抗战歌曲，经常在广东电台广播和教唱。

广州沦陷前几个月我离开广州，以后再没有和他联系，直到差不多分别了十年，即1947年，我从东江纵队游击区到香港才和他重逢。那时马思聪在广东艺专任音乐系主任，常来香港演出。有一次我去听他的音乐会，见到他。他很高兴，紧紧地握住我的手说："你写点歌给我吧。我想写首大合唱。"

我说："怎样写呀？写什么题材呀？"

他答："怎样写都可以，写什么题材都可以，你当作诗来写吧？"

我说："我试一试吧。"

当时全国各地：南京、上海、北平、广州等许多大城市，由大学生带头，掀起了反内战、反饥饿的学生运动。而马思聪又在广东艺专教书，对镇压群众运动的当局很不满，曾和端木蕻良合作写过《抛锚大合唱》和《民主大合唱》，来表示他的抗议。我思考了很久，决定为学生运动而创作，目标很明确，不是为解放区的工农兵，而是为蒋管区的知识分子。题目叫《祖国大合唱》。我写了七段寄给他，他选了四段即美丽的祖国、忍辱、奋斗、乐园，很快就谱出来了。据当年在艺专向马思聪学作曲的钟立民同志回忆说："当时马先生谱出一段，我们学生就唱一段。由爱国学生组成了七十多人的合唱队，大家越来越起劲。全曲写完了，由马先生亲自指挥演出。得到了热烈的欢迎。中山大学的学生知道了，特派代表来艺专，要求马先生带领合唱队到中山大学去演出。由艺专罗荣炬老师领唱《美丽的祖国》，开始唱'太阳滚过大海的绿波，照着我们美丽的山河，让我们太阳的光辉，来赞美我们亲爱的祖国'时，听众就非常激动，再唱到'祖国人民起来了，排山倒海般起来了'，全场就热烈鼓掌！"

1959年，马思聪也在一篇文章里谈过他创作和演出《祖国大合唱》的经过：

> 因为当时是处在国民党统治下，歌词内容不能写得太明显，但内含的意思是光明要来了，全国要解放了。我写这首曲，开首用了陕北鄘鄂的调子，象征着光明将从延安方面来。在中山大学演唱这部合唱，听众有四千多人，情况非常热烈，唱完之后又从头到尾唱了一遍……

《祖国大合唱》由于是为全国的学生运动而写，作曲者又是著名的音乐家马思聪，所以很快传遍了祖国的各大城市，以至香港南洋的青年学生到处都在唱，后来日本也唱了。"文化大革命"后期，我到北京东郊的维尼纶厂去劳动。维尼纶厂的宣传科长张宝诚同志告诉我："解放战争时我在南京念大学，经常唱你和马思聪合作的《祖国大合唱》，有一次准备在玄武湖举行万人大会，要唱《祖国大合唱》，但特务知道了，派人来冲散了。"当他告诉我这些情况时，正是"四人帮"横行的时期，马思聪已被定了"叛国投敌"罪。而他竟敢提马思聪并加以称赞，可见马思聪对祖国做过有益的工作，对祖国的热爱，人民是忘不了的，在广大群众的心目中，马思聪是一个爱国的正直艺术家。

写完《祖国大合唱》后，大约又过了几个月，他又写信给我，要我再写一首大合唱的歌词给他。当时他已兼任李凌同志等在香港办的"中华音乐院"的院长，经常来往于广州和香港。我把《春天大合唱》的歌词寄给他。歌词内容和《祖国大合唱》一样，用春天要来了作为象征祖国要解放了。全曲分五段，分别是：冬天是个残酷的暴君、好消息、春雷、迎春曲、快乐的春天。这首词他没有删节，全部谱出来了。他来信说："我很高兴，我写一首，学生就唱一首，情绪非常高涨，大家兴奋极了。"

由于马思聪写《祖国大合唱》和《春天大合唱》同情共产党和进步学生，反动派对他迫害了，他只好躲到香港来了。而我却重入南方的游击区，负责一个纵队的医务行政工作，从此又和他失去联系。

1951年12月中旬。我终于调到北京，先到音乐学院附属的音工团（中央乐团前身）报到，决定去朝鲜战场体验生活。不久我去天津见他。他住在离音乐学院相当远的一间楼房里，他一见我，热情地说："我准备到治淮工地去体验生活，你也一起去吧，让我们合作，好好歌颂祖国的建设。"

我说："我已决定到朝鲜战场去了，待我从朝鲜回来再去吧。"

马思聪犹豫了一下说："那好！待你回来后再说吧！"

当我从朝鲜回来时，他也从淮河工地回来了。

后来音乐学院从天津搬到北京来了，那时全世界都在搞和平运动，于是我们商量写一首《和平大合唱》，他建议一定要有一首妈妈的歌，表示新中国的妈妈如何热爱和平。第一首序曲的词我写出来了，交给他。他很快就谱出来，后来还在中央乐团用钢琴试奏过，有的同志认为很不错。可惜由于我的原因，半途中断了，全曲没有写成。但他并没有责怪我，我心里很难过，他却埋头写他的交响乐《山林之歌》，并对我说："创作并不是一帆风顺的，有时会遇到意外，这一首写不好，就写另一首，要知道创作是很艰苦的。"他对朋友和后辈是那样的诚恳谅解，完全是一个大艺术家的风度。

1954年，我独自一人到治淮工地去体验生活，目的是想完成马思聪早已想歌颂祖国建设的《淮河大合唱》。回到北京以后，差不多一年我才把歌词写出来。全曲共分五段，即：马儿你快快跑、向洪水进军、修好淮河我等你、丰收舞曲、美丽的淮河。我把词交给他，他除了把第三段的标题《修好淮河我等你》改为《山歌》以外，一字不差地谱出来了。1956年全国音乐周召开以前，我和音协秘书长孟波同志到他家里看他，他亲自把《淮河大合唱》的全部曲调用钢琴弹给我们听。我第一次看他弹钢琴，没想到他的钢琴技巧那样好！可见他的音乐修养是很高的。他在治淮工地上收集了许多民歌，《淮河大合唱》有许多民歌音调，他把总谱让我交给中央乐团，当时在苏联留学的严良堃正回国探亲，李凌团长请严良堃同志指挥《淮河大合唱》在全国音乐周上演出。演出后，不少报刊都发表了赞美和评论的文章。

粉碎"四人帮"以后，来信再次表示想回国，他说："祖国河山是伟大的，同胞是最可爱的，希望不久我将重新驰骋在祖国土地上每一个角落，拥抱全体同胞！"

1984年11月，中央音乐学院院长吴祖强到美国访问，顺路到他家里去看他，他很高兴。吴祖强同志回国后和学院的其他领导着手为马思聪平反事进行工作。1984年12月30日，公安部致函给学院党委说：

> 1967年5月由公安机关对思聪先生立案审查是康生、谢富治决定的，原认定马为"叛国投敌分子"是错误的，应予彻底平反，恢复名誉，消除影响。

吴祖强同志和他通了长途电话，并把公安部文件寄给了他。他回信给李凌和我说："来信先后收到了，谢谢老友亲切的关怀。终于平反了，拙作开禁，很高兴。我们想今年内回去看看亲人、老朋友，祖国河山都是我们所思念的。至于近来音乐新起之秀辈出，更值得喜见乐闻。时间拟以秋后较合适，逗留时间长短看需要吧。"同时又给音协主席和副主席回信："谢谢大家的问候和关怀，由于'文化大革命'期间受到迫害而冒死逃离祖国并落籍异国，于今忽已十八载，遥想大家在这段时日，也经历了许多不愉快的日子，而都健在，并继续为国家现代化的实现做出贡献，谨致庆贺。日子过得快，我们都已步入晚年，在个人来说，我希望在有生之年，写完几个作品，也算是我为中华民族音乐的发展上所尽的一点微力。关于归期，待决定后，当再奉告……"

今年初，他患病，李凌同志和我写信给他，说想到美国去看他，没料到他却突然去世。他是在医院的手术台上离开人间的，没留下什么遗言。我非常难过！

［原载《论马思聪》人民音乐出版社1997年版。金帆（1916—2006），广东兴宁人，原名罗国仁，笔名克锋、克池、金帆等，著名诗人、词作家，其多部作品获奖，是享受国务院政府特殊津贴的作家］

思聪啊，人民不会忘记你

——马思聪和中央音乐学院

李　凌

中央音乐学院40周年校庆到了，我写了篇《母校创建杂记》，其中，也很自然地写到了马思聪。思聪呵，我的好友！在这里，想就我对你的了解，再说几句。

1949年初，北平解放，你应中央的邀请，到北平来参加新政协会议。你对新政协抱有极大的热爱，你认为中国的新生，终于找到了一条康庄的道路。由于内心的喜悦，你写了一阕祝贺新政协诞生的《欢乐序曲》，表达了一个热爱自由、民主的留学生，一个华侨家庭出身遭受帝国主义侮辱的青年看到中国真正在世界上站起来时所特有的喜悦之情！1949年10月，你被认命为中央音乐学院第一任院长，你对于只管业务这一责任是高兴的。你对许多学术研究很重视，对学院的建设提出了很多宝贵的意见。如要把学制、课程定得切实一些，要团结更多的有真才实学的教授任课，要聘请一些优秀的外国专家来我国讲学，要派遣一批有才华而苦学的青年学生出国留学，等等，你是一再坚持的。

1951年治理淮河，你响应党的号召常深入治淮工地生活，和群众一起劳动。我担心你会吃不消，你却说："那里生活得很有趣。"回来就写了一阕《淮河大合唱》，风格清新，气势劲朗，充溢激情。不久你又完成了著名的《山林之歌》。这首组曲，取材于云南山林之乡，音调是西南边区民歌，表现出你对祖国山河、风土人情以及新生活的欢快心情。

1957年"反右"运动过后，你有些苦恼，你常常提到有些很有才华的人还是单纯的，都被划为"右派"，你表示痛惜。

1959年，国庆十周年快到了，你看到中华人民共和国成立后的建设一天天兴旺，国家的地位一天天提高，文化教育设施、人才……一切一切，和过去有天地之别，你为祝贺国庆十周年，写了《第二交响曲》作为献礼。这首交响乐，采用了广东民间音乐素材，表达了你对祖国的强盛、兴旺的祝贺。

长长的十六七年，你为中央音乐学院操过许多心。

你的创作最突出的特点是对民族特色的追求。你曾说过："作曲家，特别是一个中国的作曲家，除了个人的风格特色和创造性之外，极端重要的是拥有浓厚而突出的民族特色。中华民族是世界上最大的、历史最悠久的民族之一，它有着丰厚的音乐宝藏，这是任何一个国家所无法比拟的。这份遗产是我国作曲家所特有的财富，是所有的作曲家的命根。在这块土地上，我们的祖先辛勤地耕耘，这些心血结成的珍宝，最富有生命力，深沉、温馨。谁拥有这些东西，谁就更有根底，谁对这些乳水采取轻视或虚无主义的态度，谁就吃亏、倒霉。"

当你一旦寻觅到新异的民间音乐素材，不管是汉族的，少数民族的；是民歌、器乐小曲，还是戏曲音乐。你都视同命根，狠命地吸吮，反复捉摸，孕育出一个新的生命来。

你从《思乡曲》《绥远组曲》①起，写了大量富有民族特色的篇章，这许多作品，贯串你的信念，也饱含你对民族音乐的感情。

你是我国最早采用巨型的组曲、音诗形式写作的作曲家；也是第一位以比较完整的形式和富我国新的特色的交响乐音乐，奉献给中国人民，并向世界展示，中国新的音乐将要向世界开花的作曲家。几十年来，你总是在探索，如何使自己的创作在和声、对位、配器等手法上，根据我国民族音调所需求的特色进行创造性的实践，务求在音的组合上，音色的编配上，保存东方的色彩。从你最初的组曲《西藏音诗》，后来的《山林之歌》以及20世纪70年代创作的舞曲《晚霞》，这种努力

---

① 《绥远组曲》后来改名《内蒙组曲》，《思乡曲》为其中的一个乐章。

是有成效的。

你不大喜欢浓墨色彩和强烈的戏剧性冲突。风格比较恬淡、素雅，有点像南国的"夜合花"，徐徐地吐出幽香，清新芳香。

思聪呵，我的好友！1986年初，你给我及金帆来信，说要在1986年秋回国，看看朋友和青少年音乐学生……你仍然那样的直率，对中央音乐学院为你平反表示高兴。但你对你过去被说成叛国还是有意见。秋天你没有回来。年底，

◎ 1949年马思聪和李凌在北京

你托人把未回来的原因告诉了我，并说你不喜欢某些报刊把你的历史和所作所为说得过于夸张。你是一个洁身自爱的知识分子，不希望别人把你说过好，或者把没有的推测加在你身上。

两年前的这个时候，我突然听说你患肺炎，心脏不好。我和金帆打算去美看望你。6月太热，就定在10月。不幸，你5月就走了。

思聪呵！我不会忘记你，你的许多同事、朋友也不会忘记你，中央音乐学院不会忘记你，人民不会忘记你！你安息吧！

［原载《中央音乐学院学报》1990年第1期。李凌（1913—2003），广东台山人，音乐评论家、音乐活动家、音乐教育家，曾任中央乐团团长、中国音乐学院院长、中国音协副主席等职，著有《音乐杂谈》《音乐美学漫笔》《音乐流花》等多部作品，荣获首届中国音乐"金钟奖"终身成就奖］

宾州费城访马思聪

徐 迟

在美国的费城，访问宾州大学时，我提出的第一个急切的问题便是，听说我国昭陵六骏，二骏在费城，可得见乎？大学外语系主任微有愧色地笑着回答："就在鄙校，午饭后陪你看去。"我说的是唐太宗陵墓前他六匹骏马的六块浮雕石刻，其中的"拳毛䯄"和"飒露紫"两块被美国人盗去，现存宾大博物馆的一座高大锥形的无梁殿中。我闻名已久，藏有二骏的拓印件。总算亲眼目睹了著名的中国雕刻，不虚美洲此行矣。

但我在费城访马，访的却不止这两骏。我曾在1942年，给郭沫若写的一封信中，称我国著名小提琴家、作曲家马思聪为"国宝"。该信发表于重庆《新华日报》，现载于《沫若文集》第三卷322页。那二骏也是国宝了，不过是没有生命的国宝。而马思聪却十分健康地活着，自从"文化大革命"，他漂泊海外，已经十七八个年头了。他和他的夫人，一子一女合起来也是音乐界四骏。我是得到驻美章文晋大使及夫人的赞成，专诚到费城去访问马思聪一家子的。

当在出站口我见到马思聪和王慕理俩夫妇时，那么熟稔的形象！两个亲切的身影！我咽喉作哽，颊上神经发酸，鼻流清水，眼注盐泉，心房剧烈地跳动，往事和全部激情震撼了我的全身。我扑上前去，但没有动作、没有表情，他们像两尊大理石的雕像，十分冷静，十分庄严，冷冷的眼色，观察着我。直等到发现我是那样的惊讶、迷惑、痛苦、痉挛，相信我还是爱他们的，才慢慢地出现了一丝微笑，目光也渐渐温暖起来。当我们出站驰车到唐人街中国餐馆午餐时，我们又像四十多年前的二十几岁时那样地兴高采烈。隔在我们中间的一座冰山已经融解了。

我终于了解到他们在"文化大革命"中的遭遇，他们出走的经过；飞往美国华盛顿的旅程；在美的早期生活、中期生活以及近期的生活；全部的人事酸辛，数十年的尘海沧茫。马思聪很少说话，一直比较沉默，即使在他又像童年般的天真的喜悦时刻，也不多言。我发现他全身沉浸在一泓音乐的大洋中，时而浮上水面与音波嬉戏，时而潜入深处享受着深海的谐和音。那些经历是女诗人马瑞雪——他的女儿给我提供的。她给她爸爸写了一部正在作曲的歌剧诗词，给了我一份剧诗让我欣赏。这家子人离开了祖国的大地，却从未离开过祖国的音乐和艺术。儿子马如龙拉得一手好琴，如今是一位工艺设计师了。但一下班回家就拉琴，父子两人经常在一起演出，合奏《双小提琴协奏曲》之类的乐曲。

马思聪在美国勤奋地创作。他的小提琴独奏曲、钢琴奏鸣曲、音诗、组曲、民歌集、大合唱、交响乐、协奏曲、三重奏、四重奏、五重奏、戏剧音乐《屈原》、舞剧《晚霞》的三幕四十一个曲子和舞剧《九歌》，共达到六十多个opus（作品），还在继续写，将完成许多曲子。如天假以年是可以超过一百个作品的。我在他家曾午睡过四十分钟。他就坐在我的卧榻面前的桌子上，看我酣眠，听我鼾声，而作了四十分钟的乐曲。这么多年不见，他丝毫没有放弃他为中国而抒发的民族音乐事业！从而，我真正地放心了，对他们完全满意了。人间休戚，我们管得了吗？我们管不了。他们干扰我们，但是我们的心灵始终如一，我们歌唱祖国，我们歌唱人民。中国现代的新音乐事业，聂耳、星海而外，成就最大的，影响非凡的，其唯马思聪！

在费城，我们过了几天欢快的日子，同游美国独立战争的战场，逍遥于大财阀杜邦的私家名园。我见到马家的第三代了，一个小咪咪。临别，马如龙给我们送行，不免又有点黯然神伤。他们何日能够回归祖国呢？祖国能够热情接受这家天涯游子的归来吗？他们的伤痕是很深的，能治好吗？他的幽雅琴声，磅礴的民族之声，还能不能回来荡漾与我们大地山川呢？难道能忍令我们优秀的中华儿女，终其一生于异域他乡？

终于在我回国以后不久，听到国家为马思聪平反的庄严宣告！我现在正焦急地等待着我亲密的朋友。我已经给他写了信说，如果我能是一方诸侯，将倾楚国的所有，来迎接你天外的归客。

◎ 1984年11月，马思聪夫妇与作家徐迟在美国费城相聚

［原载1985年3月《人民日报》海外版。徐迟（1904—1996），浙江湖州人，原名商寿。作家、翻译家，著作等身，1988年创作报告文学《马思聪》］

▌心香一瓣献吾师

林耀基

　　恭逢马思聪先生九十冥诞之际，作为他的入室弟子，对于授业之师的惠泽沾溉、熏陶作育，衔恩铭佩之情，瞻依轸怀之念，积年累月，从未敢一日忘之。

　　近现代乐坛，先生算得上是一位巅峰人物。他创作的小提琴曲与他的小提琴演奏成就，他在小提琴音乐教育方面的英声茂实，早已为学者专家鸿文评述与称颂，蜚声华生，远播于中外乐坛，为世人景仰。我生也晚，仅就我与恩师之间的一段"琴缘"，写出来作为心香一瓣，以申寸心慰诲之情。

　　50年前，时在广州。那时可谓是国运中兴春风发物的大好时代。我是一个15岁琴童，在温瞻美老师门下学琴。5月里的一天，恰逢中央音乐学院马思聪院长来穗招生便中过访温老师，一见温老师在"教小童"，便暂避里屋休息。下课后，马院长便对温老师说："让刚才拉《西班牙交响曲》的那个学生到中央音乐学院上学吧！"说真的，那时我与大名鼎鼎的马思聪先生无一面之缘，也没有上中央音乐学院的梦想，真可谓无心插柳，而马思聪先生却有心栽花。就这样我一下子便成了中央音乐学院马思聪先生班上一名学生，和小提琴结下了终生不解之缘。

　　前贤、先哲有言："善教者，使人继其志。"诚然，1962年后我也成为一名小提琴教师，恭侍先生之侧，执教于中央音乐学院管弦系。可惜不多久，"文化大革命"风暴袭来，横祸突至，先生蒙难，身心备受折磨，无奈之下，匍匐星奔，寄迹异国他乡，终无回辙之望。由于人所共知的原因，与老师已不可能有书信来往，先生此后日月，料想如古诗所云"外地见花终寂寞，异乡闻乐更凄凉"的境遇。至今，难以忘怀的是我每次到马思聪先生府上问学请益的情景。老师平易近人，我们心慕手追，师母为之钢琴伴奏，那美妙而跳动的音符，动听悦耳的旋律，甘甜地浸润着我们幼小的心田。课后师母时常留我们便饭，在京能吃到广东家乡风味的可口饭菜，实在是口福不浅。

老师深入浅出、细致入微地讲解曲目，分析作品，涉及作品与作品背景，联系社会人文诸多方面，不时地用中国名画、唐诗中的意境来启发我们，同时也为我们讲琴的构造，弓弦运作。有时雨过天晴，室外一片生机。老师兴致尤好，领我们去颐和园看湖光山色，去北海景山领略园林之趣。春温秋肃，四时之景不同，人之心情各异，使我们不知不觉接近自然，体味自然，融入自然，物我两忘。这对我们后来理解音乐，表现音乐，练琴与演奏中能心气和平，游刃有余，节奏有序，运弓自如，力度悉称，音色明亮，极其有益。先生的引导之功，成为我在教学中永远遵奉的圭臬，也使我进一步理解老师琴声的优美淡雅，即使演奏强音也是一种可控制的含蓄的力度，他能将法国学派的典雅与中国古典审美的清新恬淡的风格结合得天衣无缝，令人意想不到地和谐圆融。这是我们永远要向他学习的地方。

马思聪先生创作的小提琴乐曲，作品之多，题材之广，旋律之美，是近现代作曲家不可比拟的，而他的作品无一不倾注热爱祖国，热爱人民，热爱大自然的高尚情怀。他以个人声望，聘请了海内外众多真才实学的师资；他为抗美援朝义演；他到佛子岭水库投身治淮劳动，体验生活，创作歌颂新社会，歌颂工农兵的音乐作品；他为提高我国弦乐水平，用尽心血培养人才，大大提高了我国的声望。如今我国小提琴能屡屡问鼎世界

◎ 林耀基教学有方，教学方式生动形象，恩师马思聪的教学经验助他成功

大奖，饮水思源，无论如何也不能忘记马思聪等老一辈音乐家筚路蓝缕之功。

马老师、王师母谢世后，碧雪、瑞雪两师妹又相继病逝。如今天人之隔，无缘再见其音容笑貌，令人心痛鼻酸，思之凄然。

欣闻马思聪音乐艺术馆即将在广州落成，先生遗物手泽不日重归故土。先生夙愿有偿，先生在天之灵可堪告慰，我们能瓣香敬献，桑梓枌榆，无不同庆，谨以此文告慰先生，我要在今后小提琴教学工作上，追随先生，承前启后，努力开拓进取，薪尽火传，不负先生再造之恩。

[原载《小演奏家》2009年第9期。林耀基（1937—2009），广东广州人，著名小提琴教育家，中央音乐学院小提琴教授，他教授的多位学生在国内外音乐比赛中获奖]

▋ 怀念慈父般的恩师

——马思聪

余富华 口述

李 冰 代笔

　　听说马思聪院长的骨灰要移回故乡的消息后，一下子又勾起了我对这位慈父般的恩师许多往事的回忆，几个晚上都无法入睡。当在新闻中看到这段报道时，我实在忍不住地一边看一边流泪，马思聪院长不仅在艺术上有着极高的修养，在生活上也时时处处关心他周围的人。

　　记得那是1964年，我在读大学二年级的时候，学校搞什么半工半读，把我们都送到了长辛店机车车辆厂，有一天要我们移动一个火车的轮子，让我和另一位工人一齐抬。抬到半路，那位工人抬不动了，突然把铁棍带轮子扔在地下，所有几百斤重力一下子压到我的肩上，造成了我左肩骨骨折。我的主科老师马思聪听到这个消息后，急得都快哭出来了，他把我接到他的家里住，并利用他在政协的关系，请来了最好的医生，帮我推拿针灸，把我当成自己的孩子一样的照顾，就这样在他家里一住就是一个月。他还嘱咐我千万别跟别人讲我骨折的事，生怕别人知道了会影响我的分配和在音乐上的前途。在马院长家里养病期间，也不知道为什么眼睛又感染了，又红又肿，多亏马院长请来了眼科医生，帮我治好了眼病。

　　我在上学期间的经济来源主要靠我的二姐资助。后来她有了孩子，经济上也不富裕，继续资助我也很困难。当时我想退学了事，马院长听说后叫我别担心，他说他会想办法帮助我的。他只是希望我一心一意好好练琴，不要为其他事分心。

三年级的时候我们再次被送到了河北景县劳动改造（即第二次"四清"运动后期），那时我得了急性肝炎，马院长知道后马上寄来了二百元现金，要我好好补养身体，盼我早日康复。"四清"回来后，"文化大革命"就开始了。

大家都听过这个故事。"文化大革命"刚开始时，一个学生神色慌张地来到马思聪院长家，对他说：领导告诉我，我不可以再来跟你上课了。那个学生就是我呵，我已经是马院长的最后一个学生了，终于也被逼得不能再跟他上课了。每每想起这个过程，都是我心中永远的痛。

那次骨折，造成了我终身残疾，拉琴拉到高把位时，因为胳膊拐不过来，身体和精神上的痛苦真是一言难尽，但这时也会常让我想起马思聪院长对我的关爱，他在我的生活中曾扮演过比亲生父母还要重要的角色，这是我永远无法用语言表达的。他对我像亲生儿子般的照顾，是我永生难忘的，知道很多人都得到过他的关心和照顾（如冼星海在法国巴黎学习时得到马思聪无私的帮助）这些都是我亲身经历的，我们体会到的不仅仅是他的帮助，而是他那颗善良的心和崇高的人品。

由衷感谢中国政府、温家宝总理，能让我的恩师回到自己的故乡。老师地下有知，含笑于九泉之下。好好安息吧，我尊敬的慈父般的恩师，您已经回到了您曾深爱过的故土。

安息吧，我们永远会怀念您的！

（余富华，小提琴演奏家，后旅居美国教学）

博采众长的宽广胸怀

向泽沛

马思聪大师自己学识渊博，但他从不反对、甚至鼓励他的学生向别的名师学习。他说："一个人一种教法，各有自己的风格，学琴不能只学一种风格。"在他的安排下，20世纪50年代有好几年的时间我同时还到盛中国的父亲盛雪教授那里上课，盛先生的训练，尤其使我的左手技巧获益良多；马师还请著名小提琴家林克昌先生为我上过几次课；请著名的钢琴教授朱工一先生给我上伴奏课；带我去他的老朋友著名画

◎ 马院长的爱徒向泽沛

家蒋兆和先生家里聆听他的美学高论等等。这种不拘己见，鼓励和帮助学生博采众长，为学生尽可能多地广泛吸收艺术营养创造环境和条件的博大胸怀，使我深刻体会到"大师风度"这四个字的含义。联想到当今一些艺术院校存在的互不服气的门派之争，招生只侧重于自己的学生，只要你肯付高额的学费，跟我学一年，保证让你进入艺术院校的市井风气，与马师纯朴宽厚，认真负责的风骨相距何远！

2000年，天津百花文艺出版社出了一本由马思聪研究会马之庸编辑的马思聪文集，名为《居高声自远》，此书名非常贴切地反映了马思聪先生的艺术成就和为人，我认为无论他的音乐创作，演奏风格还是教学

方法，都离不开他的为人这条主根。这方面我要谈谈自己的感受。

我所认识的20世纪五六十年代开始师从马思聪先生学琴的学生，如林耀基、王华益、常希峰、余富华等，包括我自己从师14年当中，马先生从来未向我们收过学费。他当年曾对我父亲谈过："国家给我的待遇已经很好了，钱是身外之物。"我也知道很多人曾找过他，向他求教，而马师总是来者不拒，认真讲授。1963年在参加第四届上海之春小提琴比赛期间，东北的闫泰山先生向马师求教帕格尼尼第一协奏曲的演奏方法。马师认认真真地讲了一个多小时，并亲自示范该协奏曲的第一乐章，有求必应，毫无架子。闫泰山先生和当时在场的许多旁听者无不感动。

1957年我父亲被错判为"右派"，我有几个月的时间未去马师家上课，后来见面时马师询问原因，我父亲说："因右派问题不好意思来你处，也怕你受牵连。"马师呵呵笑着说："我不在乎这些，我有几个朋友也是右派。何况泽沛学琴跟这件事没什么关系。"这件事给我印象很深。马师平时很少去学院，但我在音院附中时的期末考试，他总要抽时间去听。1963年有一次我感冒胸痛，他知道后立即打电话给他的朋友——阜外医院胸科主任邱建华大夫，并让司机开车送我到阜外医院去检查。"文化大革命"期间我因受马思聪一案的株连，被打成"叛国分子"，受不公正待遇达十年之久。20世纪80年代，我将我的一盘演奏录音拜托指挥家汴祖善带给马师。他听了很高兴，又通过马瑞雪送给我几套好琴弦，上面写着"送给泽沛，马伯伯"，并关切我的近况。马瑞雪还带来美国坦普尔大学的报名申请表，说："如果愿去美国，我将为你做经济担保，父亲也很想见到你。"可惜，我终未能与最敬爱的马伯伯见上一面。但马师对我的培养、关爱和这深厚的师恩将令我终生难忘。

马思聪先生桃李满天下，他的许多优秀学生现在正活跃于国内外的音乐舞台上，而马师更多的徒子徒孙正在成长，去完成马师为之奋斗一生的中国音乐之未竟事业。马师在天之灵也应感到欣慰了。

[原载《中央音乐学院学报》2002年第2期。向泽沛（1945— ），湖南岑溪人，小提琴演奏家，原北京交响乐团小提琴首席，国家一级演奏员，他从7岁起跟马院长学琴14年，该文摘自他撰写的《马思聪的小提琴教学》一文]

记马思聪

马国亮

马思聪先生与世长辞，一代音乐大师撒手西去，消息传来使人难以置信，又不能不信。

据说开刀前医生曾言，如不开刀，生命随时有危险。开刀有百分之九十把握，不幸就坏在百分之十里面！我们感到哀痛。许多人都感到哀痛，我们哀痛于失掉一个亲人，失掉一个好人，失掉一个卓越的音乐家。

思聪还在世间时，就已普遍得到认识他的人的喜爱和敬爱。他纯善、忠厚。即使在最不高兴的时候，也不会疾言厉色。他有点木讷，不擅辞令，不会交际。连一句世故的应酬话也不会说。他就以赤子般的坦荡和率真，赢得人们的尊敬和爱悦，爱悦产生宽容。思聪或有什么过失（人孰无过！）人们都几乎愿意体谅，甚至替他辩解。由于不懂世故，他有时给人的印象是冷漠。但只有接近他的人才能分享他的孩子般的天真。在熟人面前，经常出语风趣幽默，而又说得那样自然，你得看出他并没存心炫耀机智。

马思聪被称为音乐大师，不仅因为他是一个小提琴的好手，更因为他在作曲方面的成就。他的作品，从人所熟知的像早期的《思乡曲》《内蒙组曲》，到近年完成的大型作品舞剧《晚霞》、歌剧《热碧亚》等，都是旋律优美动人而又富有民族色彩的。他在创作方面所下的苦功，恐怕一般人也不大知道。20世纪60年代初期，我因事到北京，有几晚住在他家里，发现他每天早上六时前便起床，还没吃早饭，便走进书室里埋头工作。20世纪80年代初期，我到美国漫游，专程到费城看他，也是住在他家里。像在北京的时候一样，他也是绝早起床，没吃早饭，便开始工作。数十年如一日，孜孜不息。他对工作充满热忱，充满兴趣，说得上锲而不舍，乐此不疲。

20世纪20年代末期，马思聪从法国回来，一时有"神童"之称。那时我刚进《良友画报》工作。画报慕名请他到编辑部来，目的是要和他谈谈，以便写一篇印象记。我们迎来了一位十七八岁，衣着简朴的青年。在整个会面中，他几乎没主动说过一句话，问他一句，他答一句，访问记难以下笔。结果只能在画报上登了他一张照片，总算是报道了这个首次蜚声全国的小提琴家。

打从那个时候开始，马思聪的名字不胫而走。先是卓越的小提琴演奏，而后是风靡全国的音乐作品，使这个从来不会为自己宣传的老实人，逐步被推上荣誉的高峰。年复一年，他成为音乐界最权威的代表人物，他的成名虽是实至名归，但终究为盛名所累了。如果他是一个普通的老百姓，他大概不至于在垂暮之年，还不得不远离故国，亡命天涯。

发生在马思聪身上的最大悲剧，是在"文化大革命"时举家出走，直到现在竟至客死异国。这不仅是他个人的悲剧，也是一个时代，一个国家的悲剧。

缺席裁判：他被定为"叛国投敌分子"。

老画家叶浅予曾说，"给他戴任何帽子，定任何罪名，都无损于他的艺术地位。倒是未指明那个'敌'接受了一份白送的厚礼——一位音乐大师。"

1982年，我和妻子马思荪——马思聪的六妹，有美国之行。有一位半官方的好心人托我们向思聪捎个口信，希望他至少能回国一行。那时思聪的作品在"因人废言"的恶习下仍未解禁，也还未给他平反。这使他更为困惑，我到底是祖国的儿女还是敌人？

1985年，终于正式宣布为他平反，祖国毕竟向他正式招手了。

我在香港去电话，问他有何打算。我说，这个结也应该解开了。他表示，在适当的时候是要回去的。

他去美国时有过激烈的思想斗争。不过魂梦萦绕故土，是每一个游子的心情。无论迟早，他总有一天要动身的。

不幸，"适当的时候"，已成为永远不可能。

我仍要借叶浅予的话，为本文结束。这是叶浅予在一篇题为《为马思聪饶舌》，刊在，1985年《文艺报》第439期的文章上写的："受过欺凌而被迫逃亡的人，最懂得祖国的可爱。爱国之心也最切。只有那些口口声声教训别人如何爱国，而自己却横着心凌辱普天下善良灵魂的人，才是真正的罪人。马思聪不欠祖国什么，那些窃国篡权的人却欠他太多了。"

［马国亮（1908—2002），广东顺德人，作家，《良友画报》《前线日报》等资深主编，上海电影制片厂编剧，他是马思聪六妹马思荪的丈夫］

父亲的旅美生活

马瑞雪

听马思聪演奏《思乡曲》时，你曾否被浓郁的乡愁熏得潜然泪下？当你读完本文再听此曲，你应可止住眼泪。因为，他要告诉听众的，是我们民族的自豪、山岳的雄伟、川流的秀丽、田园的祥和。他要给听众带来信心和安慰。

一、大自然中无忧无虑的子民

德彪西的管弦乐曲《牧神午后》的黄昏在房中流泻，一管音域悠远的笛子格外清晰。美丽的和声、瑰美的旋律，绘成一幅跳跃在幸福中的园景：那是远离尘世的山谷，碎金一般的夕阳闪烁在安详的田园、静谧的山林边上。《牧神午后》吹出的旋律像一杯陈年老酒，围绕在他身畔的群仙，斜靠在苍翠的树旁，一个个都醉了。而父亲仿佛就是《牧神午后》，不断制造出使人感受着愉悦的音符。

傍着无穷尽延伸开去的芙芒公园，在可以瞭望三面风光的14楼公寓里，父亲大部分时间都消磨在临窗置放的书桌上。他有早起的习惯，清早起来做运动，是父母亲十年来始终保持着的养生之道。然后，他多半先拉半小时音阶，他练琴很有方法，半小时对他来说可以保持他的技巧，如果为着准备演奏会，他每天练四小时以上。其他的时间他安排得很紧凑：和母亲合奏、录音、写作，主要是写作。旅美十年，他创作了很多乐曲：独唱《李白六首》《唐诗八首》《热碧亚之歌》，合唱《亚美山歌》《家乡》，小提琴独奏曲《亚美组曲》《高山组曲》，小提琴回旋曲（第三、第四），两个小提琴合奏（五十首），小提琴钢琴奏鸣曲，小提独奏奏鸣曲，钢琴协奏曲，芭蕾舞剧《晚霞》。

父亲热爱大自然，尤其热爱我国天真纯朴的少数民族。初次赴台，阿美人的歌舞就给他留下了深刻的印象。他的乐曲、他的灵感，全都是来自我国民间。他走进中华民族的血脉，创造出民族色彩浓厚的旋律和音符。父亲对自己的创作，要求非常严格，去年春节，他的取材自《聊斋》的芭蕾舞剧《晚霞》已经脱稿，并且随行放在旅行箱里，准备交给出版界印行，但是，他再度翻阅时，又发现许多未尽意的地方，又重新带回，苦苦删改。前几天，这个作品终于令他感到问心无愧了。它草稿的五线谱有一尺多厚，这里面融入多少心血呵！

父母亲精力充沛，兴趣广泛，爱玩而且会玩。偶然兴起，父亲会带着母亲，从费城家里驾车前往加州探望亲友，他有过13个小时马不停蹄，驾车从芝加哥回费城的纪录。如此健壮的体格和无忧无虑的心情，使人相信他是可以活到望百的寿星。

夏日黄昏，父亲从五线谱中抬头，望着窗外沉浸在夕阳中的树海，他唇边的微笑表现了无限的陶醉和满足。凭窗望去，可以看到同一房主建的一栋栋古色古香的尖顶公寓。摩洛哥王妃葛莉丝凯莱的母亲就居在那里。一年两度，王妃来探望母亲，来时必跟随着一队汽车，车上坐着王妃的随从。

二、父母亲感情老而弥坚

初来美时，父母亲在马里兰州购置一栋别致的楼房，屋前绿草如茵，屋后花木似锦。最诱人的是屋后的游泳池，酷暑天气，在水中游累了还可以坐在桃树下摘鲜桃吃。然而，最浪费时间的也是花园和游泳池，父亲每天清晨都花半小时清理，此外，春夏推草，秋天扫叶，冬天除雪，真是不胜其烦。我婚后搬到费城，弟弟如龙也到这边读书，父母亲更不想在那边久留。

每当霞辉渐斜，晚饭将至，父亲一定会离开书桌，到厨房看看为做几道讨儿子欢喜的菜绞尽脑汁的母亲，温和地询问可以帮些什么忙。父亲帮母亲做些家事是到美国才学会的，在中国，母亲听信奶奶的话，终以为男人不该为家事分劳。父亲真是最幸运的男人，他得到常保赤子心的母亲，不但温柔善良，而且精明能干，事无大小，里里外外，都由母亲承担、参与、安排。她既能充当父亲演奏的好搭档，又会调理家里人的健康，把家布置得清雅赏目：窗前的奇花异卉，玻璃柜内摆着许多从欧洲和亚洲带来的小玩意，三角钢琴边、沙发间放着各种形状不同的台灯和立灯，给家庭增添说不尽的情趣和温暖。母亲对儿女的关心无微不至，她说："如龙整天上班工作，又要来回驾车几个小时，应当给他吃些好的。何况他一有空暇，还要练小提琴。"如龙也学会了父亲的办法，每天一定仔细练完24个音阶和分解和弦。同事们常要他拉琴给他们听，于是办公室变作临时演奏厅，大家皆大欢喜。有人问他："你为什么不拿小提琴演奏做职业？"如龙总是说："怕生活不安定。"

父母亲喜欢中国画，四壁悬挂的都是近代和古代的国画。客厅有一幅马寿华先生的字，写着两首王维的诗：

> 桃红复含宿雨，柳绿更带朝烟。
> 花落家童未扫，莺啼山客犹眠。
> 采菱渡头风急，策杖林西日斜。
> 杏树坛边渔父，桃花源里人家。

壁上国画会换，这幅字是不换的。此外，黄君璧先生的瀑布、高逸鸿夫妇的兰竹也是他们越看觉得回味无穷的画，永远留在显眼的地方。

三、亲戚朋友都是居家良伴

女儿依达一放假就学外子出差的模样，收拾个行李跑到公公婆婆家住，而且再三央求多留几天。

我们家六个成员（包括外子和女儿），父母亲都疼爱最小的一个。依达七个月时，我带着她由中部学城回娘家，年纪还小的她染了感冒，鼻子不通气，晚间常常哭闹。我和母亲太累了，跑到屋外的沙发床上睡，这个整夜都要不停照顾的小娃娃就交给父亲了。父亲不但不嫌弃，还不断欣赏她有趣的表情。有一次，父亲看她又有些不高兴，摸摸她额边有些汗，就给她扇扇子，依达很高兴，深呼吸享受公公制造的凉风。父亲惊喜地学给我们看，他说：那么小的娃娃已经很懂得享受了呀！

我们搬回费城五年多了，渐长的依达最喜欢学阿里的样子和公公打拳。打拳之前，她先要无中生有地分药给双方吃，公公吃的是蠢药，她吃的是聪明药，所以，她几乎总是得胜。从前，公公也能分到一小点聪明药，十次有一两次可以赢，现在不行了，如果公公打赢，她就会耍赖大叫。

父母亲择友很谨慎，在费城，他们有两家好朋友，一家是费城世家柯氏夫妇；另一家是在新泽西州卖场边住了近三十年的一对老夫妻。

柯氏住在郊外48公顷的园庄，进了大门，还要开车在两旁大树林立的柏油马路上行驶一段时间，才能来到他们的房子。

柯太太是德国人，她和母亲很合得来，她喜爱花木，而且很有学问，虽是富甲人间，仍是那么勤俭操劳，她的模样和神采酷像一位著名的德国电影明星。柯氏夫妇和父母亲常常往来，宴聚，柯先生没有其他嗜好，常谈至深夜还觉得余兴未尽呢！

新泽西州卖场边的刘老先生近八旬，他曾是留法的名建筑师，也是画家，尤喜烧画好的瓷具碟子等。

他在中国名噪一时，就有很多他设计的建筑工程。来美后，他曾在一个建筑公司工作，新泽西州一带有好些别致的建筑都是他的成绩。奈何他不愿服役于人，一场脾气辞去工作，从此过着艰困的生活。偶然教些学生，也开过画展。刘太太的妹妹和母亲曾是童年同学，母亲想起在荒凉穷困中生活的夫妇就难过，常带着许多仪器和衣物去看望他们。他们的轿车老得不好走了，弟弟买了一部新车后，就把原用的轿车送给他们用。最近，他们终于把地产卖出，搬到一个为老人盖的新屋，但愿他们能够安享晚年吧！

四、给思乡的游子带来信心和安慰

父亲喜欢大自然，他的作品不少是反映大自然的纯朴和远阔。我出生在粤北坪石，父亲说，我们的家在山上，那里满山遍野都是杜鹃花，万紫千红，如火如荼。因为是在战时，听说我们那个家很小很简陋，但母亲却布置得很有情趣。父亲不懈地在他的书房写作，周围的鸟不停地

◎　1983年，马思聪夫妇在费城长林公园的冬日花房留影

唱着，父亲为此异常欢喜，把他的书房命名为"听鸟斋"。春天，父母亲举行演奏会，当地的学生就用杜鹃花为他们布置一个花做的礼堂。晚上，学生们学着火把走过几个山头赴会，从山上望下去，源源不绝的火把像一条壮观的火龙，父亲的《F大调小提琴协奏曲》就是在那里写成的。不久，我的弟弟马如龙将会和乐队一起演奏这个作品。

听父亲描述我的出生地，不胜向往。我常想，也许我就是坪石山上的杜鹃花仙子，误入人间吧！司马中原先生说我应该是一个极乐鸟，是的，我们家的成员每个人的心灵都像极乐鸟。尤其可喜的是，现在我们仍然生活在与大自然打成一片的地方。我们可以尽情地歌唱，尽情地发挥自己的特长。

父母亲在美国各大城市开演奏会时，听说有些华侨听《思乡曲》时哭了。读者和听众朋友们呵！如果你们再有机会听到父亲的演奏，请你们不要流泪，因为，他要告诉你们的，是我们民族的自豪；山岳的雄伟，川流的秀丽，田园的祥和。他要给你们带来信心和安慰。

写于1987年

[马瑞雪（1943—2002），马思聪的二女儿，作家，出生于广东韶关硑石，"文化大革命"期间随父母定居美国，从事文学创作]

业精于勤
——重温大师《精益求精》一文的启迪

马之庸

　　马思聪先生是一位勤奋好学、博学多才的音乐家，他对待自己的琴艺和创作的追求永无止境，勤奋加天赋成就了他的事业。1961年他曾在《人民日报》上发表一篇音乐随笔，名曰《精益求精》，其实这正是他本人音乐成就的写照。今天重温此文，倍感亲切，感慨良多。文章生动、深入浅出地谈论一切有成就的艺术家，无不从勤练巧练中得来。说勤和巧两者缺一不可，而巧练更不容易，就是要摸熟这种技艺的规律，俗语所谓"找到了窍门"，他相信"熟能生巧"这句名言，强调在专业上就是要勤练巧练基本功，说基础要打得结实，才能承得住高楼大厦。马先生又非常重视前人的经验，文章说到前人的经验，是他们长期勤练巧练中所获得的最有价值的果实和收获。他说学习前人的经验，又再来创造新的技艺、新的风格，想来只有这一条是最可靠的门路：艺术上的精益求精。他是这样认识的，也是这样做的。由于他的勤奋好学才能博学多才，他对专业的追求精益求精，才得以在琴艺和作曲等方面取得卓越的成就。

　　此外，马先生还精通写作之道，他的文笔如他的音乐那样流畅，形象生动，令人回味无穷，从中得到启迪；他还喜爱美术，少年时就喜欢欣赏名画，说从画中可获得丰富的艺术想象力，对音乐演奏和作曲大有裨益。他1961年还应广州《羊城晚报》之约，写了一篇随笔，名曰《我和美术》，说法国巴黎罗浮宫的名画扩大了他的艺术知识面，在他的面前展开了一个神妙的世界。他对读者说："多看一些好画，多听一两支优美的乐曲，多阅读一些优秀的文学作品，对提高一个人的精神境界、培养高尚的情操，都是很有帮助的。"他四十多年前的经验谈，如今仍有现实意义。马先生还能写一手漂亮的书法，多才多艺。

博学多才的马先生却不善言辞，更不喜欢说豪言壮语，总是那样朴实谦虚，20世纪80年代他给挚友、著名作家徐迟写信，却说了一句十分真诚、非常精辟的"豪言壮语"，他说："追求我们伟大民族最美的声音这个高目标，一定努力以赴……"这就是他一生不懈追求的目标，他认为勤奋是干好一切事情的基础，而理想则是勤奋的动力。为此，他日以继夜地工作，在"苏武牧羊"长达二十年的日子里，从未停止过练功、演奏、创作和录音，他说这是他每天必须完成的工作任务，万一因故未能做到，他必自责，自觉地补"功课"，于是一天要工作八小时以上，练琴五六个小时，说像在巴黎学生时代一样。他感叹年纪大了手指不太听话，现在则要与年龄赛跑。他晚年仍保持旺盛的精力，为自己规定每天必须完成的工作量。我在美国探亲期间，马夫人王慕理女士对我说："你聪叔为音乐生，为音乐死，我曾对他开玩笑说，跟着你太辛苦了，我来世再不能嫁给你。他笑着回答我：'苦中有乐嘛，与音

◎ 1996年，马夫人在美国费城家中与来访的马之庸讲述马思聪的苦乐故事

乐打交道其乐无穷，当千锤百炼炼出一个满意的新产品时，你会乐得日夜睡不着呢！'"马夫人说他在日记中写道："每天写五页（或少一些），无论改或作，这个自定的分量，如不懒，大致可以做到，则每天可获一页经过多次改动的乐曲，否则会自觉一事无成，无意思了。"马先生练琴、录音也是如此，他说："录音越往后越是精致、讲究，弹琴真要日日不离琴，才会有所成……"在《精益求精》一文中，他引用了一位著名钢琴家的话："一天不练琴，自己知道；两天不练琴，批评家知道；三天不练琴，听众都知道了。"他几十年如一日，晚年仍然每天安排录音的时间，然后从听自己的录音中找出演奏和新作品的缺点，一改再改，精雕细刻，直至作品修改到他认为无可改的地步，才会暂时收起来，数日后再拿出来看看，也许还不满意，又要下笔修改。马夫人说他在一篇日记写道："《慢诉》录了四次才满意……磨，像磨望远镜一般磨每个不满意的音，才能得较好效果。"他对待自己每部作品就是这样精雕细刻，晚年完成的大型芭蕾舞剧音乐《晚霞》，从1970年开始构思到1979年写完，期间虽有暂停也写其他作品，写作时间实际是五十个月，七易其稿，当1979年完成《晚霞》时，他却谦虚地说："统计已写了四年了。可见'天才'之有限。但终于写完，最低限度我自感快意者，是我有这耐心。有耐心也很不错吧！"这部优秀作品，他需要付出多少心血呀！正如马先生在文章所谈的，没有捷径，只有一条最可靠的门路：艺术上的精益求精。用现在流行的说法，就是要有"工匠精神"。

1981年12月17日舞剧《龙宫奇缘》（原名《晚霞》）在台湾正式公演，受到高度赞扬。演出前马先生不顾古稀之年赶赴台湾，指导《晚霞》的排练。舞剧的演出给马先生极大的欣慰，但他对其演出水平仍不满意。他给国内的亲友写信中提到："《晚霞》是一出民间故事的舞剧，在台湾演出，男女老幼都喜欢，尤其孩子们更高兴……"他又说："（大陆）乐团、舞蹈团听说很有水准，如果演《晚霞》会演得出色的。"又说他会在适当的时候回来，如果演出《晚霞》，会在国内逗留长时间。遗憾的是他没有等到那个"适当"的时候，就在1987年5月离开了我们。1990年10月中国歌剧舞剧院终于在北京首演了舞剧《晚霞》，以慰马先生在天之灵。

20世纪80年代初马先生就被心脏病所困扰，他担心自己的创作计划不能完成，有一天在日记中就流露出这种心情："心中有许多话尚未说出来，屈指一算，也许时间不多了，来得及吗？"他带着这个担心与他的好友徐迟通电话之后，兴奋地在日记中写道："昨与徐迟通电话，说写作可写到八九十岁，但愿！"他急于恢复健康，以赢得创作的时间，就寄希望于医学手术的捷径，相信自己会长寿。

完成舞剧《晚霞》之后，他又开始动手写作大型小提琴作品《双小提琴协奏曲》，至1982年上半年完成第二稿。他和夫人王慕理、儿子马如龙在家中试奏、录音，听了录音后他仍觉得不甚满意，说有点生急，又不便放弃，于是决心每天修改四页，终于在1983年修改完毕，又与夫人、儿子在家中试奏、录音，听了录音较为满意，说夫人和儿子对他的作品的风格了解比较深了，合奏"双协奏曲"也渐入佳境。此后三人仍经常在家中反复合奏、录音，以求在作品和演奏上不断地完美，他在日记中写道："真、善是基础；美，才是推动的力量。"1984年马先生与夫人王慕理、儿子马如龙在台湾首次演奏了这部《双小提琴协奏曲》。1992年北京人民音乐出版社出版了这部作品的总谱。自1986年以来，国内举办的马思聪作品音乐会上常有这部作品第二乐章（小行版）的曲目，也多次被录制出版了CD。音乐理论家钱仁康教授曾为这部作品写了评论文章《马思聪〈双小提琴协奏曲〉音乐分析》，对该作品有极高的评价。

马先生每当完成一部比较满意的作品之后，就有一种像农民喜获丰收的心情，他在日记中高兴地说："目前像秋天的收割，果子在树上每熟一个摘一个，自有乐趣在其中。"他在创作中尝过失败的苦果，也获得丰收的喜悦，他说："作曲如蜘蛛结网，常常要失败多少次才成功。"他一生都在"品尝"创作的苦乐，永无止境，直至生命最后的前夕，他还在为歌剧《热碧亚》的配器和演出牵挂，唯独没有牵挂自己心脏手术万一的危险。

一位有使命感的音乐家，要创作出既有民族神韵又有自己独特风格的作品，需要走多长的路，付出多少心血呀！马先生创作舞剧《晚霞》

的苦乐给了我们答案，他的精辟随笔《精益求精》给我们深刻的启迪！今天重温这篇文章，有其现实意义。对当前文艺界某些人追逐功名、急功近利、粗制滥造的浮躁心态和不良文风，是一剂良药。他循循教导我们：对待自己的创作必须苦心经营、专注地"精益求精"，才能出精品，才对得起自己和人民。马先生虽离开我们已二十载，而他的人格魅力和真善美的音乐仍在我们的生活之中，激励着我们。他在文章最后写道：让我们在自己的专业上精益求精，巧上加巧，把祖国艺术的大花园无限地丰富起来！

[原载《人民音乐》2007年5月号。马之庸（1933—   ），广东海丰人，广东广播电视厅原主任编辑，曾任马思聪研究会副会长、《马思聪全集》编委等职]

第三篇

马 思 聪 作 品

Ⅰ 音乐创作

　　马思聪先生的音乐创作涉猎音乐多个领域，2007年出版《马思聪全集》共八卷十册（含补遗卷），分别为：第一卷《交响音乐》（上、下）、第二卷《协奏曲》、第三卷《舞剧　歌剧》（上、下）、第四卷《合唱》、第五卷《小提琴独奏　器乐重奏》、第六卷《其它音乐作品》（含歌曲、钢琴）、第七卷《文字　图片》（含文章、书信、日记及年谱等）、补遗卷（音乐作品·图片）。并配有全集中主要作品的录音CD碟15张。全集的出版向国内外乐坛展示了马思聪先生卓越的艺术成就。下面是马先生在各个历史时期的主要音乐作品目录。

◎　《马思聪全集》书影

1929—1948年

小 提 琴 曲：《摇篮曲》、《第一回旋曲》、《内蒙组曲》
　　　　　　　（史诗、思乡曲、塞外舞曲）、《西藏音诗》
　　　　　　　（述异、喇嘛寺院、剑舞）、《牧歌》、《秋收
　　　　　　　舞曲》等

交 响 乐：《第一交响曲》

室 内 乐：《第一弦乐四重奏（F大调）》、《钢琴与弦乐五
重奏》等

奏 鸣 曲：《钢琴奏鸣曲》

协 奏 曲：《小提琴协奏曲（F大调）》

歌 曲：《古词七首》、《自由的号声》（金帆词）、
《黄花岗纪念歌》（钟天心词）、《武装保卫
华南》（欧阳山词，广州方言歌）、《东江流动
歌剧团团歌》（林悠如词）、《战歌》（梁宗岱
词）、《战士们！冲锋啊！》（金帆词）、《不
是死，是永生》、《星海纪念歌》（岳庄词）、
《你是我的生命线》（陈祖贻词）、《雨后集》
（郭沫若词）、《民歌新唱》（第一集）、《控
诉》（北方民谣）、《阳台之春》（袁水拍
词）、《农人的苦恼》（孟根根词）

大 合 唱：《民主大合唱》（端木蕻良词）、《抛锚大合
唱》（端木蕻良词）、《祖国大合唱》（金帆
词）、《春天大合唱》（金帆词）

1949—1966年

小 提 琴 曲：《第二回旋曲》《山歌》《跳元宵》《慢诉》
《抒情曲》《春天舞曲》《跳龙灯》《新疆狂
想曲》

钢 琴 曲：《汉舞三首》（鼓舞、杯舞、巾舞）、《粤曲三
首》（羽衣舞、走马、狮子滚球）、《钢琴小曲
三首》（驼铃、黄昏、小骑兵）等

大 提 琴 曲：《A大调大提琴协奏曲》

管弦乐组曲：《欢喜组曲》、《雷电颂》（话剧《屈原》配
乐）、《山林之歌》、《屈原组曲》

交 响 乐：《第二交响曲》

歌　　　曲：《十月礼赞》（放平词）、《中国少年先锋队队歌》（郭沫若词）、《祖国颂》（王巍词）、《我们的歌声飞向华沙》（佟志贤词）、《走向天安门》（贺敬之词）、《大海，我爱你》（杨兆民词）、《春水》（乔羽词）、《民歌新唱》（第二集）、《花儿集》（青海民歌三重唱）等

大　合　唱：《鸭绿江大合唱》（金帆词）、《淮河大合唱》（金帆词）、《工人组曲》（工人词选、沙鸥缉）

1967—1987年

小 提 琴 曲：《亚美组曲》（春天、寂寞、山歌、月亮、山地舞）、《高山组曲》（祭祀、饮酒、芦荻、战舞、招魂、丰年舞）、《双小提琴协奏曲》、《第三回旋曲》、《第四回旋曲》、《双小提琴重奏》（多首）、《新疆狂想曲二重奏》、《第一钢琴协奏曲》等

舞　　　剧：《晚霞》（又名《龙宫奇缘》）

歌　　　剧：《热碧亚》（马瑞雪编剧）

歌　　　曲：《李白诗六首》（将进酒、长相思、《行路难二》、《关山月》、《渡荆门送别》）《亚美山歌》（春耕、月亮、庆丰收——春天，无伴奏，男女声独唱及混声四部合唱）、《家乡》（马瑞雪词，女声三部合唱及女高音独唱）、《唐诗八首》、《热碧亚之歌（一、二、三）》（马瑞雪词）等

◎ 《思乡曲》书影

◎ 《西藏音诗》书影

◎ 《祖国大合唱》书影

◎ 《春天大合唱》书影

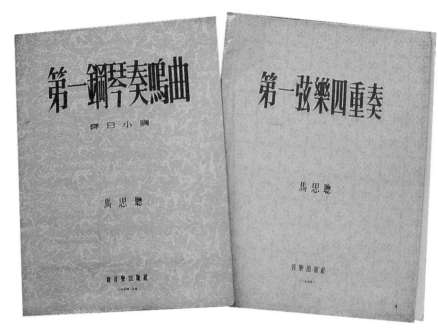

◎ 《第一钢琴奏鸣曲》《第一弦乐四重奏》书影

◎ 《汉舞三首》之《巾舞》《鼓舞》书影

◎ 《热碧亚之歌》《家乡》书影

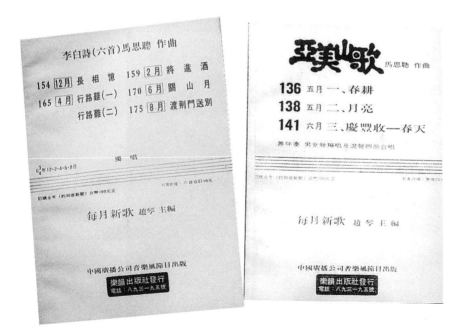

◎ 《李白诗六首》《亚美山歌》书影

II 著述

音乐家马思聪以中国音乐史上首位小提琴演奏家扬名中外，同时他音乐创作的杰出成就，对中国新音乐文化发展的巨大贡献，也在国际乐坛赢得了崇高的声誉。他在一生的音乐活动中又十分关注中国新音乐各个历史时期发展中出现的一些问题，以十分热忱的态度通过文字的表述，提出个人的见解，先后公开发表有关的报刊，内容包括个人的创作经验、理论性论述、音乐随笔等，内容丰富，起到指导、引领历史潮流的作用。虽然这些文章的年代距离我们较久远，但现在读来，仍让人倍感亲切，有其现实意义。这些文章曾于2000年汇编成书，名曰《居高声自远》，现选登其中部分。

◎ 《居高声自远》书影

▌童年追想曲

　　我的家庭一向和音乐是很隔绝的，亲戚里头想找一位能拉拉胡琴、吹吹洞箫的人是办不到的事，因此我幼年和音乐接触的机会很少。我第一次听见音乐是我三岁那年在外祖母家里的留声机上，母亲说我那时跟着唱片一齐唱，唱得怪有的。

　　近来我在Lavignac的一本书中看到小孩子倘有此类情形，便可断定他对于音乐有天聪，可使之习音乐。我七岁时听堂嫂嫂在风琴上弹中国调，不久我自己也学晓了，母亲就买一架风琴给我。记得我那时手细，不能效堂嫂嫂以八度音和奏，我就以三度音代之，现在想起来，这倒比较合于和声呢。

　　风琴是我的第一个乐器。我九岁入小学寄宿，同学们吹口琴，我也是其中之一。后来我又跟一位中学生学弹月琴。我会背出好几首长不愿绝的粤曲。

　　民国十二年，大哥①由法国回来，带回一个提琴，这是我第一次看见的提琴。大哥能拉几首容易的曲子，我觉得比我先前玩的那些乐器的声音美妙得多了。"你高兴学吗？将来带你到法国去学。"大哥随便说出。我很高兴，"我一定去"，我说。其实我高兴的并不全在乎去学提琴，离开学校到外国去看看新奇，这才好玩呢。我才十二岁，父

---

① 大哥：即马思齐，1919年留学法国，对马思聪学习音乐并成为一位小提琴演奏家，作曲家，有重要的影响和帮助。

母亲①觉得年纪小去不得。可是我是很固执的小孩，以"一定"始以"一定"终。

起程之日到了，小船把我们送上大船，小船又把送客送回去。失了魂似的我立在甲板上望着近山远山，望着阴天，望着海。我在想：这海将更辽阔，无涯，远，远；我便是这样如梦地离开了祖国。

我们在大雪之日到法国，巴黎给我童年的第一印象，只是黑房子，雪和雾。一切先前的兴采都消失了，这是寂寞加上荒凉，但我并不回头想回国去。

我们先到方登白露（Fontaine bleau）②住。大哥给我请了一位女教师，这是我的第一位教师。我还记得我很看不起她的提琴。琴上全胶满黑墨墨膏药似的东西。后来我才明白这黑墨墨的膏药是用来把琴装饰得旧一点，因为旧琴才值钱。

她拿起弓，放在A弦上，来一个下弓——"敢啥！"她说。我学了"谢啥"。

我立刻明白"敢啥"一定是"这样子"，"谢啥"即"就是这样子"。这是我最早懂得的法语。

"敢啥"时代继续两个月，进步是很微的。我们迁居到巴黎东边一家Pension de Famille。我住一间大房子，阴沉沉的，那张床之大，足任我横睡盲睡。大哥住在另外一房子里，不大理我。我整天禁在房子里，琴还未弹到能引起兴趣的程度，法文书当然也不会看，无聊得太要命就拿皮球对墙拍几下，这算是我唯一的消遣了。在巴黎请的也是一位女教师，她很严，进步也似乎快了，一天总起来算，得弹三个钟头。

如此者半年，于是又迁居。这回大哥送我到一家法国人家去住。房东是位七十多岁的红鼻子，也即是我的法文先生。提琴先生又换一位，

① 父：马育航（1881—1939），原名马继犹，清光绪己亥科秀才，后又得廪生名位。有"反清倒袁"，提倡"民主共和"的主张，加入同盟会，参加"辛亥惠州之役""支那暗杀团"等反清民主革命运动。1912年和1921年曾先后出任广州财政局长和广东省财政厅长。著有《用行诗集》等。母：黄楚良（1883—1966），广东省海丰县公平镇围雅乡人，受父、兄启蒙，略识诗书。
② 方登白露：又名枫丹白露，是法国巴黎大都会地区内的一个市镇。

总算不阻止我进步。因为整天说法文，两个月的时间已把法文说得很流利了。后来提琴教师又换一位，是毕业于巴黎音乐院的女教师，这是第四位了。记得有一次在大雨倾盆之下我骑单车到她家里上课，我全身湿淋淋。她看到我这情形，又不能不让我进她屋子里，我所经过的地板简直像一条河流。她那副"大祸临头了，救救命！"的神气，真使我过意不去。

——"你为什么不穿件雨衣呢？"她问。

——"我这样已足够了。"我说。

真的原因还是在于我童年时一股傻气，我要做一个天不怕地不怕的好汉，无论冬天夏天、晴天雨天，只限穿两件衣，大雨也是照常出入，冬天洗冷水澡。结果并不伤风；也不病倒，身体却非常壮健起来。

很早我就有所谓创作欲。少时崇拜项羽，便作了一首命名曰《楚霸王乌江自刎》的提琴独奏曲，还有一首名曰《月之悲哀》，是取义于同名的一篇童话的。

在红鼻子先生（忘其名，姑以此代之）家里住了一年，觉得还是入学校好。我便去投考曩西音乐院①，却很不费力地便考入高级。

我的教师是一位美须公，短小而好说笑话。师母有一对奇怪的眼睛，倘生为金鱼，必是标准美鱼。我们同班十四人，因为教师爱说笑，我们上课很舒服，随便谈话，做鬼相都不禁止的。和后来在巴黎音乐院的严肃真大不相同了。必修科除提琴外尚有视唱、乐理和室内乐，我更选箫为副科。

我加入音乐院，给学校一件意外的新奇，校长也颇感到兴趣。因为我音拉得颇准，有一天他问我："是不是你们中国人的耳朵都特别好呢？"我说："恐怕是吧。"其实我夸口，若其然，则中国乐器早该准了。

我住在一位老妇人的家里，大女行近三十，擅钢琴；次女擅理家务。因为大女常和我合奏，我就到一家音乐商店租乐谱。在整个半年中，提琴的书籍几乎给我搜罗殆尽了。

生活开始有生气起来，课是很多；讨起来每星期的提琴课在学校上

---

① 曩西音乐院：又译南锡音乐院。

两课，到先生家里上两课，视唱三课，箫两课，钢琴两课，法文每天都有。同学们对我都很好，他们都爽直而且快活。

回想起来，我在曩西音乐院所得的益处，与其说是质方面，则不如说是量方面的，论提琴则弓的运用是错误的，钢琴算起了头，箫只吹了两个月，最得益的要算视唱和乐理。罗特先生在我看来可以说是音乐院最好的先生了。我永忘不了有一次在音乐院的预奏时，我司理着打三角（Triangle）的职务，他在吹着喇叭，忽然他把贝多芬第五交响乐的命运主题向我耳边猛吹几下，我的耳膜猛受震动，倘不是命运对我还算不坏，我必被贝多芬收去作他的聋徒弟了。

我至今还爱着曩西①城，它的安静是最令人回忆的。园内的树高到好像要顶到天，这是我在任何别的公园所见不到的。曩西的居民大多是良善的天主教徒，这和巴黎有很大的分别。提起巴黎人，谁都知道是代表无乐不享的人。曩西居法国东北部，冬天天气比巴黎要冷些，我的"二衣主义"还保持着。零下20摄氏度没有使我投降，我的窗门是永远不开的。房东们号我的房子曰"冰箱"。

大考到了，我拉Pagan Concerto，这是一次对着一大厅人演奏。许多人说第一次演奏会慌到脚也立不住，我可没有这样的感觉。大考的结果我得最优第二奖，这于我并没有什么高兴。因为究竟我已不大看得起曩西音乐院，更信任不过我的提琴教师，我便决意回巴黎去。

回到巴黎，毫无头绪，拜哪一个师父呢？一位法国朋友介绍他的多年老师Oberdoerffer②先生。是巴黎国立歌剧院的提琴独奏者。我见他时拉Lalc Sphonie Espagnole，他听了，表示非常的感兴趣。他说："表情好，技巧上许多是差误的。"这技巧的差误大部分在于右手执弓之方法，小部分在左手的指头。我很快便改好了。我来法国这是第三年，此回才得一位正派的教师，把我从歧途改转来。幸巧还改得早，倘若再过几年，差误深了，改转来要比从头起首学还要困难。在此奉告习提琴者，首先须从学于正派的好教师，不然把一个差误弄坚固了，其害处是

---

① 曩西：南锡，法国东北部城市。

② Oberdoerffer：译作奥别多菲尔，是马思聪的第五位小提琴老师。

把光阴白花在绝路上。

Oberdoerffer先生是我的第五位教师，我现在回想：倘若我初到法国即就学于一位好的教师，我必可把时间省一半。从学于Oberdoerffer先生，使我在技巧方面和表情方面都突然向上。Oberdoerffer夫人是我的钢琴教师，她也是颇好的钢琴家，且是第一流教师。从此时起，我的时间大部分专攻于提琴，每天约弹六小时。当我从他学了半年，他正帮我预备投考巴黎音乐院，我颈的一块起初不令人注意的瘤渐渐长大起来，到后来，竟成了弹琴的阻碍物。医生说须立刻停止弹琴，到Berck海滨去医治，那里的空气是适合此症的。

Berck① 是一处很大的海滨，沙滩广阔无际：那是骨病病人的大本营，他们大都卧在马车上，自己驾马。夏天，无病的人也来避暑，各处的客店都有人满之患。白天里，人们穿着游水衣，千千万万聚于沙滩。我和我的哥哥到了只两天，便和许多青年好汉交结，不久我们的队伍增至十人，这样已足有打平天下之势了。这暑假是幸福的，过节似的日子，回首起来，那才觉得万分眷恋。

暑期完了，避暑的朋友们先后离去；Berck的人口减其大半，末了，我发觉自己独住在"隐士"客店里。

孤独。沙滩上只剩我一个人。沿着海滨，我行到很远去，那边简直是大沙漠。这边是大海，海涛不停地涌着，尤其是冬天，北风像鬼一样呼号，卷起沙石，把海气带上岸来。没有一个时期，使我如此经常而且细心地看落日、月和星辰。这个时期给我的印象非常深，直到现在，我常常回想到当日的情景。

因为拉不得提琴，我就专攻于钢琴，我到一位先生处上课。法文我也有一位教师。我更到一家书店借书看。半年间我看书的数量不少，质量也好，因为向来看书非名著不看，现代和古代的都是一样看待。

我在Berck一共住了九个月，虽然提琴是毫无进境，但在另一方面看，我自觉是颇有所得的。现在拿起1927年的小日记看，觉得颇有趣味。

---

① Berck：贝尔克，法国城市。

12月27日（星期二）的日记中有如下的一段：

> 早餐。十时到不仑牙上第一次和声学课。大雪。路上只是渔人和咖啡馆。天气怪阴沉的。课后，出了噩梦样回Berck。啊，坏天气！大风，大雪，寒冷。

这是我留在Berck最后一天，次日我就回巴黎，重到Oberdoerffer先生家里上课。一直至暑假又过了，我便考入巴黎音乐院Boucherif[①]先生领导的提琴班，这回我又做了第一个考入此音乐院的黄种人。我永远感谢Oberdoerfier先生，我所得的东西，无论直接或间接，多由他所赐，后来从Binenbau[②]先生学作曲，也是听他的主张。我的提琴和钢琴奏鸣曲谨献给他，藉以感谢他。

后记：国亮先生要我写一篇关于我学音乐的经过，尤其讲及我初学音乐时的吃苦情形，我说："我并未吃过什么苦，怎么好写呢？"他说："那也不要紧，你写就是了。"读者想必也嫌我没有吃苦吧，我也自引为憾。聊以自慰者，却是幸而没有到外国去白花岁月而已。

（1935年在上海《良友画报》杂志负责编务工作的马国亮先生约请马思聪写篇学习音乐的心得，马思聪写了《童年追想曲》一文，刊登在该杂志1935年第112期上。马国亮当时评说这是一篇生动风趣、情文并茂、显示马思聪文才的佳作，时马思聪23岁。半个世纪后的1985年，在香港复刊的《良友画报》杂志在5月第12期上报道了马思聪"文化大革命"冤案昭雪的消息，并重刊此文。马思聪再读此文后，给时任《良友画报》杂志顾问的马国亮先生写信说："读了30年代拙文，不胜感慨，半个世纪了，所幸仍健康，工作能力尚未转弱……"）

---

① Boucherif：蒲虚理，1928年春，马思聪考入他领导的巴黎音乐院提琴班。
② Binenbaum：毕能蓬，又译比内鲍姆，马思聪的作曲老师。

▌ 我怎样作抗战歌

如果承认精神重于物质，那么艺术是重要的了，因为艺术就是精神。

艺术在中国所受的待遇是最卑下的，尤以音乐的待遇最惨：音乐从古代帝王的地位一直下降到奴隶的地位。然而这些平时受尽歧视的子女，到了患难时倒是最能为祖先尽力的。音乐穿上武器，取起号角便着实参加这大时代的斗争了。

这就是抗战歌。

最先创造抗战歌的不知是谁了，不过"九一八"则是直接激起创作抗战歌的主要动机。当时电影也渐渐采取斗争的题材，因而产生了《义勇军进行曲》。后来在广东方面则有民众歌咏团的产生，由此也产生了不少歌曲。

民众确是渐渐感到需要抗战歌了，这需要并不单在于趣味，而是要藉抗战歌来发泄他们革命的情绪。他们奋起来解除枷锁的激昂，歌咏在这方面所收的效果是极其伟大的。但它的伟大却在抗战后才更加显著，当这些歌声深入到荒芜的乡村，直至那些孩子们和老农们都会唱上几句。这就直接推动并增加他们抗战的热诚，激起他们对于侵略者的愤怒。现在祖国的四面八方气涌起浩荡的歌声，变成抗战的一种自然的现象了。但倘若我们假想到一个没有歌声的中国，静静默默地，无声无气。这样的中国抗战起来的力量会怎样呢？一颗没有推动的炮弹能爆发吗？

因为抗战歌是民族斗争中宏伟的推动力，所以民众需要吧。而抗战歌的存在就含有关系整个民族的命运的重大意义了。

我之参加创作抗战歌是比较迟的，大部分的抗战歌可以说全在炸弹爆发下孵化出来。我的第一首抗战歌《中国的战士》是1936年冬天在上海作的。编成四部合唱曲之后，即带到南京交给中央大学音乐系歌咏团，两天后在学期终的音乐会内演唱。这不大费力的作品，出乎我意料之外，受到听众热烈的鼓掌声，要求再加一次的演唱。

在这首次的尝试之后，我对于创作抗战歌有了把握。多年来我的工作都用在研究并创作室内乐上面，创作室内乐与创作抗战歌有很大的差异。室内乐宜于表现个人的感觉和情感。我着重技巧与结构，我的至上目的在于完成一种新颖完善的艺术作品，具备着新的技巧、新的和声、新的气氛。抗战歌既然是作给民众唱的，民众就是作曲者的对象。中国的音乐水准是颇低的，在创作上，技巧就不可复杂。要适合大家唱，歌曲要容易、有力，但并不是幼稚、浅薄。有好些抗战歌唱起来像是德国歌或美国歌，这是犯了抄袭的毛病。每个民族各有其独特的风格，在音乐上尤其明显，抗战是整个民族灵魂的表现，如果抄袭外国歌，岂不是表现自己民族没有独立的能力吗？中国音乐一向是偏于柔弱，抗战歌却是极端强烈的、意志的。把中国音乐柔弱的成分除去，另外创作一种粗壮的雄厚的新中国音乐。关键便在这里。这使我直接去注视民谣了。中国土地广阔，民谣是极其丰富的。我觉得新中国音乐的产生，必然直接吸收滋养于中国的民谣。

《中国的战士》是具有北方民歌色彩的一首。1937年春我谱了梁宗岱①先生寄给我的《战歌》。还有"七七"作的《卢沟桥之歌》。我在"八一三"前数天离开上海，沪战爆发那天在广州我作了《战士们！冲锋啊！》

《中国的战士》表现团结之力量，《战歌》表现胜利的辉煌，《战士们！冲锋啊！》则表现以伟大牺牲精神作义无反顾的战斗。

在当时我的抗战歌的数量便止于此数了。对于抗战歌我还没有加以很大的重视。我还没有体会到在整个民族一致奋斗之下，抗战歌已成为那么普遍，那么重要的东西了。初回到广州，因为并不认识任何一个歌

① 梁宗岱：（1903—1983）广东新会人，诗人、翻译家，曾任复旦大学外语系主任、中山大学教授。

咏团体，有歌曲也不知找谁去唱，所以就提不起我对于创作抗战歌的兴趣。我继续开始一个协奏曲，完成一个四重奏。

有一天，一位活泼的青年来到我家中，说是代表文协会来向我取曲，他自己会唱，又在教人唱曲呢，他立刻要。当我从抽屉里取出我仅有的几首曲交给他，他立刻以准确的音响和节奏唱出来。他说："现在我们需要大量的抗战歌，请你多作些，不然民众就没东西唱了。"

陈世鸿先生此后就常来向我取曲。有时并非说定做，是很急用，非明天后天赶起不成的。这样便榨出我大部分的抗战歌。

轰炸下的广州留在我胸中的不是恐怖，却是激昂。一方面是警报、炸弹和高射炮的三重奏，一方面是抗战情绪的高涨浸在满城抗战的歌声中。在轰炸下所表现的广东精神可以说是英勇的了，人们照常生活，照常工作。清早警报像自鸣钟般按规定把人们唤醒。十余分钟后机声从某一方向发出响声，跟着高射炮像忠实的警犬向天狂吠。这些××卑劣的×机照例无耻地把死亡撒在无抵抗的民众身上，妇孺尤其是他们的对手。可怜的"英雄"啊！人类历史上最卑贱的污点竟假你的手实行于20世纪。这污点将永远留在人们的记忆中！

生活在广州直等于活在火线，炮火把屋宇震动，生命是冒险的，谁能担保自己的生命必能逃过次次的轰炸呢？常常今天可经过的街道，明天却是被炸的地点，生死便是这样巧妙的只差一天地度过。这种生活也是痛快的，在高压力下提炼出更坚强的战斗精神。

我大部分的抗战歌都作于二十七年①的正月二月间。《自由的号声》《前进》《游击队歌》《冲锋》《保卫华南》《战儿行》《让我们》等，另外还有一首"献给民族解放斗争中殉难的战士们"的长篇追悼曲《不是死，是永生》。歌词大多在书局中新出的诗集内搜出来。这些诗并非闻名诗人的作品，倒是热血青年的作品。像克锋②的诗集就供给我多

---

① 二十七年：指民国二十七年。

② 克锋：即金帆（1916—2016），原名罗国仁、罗金帆，已有笔名克池。广东兴宁人，诗人、歌词作家。抗日战争时期与马思聪合作创作多首抗日歌曲，有《自由的号声》《让我们》《人民的中国》等，20世纪40年代以后与马思聪合作创作了几部有社会影响的大合唱：《祖国大合唱》《春天大合唱》《淮河大合唱》。

首歌词。它们并不深刻，也不华丽，常常还会有许多像喊口号的词句。然而抗战歌在原则上不是要达到比口号更有效力的口号地步吗？从另一观点看来，这些抗战歌却有天真活跃和不做作的好处。有时词句散漫或太绵长，迫得删长略短地来纳入坚固的乐体中。在伴奏上我尽量把诗词的意思帮助歌声一齐表达出来，例如《自由的号声》的自始至终不停的号角声；《让我们》的自远至近的大军步伐声；《冲锋》以一个三和弦的上行琶音表示冲锋的动作；《不是死，是永生》，取送葬曲的节奏和战鼓的擂响。抗战歌的描写最主要的是号角声，但因为千篇都有号角，这号角声就要越变化越好了。其中《保卫华南》是以广东语作的，《保卫华南》读出来直等于音节上之i553，所以开始唱时很像在喊口号。但《冲锋》中"冲到××的老营"却是北方人的口吻，所以《冲锋》就采取北方民歌的风格。我用短调时必用自然短音阶，却从来不用西洋通行的和声的短音阶。因为那升半音的第七音全把中国音乐的气味洗得干干净净的。我一共作过二十多首抗战歌，有好些未给人唱过，有些给人拿去不见拿回来，连我自己也忘记怎样的了。

现在祖国在斗争中日渐接近光荣的胜利。这些歌曲，成了伴着战士们在前线搏斗的可爱的侣伴，他们使战士们在荒野中不觉得荒凉，在战斗中英勇，在休息时充满光明的希望，他们服务于前方又服务于后方，永远在鼓励，推促中华民族向着辉煌的前途迈进！

1939年6月12日香港

（1939年，当时在香港主编《大地画报》杂志的马国亮约请马思聪撰写了该文，于同年6月12日发表在该刊物首期；《人民音乐》1995年第9期再刊马国亮先生提供的此文原件）

▌创作的经验

有人问圣桑怎样写曲子，他说："像果树生长果实一样，果实熟了就自然抛下果实来。"这是说作家之于创作是一件非常自然的事，不能包含半点勉强，自是得像果树长出果实来。

然而果树中长出果实还不免包含着多少的努力：水分的吸收、昆虫的侵啮、与暴风雨之抵抗，它在大自然中得付出辛劳去获得长成。

我很惭愧，在这篇文章里谈及关于我创作的经验，我经验过什么呢？我经验过失败者从地上再爬起来的劳苦，有时我就叫它"喜悦"。

在过去十年间，我写过一点曲子，目前也正在写一点曲子，有一种不可自制的欲念驱使我去写作，我所得的酬劳是让我填充了围绕着我的空虚，让我鼓起许多新的勇气。

把这些所谓经验写出来，本来没有多大意义，每一个音乐创作者都有自己的经验，而自己经验其实就是最宝贵的。每个人都只能用自己的足去跑自己所要跑的道路。跑对了呢？跑错了呢？都是必要的。无论跑的路是多么错，终究还会转回到自己所必跑的路上，错误也会为走上正确之路提供最宝贵的经验。

这篇文章是不能给予从事作曲者多大好处，而是让读者知道曾经有人跑过一条这样的路。

偶然的机会让我从一个音乐热烈的爱好者，转为音乐专门学习者，在我正式学习小提琴之前，我玩过几种乐器，起先是风琴，后来吹口琴，又弹过月琴。我能在月琴上面背出好几首很长的粤曲。有一天，我的大兄从国外带回一个小提琴，从天鹅绒的盒子里提出来，闪耀着黄色的光亮，这乐器能发出多么漂亮的声音啊！以前一切乐器都是笑话吧，我就决定学习这乐器。我幸运的在十一岁那年到法国去，我所受的音乐教育就完全在法国了。

我学习小提琴有半年，可以在这乐器上奏出不少的调子，有一天我给我的大兄奏一首旋律，我叫它做《月之悲哀》，是读了一篇童话而作的；还有一首叫做《楚霸王乌江自刎》，表示了我的童子的心对这英雄的敬意，也许受了小学校里历史先生的有趣味的讲述的反应，这是我最早的"创作的动机"。项羽确是骑着一匹千里马，还有许多马蹄风，悲壮呢！调子是短调的。这陈迹已过去了差不多二十年，而且已只是记忆上的陈迹了。

在往后几年，我是完全专力于小提琴的学习，对于作曲其实就不晓得是怎么一回事，小提琴的学习只在旋律上做功夫，和声学是分外的事，直至我开始学习钢琴，才知道旋律以外的音乐世界。十五岁那年为了休养，停止小提琴的学习，到一个海滨住了九个月，一个热闹的夏天过去后，夏天的游客散去了，我发现自己一个人住在一间有着三十个房间，一个大厅，一间弹子室的客店里。于是秋天来了，于是冬天来了，于是寂寞来了；剩下了无人烟的广大的沙滩。

"寂寞"，有着忧伤的音响，寂寞却是丰富的，我开始与"寂寞"亲密起来。

这个沙滩的夏天是快活的，游泳、看戏、打球、享受日光的维他命D，人们把一年的疲劳休息下来。在树叶极端的茂盛之后，突然人们感到树的声音变了，丛密的枝叶里面发现了"索索"的音响。零零星星的树叶镶上黄金，像白色的头发开始出现在壮年人的头上。游客们也接二连三地回归都市，余下大海、沙滩，来迎接大军似的北风。

北风带来海的腥味，卷起沙石，让浪涛咆哮着。每天我看着太阳从海的边涯沉降，看着充满红光的宇宙让夜和星辰吞下，这些自然的景象把我投入一种介乎过分的喜悦与过分的悲哀的感觉中。我于是把我的空间寄托于钢琴与看书。

从钢琴上我开始认识巴赫、莫扎特、李斯特、肖邦，尤其是法国近代作家Debussy，Ravel，Panre等。Debussy更是我当时最推崇的作家。我把他一切的作品统统收集起来，在钢琴上慢慢地欣赏它们那些具有魔力的和声、某些不谐音、某些转调、某些东方色彩的旋律。

青年人的爱好常是热烈、专一的，其实，要了解一件艺术品，这种态度是好的。我想起Rilke的一段文字来："艺术品是从永久的寂寞中产生，没有比批评更难望其边际的了。只有'爱'能够理解它，把握住它，认识它的价值。面对那些说明呀、评论呀之序言呀种种东西，你要把感知的权利交给你自己和你的情感；万一你错了，你内在生命自然的觉醒会慢慢地使你认识你的错误，把你引到另一条路上，让你的判断力静静地发展，这发展和每个进步一样，是深深地从内心出来，既不能强迫，也不能催促，一切都是时至才能产生。让每个印象与一种情感的萌芽在自身里，在暗中，在不能言说、不知不觉、个人理解所不能达到的地方完成，是深深的谦虚与忍耐去期待一个新的豁然贯通的时刻到来，这才是艺术的生活，无论是理解或创造，都一样。"

因为爱好Debussy，我对其他艺术领域内的一些具有与Debussy同等格调的作家如Miller、Corof的画，Vercaine的诗，Maeterlinck的散文，发生浓厚的兴趣。Rimband的诗令我兴奋，我陶醉于《醉舟》的大海洋，身边海的景象也使我更易于接受它。《地狱季节》的烈火，也是我百读不厌的散文诗，他的过激的、粗野而又深沉的笔调，给我很深的印象。

这当中我认识了俄国作曲家，尤其是Mussorgcky的作品，使我领会了俄国人的生活与性格。一个新的、当时享着最大的声誉的名字出现了；Stravinsky——新音乐的中心人物。我在巴黎听了他的《春之祭典》，那是疯狂的喜悦，一切新的吸引了我，旧的过去了。旧的算什么？旧的不能存在，贝多芬、莫扎特、舒曼、门德尔松全是过去了，我们的时代是我们的，与以往隔了一条不可超越的界限。这是当时趋时的论调，我也为这时期的论调所蔽。

我的视野扩大了，而我的理解也就纷乱起来，渐渐离开先前简单地纯粹地以"爱"理解的境地。

我的错误是以"新"去衡量一切作品；并没有从"真"去理解艺术。

怀了这观念，我极力去接受一切近代的作品，忘记了去研究前一时代的艺术的精华。这是错误，但我既能从其中得到益处，也就是对的。

现在想起来，我丧失了九个月的小提琴学习，但我却在九个月里头作很长的旅行，得到了我在另一个环境里得不到的好处。

创作的动机已引起了，但我明白创作的成熟还得走一条长的道路，我暗地从我所爱好的作品去研究和声与作曲的方法。按规就步的和声与作曲的方法，既然是过去的东西。当然是不值得研究了，Mussorgsky是用这个方法去学习创作的，我完全相信他是对的。我暗地作些后来毁了的钢琴曲子，如《海鸥》夜曲、序曲，等等。我对创作的兴趣与时俱增，我杂乱地写着不可能完成的草稿，有些旋律后来给我利用了。

我真正认为可以存留的作品开始于1929年所作的《古词七首》，是回到中国后作的，在这里我开始摸着作曲的技巧与格调。

中国古词的意境，也帮助我去创造一种气氛，我企图像Debussy的《毕里底士的歌》描画出古希腊一样，描画古代的中国。歌的旋律与钢琴打成一片，不分伴奏与独唱，钢琴精密地描绘着歌词的意境，可说是一步紧贴一步地跟着，我是想效法Mussorgcky的写实的做法。

《古词七首》虽然是早期的作品，但我没有拿来毁了，现在也不想移动一个音。在这里面结晶了我数年独自研究的结果，每个旋律，每个和声都是在黑夜中摸索出来，没有受到"和声学"的现成的帮助。像古词那般短小的曲子，我花去很大的力量去摸索、探求，我决定我得好好地去学习和声学与作曲。

我第一次见到我的作曲教授毕能蓬先生，是在我的小提琴教授的家里。渥拨都尔菲尔①先生（小提琴教授）为我考虑过几个作曲教授，他说："死板的教授法于你是不相宜的，你得找个较自由、较大胆的教授，甚至Albert Roussel（法国名作曲家）也于你不相宜，找毕能蓬吧。"渥拨都尔菲尔先生指着墙上一个头颅极大的相片给我看："我为演出毕能蓬的四重奏花了三个月，难极了！要不是我，没有人肯演奏的，然而，多么深刻啊！"说完他用小提琴给我奏出一个毕能蓬的奇特而深沉的旋律。

毕能蓬先生的头颅比相片上的还要大，一个广阔而高倾的前额套在

---

① 渥拨都尔菲尔：又译奥别多菲尔（Oberdoerffer）。

瘦瘦而慈祥的面上，我们谈了一回，就约了上课的时间。

他的教授法在外表上看来并没有什么特点，他说："学习时尽量严格，创作时尽量自由。"他给我做的习题很多是将平行五度、平行八度，省略去，但当我给他看一首我作的短曲，里面有一大串平行五度，他却说"效果很好"，于是我的兴致很高，我工作得很起劲，我把夜里的时间也充分利用。喧哗的巴黎在夜的下半段静了下来，只余下远远传来一两声汽车的喇叭。

有的时候我到毕能蓬先生的家里上课，那是离巴黎半小时火车的一个多树木的乡下。有的时候毕能蓬先生到巴黎我房间来上课，他首先把我所做的习题看了一部分，然后让我笔记他口授的一些新的功课。他用铅笔在我的笔记簿里改正一些错误，就顺手将这支笔插在小口袋里，等功课完了之后，我的铅笔统统插在他的小口袋里，待到下次见面时他又交还我一束铅笔："我老有这么一个习惯，把铅笔带在口袋里，课上得多的时候，这小口袋就会塞满了。"

当我开始学习对位法时，我搬到离毕能蓬先生不远的一家公寓里，这满目美景的公寓，除了星期末的两天，只有我一个人住。我从来没有见过这许多的蔷薇充满在一个小花园里，地上、架上、墙上都丛密地布满这些花朵，争着呈现它们鲜艳的颜色与散发着芬芳。

毕能蓬就像一个年长的朋友，他跟我谈论一些艺术品的好与坏，但他说不强迫我去相信他的意见。从这些谈话中，我才真正地认识了贝多芬、舒伯特、门德尔松、勃拉姆斯、舒曼、肖邦这些前一时代的伟大音乐家。他指导我怎样去研究他们的作品，它们在结构上、和声上、技巧上的奥妙。我的许多宝贵的知识常是在散步时或午茶的闲谈当中获得。他循循善诱，总是简单地谈述他对于音乐家或音乐作品的感触。他说："今日的许多作曲家，以为可以与过去断绝关系，创作今日的东西，我想这是错误的，一部音乐史是一条完整的链，不能脱节的。今日的作曲家应向过去的作品学习许多东西……今日被奉为伟大作家者也许五十年后就给人遗忘了。相反之，有些寂寞地在黑暗里工作，没有人注意到的作家，也许要到五十年后才被人发现。音乐史上充满这些先例。"毕能蓬先生渐渐把我的视野扩充到美术与哲学的领域去，我们大都利用星期日往鲁浮儿博物馆（Musée du Lourre）①看画。对着Rembrandt的一幅开肚的牛，他感慨地说："这里画的是一幅牛的肉和筋骨，是和医院里的解剖图一样无聊的题材。然而这幅画却充满了艺术的意境，真正伟大的艺术家是能用最少的材料去完成庞大的效果的人，贝多芬的第五交响乐建筑在四个音上面，第九交响乐的第一章建筑在两个音上面。勃拉姆斯最熟此术，常常把底音换来做了旋律，材料的节省达于极点了。"他最爱浪漫主义的艺术，在诗人当中，他最爱拜伦、海涅。他说："一切上乘的艺术都包含浓厚的浪漫主义色彩。"关于哲学家，他说："真真正正能包罗万象的哲学家是斯宾诺莎。尼采只是伟大的诗人，叔本华是伟大的散文家。尼采的每一句都是直敲击到人的心坎里的鞭子。"我说："老师，我感觉你的音乐倒很像尼采的诗。""我是属于这一类，可是我爱听的音乐倒是温柔和平的莫扎特呢！在创作之余，只有他的音乐是我最爱听的。"

上面关于毕能蓬先生的追求，是说明他给我的感化与影响之重要，没有他，我或许会走上虚浮的道路，徘徊在不成熟、不完整的歧途，或者要浪费很大的气力与精神去找寻一条确切的路线。毕能蓬先生不只是我的和声学作曲法的教师，他同时是我整个艺术修养的指导者。他过极简朴的生活，素食。他却自夸因为素食，他从来没有生过病，连发烧都不会有。他的作品在数量上虽不算多，可也不算少，但从来没有拿去出版。他说："一个作品完成了，我就不再把它放在心上，出版呢，还是放在抽屉呢，是一样的，而且，谁要买我的曲子，谁能演奏我的曲子呢？这些人都已习惯于安逸不费力的演奏。"但Calvooooresi，一个音乐批评的权威者，在他所著的近代音乐史上，却把毕能蓬先生放在最重要的位置。我看过他三个作品：一个交响乐，一个弦乐四重奏，一个钢琴弦乐五重奏，都是气魄浩大，情意深刻的。他在作风上的特点，便是永远是悲剧的。不是忧郁，是像古希腊悲剧的那种伟大的风格，像是猛烈的火的焚烧，他的音乐燃烧着一种不可遏制的热情，他将是音乐史上一个具有独特面目的大师。

---

① 鲁浮儿博物馆：卢浮宫，世界四大博物馆之一。

毕能蓬先生在我离开欧洲之时已五十多岁，十年后的今日大约已是六十开外的老年人了。战争发生之后，已多年没有他的消息。他是犹太族人，纳粹的凶残大约早已把他从他辛苦得来的一个乡间别墅里赶出，此时不晓得流落到哪一个国度去了，这是多么悲痛的一回事！

当我作好了半打左右的追逐曲之后，我便匆匆离开这个常常聆听到云雀在唱的美丽的乡村。

在我开始学习追逐曲的时候，我试作一个弦乐四重奏，这便是我的第一个器乐曲。短调四重奏是一首展示了我作曲技巧的作品。我从广州把完成了的整个四重奏寄给毕能蓬先生看，他的回信说："技巧是第一流的，你作的是严肃的音乐，你走的路是正确的路。"这仅仅是我的一个尝试性的作品，从其中我体验到许多以后要纠正的缺点。第一，一首颇长的四乐章的曲子，连贯性与气氛之统一是必要的。我的四重奏却是一、三章同，二、四章同。无形中把这四重奏分做两个对立的格调，这两种格调又没有一个连引把他们贯通起来。第二，是和声上的缺点，因为企图写新一点的和声，结果许多地方却显得杂乱。第三，不能算缺点，只能算是创作上自然的过程，这就是没有把握自己的个性。

从这首作品起，我真正的开始把我生活和作曲联系起来。我领略到先前没尝试过的困难与喜悦。我开始另一作品：《钢琴弦乐三重奏》。

先前作四重奏，我把所能得到手的四重奏都研究了一番，作这三重奏，我还是作同样的准备。许多杰作中，作家们对于和声与结构的奥妙的配置，是极其重视的，这是技巧的准备工作。但决定一首曲的内容与情绪，却完全系于作者的生活与回忆，不只是生活的回忆、文学作品或其他艺术作品的回忆，也可能成为决定内容的要素。

当时我住在南京玄武湖附近，玄武湖的寂静令我想起Kect的《夜莺颂》，玄武湖的水却令我回忆到船经地中海时的如镜的海面。我曾在甲板上写过一个旋律，一个长的旋律。我把这旋律中带有辽远的音响的一段安置任三重奏的第一章第二主题，温柔的部分却收在现在作的降E交响乐的第三章。这"三重奏"的三乐章都在地中海的辽远、玄武湖的寂静与《夜莺颂》的战栗的气氛中写成。

在三重奏里，色彩的统一是做到了，然而天空是太阴沉了，我得写一首比较清朗的作品。春天是值得讴歌的季节，玄武湖的春天，充满着花草、樱桃、游艇与鸟声，这是1934年。我在G长调小提琴钢琴奏鸣曲里写了欢乐、青春与鸟声。在我所写的一些曲子与长调奏鸣曲中是最富于阳光的一首。我和Singer^①（一位钢琴家）在上海、南京演奏过，我的作品以此为最早演出。我又作过一首给孩子睡觉的《摇篮曲》，用很新鲜的和声配合一串温和的旋律。在《三重奏》与《小提琴钢琴奏鸣曲》中我都用谨慎的和声，我还不敢断然超出传统和声的范围，虽则在《古词七首》里我已尝试过新和声，但此处为曲式所限制，我仍不敢放胆。一般说起来，在短曲里我用较新的和声，在长曲里，我就自制起来，这种情形到目前还未能完全冲破。

但《摇篮曲》的和声却颇为新鲜，Singer最爱此曲。他说："你的《摇篮曲》是一颗宝石，再过两年会成为很普遍的一首曲子。我现在必须告诉你，也许两年后我已不在人间。"我看着他惨白的脸，心里想这是他的最后一句话是可能的，但日子已过了六七年，《摇篮曲》并未普遍，而Singer在上海还活着，也许比以前更壮健地活着。

我到北京的时候，此地的雪才刚融解。在两个星期间树叶长大了，蛙鸣的声音已从四方八面送传过来，我可以天天吃到田鸡腿了。北地的春短暂得出乎意料之外，人们在没有提防中，夏天已到临。没有到过北平不知道中国文化之博大与美丽，北平的大鼓^②却是我的一个大发现与收获，这之前我对于中国民间音乐并无多大兴趣。我嫌它们过于弱，过于单调，粤曲、京戏都没有给我好的印象。我不能从其中探出新的活力，我说：这些东西都已丧失了创作力，已是陈旧的过去的东西。而且有一天会被湮没的东西。可是大鼓给予我新鲜的感觉，节奏、旋律都奇特而

---

① Singer：音译"辛格"，俄国钢琴家，侨居中国上海，20世纪30年代结识马思聪、马思宏兄弟，常与兄弟俩合作在上海、南京举办音乐会。
② 大鼓：我国曲艺的一个类别，俗称说唱音乐。由一人自击鼓、板演唱，一至数人用三弦等乐器伴奏。主要流行于我国北方各省市和少数南方地区。曲种很多，计有京韵大鼓、西河大鼓、梅花大鼓、乐亭大鼓等等。马思聪1936年在北京听到的主要是京韵大鼓。

自由，令人感到这是不断在创作中的艺术，一种并未让年岁染上陈旧的颜色的艺术。民众的声音从其中表达出来，它还没有染上旧艺术的成见与陈旧的规例，保留着它的自由与创作的新颖。

我记录了最有特性的几句旋律，其中之一用在《第二小提琴钢琴奏鸣曲》的慢章里。

从北平回到上海，我开始作《第二小提琴钢琴奏鸣曲》。这是1936年，我住在上海离法国图书馆不远的地方，我有机会把《巴黎音乐院百科全书》中印度、阿拉伯与非洲的民歌研究一番，因此我又想起从前所爱好的诗人，在非洲做过黑人王的Rimband来。我兴奋地重新记起曾被Verlaine称为每一个句子都镀过金的《地狱季节》，同时又把能够得到的费德（Fide）的作品都读了。

《第二奏鸣曲》在这种环境影响中写作，我想象着沙漠、烈日、金字塔、驼群、星夜、五彩辉煌的鸟类，懒洋洋带着神秘的黑而大的眼睛的阿拉伯女郎，太阳的火就是地狱的火，神秘的眼睛也闪烁着地狱的火，孤独、寂寞，人们的身体与灵魂都在沙漠的火里望着天空的蜃楼烧焚，在星夜里，人们把铝般的躯体倒下来，从四周围腾起肉体的歌声，这般欢乐、这般痛苦的歌声。

《第二奏鸣曲》是个悲剧，连插在缓章里的大鼓调子都带上兰波或纪德的撒哈拉的星夜的色彩，然而大鼓的音调已入了我的脑筋。我开始作第二弦乐四重奏。

战鼓响了，战争已掀起，我回到广州，青年人在热烈唱着抗战歌。他们常来要求新曲，这样我就作了近二十首的抗战歌。但我主要的作品是《绥远回旋曲》①《绥远组曲》②，另外一首稍为长些的独唱曲《不是死，是永生》。《绥远回旋曲》与《绥远组曲》都是根据绥远民歌而作。从这两曲起，我开始进入利用民歌来创作的新途。回到中国久了，与民歌的接触由了解而融合。我没有到过绥远，但从绥远的民歌中，我想象塞外的黄沙、胡笳、庙台与驼群的景象。

① 《绥远回旋曲》：后名《第一回旋曲》。
② 《绥远组曲》：后名《内蒙组曲》。

从上面两曲的创作中，我获得处理民歌的经验，民歌与我互相影响成就了音乐创作。首先，民歌以它的旋律、风格、特点、地方色彩感动了我。这民歌是个情歌，或是个轻快的小调，表现着某个地方的特殊的风味。我总是选那些有着突出的特性的民歌作我写作的动机，我有时采用一个、二个或三个旋律或甚至只有一二小节的动机。这些民歌或动机，在我决定采用它们之时，已变成我的一部分。它成为我所需用的材料，在《绥远组曲》中的《思乡曲》，我采用的是一首短的民歌，我没有移动原调的思乡的意思，但后面却接上六个原本是民歌的旋律。相贯连的旋律可以扩大或缩小以达到我所要求的曲式的完整。在《史诗》中，整个旋律的出现是在节奏转变的时候：开始，旋律以变化的和弦形式出现，后面，旋律以开展的形态在断续的出没。

归纳起来，民歌给我的影响是它的本质、色彩、特点至独特的风味，而我则以之纳入某一种曲式里头，以和声及作曲技巧去处理它。

《第二弦乐四重奏》是广州失陷后在香港完成的，四重奏没有利用民歌，但风格上却带有民歌的气质，有点"大鼓"的影响，在北平带回来的"大鼓"的感触，留下痕迹在我两个作品上，其一是在这四重奏，另外的在第一交响乐里。

在云南澄江，我完成一个《钢琴奏鸣曲》，主题的旋律却作于七年以前，我等待对钢琴曲技巧有把握时才尝试去作一个并非我的乐器的曲子。《钢琴奏鸣曲》共分两章：第一乐章《夜曲》和第二乐章《叙事诗》。这是一首恋歌的两阶段。

此后我到了重庆，组织了中华交响乐团，本来是很好的一件事，但却把我的创作停顿了一年有半。我想起门德尔松在做了多年指挥之后，感到了很大的庆幸，辞退此职，能有空暇幽静地坐在书台前作曲。但我当然也得到一些好处，那便是对于乐队之熟悉，我熟悉了每个乐器及它们的配合所能发出的效果，这对我很有帮助。在重庆的一年多只作了一个曲子：《秦良玉序曲》。

在香港，我开始两个作品，其一是《西藏音诗》，其二是《降E交响乐》。《西藏音诗》包含三个曲子：第一首《述异》，第二首《喇嘛寺院》，第三首《剑舞》。

西藏具有世界最高的山：喜马拉雅山。那里有一半男人做和尚。在香港我读了两本关于西藏的英文书，其中有一段谈到西藏的剑舞，舞剑者唱一番歌，舞一番剑。歌词曾由徐迟译出，是一首赞美剑与爱的诗。从香港出来，已将此诗遗失了。

《喇嘛寺院》的旋律是一首具有极大特性的西藏民歌，受印度的影响是必然的。为这旋律即我许久想不出适当的和声去配合，最后才用一些减七和弦与一些不协和和弦去解决此旋律的和声上的要求。在伴奏里，我用一个鼓，代表木鱼，敲击不变的节奏；又用一个大钟与一个锣，敲着一个空洞的四度。我想这是我所作的曲子中最悲哀的一首了。

《降E交响曲》，目前还在写着乐队配置，我只用了一个云南民歌，在洱池附近听一个木匠唱的，插在Scherzo的Trio部分。在缓章里却用一个十一年前船经地中海时作的旋律。我想，在交响乐里，我该写我们这浩大的时代，中华民族的希望与奋斗、忍耐与光荣！

1942年

［1942年李凌先生在桂林主持《新音乐》①月刊的编务工作，在该刊物上开办了"音乐通讯学校"（函授性质），他约请马思聪写篇学习音乐的心得，以提高学员的学习兴趣。马思聪写了这篇《创作的经验》，刊登在《新音乐》月刊1942年第5卷第1期上。李凌先生当时评说该文精练、优美、充溢着文学才华。1946年上海《音乐艺术》第2卷第1期转载这篇文章］

---

① 《新音乐》：创办于1940年，是属于1939年在重庆成立的《新音乐社》的一个刊物。该社直接受中国共产党领导，是为推动国统区新音乐运动的重要群众社团。"新音乐社"的创办人有李凌、孙慎、林路、赵沨、联抗、舒模等人。

从提琴到作曲

我开始学琴是11岁那年。从这个年龄开始学一种乐器可以说是迟的，大多数的演奏家都在10岁以前开始。但在1923年、1924年左右那个时代的中国，让一个11岁的孩子到外国去学提琴，就不能不算最早的了。

在音乐的领域里，有两种部门：演奏者与作曲者。前者的训练是属于肢体的，后者则属于精神的。我想人的肢体的生长是经过长大、定形与硬化这些阶段的，而技术之获得，大约要在肢体还在长大未定形之前施以训练。不管是哪一部分的肢体，手、足、指头、舌头，其情形是同等的。

我们明白何以不少大演奏家都在4岁左右开始练习，同时也了解何以一个成人去学习一种外国语言，都没有办法学到百分之百的发音准确。

关于精神之生长，我不知道人的脑筋是不是也与肢体一样的经过长大、定形与硬化这些阶段。但普通作曲的学习是可以稍微延迟。但这之前还得要有了其他方面的音乐学习，器乐的或声乐的，听音的或视唱的。

提琴的学习首先差不多全是技术的训练，就是说把肢体的一部分——指头用习惯、用时间去和这么一件简单的东西：四根琴弦和一把弓，来搏斗，想办法驯服它，统治它，使得这一块空洞的木头箱子发出那近似人声的音响，把人的情感由它传达出来。而这就需要一个人把整个生命贡献于这一工作。照我的经验，属于肢体（换言之即技巧）这部分的训练与驾驭，应当在肢体的定型以前完成；属于表现力的，却会随着人的年龄而成熟而变化，因为表现力，实在也就是一种演奏的创作力，是属于精神的。

一个优秀的演奏家可以从他对于技巧的漠视——因为他老早就控制了它——而对于乐曲的表现力特别强烈中看出来。近代提琴老将，克来斯勒的演奏会里，有一位太太在听完他的演奏之后说："我听他演奏一个晚上，好像整个晚上他只对着我一个人谈心。"

达到高峰的演奏家就能有这种魔力。把一件乐器，随心所欲，诉说一切情感，像谈话一样的自然自在，而他们本身已经是智慧的化身。如克来斯勒，是少数洞识相对论者之一；如巴德雷斯基，做过波兰大总统。

一次完美的演奏，应该就是真善美的合一。

作曲是一种音乐创作的冲动，与文字、图画的创作冲动是同等的。所不同者，只是工具之不同而已。我自己很早就有作曲的冲动，那是在我学习提琴半年的时候，我写过一些旋律。如果那时候我已懂得和声及其他作曲的技术，我的作曲生活当会提得很早。但我终于在17岁开始作曲，那不能不归功于键盘乐器学习。这个和声的乐器，是一切从事作曲者所必当学习的乐器。

我作曲在我学和声学之先。这个凭自己去摸索道路的做法是有其好处，但非常艰苦。我想起莫索尔斯基，有哪一个俄国作曲家及得与他的新鲜，独创而富于灵感的！

我在开始作曲几乎两年后才学习和声和一切作曲的技术。

我在开始作曲的头几年写了一些西洋色彩的作品。所谓西洋色彩，并不单指旋律上而言，主要的是一种思索的方式，情感的状态，和乐曲的形式，而和声当也包含在内。

我在1936年才认识中国的民歌，我渐渐走上民族风格的道路。从1937年写的《绥远组曲》，我确定了一段道路的起点。要是到目前我仍是走着这条路，就证明民歌的泉源是吸之不尽的。十多年以来，中国音乐界的写作者都直接向民歌吸取泉源。但到今天为止，我们大家也许只跑了一条路的起点吧。

一个艺术家，第一件事，先要确定了自己的土地的气息。说音乐没有国界只是五线谱没有国界，音乐的民族性是够明显的。以前人们以为自己走的世界性的路，其实他们却走了德国的世界性，或意大利的世界性，或法国的世界性的路。因为这三条路是开垦得最阔大的路，但他们偏偏不踏上自己的路。自己的路，首先要在自己的土地上踏出来。

今天中国的作曲家们要了解土地上的一切了。我们要向我们的土地吸取宝藏。我们除了认识一些民歌之外，还要了解生长在这土地上的人民。只有深切地把自己强化到变成这土地的一部分，才能正确地走上民族风格的路，而从这里开阔自己的路。

▎中国新音乐的路向

谈起音乐，有一点我们要认清楚，音乐的发达比其他艺术迟，当其他的艺术如图画、诗、戏剧，已有了千年或数千年的经历时，音乐在欧洲最进步的国家也不过只有两百多年的历史，这之前，音乐是平面的而并未接触到第三面：和声。使它能站起来，成为（我们借用这一个名词）立体的艺术的；使音乐具有了节奏、旋律与和声；使它成为一种独立的艺术，只是近三百年的事情，而在中国，它最多只有三十年的历史。把中国音乐纳入世界的潮流里，我们这个时代的音乐，只能算是音乐的萌芽时期。

有的人把音乐和乐器混为一谈，中国音乐不如人是因为中国的乐器没有好好改良过，认为乐器一经改良，中国的音乐就改良了、进步了，可以与西洋音乐并驾齐驱。这是没有认清楚音乐和乐器两个概念的区别。乐器等于笔，而音乐是文章，把笔改良了，文章不一定做得好。

当然，我们要用可以写得出字的笔，可惜中国乐器是原始到连这一条件都谈不到，而中国乐器的改良（不是中国音乐的改良！）又必然只能改良到像西洋乐器。例如胡琴（注意"胡"字，其实原不是中国的东西）是提琴的老祖宗，改良了不过变成提琴而已。

文化是互相影响，互相渲染而形成的，唯其能互相影响互相渲染才能形成一种富有特性和弹性的文化。西班牙的音乐在欧洲最具有浓厚的地方色彩，推究起来，它是欧洲的，但受了阿拉伯的影响很深。如果没有外来的影响，西班牙音乐将难能使它如此丰富。

中国的音乐如同中国文化一样正处在两条河的交流点，它将不再是从前的河流，而是一条新的河流。在这条新河流中融合有老河流的水和另一条河流的水，但在外表上，它完全是一条新的河流，不同于旧的任何一条河流。

简单说来，中国音乐正处在两条或数条河流的交流点，我们似乎失去原有的特性，不，它将因外来的影响，而变成一种更新鲜更具有特性的国乐。我们的"国粹"不会失去，反而令我们获得更可宝贵的"国粹"。问题就在创作，这需要从事音乐者的努力，而中国的音乐家们，除了向西洋学习技巧，要向我们的老百姓学习，他们代表我们土地、山、平原与河流。

新中国的音乐不会是少数人的事，它是蕴藏在四万万颗心里头的一件事。

（原载《新音乐》1946年第6卷第1期）

新音乐的新阶段

新音乐快满10岁了，它与抗战差不多同时候诞生。10年中，它的歌声遍布这多难的土地，它是战地号角，又是黎明的雄鸡，它表扬光明正义、善良、勇敢、奋斗；它唾弃黑暗、虚伪、罪恶、懦怯、暴力；它具有高度搏斗精神，它向一切恶势力挑战。人民心里的意识、感情、愤怒与期望都透过了音乐而被嘹亮地歌唱出来，不，叫出来、喊出来！无声的中国变成有声的中国，而且这声音响极了，响到令人惊奇。我们可以相信。年轻的一代都曾经在这歌声的洪流中长大。在抗战中，年轻人是多多少少听从着歌声的号召而把力量贡献于祖国的。一直到目前，这歌声还在继续号召青年人向恶势力搏斗，向光明迈进，向正义看齐。

这一切是新音乐的贡献，是它的成绩。

从字面看来，新音乐的"新"字，是有其远大意义的，它不仅在内容上划出了与旧的分野，而且追求适合新内容的新形式的建造；新的涵义是相对的，今天新的东西，一到明天也许不新了，只有不断创造新的生命，才是真正的新。在音乐的创作上那创作出前人所未创作的作品是新创作，但要是停留在一定的阶段上，或者凝固了，那便成为旧东西。从这个角度去看，新音乐就并不新而且可能是旧了。

而问题就发生在这里。

老的一套，无论过去曾经多么辉煌，但老调既已唱滥，就必定要拿出新的来代替，否则老调唱完，接着就得寿终正寝或被扬弃。新陈代谢这自然规律是无可逃避的，谁不买它的账，谁就倒霉，谁留恋在旧碉堡里把自己关起来，谁就要把自己关死在碉堡里头。八股，八股，新的八股，旧的八股，一旦八股形成，就该赶紧逃走。八股是水塘里的死水，谁贪恋安静，就变成死水，只有大河流的水是永远新鲜的，因为它流动，因为它永远在变。流动，变，永远川流不息，无止境地前进，这才是新，一切新的、有生命、活的东西都具备这样的条件。

但新音乐的新陈代谢的工作是不够的，似乎不知不觉地，新音乐从权威变成八股。有一部分新音乐的朋友，满足于自己的小天地，拿他们的八股去衡量中国所有的音乐创作，还以为一切不像他们的都不对，这就可怕了！

自己该怀疑一下，自己的小天地，是否包含了一切呢？谁会愚蠢到相信自己的小天地已经包含一切？不会的，那么就该看到小天地之外的大天地，而且知道没有东西可以阻止自己在大天地里飞翔，唯一会阻止自己的是自己的倦怠。

倦怠，是最大的敌人，真正的敌人！昨天勇猛的战士，如果要保持自己的光荣就得不断向前，新音乐的朋友从开始就强调思想，而忽略了学术，有的甚至否定学术，反对学术。是的，光亮是一切，但只有火种，没有柴薪、脂油，那能持久么？

思想是重要的，观念是重要的，它们决定我们的行动、我们的工作；但只晓得标榜着一面前进的旗帜，反对学术（不敢公然反对学习），说那是高深、是不为人民所喜欢和了解的，以此来遮掩自己的倦怠、自己对学习的辛劳的躲闪，这是对的么？我们不否认环境有的时候不允许有学习的好机会，但我确确实实知道有好些青年人是在挥舞着一面前进的旗帜来遮掩自己对学习的辛苦的畏惧。

新音乐先天是社会生活和政治要求的产物，它的学术性不浓，它要求普及，但没有积极地想到：由普及里提高，又从提高里普及，才是音乐以至一切艺术科学应走的路。

新音乐一开始从聂耳那里取得生命力，从《小麻雀儿》《妹妹我爱你》的草堆里标出了"起来，不愿做奴隶的人们！"的鲜花，那种兴奋是不可言喻的，青年人都朝着这声音的方向走去。

聂耳的歌，其意识，其旋律的效果是有着光辉的成就，但不能说聂耳的创作是最完好的艺术品，正如Rouget de Lisle的《马赛曲》，并不能当为一件最高的艺术创作，因为作为最完美的艺术品还需要多一些东西，这就是音乐的学术部分的分量。这一点，聂耳自己以致后来冼星海都感觉到，在他们达到某一阶段的成功之后他们感到更大的不满足，为了学习，他们一个向东到日本，一个向西到苏联，而似乎是命运的捉弄，他们都没有达到目的而死在他乡。聂耳24岁，冼星海42岁。

在我看来，给我们做榜样的，他们两位的不满足与学习精神的价值是相同于他们作品的价值，为了学习，他们都用勇士的精神与环境搏斗。

有一部分新音乐的工作者直至今天还没有完全了解到这一层，他们该知道，聂耳的创作是并不难被超过的，而他们的学习精神、不满足的精神则永远值得我们敬仰。

幸而，我知道，大部分新音乐的朋友们已经在努力加强充实自己，而且有许多年轻的音乐学徒在大踏步走向前，走向更高的高峰。

新音乐的一个新的阶段开始了。以后的工作表现将证实这句话，而且我还感觉到中国新音乐正在逐渐走上一条非常正确的路，这将引导新中国音乐走向开花结实的大园地。

（该文发表在1947年9月《新音乐》第7卷第2期，同年10月3日上海《新民晚报》转载该文）

参加布拉格国际音乐节归来

　　"布拉格之春"是每年一度的国际音乐节，是由捷克文化部主办、捷克作曲家协会组织的。在这个音乐节中，捷克邀请了苏联、各新民主主义国家和西欧的一些进步音乐作曲家、演奏家等来参加演奏及介绍他们本国的作品。这次参加"布拉格之春"的一共有16个国家：苏联、中国、波兰、捷克、匈牙利、罗马尼亚、保加利亚、德意志民主共和国，加上西欧的资本主义国家如法国、英国、意大利、瑞士、丹麦、荷兰、奥国①和以色列。中国代表团第一次参加这个音乐节，是被人重视，同时又被人注意的。重视的是因为我们在和平阵线上的分量很大，除苏联以外就算我们中国；注意的是因为我们第一次参加这个国际性的音乐集会，大家期待着我们带来一些新的声音。

　　"布拉格之春"音乐节开始于1946年。1947年举行了一个盛大的包括作曲家、音乐批评家、音乐历史家的大会。从这个时候起，"布拉格之春"的重要作用已经被指定为团结全世界进步音乐工作者，为和平事业共同斗争与努力。到了今年，这目标是更加明显了。因之从政治上来看，中国参加这个节日，就有重大的意义。今年的"布拉格之春"是从5月17日开始，到6月10日为止，一共举行了约50次的演奏会（另外有12场到14场的歌剧演出）。音乐会主要在两个场所举行，大的是斯美塔那厅，略小些而音响更好的是鲁多芬厅。这50个音乐会中，苏联的演出差不多占了三分之一。他们一共来了26个代表，有钢琴家、大提琴家、声乐家和指挥。他们的团长是作曲家克利尤科夫。"布拉格之春"的负责

---

① 奥国：指奥地利。

人曾对我们说，苏联每年给他们的帮忙很大。

这些音乐会都是公开卖票的，听众就是布拉格的市民。这个不满一百万人口的城市能在短短的二十多天内容纳这许多的音乐会，足见音乐在捷克是怎样的普遍了——事实上也的确如此。我碰到一些并非以音乐为职业的人，常常是学过十年八年的钢琴、提琴或声乐的。在莫斯科拜访捷克大使时，闲谈中我问到他："听说捷克音乐家特别多。据我所知，你们的教育部长、前财政部长都是音乐家，是不是在音乐上捷克人得天独厚呢？"大使告诉我一个故事。他说捷克孩子一生下来就被人抛到屋顶上，如果孩子摔下来，这孩子长大了就成为音乐家。当然，每个孩子都会摔下来，因为捷克的屋顶都是尖顶的。所以捷克人每个人都是音乐家了。

我方才说"布拉格之春"有着重大的政治意义，同时也有着极高的艺术性。以欧洲的音乐水准来说，如果音乐会内容是马马虎虎的就不能争取听众的。

"布拉格之春"是以举行音乐会为主的，此外是作曲家大会，由各国的作曲家来报告每个国家里音乐的情况及发展，或者报告一些资本主义国家音乐的堕落情况等，同时讨论作曲家和音乐工作者怎样为和平而斗争、怎样为人民服务这些课题，再次才是钢琴比赛。

我们在捷克全国各大小城市一共举行了16次音乐会，有三四次是演给工厂的工人、学校的学生听的。在布拉格共演出三场，两场是全体参加的，在鲁多芬厅举行；一次是我演奏小提琴协奏曲，由国家电台乐队伴奏。在同一天的节目里，还有一位苏联女钢琴家叶美尔雅诺娃演奏柴可夫斯基的《降b小调第一钢琴协奏曲》。

我们的节目全部是中国作品，因此对于听众是比较新鲜的，同时因为中国是苏联除外的最大的国家，并且正在和美帝国主义者在朝鲜进行着战斗，也就是在打击所有民主国家的共同敌人，我们是站在保卫和平的最前线，并且英勇地把敌人打得七零八落的一个国家的人民，人家不仅把我们当作音乐工作者看待，同时还把我们当作毛泽东的代表看待。这就是那些不停的掌声的来源。

捷克斯洛伐克这个国家，除了如名所示，分成捷克和斯洛伐克两个不同的区域，中间还夹着摩拉维亚。我们先后到过捷克全国的主要城市去演奏。再到一个城市，先是火车站上的欢迎，致辞答辞；又到市政府，又是致辞答辞。有时乘汽车去，例如在夫斯提（近奥国），竟然有许多人到城外三数公里地来欢迎，献花，行民族礼。民族礼是这样的：一群青年男女，穿上民族的服装，当中一个人捧着盘子，盘上放着面包一大个、刀一把、盐一碟，让我们的一个代表拿刀切一块面包，蘸上盐吃下去。之后，青年们围一个圈，我们在当中，他们旋转跳舞，这就是最高的民族敬礼。这是特别隆重的一次，普通都比较简单一些。音乐会的进行每次都是这样：先是我们代表八人一排站在台上，一阵大鼓掌，之后主席致辞，大意是欢迎英勇的中国人民的音乐代表，为和平努力等；然后我们答辞。凡遇到三个名字，观众就站起来鼓掌，并呼万岁，那就是哥特瓦尔德总统、毛主席、斯大林大元帅。于是音乐会进行。音乐会一完，我们八人再一排站到台上，鼓掌，献礼物（普通是一些当地的特产小玩意之类），散会后才是晚餐，大抵是和市长、议员、文化专员等一道，济济一堂，又是敬酒又是讲话，常常一直闹到晚上一两点，才曲终人散。

在这里，我顺带略为谈谈捷克的人物风景吧。捷克本是个在工业上有比较丰厚基础的国家，解放后生活迅速地改善，现在一般的都市里大家都穿得很讲究。在这个国家内，都市与农村的差别是不大明显的，他们全国的工业百分之八十都已经电气化，所以农村的生活水准也是相当高的。看吧，那一望无际的一片绿的黄的坡地，间或有红紫的花点。一些美丽小巧的、有着红色瓦面的一间间粉红或浅绿的小屋子，普通是两层楼、园子、一些树，这就是捷克的农村。

捷克的生活方式是高度西欧化的，但部分的在斯洛伐克、摩拉维亚则仍保有原来的民族服装和习俗。有一次我们从斯洛伐克的某城，要过一个山到疗养院，因为是星期天，那些到教堂礼拜的村人都特别隆重地穿了色彩鲜艳的民族衣服，那种朴素的农村生活和风俗习惯还是保存着，但一下山才只有十多分钟汽车的距离，则又是极近代化的地带了。我们的都市人口动辄以数十万数百万计，但捷克的都市常常只有一二万、四五万人口；人口虽少，市容倒常常是华丽的。

例如在摩拉维亚的普罗斯提约夫城，一个只有四万人口的小城，我们住的旅馆陈设都极端近代化，那天已经是6月2号还有暖气，可供夜里或天气变冷时用；来参加音乐会的中小学学生，都穿得非常整齐和漂亮。

现在让我把我们留在捷克28天的主要日程作一下报告：

我们5月16日在莫斯科上火车，17日经过波兰，到华沙换车（在这里我得附带说一说，波兰是一个在第二次大战中损失人口四分之一的国家，东欧的民主国家之所以非常热爱和平，就是因为他们备受过战争的摧残）。

18日，抵布拉格，受到捷克政府和人民的热烈欢迎，我们一进入旅馆，音乐节的负责人依克斯坦即来把节目单拿去，预备立刻印出为19日我们第一次音乐会之用。当晚听了苏联代表团所开的音乐会，有一位很好的钢琴家札克演奏拉赫玛尼诺夫的《帕格尼尼主题变奏曲》，还有阿塞拜疆的指挥家尼亚济，指挥柴可夫斯基的第四交响曲，水准都很高。

19日，晚8时演出，会后留在会场，拍有声电影，一直到午夜后1时。

20日，又赴苏联代表所开的音乐会，在这音乐会上有四姐妹的演唱（民间唱法）和一个三角琴的独奏，是苏联民间音乐经过提高的，效果很好，对听众是新鲜的。

21日，看穆索尔斯基的歌剧《波里斯·戈杜诺夫》。

22日，被邀参观乐器博物馆，看了一些古代乐器。看了提琴的祖先，怎样从最简单的木块加弦演变成今日的样子。并且由捷克电影公司拍了一小段电影。晚上，看斯美塔那的《被出卖的新嫁娘》，演得很好。

23日，上次音乐会的节目再演一次，我们都似乎比上一次演得更好一些，被录了音，灌了唱片。

24日，到布拉格附近的一个工厂与苏联代表共同演出一次。晚上8时又赴苏联代表所开的音乐会，有个女高音叫玛克西莫娃，声音像笛子一样，真是好极了。这会一散，我们赴公园露天音乐会，有五千听众。我们可以看到，布拉格市民每天有近万人赴音乐会或听戏剧，差不多所有的音乐会总是入场券早就售罄的。

25日，赴布拉格附近（乘两小时的汽车可达）的一小城渥斯提演出日夜两场，这里就是上面说及的我们接受他们民族敬礼的欢迎的地方。

26日，上午我与电台乐队合奏协奏曲的练习，原来那位首席小提琴，就是23年前在巴黎附近与我同住在一个法国人家的捷克四重奏的第一小提琴。

27日，除了我以外，全体往附近的小城演奏。

28日上午，与乐队预演协奏曲。晚上演出的节目有捷克、苏联和中国的作品。

30日，参观斯美塔那与德沃夏克博物馆，所陈列的多是这两位捷克最伟大的作曲家的手稿。同时，这两位大师用过的每一件东西、写的信、一小块纸头、用哪支笔写过哪一部作品，都被珍贵地保存着。

31日，晚上听波兰音乐会。

6月1日，到捷克中部摩拉维亚的一个老城市，叫奥罗莫斯。晚上演出。

2日，乘15分钟的公共汽车到普罗斯提约夫，就是方才说的那个只有四万人的小城，却是一个完全新型的都市。

3日，早晨又回到布拉格。晚上看斯美塔那的歌剧《达利波尔》。

4日，国际作曲家大会，有16国的代表参加。今天都是资本主义国家的代表讲话。同志们都到布迭约维切，在一个和平庆祝会上演奏，只有我没去。

5日，在国际作曲家大会上作《关于中国群众音乐创作》的报告。晚看波兰的歌剧《哈尔卡》。

7日，晚乘车赴斯洛伐克。

8日，到马丁，有一群青年团员及儿童队员来迎接。看民族博物馆。内有古乐器，古风俗文物的陈列。晚音乐会。

9日，乘40分钟汽车到罗仁贝洛克，又是三数里以外来迎。下午参观山岩和彩色水积石。晚音乐会。

10日，从罗仁贝洛克到斯里亚思，穿过山，山上风景很美。又看到他们的民族服装。斯里亚思的人民疗养院，陈设华丽，解放前是一个大旅馆。这里是一矿泉水之区，用矿泉水洗澡，可治心病。

11日，晚在布思特利卡演出，这里原是抵抗纳粹侵略者的一个名城。

12日，坐半小时飞机到斯洛伐克首都布拉迪斯拉发，下午参观多瑙河，奥匈交界。

晚音乐会。认识了斯洛伐克作曲家苏洪。

13日，乘3小时汽车到一青年营演奏，这里有两千从学校工厂来的青年，在这河畔要建造一水闸，以为水力发电之用。晚回布拉格。

14日，离捷克。

最后，我想简单地谈谈此行的一些感想：国际音乐节是每年都举行的，我们中国是世界上第二个大国，他们会每年都邀请我们去参加，因此我们对演奏的人才和作品，都要早日有所准备。我们的音乐书籍出版得很少，灌制的唱片也异常缺乏，今后要大大注意，因为他们会经常向我们要这些东西。其次，苏联和各新民主主义国家在唱法上洋土的处理都有——洋的也吸收了土的，和以前欧洲古典的已不相同，他们教学的经验很值得我们学习。

（1951年初，马思聪任中国音乐家代表团团长，率歌唱家喻宜萱、郭兰英，钢琴家周广仁，作曲家杜鸣心、安波，笛子演奏家刘管乐，音乐活动家边军等，赴捷克斯洛伐克参加"布拉格之春"国际音乐节。归国后马思聪于7月7日在中央音乐学院作关于《参加布拉格国际音乐节归来》的讲话，同年《人民音乐》6月号刊登了这次讲话文稿，8月上海《文汇报》转载了此文）

《视唱练习》自序

视唱这一门功课是学习一切音乐（学问）的基础。通过它，作曲家才能用音乐来思考，声乐家、器乐家才能辨别音与节奏之准确与否；通过它，写在纸上的音符才能变成具体的音进入脑筋，把它们唱出来、演奏出来、想象出来。

唱名法有三种：一种是移动名唱法；一种是固定名唱法；另一种是不注名唱法。

移动名唱法（即首调唱法），每调用调的第一音当do（指大调而言，小调用la当主音）。do永远是调的主音，re是第二音，mi是第三音等。

固定名唱法把do调作为标准，把一切音固定在do调所注的名称里，不管哪一调，五线谱中的 永远唱do， 永远唱re，余类推。无论加上升号或降号，唱名还是不变的。

不注名唱法，音符没有固定的名称，只要把音程用"拉"或其他拼音准确地唱出来就可以。

我国以往的音乐教育多采用移动名唱法，这种唱法与简谱更易取得统一，事实上，简谱就是用数目字写的移动名唱法。这种唱法拿来唱转调不多的曲谱，在一般对简谱有了习惯的人是比较容易学。但拿来唱转调较多的曲谱就显得十分吃力了。

目前，我们对唱名法尚无统一的意见。我认为，专门的音乐学校，应当采用固定名唱法，同时也要精通简谱，以为做普及工作之用。至于不注名唱法与固定名的差别只是后者更能明确地知道音的实在高低，感觉到音的标准地位。

　　这本《视唱练习》的写成，鉴于我国视唱课本的完全缺如。当然，也可以用法国的*Solfège des Solfèages*，但显然是不能令人满足的，中国的音乐工作者有义务写一些自己的课本。

　　这本《视唱练习》，在进度上没有很标准的由浅入深的次序，并且进度太急，希望以后能另插数十首，就可以使进度更平均、更合用了。最主要的是希望这本《视唱练习》的出版，能起一点抛砖引玉的作用，引起我国音乐工作者更多注重这一门功课，写出更多更好的视唱课本来。

　　（1953年时任中央音乐学院院长的马思聪，鉴于当时国内音乐院校的视唱练习教材奇缺，为此亲自写作了《视唱练习》一书，并作此篇自序；该书1953年10月由上海新音乐出版社出版）

关于傅聪得奖

我这次代表中国音乐界到华沙去出席第五届国际肖邦钢琴比赛会做评判，亲自看到中国青年钢琴家傅聪在比赛会上获得优胜，感到非常高兴。这次比赛会最难得的是傅聪是玛祖卡舞曲奖的获得者，这个奖在全体比赛员中只奖一人。历届除波兰人外只有斯拉夫民族的苏联人曾获得过。这意味着傅聪对于肖邦音乐有着深刻的体会。

比赛会是按一定的程序及各国评判员所一致同意的规例进行的。评判员不必经过讨论就可以记下自己对演奏者的意见和分数。当然，每个国家的评判员心里都希望自己的人获胜，我也没有例外。但我们每个评判员对演奏者的要求都极其严格，有的评判员对演奏者错弹一个音也不放过。因为这次参加比赛的各国青年钢琴家在演奏技术方面无不达到一定水平，所以在比赛的第一轮时，根本不易看出个高下，傅聪这时也未引起普遍的注意，列名第六（在第一轮比赛时，傅聪因为手指受伤，排到最后一个，同时在他前面的一位钢琴家未终曲而退，这样傅聪的准备时间就突然被缩短了，当时他弹得较慢，同时略有些不稳）。但到第二三轮比赛时，傅聪对肖邦作品的诗意的表现手法就突出了，他整个地沉浸在音乐里（以致有人认为他表演得有些过分强烈），特别在最后第三轮弹前奏曲时，可以说他是充分发挥了自己的优点（另外有些钢琴家在技术上虽娴熟准确到无懈可击，但因不能表现肖邦作品的特点而被淘汰了）。一个参加评判的南斯拉夫音乐家对我说，他是最不易受感动的，但是这回他却被傅聪感动了。民主德国的评判员说：傅聪，Colossal（了不起）！保加利亚的音乐家则认为傅聪是个诗人。波兰华沙音乐院的院长说：如果好好培养两三年，傅聪可以成为世界上最优秀的钢琴家之一。苏联的评判员对傅聪的评价也很高，并且对他爱护备至（参加比赛的苏联青年钢琴家与傅聪也经常在一处共同研究）。

傅聪之所以获得优胜，是与他平素喜欢文艺很有关系的。他在家时就常阅读文艺作品，文艺修养对音乐表现是有很大帮助的，这一点我认为很重要。傅聪具有强烈的音乐感，这是大家一致公认的。指导他练钢琴的教师——主持这次比赛会的主席茨维斯基教授也认为傅聪是他学生中参加比赛最有希望的一人。应该提出，傅聪是很努力的，在波兰的期间他有时一天弹上十一二个小时，因为他意识到自己是中国钢琴家参加比赛的唯一的一人，他经常想着不负祖国人民之托，这就成了他在整个准备过程中的极大动力。另外，波兰钢琴家对傅聪的细致的帮助和热切的关心，使他能够在短促的时间内准备一次演奏内容如此吃重的比赛会（三轮合起来演奏的时间达二小时至二小时半）也是值得我们深深感谢的。

我想，作为一个演奏家，一定要提高自己的一般文艺修养，同时对技术更要勤加锻炼。这是傅聪的例子所说明的。技术是基础，有了技术，然后才能要求进一步地表现。但技术仅仅是手段，它本身不是目的。虽然我们日常要花很多时间去克服技术上的困难，但我们所追求表现的却是作品的内容，是它的思想感情。在这一方面，就不得不同时提高一般文艺修养，从旁借鉴，使能更好地体会与表达作品的思想感情。音乐上的表现力不是死命去学就可以得来，对乐句的处理，要演奏者自己去感觉，不是多练几遍指法就可解决。

最后，演奏家还要虚心接受意见。这次我去波兰时间较为早些，因此我有机会在比赛之先听过傅聪的练习，并给他提过一些改进的意见，傅聪立即就接受了，大家认为他进步很快。

现在傅聪还继续留在波兰学习。明年德国要举行舒曼的作品竞赛会，以后在其他国家也将会有同类性质的比赛，我们一定要及时准备，为我们的青年演奏家安排一切有利条件，细心地加以培养，让他们为我们的国家争取更大的光荣。

（1955年2月，马思聪应邀赴波兰首都华沙出任第五届国际肖邦钢琴比赛评判委员，我国青年钢琴家傅聪在此次比赛中获第三名和"马祖卡舞曲"优秀奖。马思聪回国后在《人民音乐》1955年5月号发表了该文）

纪念聂耳、星海

聂耳在很年轻的时候就离开了我们。他短促的一生给我们留下的作品不多（总共才三十几首歌曲），但他却做了出色的播种工作。今天，他播下的种子正在开出硕实美丽的花果。聂耳有许多作为一个作曲家的主要优点，一方面，他非常善于观察生活，有洞察生活的能力，并善于把握人民的思想情感；另一方面，他所创作的旋律是深深地植根于民歌之上的，是从人民丰富的语言材料里吸取的。他的歌不论在曲调上、节奏上都能确切地表现内容，所以他的《义勇军进行曲》《大路歌》《开路先锋》《码头工人歌》《新女性》等才能受到如此广泛的听众欢迎为人们所广泛传唱。聂耳的音乐体现了工人阶级的战斗要求，充满着深刻的爱国主义情感。聂耳同时代还有一些音乐家：他们有些是离开现实斗争，盲目模仿欧美；有些是投合小市民庸俗趣味，写些诱人堕落的色情作品；有些虽然具有民族气派，但却表现出一种感伤的情调。唯有聂耳毅然地走上了一条新的道路，他的那些充满生命的旋律激励着全国人民。这种音乐，对当时的靡靡之音是公开的挑战，而对当时民族求生存的革命运动，则起着推动作用。它唱出了当时全国人民的呼声——半封建半殖民地中国人民痛苦的呼声，反抗奴役性压迫与帝国主义侵略的呼声，这是时代的要求与客观环境的需要，所以聂耳开始这条新路——社会主义现实主义创作的道路，是意义十分重大的。

今天我们大家来纪念这位人民的歌手——我们的先驱者，应该学习他坚持艺术为工农兵、为劳动人民的创作方向，应该学习他创作更多表现群众新的思想情感的、朴素有力而又为群众所喜听易唱的曲调，沿着他所开拓的路，为满足正在建设社会主义的我国人民对音乐文化的日益增长的需求而努力，为争取保卫世界和平，反对帝国主义侵略斗争的彻底胜利而努力！这便是我们对聂耳的最好的纪念。

我和星海认识较早，我们都在法国学习音乐，我的提琴教师奥别多菲尔就是后来星海的教师。我所认识的星海是一个爽直、豪迈、很有气魄和非常热情的人。他在学习上表现出惊人的毅力。我们都知道，星海忍受过极大的生活痛苦（特别是在巴黎时），在那种环境下，一个稍缺刚毅的人就会磨得气馁起来，但星海却在万难中坚持地学习下去，从不灰心。因为有了这样的生活感受，他对劳动人民抱着深切的同情，所以他的作品在表现劳动人民的思想情感时能达到高度的真实性。

星海和他那个时代（民族危机与争取民族解放的时代）的环境是异常合拍的。他回到国内的时候，全国正在酝酿抗战，他激于民族义愤，奔走于工人、学生、店员之间，在短期间内写了三百多首救亡歌曲，为工农、青年、妇女所普遍传唱（其中有很流行的《救国军歌》）。抗战爆发以后，他跑遍了很多地方，不顾一切艰难做宣传组织的工作，这时他又写了大量的歌曲，往往是一写成后就交给别人拿走。后来他到了延安，更是每天伏案不息，从早上直到深夜才停笔，连病也不能阻止他的创作热情。包括著名的《黄河大合唱》《生产大合唱》等在内的约六百首曲子，就是这个阶段的产物，有些作品是几小时内就完成的。严格地说，星海的某些作品在技术上是存在着缺陷的，是还不够成熟的。虽然他这样多产，但他对自己也是从不满足的，他认为自己没有写应写的东西，认为自己在作曲方面还没有得到真正的成功，只是因为接触了人民群众，人民群众给他的热情和鼓励使他感动得忘记了自己的渺小而去帮助他们。他说过："我还要加倍努力，把自己的精力、把自己的心血贡献给中国的伟大民族。我惭愧的是自己写的还不够好，还不够民众所要求的量！"他又说："我写了无数的小曲，虽然在艺术上没有什么价值，但是已经尽了我对人民的责任了！"星海的这些事例和对自己的严格要求，鼓励着我们许多艺术工作者要竭尽全力去创作，无休止地追求进步，不因既得成就而自满，并且要把自己的创作努力和实际斗争联系起来。

星海的作品是从广大人民的音乐语言里提炼出来的。他很热心研究民谣小调，并且在自己的作品中创造性地运用了本民族固有的喜唱乐闻的旋律（《生产大合唱》里的《二月里来》就是很明显的例子）。他的《军民进行曲》（四幕歌剧）、《黄河大合唱》、《生产大合唱》、《九一八大合唱》等都是长期研究民歌的结果。在那献给毛主席的《民族解放交响乐》里，他也放进了不少的民歌小调。因为他在创作上抱着这样一个目的：就是"要使自己的作品成为大众化、民族化、艺术化的统一艺术"。

星海的创作使人联想起马雅科夫斯基的诗和穆索尔斯基的乐曲。苏联革命诗人马雅科夫斯基的诗句是音韵铿锵，富有战斗力量；俄国古典音乐大师穆索尔斯基的音乐是粗犷不羁，而内容深刻感人。星海的作品同样具有这些特点，星海所写的那些大合唱，在当时是一种很新鲜的声音，而这正是他的作品的最可贵之处。星海所走的路，无疑是继承了聂耳在中国音乐中所开辟的社会主义现实主义的道路，并且我们还可以这样说，他在这条道路上已做出了新的贡献。

（原载《人民音乐》1955年10月号）

作曲家要有自己的个性和独特的风格

毛主席早就提出"百花齐放，推陈出新"的方针，在戏曲方面执行了这个方针，收到了很大的效果，但是在其他艺术方面却看不到什么成绩。这一次党中央和毛主席又着重提出"百花齐放、百家争鸣"的政策，受到了文艺界、学术界广大人士的热烈拥护，这个政策对于音乐艺术事业来说，同样是推动它向前发展的巨大的动力。

我们知道，文艺应该为人民服务，但是人民的审美需要是多方面的，那末艺术也应该像人民的现实生活那样丰富多彩多种多样。这可以在人民所创造的歌曲中看到。比如最近中央音乐学院民族音乐研究所到湖南去采集民歌，就发现了许多具有鲜明色彩和新鲜意味的东西。有一些是过去没有看到过的。人民群众最不喜欢单调无味、老一套，他们喜爱多样多彩的东西。如果我们不理会人民群众的需要和他们的爱好，一定会脱离群众，而群众也会对我们不满意。

我认为目前最严重的问题是创作上的公式化和千篇一律，这与音乐领域内所存在的一些清规戒律有关。比如，过去好像只容许一种音乐存在，有一种观念认为群众歌曲而特别是进行曲式的群众歌曲才有存在和提倡的价值，其他形式的东西就不需要注意，也没有获得应有的鼓励。有一个时期，抒情歌曲受到歧视，弄得人不敢写也不敢唱，其实，人民是非常喜爱优美动人能够抒发他们内心情感的抒情歌曲的。也有一个时期，似乎存在着一种不提倡欧洲音乐的风气，认为人民不欢迎这种外国音乐，现在已经有了很大的改变。另外就是创作题材的窄狭和单调。我认为重大的事件应该反映，但是生活中不大的事件也应该反映，不能认为只有反映重大事件的创作才有意义，才有价值。总之，无论怎样，都不应该妨碍创作上的"百花齐放"这一原则。

在创作上一方面固然要"百花齐放",而另一方面也要"推陈出新"。作曲家也应当成"一家言",就是说要有自己的个性和独特的风格。模仿最要不得,有些作品不但模仿别人而且模仿外国和我国过去作曲家的作品,这也是造成创作上的公式化、千篇一律的原因之一。照我的体会,"推陈出新"就是要求创作上的不断创造和不断革新。对于新鲜东西的探求永远是艺术家的任务。我们要求作曲家在风格统一的基础上不断革新;作曲家一定要有自己的独特的个性和风格。当然,这是对有一定水平的作曲家提出来的,而不是对一般业余的青年作曲者提出来的。可是,年轻的和业余的作曲者的作品质量也需要不断地提高,才能克服公式概念化的缺点。如果,我们只是满足于目前的群众业余创作的水平,那就不对了。

关于过去音乐界的那些争论我觉得意义并不大。比如"土"唱法和"洋"唱法的问题,这个问题的提法本身就很不明确,到底什么是"土"唱法?又什么是"洋"唱法?又比如关于贺绿汀①同志的文章所引的争论,就用不着那样大张旗鼓地搞。贺绿汀同志提出加强技术学习是对的。他也并没有否定学习政治和学习马克思列宁主义,也没有否定体验生活的重要性。他也曾明确地谈到技术本身不是目的而是一种手段,学好技术并不等于就能创造艺术。而实际上我们的技术水平很不高,急需加以提高,难道我们仅仅满足于我们目前较低的技术水平而不想前进了吗?所以我认为这次争论并没有解决音乐上的主要问题。

音乐批评上的偏向就是鼓励少而批评多,同时批评的尺度也很窄,目光也不远大,对于新鲜的东西好像无动于衷。比如有人在乐曲里用了一些不大习惯的和声就遭到批评,被扣上了一顶帽子。当然一个作曲家还未成"一家言"的时候,他的作品当然可能不太成熟,但也许可能在其中发现一些新颖的东西,如果批评者感觉比较迟钝,就会忽视这些新

---

① 贺绿汀(1903—1999),作曲家,音乐教育家20世纪30年代开始音乐活动,历任上海音乐学院院长、中国音协副主席、名誉主席、中国文联副主席等职。作有歌曲《游击队歌》《嘉陵江上》,钢琴曲《牧童短笛》,电影音乐《马路天使》等作品,著有《贺绿汀音乐论文选集》等。

的东西。我认为批评应当特别谨慎小心，否则会压杀新生的芽苗。

从个别的批评者来说可能在看法上会有偏颇的地方，但是作为一个刊物的编辑部就应当特别注意防止乱扣帽子和粗暴的态度。刊物应该容纳各方面的意见，发表不同看法的文章，把完全对立的文章登载出来让读者也独立思考一下究竟谁是谁非。过去《人民音乐》在这方面做得很不够，有些文章总是急于下结论，其实究竟是不是结论还需要更深入的探讨。"百家争鸣"是要让不同意见争辩起来，不能只准自己"鸣"而不让别人"鸣"。因此，我认为任何妨碍"百家争鸣"的做法都是错误的。

最后，我觉得过去有些同志对于聂耳、冼星海的评价是不够实事求是的。聂耳、星海无疑是伟大的，他们的作品的艺术成就也是不可否认的，但是这不等于说他们的任何一个作品、任何一个地方都是完美无缺毫无疵瑕。这样地评价过去的遗产是会引起一些错觉的。比如，有人就以为只要写几十首群众歌曲就能伟大了，而不去考虑聂耳同志所处的时代和他的歌曲在那个时代的作用。星海同志有的作品在配器上是有缺点的，我们为什么也把这种技术上的缺点看成是他的独特的艺术手法呢？而另一方面由于对"五四"以来的音乐作品缺乏深刻的研究，似乎觉得其他一些与聂耳、星海同时的作曲家的作品都是非现实主义的或者是反现实主义的东西而加以漠视，这是不公平的。因此，我们需要更好地深入研究"五四"以来的不同流派不同风格的作品，给予它们应有的评价，把其中好的东西继承下来加以发扬。我认为这是我们目前应该做的重要工作之一。

（《人民音乐》杂志社1956年7月12日和20日先后在北京天津两地就"百花齐放，百家争鸣"的政策邀请音乐界人士举行座谈会，会后该社以"百花齐放，百家争鸣"为题陆续登出部分专家的发言，马思聪这次发言被刊登在《人民音乐》1956年8月号，标题是该刊编者加上去的。《人民音乐》1993年2月号再次刊登此文）

谈青年的创作问题

这几年来，在我们作曲的行列中，出现了众多的青年作曲家的作品，其中有些是比较优秀的。每个青年作曲家，都以很高的热情从各方面来歌唱祖国的建设，反映人民的斗争生活，并且能够较好地驾驭他们的创作技巧，较生动、较深刻地表现他们所要表现的主题。

不少作品都获得广大听众的欢迎。根据刊物上发表了的和被提到音乐周来演出的节目数量就很大。像这样庞大而优越的力量的出现，如果不是在新的社会和新的条件下是不可能的，这些生气勃勃的新生力量，对于今天的人民群众的音乐生活，有着极大的意义。许多同志为这些新生的作品所感动，是很自然的。并且进而珍惜这些青年的力量和劳作，我认为是很应该的。

就音乐周演出的青年的作品来说，我想提下面的几点意见：

第一，青年作曲家表现出极高的创作热情，热爱人民生活，关心祖国的建设及和平事业。许多器乐曲和声乐曲的主题和内容，如《祖国颂》（刘施任曲）、《长白之歌》（郑镇玉曲）、《欢庆胜利》（唢呐协奏曲，刘守义、杨继武曲）、《双槌打鼓闹洋洋》（施明新曲）、《合作社是通天大道》（廖胜京曲）、《太阳照进大苗山》（孔德扬曲）、《我的快骏马》（德伯希夫·达仁亲曲）……都是从各方面来歌唱人民的幸福生活。

有些则采用人民熟悉的、喜爱的故事如《黄鹤的故事》[①]作题材，有

---

① 《黄鹤的故事》：这是一部交响诗，是施咏康1955年在上海音乐学院的毕业作品。1956年在北京第一届全国音乐周上首演；1957年获第六届世界学生与青年联欢节作品比赛铜质奖章。

些则选用群众劳动的歌调如"嘉陵江号子"或地方戏曲如《打猪草》加工改编。这些创作都显示出青年作曲家在努力以其劳作来表现人民的生活，和尽量去找寻人民所喜爱的题材和形式来满足人民的需要，这是极其可贵的。

第二，在创作的风格上，青年作曲家的作品大都带着浓厚的民族色彩，这是我们创作中极重要的问题。年轻的一代已经不像过去了。从前，在音乐院校里根本谈不到接触民族、民间音乐，即使学校里有民乐课程，那也是非常不被重视的。

现在，虽然还说不上已经改进得很好，但情形有些两样了，在他们的视唱教材和作曲的学习中，多少已注意到民族、民间音乐的教学。而且，解放以来，各地的音乐工作者在收集及整理民族、民间音乐工作方面，做得很有成绩。我们年轻的一代，可以说是幸福的，他们能够很方便地看到许多宝贵的东西，因而在音乐主题、音乐语言的使用上和传统有紧密的关联。有些青年甚至还进一步在和声、配器上作了不少新的尝试，如《长白之歌》《黄鹤的故事》，上海音乐学院的《民歌四首》都表现出作者们的独创性，这些都是很值得我们注意的。

第三，从青年作品中，看到创作技巧在不断提高，并且能较好地掌握各种形式，如合唱曲、组曲、交响曲等形式，并且一步步离开作曲、和声教本，而能创造性地应用自己的创作知识。

如《黄鹤的故事》应用了加二度的和弦，四度和弦，与乐曲的旋律是调和的。同时对每个乐器的性能的使用都显出了作者的才能。

又如《刘海砍樵》非常可喜地用了一些轻微的小二度，衬起闪闪火花，与乐曲的内容有机地结合起来。

又如《长白之歌》，作者在一定的范围中发挥得很好，我曾看过他的另一个作品，当时也很受他那种独创才能的感动。在目前作者还多少受着俄国学派的影响，但作者的民族性格还是显露出来了。作者有丰富的想象与热情，在今后不断的创作过程中，是会找到他自成一家的独创风格的。又如《民歌四首》，简洁优美。还有像《台湾人民盼解放》《玫瑰花》序曲都在一定程度上应用了民族风格的旋律与和声。还有像《唢呐协奏曲》，这首乐曲据说引起很大的争论，我认为这首乐曲能大胆地作了一些尝试，也是有意义的（在争论中有人以为协奏曲这名称不适当，我认为这个问题不大，取消了"协奏曲"这名称对曲子的好坏也是影响不大的）。

还有《打猪草》，像在音乐学院这种具体的环境、条件下能够对民间的东西发生兴趣，进而做一些改编发展工作，并且创造性地发展了它，尽管它本身还有一些不足，但这种精神还是值得鼓励的。

青年作曲家接触的面很大，有些写群众歌曲，各种独唱、重唱歌曲，有些写民间合唱、大合唱，有些写民族乐队、交响乐队曲，有些写各种民族乐器及西洋乐器的独奏曲、重奏曲，有些写电影音乐，有些写歌剧、舞剧音乐，有些为话剧配音（如《桃花扇》《马兰花》）……这都表现了很大的成绩。我还要提一提中央音乐学院少年班一个16岁的孩子，从来没有学过作曲，居然写了六重奏和弦乐队伴奏的小提琴曲，并且写得很动听，曲体也工整可喜，这个例子说明我们青年的新生力量的涌现在目前还只是个开端，再过三年五年，十年八年，那情况必定更会令我们惊异了。

想有不少青年作曲家，服从组织的分配到边远地方，到自己不大熟悉的部门中（如地方戏曲团体、民族乐队、民间合唱队）去工作，在那里安心地学习、钻研，这是很使人感动的。在目前来说，这些青年，还需要下苦工去了解和掌握这些音乐的特点。我们知道，在这些地区和部门工作，是要花费很大的耐心、劳力很慎重地研究，才能一步步地创作，心急是不行的。

但也不是没有成绩，比如《耍山调》（朱本正曲）、《我们的山歌唱不完》（金幹、卢森森曲）、《那青年多可怜》（侗族民歌，冀洲编）、《远方的客人请你留下来》（麦植曾编曲）、《毛主席派来访问团》（李俭民编曲）、《可爱的瑶山》（曹荣衫编曲）、《龙灯》（钟义良曲）、《拉骆驼》（曾寻曲）、《三十里铺》（王方亮编）、《茉莉花》（谷建芬编）、《玛依拉》、《牧歌》（张沛编）、《夜了天来夜了天》（林长春编）、《王三姐赶集》（介云编）等和广东戏曲、沪剧音乐还有许多许多，不便举例，都是获得群众欢迎的作品。

这里我想谈谈，我们老一辈音乐工作者对青年的创作热情和他们创作的发展多少有些保守的看法，有时，大人看见小孩子跳跳蹦蹦地走得很快就害怕了。走得很快有时固然会摔倒的；但倒了爬起来还会走，我们不应该也不必要因担心他们会摔坏了，而不让他们学走路。他们是摔不坏的；更重要的是应该发展他们独立思考的能力，而不应该限制他们。

青年人所要拥抱的是整个世界而不是像一些人所想的只是五声音阶、民族乐器或土嗓子、也不仅仅是洋乐器或洋嗓子、II V V 之和弦等等，青年比我们勇敢得多，不应该给他们很多清规戒律，使他们的发展受到限制。我觉得这些年来我们的路开得不够宽，存在许多清规戒律；我们常常是不欢迎、害怕一些新鲜的东西，这是会限制我们音乐向前发展的，洋、土之争有时近于互相排斥，这是很不好的，我认为洋也好土也好，只要演奏得好、做得好都会有贡献。我们拿矛盾很大的两种乐器如二胡和小提琴，来尝试一下看能不能表演二重奏？我认为是可能的。这样做也许会创作出很好的东西来。洋嗓子、土嗓子的问题（当然现在对它们的定义还不明确，以后可以搞得更明确些）是存在的，并且都表现出很好的成绩。洋、土嗓子能不能在一个合唱队里表现很丰富的内容呢？我认为也是可能的。还有对立的乐器如唢呐和欧勃，我们让他们结合起来搞一些好的创作也是可能的。在音乐领域里进行各种新的尝试的可能性是很大的，只要消除清规戒律的束缚，一定能发挥大胆的创造性。

在音乐周里我听到青年的作品后曾被他们的勇气所鼓舞，我们常说老一辈要教青年，倒不如说有些地方我们倒是应该向青年学习也许更恰当一些，因为我们老一辈对事物的看法往往有偏向或保守，而青年则勇敢、热情，这些就是值得我们老一辈学习的。中国有句流行的话"吃在广东"，的确，广东菜是很有名的，但广东人吃菜最不保守，胃口很大，世界上任何一个地方也没这样多的吃法，当然其中有些也还值得研究。但由于大胆去尝试，的确创造了不少很有价值的吃法，这是事实。在音乐上也是这样，如果保守就做不出成绩来，只有把路开得很宽，允许各种各样的花开放才成。在大自然里花也是多样的，不仅花的样式有多种，花的生活条件也是各种各样的。有的需要很多的阳光，有的要在阴暗的地方，有的要干燥，有的要潮湿，有的甚至要浸在水里。有的花一年只开一下——昙花一现，像睡莲又只在上午开放半天。花的性格、颜色也各有不同，有些是浓艳夺目，有些则淡白清香。在大自然里花的样式是很多的，生长的方式也各有不同。但他们在丰富，美丽大自然方面都是有贡献的，缺少了一些品种是有损失的，我们不可能想象一年到头都开一种颜色的菊花，这样必然会使人感到太枯燥单调了。

当然，在百花齐放时是要进行些具体工作的，如在吸取西洋音乐时，觉得有些东西听不惯，在开始时不习惯是必然的，因为中国音乐基础（骨干）主要是五声音阶而且转调不多，而我们从西洋接受来的一些是允许十二半音、和声和对位的，十二个半音挨次念下去本身就很洋。如果我们永远不允许把十二个半音连续唱下去，认为这样就是洋，那就值得研究了。在和声上也是同样情况，两个声部一起出现、两种旋律同时出现也认为是洋的，如果长期不要这些必然会阻碍我们前进，中国的音乐也一定会搞得很贫乏。

学习民族传统、接受民族传统，是目前大家特别关心的问题，没有一个人说不要传统，但在接受传统时也应该反对保守，要应用各种各样方法，学习它们的一切成就，来达到建立我们民族音乐的目的，墨守成规一成不变地学古人是解决不了问题的。

现在，我想来谈谈青年作曲家的培养问题。

很显然的，我们对青年作曲家的注意、关心和培养，是非常不够的。我们的音乐学院，招收作曲学生的名额本不多，而毕业出来，在工作的安排上，也有极不恰当的地方。极少数是分配去搞专业创作实习的，大部分是当助教、教员、甚至有的调去搞资料、搞钢琴伴奏。

我想一个青年学生，创作经验极少，而去教专科学校，实际上是有困难的。他能教什么呢？翻课本，背规条、这样一代传一代是非常不好的。

是的，我们人才很缺乏，这样做是出于不得已，但像这样的干部，应该少上一些课，以便抽些时间写作。有些还未开课的助教，学校也没有注意对他创作生活给予关怀，也没有注意在创作上给他一些便利的条件，有些演出团体对青年作者的作品不够爱护，不够支持，这些都需要我们今后大力地改善。

其次，由于我们中小音乐学校太少（中学有五个，小学只有一所），因此，音乐学院作曲系录取的学生水平很不平衡，大多钢琴底子很差，入学以后视唱练耳等基本乐科的课也学得很勉强，这也影响了教学及创作质量。

至于在职青年创作干部，这几年来有的参加过干部班学习，他们大多经过长期的斗争生活锻炼，有很高的创作才能。入校后专心一致的钻研业务，都有突出的成绩。

在某些团体，已对青年干部的业务学习给予便利，使他们能有机会进修。但是还有不少青年创作干部在学习上有苦闷，特别是一些在革命工作中成长的青年作曲家，他们的苦恼就更大，对他们的关心，可以说是太不够了。音乐创作和文学、戏剧稍有不同，作曲中有许多知识如和声、对位等等，依靠自修是比较困难的。最好能有教师辅导，帮助他们修改作业。对于这一部分在革命工作中壮大起来的青年，我们应该采取措施，大力加以培养才好。

其次像北京群众艺术馆组织的"业余歌曲创作组"之类的补习性质的研究组织是很有作用的。如果能有条件多组织一些这样的活动，经常邀请一些有经验的教师加以指导，对青年作曲家的成长是很有帮助的。

中国音协的创作委员会在这方面也成立了工作组，吸收了一些程度比较高的学员，举办指导青年音乐创作的讲座，已取得了一些成绩。当然，这个工作做得还不够好，例如九十个人的程度不一致，没有更细致地组织班次等，都需要在今后注意改进。

我们今天正面临着一个伟大的时代，人民需要更多的音乐作品来表现他们的欢快和热情，到处都成立了新的民间合唱队及合唱队民族乐队及管弦乐队；已有的也逐渐组织得更充实了；新的青年一代的独唱家也不断地涌现出来了；在我们全国，仅仅就双管制的管弦乐队就有17个之多，这些都为我们的音乐创作事业开辟了广阔的途径，前景是非常美丽的。

我们生活在新中国社会主义事业飞跃发展的今天，在音乐文化事业上，也正是具有伟大的历史意义的发展时代。我们要承继遗产，吸取西洋的经验，来大大发展我们的民族音乐。我们已经看出，在年轻的一代中，已具有了这种伟大的因素，并开始向着这个方向前进，而且已取得了一些成绩。但是，也应该看到，距离我们的目标还不是很近的，其间还有很多艰难的路程。这就要求我们青年作曲家深入生活，同时一方面要认真地学习民族的民间的音乐，一方面要大力地学习西洋音乐，提高我们的创作能力，这样才会产生出更多的，伟大的，具有中国气派的音乐作品来。

　　[该文是1956年8月29日至9月1日马思聪出席中国音乐家协会召开的第二届理事（扩大）会议期间在会上的发言，同年发表在《人民音乐》9月号]

听苏联大钢琴家李赫特尔[①] 的演奏

　　苏联优秀的钢琴家俄罗斯苏维埃联邦社会主义共和国人民演员斯维亚特斯拉夫·李赫特尔这次来我国演出，对我国人民，特别是音乐界来说，是一件非常令人兴奋的事。他卓越的表演，实在不愧被誉为李斯特以后最突出的一人。

　　李赫特尔在首都举行的两晚音乐会上，演奏了莫扎特、舒伯特、舒曼、普罗科菲耶夫、莫索尔斯基等作曲家的作品，把它们不同的风格和内容，那么亲切而真实地解释给听众，表现了极高的艺术才能。他的技巧已达到了炉火纯青的地步，触键是那么富有弹力，发出的声音是高贵的、透明的、明朗的，像歌唱一样的音色，而他的演奏又是超过技巧之上的。

　　李赫特尔的演奏的特色之一是亟富于戏剧性，尤其在莫索尔斯基的《图画展览会》这个节目中显出这方面的长处，他充分发挥了钢琴上各种音色的可能和强烈的对比。使乐曲所描绘的每一幅画面的不同的意境、情调和色彩，极真实地呈现在听众的面前（我特别要提到《墓穴》的悲剧性的强烈的感情，《古堡》的灰色的、单调的、暗淡的情调；《牛车》沉重压抑的低音，以及《蛋中小鸡》银铃样的声音……），使我们忘记了是坐在音乐厅里，而像是在和作曲家一起在欣赏一幅幅的画；好像作曲家是这些画的解释者，他把他的感受一一告诉我们。

　　普罗科菲耶夫的《奏鸣曲第七号》，是一首非常难于演奏的乐曲。李赫特尔是这首作品完成后的第一个演奏者，他的表演给我们传达了一

[①] 李赫特尔：指里赫特（Richter，1915—1997），苏联（后为乌克兰）钢琴家。

位苏维埃作曲家在伟大卫国战争时期经历了许多重大事件时的感受。在我们会见时，李赫特尔曾对我说，莫扎特的作品演奏起来比起普罗科菲耶夫还更要难些。的确，莫扎特有些乐曲，在技术上也许小孩子都能弹奏，但是要表达它的精神，却是一件最难的事。莫扎特的音乐常常充溢着一种孩童般的纯真的感情，而这对于一个成熟的钢琴家甚至也是很艰难的一件事。李赫特尔演奏莫扎特的作品，由于他广阔、深邃的想象力而得以冲破了这种艰难之处，因而不论在表现上或音色的处理上，都达到令人满意的程度。

舒伯特的作品中，像《音乐的瞬间》等短曲都演奏得非常出色，在他手下，透明的音色是那么迷人和富有诗意，听到这些音乐使我联想到我国伟大诗人陶渊明的诗。

舒曼的《托卡塔》也是演奏得热情、奔放，从始至终一直紧紧地扣住听众的心弦。

李赫特尔卓越的演奏，不仅显示了苏联钢琴学派的光辉的传统，给我们留下不可磨灭的印象，也使我们学习到很多东西，对我国年轻的钢琴艺术给予了莫大的鼓舞和启发。

（苏联钢琴家李赫特尔1957年9月来中国访问演出。马思聪以中国音协副主席和中央音乐学院院长的身份，在家里热情设宴招待他，并出席他的演奏会，之后撰写此文。刊登在同年《人民音乐》9月号）

莫斯科、列宁格勒、基辅

——访苏杂记

到了莫斯科，感到一切都很熟悉，亲切、又分外新鲜。

第一次来莫斯科是在1949年，那时街上的孩子们看到中国人都感到很新奇，常常跑来摸摸我们的衣裳，仰着脖子望着我们，眼睛里露出好奇的亮光。这次可不同了，他们都把我们当作自己最熟悉的人，一看见我们就老远跑来，从口袋里掏出一些纪念章送给我们，同时要我们给他带上个中国的纪念章，这才兴高采烈地蹦蹦跳跳地走开。对于孩子们的热望，我们尽量给以满足，所以我们的口袋里总得准备一些纪念章。节日的晚上，我们在宽阔的高尔基大街漫步，看到了那种如火如荼的狂欢情景，心里真是激动！我们的兴奋和苏联人民的喜悦交融在一起了。白天，我们在观礼台上看到的情景，依然萦绕在脑际，那是多么壮观的行列啊，特别是当轰轰隆隆的牵引车拖来了世界最新式的武器、各种形状的火箭的时候，观者的心真像要进跳出来了。有些是又光又滑的银白体，有些像鲨鱼一样，有的则像黧黑的巨人一般躺在车上，看！威武的战士们庄严地列队而过，显得那么劲健，英勇。这些让帝国主义者看到怎能不胆寒，而我们只有说不出的激动，无限的喜悦！看了这些，给我留下一个强烈的印象：共产主义的建设成就实在太豪迈，太伟大了。

莫斯科比我上次来的时候，有了很大的变化，市区扩展得更大了，新的建筑就像春笋冒出来一样的多，像莫斯科大学那样高大的建筑已有八所，我们住的乌克兰饭店，就是三十多层的大厦。登高一望，看到这些高大的建筑在市区分布得非常匀称而美，显出都市计划者天才的匠心。

我参加了几个音乐会。在莫斯科音乐院的礼堂里，我听到李赫特尔演奏了柴科夫斯基①的《第一钢琴协奏曲》。还有肖斯塔科维奇的《第十一交响曲》，这是他对苏联革命四十周年的献礼，是描写1905年革命的。当乐队演奏完了，大厅掀起一片轰响，作曲家被观众欢呼出来谢幕达十次之多。第二次音乐会是在较小的柴科夫斯基音乐厅，演奏的全是肖斯塔科维奇的作品，有他的四重奏和三重奏，在三重奏里作曲家亲自弹钢琴。节目中还有他的犹太组曲，由女高音、女低音和男高音各一人共同演唱，肖斯塔科维奇担任伴奏，女高音就是曾在我国演唱过的尼娜·多尔利阿克教授（即李赫特尔夫人）。这些作品里都有作者的独特风格，也显示出作者善于创作多样风格的才华。

在柴科夫斯基音乐厅里，还看了一次歌舞表演，这里有许多新露头角的年轻舞蹈家，她们的舞姿真是出色的美。这个晚会花样很多，轻松愉快，节目中还有轻音乐，也有柔软体操的表演。

还有一次音乐会，全部演奏柴科夫斯基的作品，有他的《第三交响曲》和《小提琴协奏曲》。演奏《1812年序曲》时在结尾部分加上了军乐队，效果雄壮得不得了。

我们参观了工业农业展览馆，走进去就像到了一座新建的城市一样，每个加盟共和国都有一个馆，建筑都带着自己民族的风格。这里真使你目迷五色，展品丰富极了。主人招待我们吃了苏联南部的瓜，比我们的哈密瓜味道还要美。我们还看到了珍奇的人造卫星的预备号（准备万一第一个出故障，再发这个）。

在苏联国庆四十周年举办的全苏美术展览馆里，我们看到了苏联在美术方面也达到了极高的巅峰。取材于圣经故事的查姆孙塑像，十分引人注意，那种打破枷锁的神态，表现出了强大的雄壮的力。力的表现，在苏联艺术里是很突出的倾向，像肖斯塔科维奇在他的交响乐里，普罗科菲耶夫在他的歌剧《战争与和平》（这出舞剧在莫斯科也看过）中，雕塑家在她的作品里，都表现出了这个特点。

---

① 柴科夫斯基：又译柴可夫斯基（1840—1893），19世纪伟大的俄罗斯作曲家，音乐教育家。

列宁格勒不仅是革命名城，也是个美丽的城市，许多建筑都装饰着艺术价值很高的雕刻。我们参观了列宁在革命时期住的地方。一切陈设仍像生前的样子，非常简单，房子的1／3是列宁同夫人的卧室，里面摆着两张小床，还是临时从医院借来的。外面是个很小的厅，有两张沙发，一个小桌，在广厦栉比的冬宫里，列宁只占了一小块地方，却为人类做出了惊天动地的伟大事业！当看到了阿芙乐尔巡洋舰时，引起我们很深的感触，毛主席说的一声炮响就是从这舰上发出的。舰里的壁上挂着一张照片，向导指着其中一个年轻小伙子说："这就是当年的我。"这位英勇的起义参加者，现在已是六十开外的老人了。冬宫现在是美术馆，这里陈列了极为丰富的世界名画雕塑。有达·芬奇和伦勃朗的作品，也有现代作品。我是多么想慢慢地仔细地看，但这至少需要几天时间。

另外一个美术馆也强烈地吸引了我，这里专门陈列俄罗斯美术大师们的作品。尽管时间很紧，我还是挤时间去看了两次。彼得大帝的塑像以宏伟的气概吸引了我，斯宾挪沙的思索神态更有独特的美。我想能够看上几个礼拜该有多么好。

在列宁格勒的期间，我同王昆、喻宜萱等同志到阿拉波夫同志家里去作客，他亲切地招待了我们。

基辅具有乌克兰风格的美，它已看不出希特勒匪徒留下的创伤了。舍甫琴科的高大塑像在广场上耸立着，他是乌克兰人民伟大的诗人和画家。

我们参观了一个国营农场。那里的牛、羊、猪养得多肥壮！牛奶的产量是稀有的高。我们看见一头乳牛，它每年产奶量是一万零八百斤，它的名字叫"火箭"。平均产奶量一年是四千五百多磅。这是个惊人的数量。农场是完全自给自足的，农场人员生活很好，每年还可领得很贵重的奖金礼物。

最使人难忘的是在考涅楚克同志家里作客。他请我们吃饭，丰盛的菜一个一个地端上来，我们吃得非常好，那种气氛就像在家里一样（这次同去的还有梅兰芳、老舍、王昆、喻宜萱、姚溱等同志）。这些美味的菜肴都是他的夫人亲手作的，我们问他是否帮了夫人的忙，他说他只好服从夫人的指挥。他的夫人就是写《虹》的女作家瓦西列夫斯卡娅同志，她曾来过我国。

他家的酒杯很有趣，碰杯时会发出音乐似的声音，据说是里面含有水银的缘故。他家陈设很多乌克兰的工艺品。有一种酒瓶，花纹很特别，样式更奇特，中间有洞。从前乌克兰的姑娘常在臂上套着各种花样的酒瓶。他家藏了很多中国的画（多是国画），他对中国有着极为深厚的感情。乌克兰的民间歌舞非常优美，特别是民歌的旋律分外动人。演员都是年轻人，他们表现出那种青春的迸发的活力，那种神采焕发的神态，真是难以形容。乌克兰这诗一般的土地，确实使人无限迷恋，但因时间关系，我们终于不得不依依而别。在莫斯科期间，我们看到了哈恰图良、沙波林等同志，他们亲切地接见了我们。哈恰图良送给我一本他的《第二交响曲》总谱。他因为要到音乐院上课，谈了一会就告辞了。在苏联这个童话般的神奇的国土里作客，看到了那么多美妙的事物，使我没法一下子说出来，有些感觉用音乐或美术记录下来，也许会更适合些。那些鲜明美好的印象，将是永远难忘的。

（1957年11月，马思聪作为中国音乐家代表之一，出席苏联"十月革命"四十周年庆典活动，并访问苏联音乐家，返国后撰写了此文，发表在《人民音乐》1958年1月号）

记柴科夫斯基钢琴小提琴比赛会

　　柴科夫斯基钢琴小提琴比赛会是苏联第一次举行的国际比赛会。在波兰多年以前就有肖邦钢琴比赛会、维尼亚夫斯基小提琴比赛会。匈牙利有李斯特钢琴比赛，罗马尼亚有艾涅斯库小提琴比赛会，法国玛格丽特·隆和雅克·蒂博的钢琴小提琴比赛会；此外民主德国、比利时、瑞士等国家都有着规模大小不同的比赛会。

　　这些比赛会对于促进各国之间的文化交流，增加各国人民之间的友谊起着很好的作用，同时对于提拔青年演奏家，鼓励新生的音乐人才有着极大的推动力量。一些以伟大作曲家命名的比赛会更帮助人们对音乐大师们的乐曲加深理解，以求达到更正确、更深入地去表现它们的效果。他们的音乐总是属于作曲家本民族的，大都有着鲜明的民族风格，深刻了解他们的音乐，演奏他们的音乐，也就是了解各个不同的民族的思想感情。通过音乐，各国人民相互之间更加接近了，更加友爱了，因为无形之中，大家谈了心。音乐有这样一个好处：音乐语言不受国界民族的限制，它是人类共同的语言。

　　柴科夫斯基比赛会的主席是苏联著名作曲家肖斯塔科维奇，我在几个月之前就收到他邀请我参加担任评委的信，我接受了这个邀请。

　　这是一次很不容易的比赛会，要求比赛员有很高的技巧，同时还得是一个富有表现能力的音乐家。比赛会分三轮进行。从三轮规定的内容可以看出要求是多么高，因为在规定的曲目中有大半是提琴技巧上最艰深的，如柴科夫斯基的协奏曲，帕格尼尼的练习曲，其中第十七首是必演的，这首练习曲的快速八度以艰难著称。莫斯特拉斯的练习曲有一些新的技术上的困难。此外巴赫的奏鸣曲要求古典的风格，雄伟的音量，是从另外一个角度去考验比赛员的能力的曲目。而最重要是柴科夫斯基的作品，因为能把他的作品演奏得好，不仅技巧达到水准，并且说明比赛员对于俄罗斯风格的处理已经深入了一大半。

比赛会的开幕礼在3月18日举行。这一天的中午，全体评委和全体比赛员都到柴科夫斯基铜像前献花，铜像在柴科夫斯基音乐学院（即苏联国家最高的音乐院）前面，文化部长米哈伊洛夫亲自参加了这次献花礼。

提琴比赛会的主席是苏联最著名的提琴家奥伊斯特拉赫。在献花礼之后提琴的评委开了一次会，由奥伊斯特拉赫主持，他提议增加两位评委副主席，一位是美国著名提琴家津巴里斯特，另外一位是我。当即由各国的评委同意通过了。

18日晚七时半在音乐学院大厅举行比赛会的开幕式。仪式十分隆重，苏联国家最高的领导人也来到了会场，在大厅右边的包厢里，有赫鲁晓夫、布尔加宁、米高扬等。评委都上了台，接着三十多个六至十二岁的孩子们挟着小提琴上了台，他们合奏一首巴赫的《快板》，演奏得那么完整，那么生气勃勃，那么可爱，使这个开幕式的气氛为之生动起来。文化部长致简短的开幕词、市长致词，肖斯塔科维奇以急速的声调讲了话、评委中津巴里斯特和保加利亚的波波夫也讲了话。

休息之后是音乐会，著名苏联钢琴家吉莱斯以他透明闪耀的音色触电般地演奏了柴科夫斯基的《第一钢琴协奏曲》，他的演奏受到听众狂热的欢迎；伊凡诺夫指挥的《第五交响曲》激动了听众的心；一位男低音出色地唱了柴科夫斯基一些歌剧的片断；音乐会最后以《意大利狂想曲》热情地、愉快地做了结束。

从19日开始小提琴的比赛会的第一轮，二十四位比赛员参加这一轮的比赛。

四天的第一轮比赛在22日晚上结束。结果十八位比赛员将参加第二轮比赛，六位比赛员落选，我国的两位比赛员杨秉荪和林克汉都获得参加第二轮。但分数的高低显然预示着第三轮的结果。

从第一轮的结果来看，苏联比赛员占了绝对的优势，他们都演奏得结结实实，和他们来打擂台是一件艰巨的工作，但是外国的比赛员也自不凡，请听罗马尼亚的鲁希，技巧多完整，音乐的处理多正确，跳弓多清澈，音色多明亮！再请听美国的女比赛员弗里斯列尔，她的演奏多么自然，表现多么深刻，音色多么壮丽、阔大！她演奏得很动人。节目是那么艰深，提琴演奏很容易变成耍杂技，如果不在乎这一些技巧的炫耀，容许一点技巧上的小缺点，更多注重通过音乐表达的思想感情，更多注重音色的美，表现的细致，那么我认为还有两位女比赛员值得重视，一位是苏联的什赫穆尔扎耶娃，另一位是澳大利亚的金别尔。我一连提出三位女比赛员，因为她们都有上述的共同特点：她们有很好的弓法，音色甘美，音量阔大。这些长处，似乎犹胜于男比赛员，但是苏联的皮卡伊增，和利别尔曼是更结实、更准确、更辉煌的提琴家，这是不容置疑的。

我国的两位比赛员杨秉荪、林克汉和朝鲜的白高山，在第一轮的比赛中表现得各有长处。杨秉荪对乐曲内容有较深入的理解，林克汉有辉煌的技巧，白高山很有气魄。

第二轮的比赛从24日开始，曲目的要求比第一轮更高、更艰难，有帕格尼尼的练习曲，莫斯特拉斯的练习曲，还得有一首大的协奏曲。协奏曲是自由选择的。比赛员的长处在第一轮已经看出来，在第二轮一般都能维持水平。但表现得比第一轮更好或反为差些也自然会有的。比赛会规章规定，第二轮的分数将要和第三轮，即决赛的分数两者加起来计算，第一轮的分数只规定满十六分者可以参加第二轮，但不作为决定评奖的分数，因此第二轮的分数是很重要的，关系着比赛员在这个比赛会所将获得的奖状、第一轮的分数虽然在评奖不起作用，但是它仍然要影响着评委在第二轮甚至决赛时所评的分数。这次比赛会得第一奖的克利莫夫，没有参加第一轮的比赛，因为按规定曾在国际比赛得过头奖者可以免去第一轮比赛。他以纯熟老练完整的演奏博得了一致的赞赏。皮卡伊增略逊于第一轮，仍保持着他那辉煌的演奏，罗马尼亚的鲁希比第一轮更精彩了。

现在大局大致已可看出来，就等一个决赛来作最后的决定。决赛原规定八个名额，后来增到十二个名额。这十二个比赛员将在决赛中排列得奖的先后次序，原来十八位参加第二轮的，现在有六人落选了。应当说，落选的比赛员同样是出色的提琴家，他们各有不同的长处。在一个比赛中，得奖与落选常常带着不少的偶然性，事实证明，在一个比赛会中落选的，在另一个比赛会中却得了很高的奖。这中间的因素是很多的，例如健康的状况，准备的充分与否，曲目的适合与否，这种种因素都起着重大的作用。在这里提一提我国的两位比赛员，他们虽然在第二轮落选了，但是大家都公认他们的演奏是很好的，杨秉荪有充满热情和诗意的风格，而林克汉则有着操纵自如的技巧，他在第二轮的帕格尼尼协奏曲的演出是非常出色的。他们两位为准备这次比赛会时间十分匆迫，只有三四个月的时间，而别人都准备了两三年以上。应当特别感谢他们的老师巴里诺瓦同志，这位苏联著名的提琴家，她为她的两位学生准备这次比赛会做了最大的工作，她的无微不至的关心，不倦的教导，使得她的两位中国学生在短期中得到惊人的进步。正像她自己说的，"我是他们老师兼妈妈兼医生"，为什么医生也兼了呢？因为当她的学生为了过度的用功以致头昏眼花，生一点小病时，她还要给他们吃药，并且督促他们休息。

巴里诺瓦同志代表着我们中苏两国人民最亲密的友谊，我们敬爱着她。

26日晚结束了第二轮比赛，经算分后的结果，分数较高的十二位比赛员将参加决赛。但是恰好第十二名有两位，分数完全同样，选哪一位呢？决不能有十三名参加决赛。评委们为这样一个难题讨论到深夜，结果选出曾在第一轮获得更高分数的保加利亚的卡米拉罗夫。

第三轮决赛从27日晚开始。分三日完成，每晚七至十二时，四位比赛员参加演奏。

音乐院大厅灯光辉煌，盛况空前。比利时皇后也出现在左首的包厢里。

演奏者首先用钢琴伴奏演奏一首比赛员本国近代作曲家的作品，然后以无伴奏形式演奏一首列维金的变奏曲。最后由乐队伴奏演出柴科夫斯基协奏曲全部的三个乐章。

今晚首先是苏联的茹克，以他精致的演奏取得好评。美国的弗里斯列尔以动人的丰满透明的音色取胜，在低音部尤其宽广感人，苏联的皮卡伊增以灿烂的技巧吸引听众，保加利亚的卡米拉罗夫，演奏了一首本国作曲家弗拉季格罗夫的《霍洛》，这是一首充满民族风格又抒情又跳动的作品。

28日晚首先是苏联的鲁鲍茨基，他总以他全部精力来演奏他的节目，他的演奏富于戏剧性，甚至悲剧性。苏联女比赛员什赫穆尔扎耶娃仍然以她富于浪漫色彩的演奏感动着听众，她的演奏有浓厚的诗意，如果不是由于技巧上的小缺点，她该可名列前茅。罗马尼亚的鲁希安定而又辉煌地演奏了他的节目。他对他的乐器控制得那么自如自在，对乐曲的处理也是那么得当，博得了全场听众长久不停的掌声。

苏联的马尔凯良在前两轮的比赛没有把他的优点完全显露出来，现在却以雄浑的音色博得好评。

29日晚是决赛演奏最后一晚了，苏联的克里莫夫，仍然以他老练成熟的手法演奏，也许不及他在第二轮时那么带有着全部的说服力，但仍不失为第一流的演出、苏联的别林娜演奏了一首文伯尔格的莫拉维亚狂想曲，她拉得很生动。利别尔曼以成熟的提琴家控制自如地演奏了协奏曲，他演奏得那么完整，每个音都干净无疵，他是最富于哲学意味的提琴家，最后是奥地利的金别尔，她的演奏有媚人的音色，很抒情，可惜在较吃重的地方，技巧不完整。

柴科夫斯基比赛会的提琴部分就此结束。会后正副主席和秘书长进行数分工作。津巴里斯特先生以年纪较老（68岁）不参加数分了，由捷克的普罗塞克先生代理。这工作一直进行到深夜二时才完。

30日中午宣布比赛会最后结果，下午是一个由苏联文化部举行的宴会，在城外举行。

这是一次盛大的联欢，虽然在座的是属于不同国籍的人民，但通过这次比赛会，大家都结成了亲密的友谊，每个人都感到全世界的人民都是兄弟姐妹，都是友爱的。友爱就是和平，和平就是幸福，所有的干杯都重复了这几句话。

（1958年3月马思聪先生应邀赴苏联出任"柴科夫斯基钢琴小提琴国际比赛会"评委会副主席，回国后撰文介绍比赛会的盛况，发表在同年《人民音乐》5月号）

▍关于创作的访谈录

1929年，那时我还年轻，对中国的民歌是很不熟悉的，仅仅知道一些广东的民歌，那年写的独唱歌曲《古词七首》（作品一号）和广东民歌的音调是有联系的。后来又写了《e小调弦乐四重奏》（1931）、《降B大调钢琴弦乐三重奏》（1933）、《G大调第一提琴钢琴奏鸣曲》，这几部作品都是为了练习写大型作品的，旋律中缺少民族风格，只有个别旋律和民族音调比较接近，例如《第一提琴钢琴奏鸣曲》第二乐章的主题。

1936年我到北京听了北方的大鼓等民间音乐，我的眼界扩大了，开始认识到丰富的中国民歌是音乐创作的肥沃土壤。

从1937年开始（抗战爆发正是在暑假前后，我从南京中央大学到了广州中山大学，这一年写的作品都在抗战爆发后）我非常注意中国民歌，并力图掌握中国的音乐语言。

《第一回旋曲》（1937）、《内蒙组曲》（1937）、《弦乐四重奏》（1938）和《第一交响曲》等作品就比较接近民族音乐语言了。

《第一回旋曲》的主题是一首绥远民歌。《弦乐四重奏》有北方大鼓的音调，运用时做了些变化。

《内蒙组曲》是由《史诗》《思乡曲》《塞外舞曲》这三首在性格和色彩上有密切联系的曲子组成。其中除了《思乡曲》的主题采用内蒙民歌外，《塞外舞曲》的主题也是一首民歌的旋律。这三个曲子写的顺序是：《思乡曲》《史诗》，最后是《塞外舞曲》。

这一年（1937）写的《不是死，是永生》（男中音独唱曲）的词是蔡若虹写的，有管弦乐队伴奏谱。我记得有一次在嘉陵宾馆孔祥熙主办的晚会上演唱过，周总理当时也在座，这首歌演完时总理曾和我握手，这个曲子没有出版（以后可以出版）。

1941年写的《第一交响曲》是一部表现爱国主义情绪的作品。第二乐章Scherzo（谐谑曲）的Trio（中段）用了一首云南民歌做主题。这部作品写出后，中华交响乐队没有演，1946年我去台湾时，台湾交响乐队演奏了，当时这个乐队有三十多人，演出效果还好。

1941年我在香港时，赵沨①同志要我搞一部纪录影片的配乐（当时他在重庆电影厂工作），影片是1941年度在重庆拍的。音乐写得很简单，用的乐器也很省，弦乐器重奏加上一些管乐和打击乐。电影中有一段关于西藏的介绍，我写了《喇嘛寺院》这段音乐的主题。

因为要写西藏我就很注意收集关于西藏的材料。当时李凌同志给了我一些西藏民歌的材料，在写完《喇嘛寺院》之后我又继写了《述异》和《剑舞》，组成《西藏音诗》。《述异》中是取材于西藏民歌。写《剑舞》是看了徐迟同志给我一本写西藏的英文书，那书里有关于对西藏剑客的描写，他们唱着："我的宝剑，我的爱情；冬天我把宝剑放在山顶，夏天把它放在海底，剑锋刺向敌人……"对我有些启发，才促使我写这段音乐的。

《雨后集》是1943年我在广州（编者注：地名有误，可能是广东管埠）用了不到一个月的时间写成的，写完之后，广州中山大学的同学唱了其中的《苦味之杯》。写这部作品的情况是当时我想写几首歌曲，就用了郭沫若的这几首诗，这些诗并不是当时郭沫若的创作，是我在一本郭沫若的诗集中看到的。我觉得这些诗的感情很丰富，当然有些是不大健康的，这六首歌曲中《雨后》写得较好。《海上》的钢琴伴奏部分写的较形象，很像大船在海面上抖动。

《牧歌》是1944年写的，标题是根据曲子的性格而定的，开头一句是民歌的旋律。后来我听到山东大鼓和山西的民歌里都有这个旋律。

1945年写的《钢琴弦乐五重奏》，是大型的变奏曲形式，每一乐章

---

① 赵沨：（1916—2001），河南开封人，音乐教育家，理论家。曾任中央音乐学院院长、名誉院长、中国音协副主席等职。便有《和声学初步》，著有《诗经的音乐及其他》等作品。

的音乐不完就紧接下一乐章。第一乐章是ABACDCB的形式，用的四个主题都是我家乡（广东海丰）的民歌。

解放战争时期在上海曾演奏过这个曲子。

关于创作三首大合唱的一些情况

1946年我在贵阳艺术馆，当时演剧四队也住在贵阳，端木蕻良来贵阳后和我住在一起，我请他写一部合唱曲的歌词，他在一夜间就写好了。我也很快地把曲子谱好，这部作品就是《民主大合唱》。当时由演剧四队的同志们唱，他们唱得很起劲。我记得在艺术馆演出的时候，把军阀杨森请来了，我们骂的是蒋介石与他无关，所以演出后没出什么问题，演出后一些进步报刊曾把这首歌词在报刊上登载。

1947年，我在广东艺专写了《祖国大合唱》，词是金帆从香港寄来的，原词七段，我用了其中四段，因为当时是处在国民党统治下，歌词的内容不能写得很明显，但内含的意思是光明要来了，全国要解放了。我写这首曲子开首用了陕北郿鄠的调子，象征着光明将从陕北延安方面来。这部作品是写给广东艺专同学们唱的，当时他们的视唱水平很低，不能唱变化音，所以在写合唱部分时，没有用转调，有些转调也只放在钢琴伴奏部分，当时有一位唱得较好的男高音罗荣炬，这个曲子的男高音独唱部分就是为他写的，照顾了他的音域和程度，他当时也只能唱较简单的转调，有一次在广州中山大学演唱这部合唱，听众有四千多人，唱完之后又从头到尾唱了一遍，演出情况非常热烈。

接着在1948年写了《春天大合唱》，这个时候艺专的同学们的视唱水平提高了些，所以这部作品的变化音和转调就多了一些。这部作品演出地不多。词也是金帆从香港寄来的（金帆在1937年的时候，是一个19岁的医科学生，当时他出了一本诗集。我写的一些抗战歌曲如《自由的号声》等是他写的词，当时他的笔名叫克锋）。

三首舞曲（钢琴曲：《鼓舞》《杯舞》《巾舞》）是我到北京以后写的（1950）题献给哈里奥（他是钢琴家兼作曲家，他曾送给我一部作品，我也还他一部，他在彼得堡音乐院学习时是米亚柯夫斯基的同学，现在七十多岁了。他三十多岁就到了香港，一直在中国，教过很多学生。星海也曾跟他学过钢琴。他不喜欢我的作品，我也不喜欢他的作品，但我们仍然是好朋友。他曾演奏过我的《降b小调钢琴奏鸣曲》）。

在我的作品中比较能完满表达出我的创作意图的作品有《钢琴弦乐五重奏》《西藏音诗》中的《喇嘛寺院》和《山林之歌》等。写一部作品要完全使自己满意是很难的。

我写作，越写越觉得要放开一些，自由一些，当然也不能乱来，要一步一步地做。和声不规矩，就说是形式主义是不对的，主要的是要看用的手法是否达到要表现的目的。

关于一些没有编号的作品

《控诉》的词是北方民歌，旋律是我写的，没有伴奏谱，在抗战期间写的（1937—1941年间）。

《秦良玉序曲》是为戏剧配音写的一个三分多钟的曲子，写得不够分量，不是一个能站得住的作品。

《抛锚大合唱》写完之后没有唱。稿子很乱，后来不见了。

《工人组曲》是来北京后（1949年7月）写的一个较小型的作品。

《石鼓口大合唱》没有写完，歌剧《王贵与李香香》没有写。

舞剧《洛神》和《送春》写了一点，没写完。以后准备写《洛神》。

关于演奏活动：1929年开始小提琴的演奏活动，以后每年都有演奏会。从1934年开始在我的演奏会中加进了自己的作品。

从1937年到解放前夕，我的生活很不安定，几个月换一个地方，经常走动，有些曲子没有出版，有些曲子就丢了。以后有些曲子可以出版。

[1959年5月20日下午，中央音乐学院教师汪毓和、张悦、马垣、孙幼兰、张前，在马院长家里，就有关音乐创作问题访问了马院长。访谈录由张前整理后以《马思聪院长的谈话》为题，刊登在《中国近代音乐史参考资料》第二辑（由中国音协和中国音乐研究所编）的油印本上]

▌十年来的管弦乐曲和管弦乐队

不久以前，北京首都剧场售票房前面排着长长的队，等候买中央乐团演出的贝多芬的《第九交响乐》的预售门票。开始卖票十几分钟以后就卖完了，许多人得意地带着那蓝色的小票回去，也有许多人只得到了失望。听众为是否能买到交响乐演出的票而担心，这是中国人民音乐生活中的一件新鲜事儿，它生动地标志着交响乐艺术已经逐渐在群众中生根，标志着交响乐事业十年来的进展。

1949年以前，中国作曲家主要以群众歌曲形式来表现中国人民的现实生活，这是当时的客观环境所决定的。首先，群众歌曲易于表现群众的斗争意志，易于为群众所接受，在群众斗争蓬勃开展的年代很自然地就成为了通常运用的音乐形式；其次，当时交响乐艺术的创作条件和乐队条件都很不完备，影响着交响乐艺术的成长和发展。在革命根据地，由于国民党反动派的封锁，物质条件很差，无法建立大型的管弦乐队，许多参加革命的青年音乐工作者也没有必要的音乐技术和时间进行管弦乐曲的创作。在国民党反动派统治区域内，物质条件远比革命根据地好，但由于反动政府对音乐工作的歧视和对进步音乐家的迫害，交响乐艺术没有得到应有的发展。解放前白区有两个管弦乐队，一个是上海由外国租界当局主办的"工部局交响乐团"，指挥是外国人，演奏员绝大部分是外国人，演出的对象主要也是外国人，在中国人民音乐生活中和交响乐艺术的发展上没有起什么作用；另一个重庆的"中华交响乐团"，因为反动政府不予支持，这个乐团的人数很少，水平也不整齐，演出的节目不多，不能进行经常的演出活动，存在了几年时间就瓦解了。由于其中一些热心音乐事业的音乐家的努力，这个团在一部分群众中有一定影响。在解放前几十年新音乐活动中，只有极少的管弦乐曲创作。除了黄自①的《怀旧》、郑志声②的《朝拜》外，冼星海在革命根据地的艰苦条件下进行了《第一交响曲》《第二交响曲》等创作（最后在苏联完成的）。我也写了大型管弦乐曲《第一交响曲》《F大调小提琴协奏曲》《内蒙组曲》等。由于当时条件的限制，这些作品有的没有得到演出，有的只演出过一次或两次，对于中国人民仍然是非常生疏的。

　　1949年中华人民共和国成立，在音乐文化的进展上开始了一个从未有过的崭新时期。在党和人民的各方面的支持和鼓励下，中国音乐事业有了空前的迅速的发展，交响乐艺术也得到了明显的进步。中华人民共和国成立后最先和解放了的人民见面的管弦乐曲是贺绿汀的《晚会》《森吉德玛》，马可③的《陕北组曲》。十年来，陆续产生了许多管弦乐作品，其中比较受到欢迎，经常演奏的作品有：茅沅和刘铁山合作的《瑶族舞曲》、李焕之④的《春节序曲》、刘守义和杨继武的《欢庆胜利》、辛沪光的《嘎达梅林》、施咏康的《黄鹤的故事》、刘诗昆等集体创的《青年钢琴协奏曲》、罗忠熔⑤的《庆祝十三陵水库落成典礼序曲》、我的《山林之歌》，等等。1959年是管弦乐作品产生得最多的一年，在上半年产生的比较受注意的作品有李焕之的第一交响乐《英雄海

---

① 黄自：（1904—1938），作曲家，江苏川沙人。有《长恨歌》《怀旧》《抗敌歌》《旗正飘飘》等作品。

② 郑志声：（1903—1942），原名郑厚湖，广东中山人，作曲家、指挥家，曾任教于中山大学以及中华交响乐团指挥。有合唱《满江红》、管弦乐作品《朝拜》、独唱《泣女》、歌剧《郑成功》等作品。

③ 马可：（1918—1976），作曲家，江苏徐州人。20世纪30年代开始从事音乐工作有歌曲《南泥湾》《咱们工人有力量》，歌剧《小二黑结婚》等名作，有《在新歌剧探索的道路上》《冼星海传》等著作。曾任中国音乐学院院长等职。

④ 李焕之：（1919—2000），作曲家，祖籍福建。历任中央民族歌舞团团长、中国音协主席中国文联主委等职。有管弦乐组曲《春节组曲》，《第一交响曲——英雄海岛》等，歌曲有《新中国青年进行曲》《社会主义好》等作品，论著有：《作曲教程》《论作曲的艺术》。

⑤ 罗忠熔（1924—　　）作曲家，四川三台人。音乐创作涉猎交响乐、室内乐和艺术歌曲。作品有：《第一交响乐》《第二交响乐》《管乐五重奏》，管弦乐《罗铮画意》等，歌曲有《涉江采芙蓉》《十里长街送总理》等。

岛》、罗忠熔的《一唱雄鸡天下白》（《第一交响乐》）、王云阶[1]的《抗日战争交响乐》（《第二交响乐》）、何占豪[2]与陈钢[3]合作的小提琴协奏曲《梁山伯与祝英台》和陆原的舞剧音乐《不朽的战士》，等等。值得注意的是，许多年轻的作曲家陆续加入管弦乐创作的行列，创作队伍的扩大和作曲家在艺术实践上的辛勤努力，预示着我国交响乐艺术的灿烂的未来。

这些收获是作曲家在党和毛主席的"百花齐放"政策的指导下加强艺术实践的结果，而管弦乐曲创作的本身也是百花齐放的。在以上的作品中，有交响乐、交响诗、序曲、协奏曲、舞剧音乐、民间舞蹈音乐等各种体裁。在题材上，目前虽然还不够广泛，但作曲家们正努力在进行多方面的接触。很多作曲家对于表现今天人民的现实生活有着很大的热情，写出了现代题材的《英雄海岛红旗飘》《瑶族舞曲》《庆祝十三陵水库落成典礼序曲》，等等。也有一些作曲家对革命历史题材和人民的英雄人物发生兴趣，如《抗日战争交响乐》《嘎达梅林》，等等。作曲家还有其他的兴趣，《黄鹤的故事》是写一个民间传说，《梁山伯与祝英台》取材于一个有名的浪漫主义悲剧。有的作品着重于抒情，有的作品着重于叙述和描绘，有的作品表现了风暴般的斗争，有的作品呈现出幽静的山光水色或节日的喜悦。我们可以很清楚地看出作曲家们在努力扩展自己艺术创造的天地。

中国作曲家很重视交响曲、协奏曲、序曲、组曲等的传统的表现形式和艺术特点，在运用这种传统形式来表现中国人民的生活的时候，有些同志在乐队的组成、和声复调的处理等方面做了一些新的尝试。中国板胡和锣鼓在《陕北组曲》中占有很重要的地位，《欢庆胜利》是以唢呐为主奏乐器，《青年钢琴协奏曲》的乐队完全是民族乐器，《黄鹤的

---

① 王云阶：（1911—1996），山东龙上人，作曲家。主要从事电影音乐创作。曾为《六号门》《林则徐》《护士日记》等几十部电影作曲；管弦乐作品有《第一交响乐》《第二交响乐》《弦乐五重奏》等；撰有《电影音乐与管弦乐配器法》等多部著作。

② 何占豪：（1933—　　　），浙江人，作曲家。上海音乐学院教授，作有小提琴协奏曲《梁山伯与祝英台》（与陈钢合作）、《弦乐四重奏》等作品。

③ 陈钢：（1935—　　　）回族，上海人。上海音乐学院作曲系教授，作曲家。作有小提琴协奏曲《梁山伯与祝英台》（与何占豪合作）等作品。

故事》在全套的西洋乐队加入了中国竹笛。除西洋乐队的乐曲和以西洋乐队为基础加入一些中国乐器的乐曲外，还有许多完全用中国乐器演奏的乐曲。进行这种尝试的作品并不是每一个都成功的，许多尝试也还没有取得普遍性的意义，但是这种勇于创造的精神，对于扩展艺术的表现形式，以便更多方面地、更多样地表现生活，的确是一个可喜的起点。

中国作曲家努力使管弦乐作品题材更加广泛和形式更加多样，这是以丰富的现实生活和人民的美学趣味为依据的。也只有这样，管弦乐创作的繁荣和百花齐放才有可靠的基础。写人民、为人民而写，在有艺术史以来，这一直是许多具有先进思想的艺术大师的理想。在人民做了主人的中国，这种理想得到新的发展和许多有利条件的保证。这不但赋予了音乐艺术完美的人道主义光辉，而且为创造艺术形式的广阔探索和缤纷灿烂的前途准备了无垠的肥沃土地。我们越来越清楚地认识到，现实生活是艺术创造力量的根本来源。革命现实主义和革命浪漫主义相结合的创作道路，就是深刻地揭示生活、表现理想、在优秀遗产的基础上充分地发挥作曲家的艺术想象和创作才能的道路。要表现现实生活，作曲家就必须熟悉和理解现实生活；要音乐艺术和人民结合，作曲家就必须和人民结合，因此深入生活就成为了人民作曲家的最有意义的课题，十年来的许多作品都是在生活的教育下产生的。

我们很重视创作上的民族形式问题。因为民族形式是真实地表现生活的因素之一，也是保持和人民的艺术创造及人民的音乐爱好的紧密联系的因素之一。十年来，我们批判了那种认为音乐没有民族特征而主张硬搬外国的错误理论。这种理论不但不符合艺术的生长和存在的客观情况，而且会阻碍交响乐艺术在中国土壤上生根。当然，民族形式本身就是多种多样百花齐放的，我们的艺术实践已经表明了这一点。《晚会》《嘎达梅林》《梁山伯与祝英台》在体裁上、表现手法上、风格上都是各有特点的，也都同样是民族形式的作品。我们可以预料到，随着现实生活的发展和人民音乐生活的丰富，民族形式一定会有更多样、更宽阔的发展。同时创造民族形式决不意味着排斥或轻视外国音乐，事实上我们在创造民族形式的过程中是经常吸取外国音乐的有益影响的。

中国作曲家在管弦乐作品上的成就，也标志着中国整个音乐事业的成就。新的作曲人才和演奏人才是音乐教育工作的成果，欣赏交响乐艺术的群众日益增加是各种音乐普及工作的功劳。而管弦乐队的数目的增加和演奏水平的提高，对于管弦乐创作的发展起了重要作用。

1949年以来，先后成立了上海人民交响乐团——现在的上海交响乐团，和北京的中央乐团两个大型的交响乐团，在组织规模上、演奏水平上都比过去的乐团有明显的进展。此外，中央实验歌剧院、总政歌舞团、军乐团、中央新闻纪录电影制片厂、中央广播乐团及各省市的二十多个大型歌舞团、歌剧院都有自己的管弦乐队，其中一些乐队比过去的交响乐队的规模还大，它们除了配合歌剧、舞剧和民间舞蹈的演出外，还经常在音乐会上演出管弦乐作品。现在乐队大多数是以西洋乐器组成的，也有一些以中国民间乐器组成的乐队，如中央广播乐团的民族乐队等。他们经常演出《春江花月夜》《将军令》《金蛇狂舞》《采茶扑蝶》等许多乐曲。

对新创作的关怀是人民的管弦乐队的任务之一。作曲家新创作的管弦乐曲大部分都能得到及时的上演或试奏。有的交响乐曲只写出一个乐章就公开演出了。解放前写出没有得到演出的作品，如冼星海的《第一交响乐》（《民族解放交响乐》）、《第二交响乐》（《神圣之战》）、《满江红组曲》、《中国狂想曲》等，在今天都得到了演出。乐团对青年作曲家的作品也是热情帮助的，如辛沪光有才华的《嘎达梅林》就是在乐团不断试奏、自己不断修改中更臻完美。

向中国人民介绍外国的优秀管弦乐作品是管弦乐队一项经常的、重大的工作。十年以来，中国听众已经通过交响乐团的演奏接触和熟悉了许多外国音乐家的名字和他们的作品。其中有巴哈、海顿、亨德尔、莫扎特、贝多芬、格林卡、柴可夫斯基、德沃夏克、格里格、斯美塔那、约翰·斯特劳斯、西贝里斯、柏辽兹、普罗科菲耶夫、肖斯塔科维奇、哈恰图良、巴尔托克等许多人。这许多外国古代和现代大师们的作品的演出，不但向中国音乐家提供了学习的机会，而且丰富了中国人民的音乐生活，成为音乐工作不可缺少的一部分内容。

交响乐团、乐队除了在城市中演出外，有时还组织了小型的乐队到工厂、农村和部队演出小型的中国乐曲和外国乐曲，受到听众的热烈欢迎。在城市中演出大型乐曲时，也通过节目单和口头解说通俗地介绍作品的内容、形式和作者，以帮助听众更好地理解作品和提高欣赏力。中国音乐家知道，要提高就必须普及，普及的同时也必须努力提高。不管普及与提高，都是为了人民。经过十年来的辛勤工作，交响乐事业已经逐步建立起来，交响乐艺术已经和广大人民的生活结合起来了。

交响乐事业的成就不但标志着整个音乐事业的成就、而且标志着中国社会主义建设的成就。如果没有政治上、经济上的发展，不但人民没有听音乐的机会，音乐事业也不会有物质的和精神的基础。我们的成就也是和苏联及其他兄弟国家的帮助，和世界先进音乐文化的影响分不开的。苏联和许多兄弟国家为我们培养了一些创作、指挥和演奏方面的留学生。这是中国人民和中国音乐家非常感谢的。

中国人民和音乐界都看见了管弦乐曲和管弦乐队的成就，但是，中国的交响乐事业毕竟还是年轻的。和人民的需要比较起来，我们的工作还差得很远。目前还有很多作曲家不能运用交响乐艺术来表现生活，创作的数量还很少。在已经写出的管弦乐作品中，有很多是不够成熟的，有些比较优秀的作品也有着一些不同的缺点。一般地说来，作曲家对于交响乐的艺术处理和乐队的运用都缺乏经验，乐队的数目比解放前虽然有很大的增加，但许多乐队都不够充实，乐队队员和乐队的演出水平也有待进一步提高。从六亿五千万人民的音乐生活看来，能听到和理解交响乐艺术的人也非常少。这些都是我们必须逐步解决的问题。由于音乐事业是中国人民伟大的革命事业的一个部分，我们有充分的理由可以相信：人民的事业是前途无量的，音乐事业也是前途无量的！

1959年

（该文为庆祝国庆十周年而作，发表于《音乐研究》1959年第5期。苏夏教授2005年出版的论著《论中国现代音乐名家名作》中的一篇文章《马思聪论艺术和专业音乐活动》的注释说，此文是马思聪的讲话内容，由李业道执笔代写；李业道当时任《人民音乐》杂志社的副总编辑兼马思聪院长的专业秘书）

创造社会主义的民族的新音乐

——马思聪的发言

我完全同意周总理和李先念、薄一波、张鼎丞、董必武、彭真诸同志的报告。解放以来，我们社会主义建设是取得了巨大成绩的，在工业建设和农业生产上是这样，在文化事业建设上也是这样。从音乐工作方面说，成绩也非常显著，音乐院校的数目比解放前增加了一倍，学校的设备和学生人数更不止增加一倍。此外，国家还建立了许多专业的音乐团体。这几年来，我国出现了很多年轻而有才能的歌唱家、演奏家和作曲家，其中有十来位获得了国际音乐比赛奖。这些都是客观存在，是任何企图否定社会主义建设成绩的右派分子否定不了的。

过去，曾经有些外国人污蔑中国，说我国是一个没有音乐的国家。实际上我国音乐文化发达得非常早，而且有极为繁盛的时期。很久以来我国人常常称自己的国家是"礼乐之邦"，把乐作为自己国家的光荣的特征之一，可见音乐在中国人民生活当中有着极为重要的地位了。事实也是如此，孔子用来作为教育方法的六艺，乐就被列为第二位，在孔子以前，就已有了关于从黄帝到周代的各个朝代的代表音乐的传说。所传说的《成池》《大韶》《大夏》等音乐没有方法去加以证实，但这种传说的产生却说明了产生传说的时代的音乐文化的发达和对于音乐的重视，从周代起，就开始建立乐制了，宫廷有乐队，有专门管理音乐的官，乐器已经种类繁多，金石丝竹之属有好几十种。至于乐曲，虽然没有流传下来，但被记载下来的曲名非常多，看来也是很丰富的。乐曲的形式已具有相当的规模，唐代更是中国历史音乐文化的黄金时代，音乐普遍流传于宫廷和老百姓，乐曲种类的繁多、内容的丰富、形式的复杂和完整在历史上也是空前的。唐以后，由于长期的封建统治和经济上的长期落后，音乐没有得到更多的发展。近三四百年来，我国音乐更是落在世界许多国家的后面了。这是我们应该急起直追的。建设社会主义的人民向我们提出了应该创造社会主义的民族的新音乐文化的要求，也为我们进行音乐创作准备了精神的，物质的基础，在党的领导下，在全国音乐工作者的努力下，我们一定能够完成我们的光荣的任务。

进一步鼓励作曲家的创作实践

和解放以前比较起来，我们的工作条件已经好得多了。但是，从已经有了很大发展的音乐工作需要来说，还有着很多不够的地方，今天我从创作和演出这两个重要方面来谈谈。解放以后，国家对作曲家采取了薪金制，保障了他们的生活，但在创作报酬制度方面却注意得很不够，至今还没有建立出一套合乎需要的制度来，结果没有能从创作劳动报酬这方面去鼓励创作实践，这是一个缺憾。作曲家写歌曲，还有刊物或报纸可以发表，得到一些稿费报酬。但是写器乐曲，即使写出的作品能够得到演出，得到广播，受到群众的欢迎，但如果不出版，就得不到任何报酬（而器乐曲的出版比歌曲困难得多）。目前演出团体演出作曲家的作品是不给报酬的，广播电台对音乐广播节目虽有一定的报酬，但对作曲者却是不给报酬的。有的作曲者给自己的作品写了点说明，文字部分可以得到稿费，而作品本身却得不到任何的报酬。最近有些地方的广播电台据说是为了增产节约而把原来已经不大合理的给演唱者、演奏者的报酬又降低了三分之一。唱片的版税也规定得过低，音乐家的劳动没有能得到合理的报酬。几年来唱片厂给曲作者、词作者、演唱者、演奏者、指挥者的全部酬金的总数，还不到上缴利润和税款的二十分之一。这个问题已经提出了一两年，有关方面也已经讨论了一两年，不知为什么还没有得到解决。因此，为了繁荣音乐创作，希望政府有关部门能规定出合理的稿酬制度和音乐作品的上演酬金制度。此外，国家还应建立音乐作品的收购制度，因为像交响乐、歌剧等大型作品，如果没有收购制度的保障，许多作曲家是不敢尝试的。

为音乐家的演出创造更好的条件

音乐家艺术实践的另外一个重要方面是演出，在这方面现有条件还不能满足需要，目前最大的困难是缺乏演出场所。北京有许多音乐团体，有许多歌唱家和演奏家，也经常有外国音乐团体和音乐家来表演，但却没有一所音乐厅。解放以后北京已新建了好几个大剧场，但连同旧的剧场都已分配给各剧团、剧院所有，只是音乐没有自己的场地，这种现象显然是不合理的。从东单对外贸易部起到天安门的公安部，这一条街的半边就有五个大礼堂，据说使用率非常低，为什么能够修建这些礼堂而不能修建一个迫切需要着的音乐厅呢？上海、天津、成都等大城市也是没有音乐厅，很多音乐团体不能经常演出，很多音乐家想演出没有地点。除了缺少音乐厅外，演出的组织工作也是一个需要解决的问题，欧洲有很多国家有演出公司，专门做音乐家演出的组织工作。苏联也有类似的机构，我以为这个办法很好。现在我们专业音乐团体演出少，音乐家演出得更少，一个音乐家想要演出，他总无法从场地到卖票自己去包揽一切，如果有类似演出公司的组织，就能够解决这些问题了，也就能帮助解决人民缺乏音乐生活和音乐家缺乏演出的矛盾了。

对于音乐家在艺术实践中所迫切需要的必要的器材，也希望有关部门能加以解决，例如苏联以及全世界的演奏家都普遍采用的斯坦威的钢琴，目前在中国就只有一架。因此许多中外的演奏家常因为没有好钢琴而使艺术表演上受到一定的影响。

大力培养音乐专家

中国音乐曾经有过极为繁盛的时期，但现在许多地方的确还比较落后，要改变这种落后状况，除了应该很好的学习丰富的民族音乐遗产外，借鉴外国经验也很重要。近几年来，我国聘请了一些苏联和各人民民主国家的音乐专家来讲学，对于提高我们的音乐水平有很多帮助，目前我们还缺乏音乐专家，要大力培养，请外国专家来帮助我们培养专家是有效的方法之一。所以今后还应该继续聘请各种乐器和声乐，音乐理论的专家到我国来教课。

　　音乐在人民生活中，占着很重要的地位。在为建设一个有高度文化的幸福美好的社会主义的国家而努力的同时，广大的人民日益要求有更多更好的音乐粮食。满足他们的需要是我们音乐工作者的光荣任务，只要我们不断努力，一个繁荣的音乐高潮是会提早到来的。

　　（1959年4月马思聪被选为第二届全国人民代表大会代表。7月出席全国文联主席团扩大会议，座谈文艺界以实际行动，响应中共八届八中全会决议和公报精神。该文是马思聪在座谈会上的发言，后刊登在《人民日报》）

▌精益求精

人，都具有掌握各种技能的条件，有的人由于着重地发展了某一方面，成为专门家，如果以之为职业，则是入了某一行。无论入哪一行，要好，要精，必须下功夫锻炼。首先是勤练，这是谁都知道的事；此外还要巧练，巧练就有更丰富的涵义了。

在报上读到盖叫天等同志的文章和谈话，讲得很透彻，这是老艺术家积一生之经验所得出来的结论，给人启发很大。可以说：一切有成就的艺术家，无不从勤练巧练中得来。勤和巧，两者缺一不可。

勤，大抵是容易办到的，只要身体好，不懒惰就是了。巧，就比较困难，难在于不是一下子就能巧起来。巧，即俗语所谓"找到了窍门"。

任何工作，搞熟了，都会巧起来。不过，我们没有去总结经验，并且太熟了，反而不知不觉罢了。我们去劳动，要掘一块土山，我们用力猛锄，但土下得很少而力气倒费了不少。民工看见了，告诉我们："你找有裂缝的地方，朝适当的方向锄，土就下得快了。"民工一锄，果然大块大块土方下来了，并且省力。我们照样做，土也下得很快。民工说："找到窍门了。"

掘土方是较简单的工作，所以"窍门"也较易掌握。如果是一门艺术上的技巧，就要复杂得多了，大抵需要在相当长的时间。经过不断的锻炼才能掌握到"窍门"。

常言道："熟能生巧。"一个人，由于经常进行某种技艺的劳动，摸熟了这种技艺的规律，他总结经验，想出了更好的方法去驾驭和运用这种技艺，这就是巧。可见"巧"者，是人在长期劳动中所获得的最有价值的果实和收获。这就是为什么前人的经验是非常宝贵的——当然要经过去粗取精的过程，它是积累了多少年代的辛勤劳动的成果，对我们非常有用。不去用它，是不智的。

但是要深刻地体会前人的经验也还要有相当的功夫，这是说前人已经把经验总结了，已经变成至理名言。有的时候前人并没有把经验总结，而是把他从不知不觉地得到的技能向我们传授。在这种情况下，总结经验的工作就得由我们来做。这种工作常常是很艰巨的。懂得前人的巧，才能探索新的巧。新的风格的形成，无不由于艺术家达到一定的成就之后所创造出来的。

在学生时代，我们学习的是前人的经验、老师的经验。这是打基础的时期，基础是一块块砖头垒上去的，绝不能砖头之间空一大块，那就危险了。基础要打得结实，才能承得住高楼大厦。这需要下很大的功夫。就算有人天分很高，他还是要勤练、巧练，不过也许他能更快地摸到规律，更早地掌握窍门罢了。如果有人自命天才，把人家经过千锤百炼的技能当作唾手可得，这是不切实际的，结果常常是一无所得。

不仅在学习时期要勤于打基础，做基本功；已经有成就的艺术家也要不断地花很多时间做基本功。我看过白石老人画的一幅蟾，旁边题款是："画工虫须经月不歇，越细越精，此次已一月不画矣。"像白石老人这样的大画家，一个月不画蟾，就怕画不好。可以想见技术的锻炼是长期的，不能中断的。有一位著名钢琴家说过：一天不练琴，自己知道；两天不练琴，批评家知道；三天不练琴，听众都知道了。

以上都是老生常谈，人人都知道的，但又是最容易忘记的。

无论做基本功或者是探索更深奥的技巧，都离不了勤练和巧练；学习前人的经验，又再来创造新的技艺，新的风格，想来只有这一条是最可靠的门路：艺术上的精益求精。

关于音乐上的百花齐放，我想约略谈一谈音乐的分工。我国在音乐的大花园里所开的花真是名副其实的万紫千红：有民族音乐，有西洋音乐，有各种各类各地区的戏曲，有民歌，有歌舞，有芭蕾舞，等等。西洋音乐（包括有浓厚民族风格的乐曲，管弦乐队或个人演奏的西洋器乐、独唱等）还分交响乐、室内乐、各种器乐、歌剧、轻音乐、舞场音乐，等等。从事音乐工作的又分演员、作曲家和理论家。如果要求一个人把一切部门都精通，那大概是不大可能的事。每样都搞一点，但都不精，甚至只摸到一点皮毛大致还可以做到。但不精的东西，群众是不要的。这样就迫使音乐工作者不得不下点功夫学得精一点。精益求精，一个人在搞少数的几门，或者只搞一门已经要花很多时间，并且必然要把原想多会几样的时间给挤出去。因此，必须分工，必然要分工。现在我们事实上已经在分工，但在某些方面，还可以分得明确一点，细致一点。例如群众很欢迎轻音乐，但专门搞轻音乐的组织和人还很少，甚至没有。室内乐的专门组织也还没有出现。弦乐四重奏，是西洋音乐中很重要的一门音乐形式，四重奏的乐曲非常丰富多彩，但直到今天，我们还没有一个专门演奏四重奏的组织（中央乐团、音乐学院偶然搞一点，但不是专业的组织）。至于作曲家，很少有根据个人的特长、偏爱而专门从事写作某一类的音乐。如果有人专门写轻音乐、轻歌剧，有人专门写钢琴曲或进行曲，等等，我想各种类的音乐形式会发展得快一些，好一些。我是相信"熟能生巧"这句话的。无论是演奏者、作曲者，专门搞熟一门，总是会更早的巧起来。

让我们在自己的专业上精益求精，巧上加巧，把祖国艺术的大花园无限地丰富起来！

（这是一篇艺术随笔，发表在1961年8月23日的《人民日报》第七版）

交响音乐创作的技巧

创作交响乐曲，应该掌握必要的技巧。重视创作技巧并不是忽视音乐作品的内容，相反地，是为着要很好地表现音乐作品的内容。

关于交响乐曲的基本形象

交响乐曲创作技巧的一个重要问题是：乐曲必须有一个基本形象，这个基本形象可以作多种多样的发展变化。

作曲家在写作时，先有一定的创作意图，但这种意图不像文学作品那样明确。它有时可以是很简单的。如表现"春天"，没有复杂的内容，也没有故事，只有一个概念就够了，然后以适当的乐曲形式表现出来。自然，有时这种意图在创作之前就很明确，并且有故事情节的依据。有些交响乐曲标题性很强，但有些交响乐曲没有什么标题性。

音乐形象不一定是从作曲家心目中已有的概念产生，有时是作曲家对某种境界的想象而产生的，有时作曲家先有了一个旋律，然后才逐渐形成一个形象。总之，音乐形象产生的方式很多。先有了想表现什么的概念，然后根据它来塑造音乐形象，这是一种方式；先出现了乐思，然后才形成音乐形象，这是另一种方式。我们可以从历史上很多著名音乐家的创作中看到后一种方式的例子，譬如，莫扎特的愉快的、抒情的交响乐曲的音乐形象。

作为乐曲基本形象的音乐主题应该是怎么样的？有时它是很抒情的旋律，有时可能是节奏型的，但是，它们发展变化的可能性是非常多样的。因此，一个音乐主题的表现能力是很丰富的。我们可以运用扩展、缩减、装饰、改变时值、改变音程关系等等手法来发展变化原来的主题，有时还可以采取蟹行、倒影等等手法。

将一个主题加以变化的手法为什么成为音乐创作常用的手法？这主要是为着使乐曲既统一而又有变化。

自然，这个音乐主题首先要能够打动人心，要动听。有时，虽然主题有着作多方面处理的可能性，但它却不动人，这就不可能获得好的艺术效果。

交响乐曲的音乐进行有两种状态，一是较静止的状态，如在同一调性中停留较长的时间；一是展开的状态，如旋律在不同的调性中进行。在交响乐曲中总要有静止性的和展开性的段落。在古典音乐中，呈示部和再现部更多的带有静止性，发展部则是展开性的。

在展开性的段落中，常常出现频繁的转调。转调要有逻辑性，先上后下还是先下后上[①]，一定要有计划，不然音乐的进行就会紊乱。

交响音乐善于描写对抗性，在贝多芬的交响乐创作中，就已经充分表现出这种特点。但是，交响音乐也有不表现对抗性的，不能说交响性就是对抗性。

交响乐曲发展的办法也是多种多样的，贝多芬在他的创作生活的中期，多用展开的方法，在后期喜欢用变奏的方法。他晚年时期的作品听来像是只以一个旋律一气呵成的。这种创作技巧值得我们研究、学习。

关于乐曲形式

交响乐曲的形式，总的要求是统一而又有变化。乐曲形式最基本的是ABA形式，其他形式是这一形式的发展。譬如奏鸣曲式是将中段变为发展部，回旋曲式是多加了一些段落，等等。

以我自己的经验来说，在运用形式时不要太拘泥，不要为原有形式所束缚，有时还可以混合应用。听来不紊乱的形式总是好的。至于是奏鸣曲式呢还是回旋曲式等等，这并不是最重要的问题。交响曲的第一

---

① 这里所说的"上""下"，是指转调时所选取的新调和原调的相对的关系而言。这种关系，可以从主旋律在两调中的主音的关系来判断。如原调主音是c1，新调主音是e1，这是向"上"转移三度的转调，如原调主音是f1，新调主音是c1，这是向"下"转移四度的转调。

乐章要用什么形式？这不必太拘泥。我自己的经验是尽可能使音乐多样化，我运用某种形式时总想多增加一点新的因素。

但是，我们说不要为形式所束缚，不要拘泥于原有的形式，并不是主张不讲究形式。学习、掌握乐曲形式的一般原则，对每一个创作交响乐曲的作曲家都是必要的。因此，谈乐曲形式的书也是需要的。

变奏是一种很重要的技巧，运用变奏的技巧可以把一个主题无限地丰富起来。贝多芬在一生中写了很多变奏曲，他的目的之一就是为着更熟练地处理主题。

变奏、转调、主题变化的方法是多种多样的，作曲家有很大的天地来丰富自己的音乐，但是，他首先要有想象的能力。自然，艺术想象力也不是凭空产生的，生活知识越丰富，对生活的观察越多越深，作曲家的想象也就愈丰富。

我想在这里以我的《钢琴五重奏》做例子具体地谈谈基本形象的发展和乐曲形式的问题。

我在这一钢琴五重奏中，想表现我对于童年时代故乡生活印象的回忆。我在六岁时就离开了我的家乡——广东省海丰县，当时留下了一些童年的印象，二十岁时又曾经去过，童年时代和青年时代的印象结合了起来。乐曲主要表现对于故乡的感情，有一些特别的情调，但不写什么故事，不是标题性的。乐曲中的主要旋律采用了广东省海丰县的白字戏曲调。

第一乐章中有A（Ⅰ）、B（Ⅱ）、C（Ⅲ）、D（Ⅳ）四个主题。这一乐章的曲式是A、B、A、C、D、C、B的结构，主题有时以原形出现，有时以变化的形态出现，主题B最初出现时是以变化形态出现的。这几个主题之间是有对比的：A是歌唱性的；B是活泼、谐谑性的；C比较活跃；D较为伤感。总的情绪是对于家乡的回忆，比较朦胧，不是那么现实的。

在这一乐章里，整个五重奏的全部主题都出现了，A、B、C、D四个主题可以说是乐曲的基本形象。在谈到以后各乐章时，为着区别起见，用Ⅰ、Ⅱ、Ⅲ、Ⅳ来表示。

第二乐章是慢板乐章。曲式结构是：A、B、A、B、插段、尾声。A是Ⅰ的变化形态，但在第一乐章中，它是稚气的，在第二乐章中已变成较为感慨的情调。并且由2／4拍子变为3／4拍子，B是摘取Ⅰ和Ⅳ的片段写成的。A第二次出现时，伴奏好像是打更的声音，主题由中音提琴奏出，色彩比较暗淡。B第二次出现时较为明朗、愉快。在插段中同时运用了两个调性，我的意图是想使主题在不同调性的对比中更为突出，以产生一种飘然在外的感觉。然后，慢慢引到越来越远的境界。

第三乐章表现回忆中的童年生活的活泼情景。乐曲结构是：A、B、A、B、插段、A、B、A、尾声。在这里，A是基本主题Ⅱ的原形，B是Ⅳ的变奏，插段采用了Ⅰ的主题，但以快速度出现。

第四乐章是有三声中部的谐谑曲。谐谑曲部分是Ⅳ的变形，在这里，出现了鼓声。三声中部是Ⅲ的变化形态，主旋律由大提琴奏出。原主题是较轻巧的，在这里变得很感慨。

第五乐章很短，有如第六章的前奏，用的是Ⅲ的变形。

第六乐章是回旋曲形式，情绪活跃。乐曲结构是A、B、A、C、A、B、C、尾声。A是Ⅲ的变化形态，B是节奏性主题，没有直接采用基本主题，但仍然有一些相同的因素，有联系。C是Ⅳ的变化形态。在低音部出现的钢琴的颤音，表现比较含蓄的内心激动。第二次出现的C和第一次不同，第一次主旋律在中提琴上，第二次在大提琴上，伴奏像是脚步的声音，脚步声逐渐远去，又回到回忆中。尾声中出现了本乐章的A主题（来自基本主题Ⅰ），后来它和Ⅰ重叠起来，最后Ⅰ又在大提琴上出现。在这一乐曲将结束的部分，回忆的基本形象又再次隐约地重现，以加强回忆的情景。

整个五重奏可以说是一个大变奏曲。虽然有六个乐章，但每一乐章的结束都不是真正的结束，它是和后面的乐章连接起来的。第一乐章中出现的四个基本主题就是它的基本形象。这些基本形象在以后备章中从不同方面加以变化、发展。通过基本形象和它们的变化、发展表现我对于童年时代家乡生活的回忆。整个五重奏就是这种回忆的形象，它没有标题，没有具体情节，每一乐章也不是对具体景物的描绘。

关于管弦乐器的运用

写交响乐曲，对管弦乐的运用要有一定的设计。滥用铜管乐器是不好的，这样会失去管弦乐的优点，不能很好地发挥管弦乐队的性能。表现战斗，表现英雄气概不一定要用铜管乐器，弦乐器也可以表现英雄气概。贝多芬的《第五交响曲》，在开始时只用了弦乐器和一个黑管，但却是很有力量的。弦乐器是管弦乐队中最基本的部分，在交响乐曲中，由弦乐担任演奏主要旋律的时候总要多些。

用什么乐器，用什么样的组合形式最好？我想，只要和内容的表现相适应就可以。

我想就我的交响组曲《山林之歌》来谈谈我在运用管弦乐方面的一些想法。

《山林之歌》有五个乐章，但五个乐章也可以作为一个整体来看。第一乐章是A，第五乐章也是A，其他乐章是对比部分。每个乐章都有小标题，这个乐曲是属于标题音乐范畴的，所表现的是山林的形象，是我对山林的生活和自然形象的感受。

第一乐章，标题是《山林的呼唤》。我国古代大诗人屈原在他的诗篇中曾经有过关于"山鬼"的描写，还表现了山鬼呼唤她的情人的情景。我在这一乐章中，也想通过想象中的山鬼的呼唤的表现来描绘山林。乐曲开始时双簧管奏出的抒情旋律，表现山林的境界，以后低音大提琴的低沉的声音有如山鬼从地下出来，她的呼唤起先是节奏型的，由圆号奏出。屈原诗中所描写的山鬼的形象是女性的，我运用小提琴的音色来表现这个温和的形象。

第三乐章《恋歌》开始时的旋律，我给大提琴来演奏，因为这里要表现有如人的歌唱的声音，而且要有热情。如果用中提琴，会令人感到有点忧郁；用小提琴C弦，威力太大；用大管，会令人感到有点笨拙；用圆号，音色又太圆太空；因此还是用大提琴最好。后来这一主题重现时，感情发展了，用圆号和中提琴奏主旋律，以获得空旷和忧郁的混合音色。

乐器的选择在慢乐章中更加重要。在慢乐章中，一段给弦乐器演奏很合适的音乐，如果给铜管乐器演奏，会造成完全不同的效果。在快板乐章，也许可以随意一点，但还是应该缜密地运用。

一般地说来，描写自然景色用管乐器较好，表现内心感情用弦乐器较好，铜管乐器多用于写威力较大的音乐。但是，不应该孤立地看待这些特点，这种表现能力的特点是相对的。有时，还可以配合起来应用。如在《山林之歌》的第五乐章《夜》中，我用黑管、大管来表现风吹的声音，在这一背景上以弦乐器奏出表现内心感情的旋律，这两种乐器的地位互相对调，那就完全不同了。在同一乐章的稍后部分加入了铜管乐担任主奏，以表现太阳下山时的光辉。最后，呼唤声再现时，完全使用弦乐器。

我们有很广阔的天地来表现我们的艺术想象。我们时代的生活是异常丰富多彩的。通过交响乐曲来反映我们时代的生活是我们作曲家的任务。人民群众也要求通过各种不同的音乐形式来反映他们的生活，丰富他们的精神生活。

交响乐曲是一种比较复杂的艺术形式，它要作曲家付出更多的劳动，但是它也是很适于表现我们这一时代的光辉灿烂的生活的艺术形式。作曲家可以运用这一艺术形式表现他所熟悉的人民生活的各个方面，他可以写重大题材，也可以写生活中丰富多彩的形象和感受。只要我们作曲家更多地掌握了交响乐曲的创作技巧，那末，熟能生巧，交响音乐创作将会获得更辉煌的成就。

［这篇理论性文章发表在《人民音乐》1961年11月号上。苏夏教授2005年出版的论著《论中国现代音乐名家名作》中的一篇文章《马思聪论艺术和专业音乐活动》的注释说，此文是根据马思聪与李凌的谈话内容，由李凌提问题，马思聪作了"陈义"，后由伍雍谊记录整理而成。伍雍谊（1921—2008），音乐理论家，曾任《人民音乐》杂志副主编，撰有《形象思维与音乐创作》《关于音乐的内容》等文，创作有弦乐四重奏《行板》等作品］

我和美术

　　我是弄音乐的，但业余的时候，却喜爱美术。不过得赶紧声明一句：尽管我对美术有很浓厚的兴趣，但毕竟只是一个欣赏者和爱好者；虽然也收集画，但不是鉴藏家，也不会作画。

　　谈起我对美术的爱好，可以追溯到1929年。那时候我在法国巴黎念书，跟随当时巴黎一位作曲家毕能蓬学作曲。毕能蓬老师是一位业余美术爱好者，他一向主张一个作曲家必须具备多方面的艺术知识和素养，他的女儿又是一个画家。在他们的影响下，有空的时候，我们常常一起到各处去欣赏名画。去得最多的当然是巴黎的卢浮宫。卢浮宫是西欧著名的艺术宫，那里收藏着许多名画，从意大利文艺复兴时期各大师的杰作，以至法国野兽派的作品，在那里都可以看到。宫里的名作，扩大了我的艺术知识，在我面前展开了一个神妙的世界，使我沉浸在一种美的感受中，为之陶醉。这是我对美术爱好的开始。

　　我对画的爱好是多方面的，除了现代所谓抽象派的画我看不懂，因而亦不喜欢之外，其他无论是古典的、现代的，各派的名画我都喜欢。在我国古代的美术作品中，我比较喜爱敦煌的壁画和六朝的石刻、雕塑，这些作品给人一种宏伟、庄严、明朗、智慧的感觉，充满着独创精神和青春活力。唐代的绘画虽然很富丽堂皇，但已逐渐趋于工整，特别是宋代的绘画，比较缺乏一种粗犷的活力，新鲜独创的青春气息逐渐稀薄起来，意境已经不及六朝了。写到这里，我知道许多画家和美术评论家一定会不同意我的看法，不过我既是门外汉，就只能凭直觉和个人的爱好来决定爱舍了。

　　对于一个艺术家来说，我觉得最可珍贵的东西就是要在艺术上不断的创造、提高和发展，没有什么比艺术上的停滞更可怕了。当代西班牙著名画家毕加索的高明之处，就在于他总是使自己的画处在一种经常变动的状态中，他经常改变自己的风格，因此他的画也经常处于一种似乎是不定型的、不成熟的状态，而在这不断的变革中，他的画经历了一次又一次从不成熟到成熟，从而不断发展提高的过程。我国著名画家齐白石的画，也是不断地变动着的，他在九十岁高龄时作的画，看起来比起八十岁时作的画就显得更纯朴、更天真、更达化境一些。

欣赏名画，往往会引起我在音乐上的很多联想。例如当我演奏巴哈的作品的时候，我就常常联想起伦勃朗的画。巴哈的作品往往有一种谦厚、纯朴的舍己精神，这一点和伦勃朗的作品在气质上很类似。而演奏德国作曲家门德尔松的协奏曲时，就不禁会联想到意大利名画家波提切利的名画《维纳斯的诞生》，联想到维纳斯从碧蓝的海水中徐徐浮起时那种清新、柔和、宁静的美妙感情。这样，在演奏起来时就会自然而然地避免使节奏的过于强烈。有些音乐是描写画的，例如法国著名印象派作曲家德彪西的二十四个前奏曲如《亚麻色头发的少女》《月色满庭台》……以及一些钢琴曲如《雨中花园》等，就是一幅幅优美的抒情画，能把人带入作曲家想象的画的境界。而俄国作曲家拉赫玛尼诺夫的交响诗《死岛》，就是根据一幅同名的名画而创作的。

多看一些好画，多听一两支优美的乐曲，多阅读一些优秀的文学作品，对提高一个人的精神境界、培养高尚的情操，都是很有帮助的。现在我们有些学音乐的青年，对增长知识方面，实在注意得不够，学音乐就只管吸收音乐方面的知识。这是不够的。当然，我说要增长知识，决不仅仅是美术知识。这大概是不用说明的了。……写到这里，猛然想起我本来是谈自己的业余爱好的，不想却发起议论来了，就此带住。

（马思聪是美术爱好者，他说欣赏名画能给他带来艺术的想象力。这篇艺术随笔是应广州《羊城晚报》之约而作。发表在1961年12月2日《羊城晚报》的《晚会》专栏）

▌ 提高独唱独奏水平问题的我见

近几年来我国表演艺术取得了很大的成就，但还不能说已充分地满足了群众的要求。我们的国家有这么多人口，我们的演唱、演奏家是太少了。在质量上，虽然有些人已达到相当水平，但人数还太少。因此，进一步提高演唱、演奏水平，是我们今后要继续努力的。

下面谈一谈如何更有效地提高演唱演奏水平的问题。首先谈一下关于基本功的问题。京戏老前辈说：学艺第一路子要正。就是说，基本的东西要正确，才能一步步走下去。对基本功，不同的表演艺术有不同的理解，如小提琴，我们说音阶、练习曲是基本功。我要谈的不是这一些，而是基本功的基本功，即"路子正"的问题。基本功是演唱、演奏的钥匙，找到它，就能打开一切大门，走一条直路达到目的。因此，我们应该想尽办法来找到这个钥匙。我想从自己的演奏实践中来谈一些体会。拉小提琴，首先要注意的是：什么样的声音才使大家爱听。我们要求声音响亮、柔和、轮廓分明、共鸣好等，一句话：很漂亮，同时表现力很好。一个音光响亮，但很粗，是不会好听的。我们要求柔和的声音，但很弱细，也是不好的。如果是不很响亮，也不很柔和，而且很暗，当然也不好。因此，它的要求是全面的。这就要从正确的路开始，慢慢地得到。

基本功可以说是用力和放松的辩证关系，既用力，又放松。如敲钟，光使劲，发音不会持久。会敲钟的人，又使劲，又放松，共鸣才出来，如弹钢琴，很使劲地按键，音就很硬，发木。手很放松，共鸣就出来了。有人以为，使劲地把手压在弦上，sf就会出来。其实不然，小提琴的弓在弦上拉，看起来很简单，事实上却牵涉到很多问题，因为手持弓时，手臂的每一个关节都在活动，但它的压力是通过握弓的手指表现出来的。按弦的左手也是如此，如果在按弦时所有的指头都用力，声音就不会好，这就是用力而不放松所造成的。因此，在按弦时，要敲得重、按得轻，以便让第二个手指有力量去敲第二个音。总之，如何运用用力与放松的方法是一个基本的规律。我们必须要有方法、有规律地进行练习，要既准确又快，要多快好省。有很多人的练习方法并不好，强调时间长、练习多，只是一遍一遍地拉，浪费了很多时间。如何练习，这里面有很多战术问题，是需要研究的。另外，在练习中如何正确地认识困难也是一个关键性的问题，有时常常会认错"敌人"。如拉小提琴，认为左手不听话，其实毛病是出在右手上。

基本功是一个很重要的问题。基本路子不对，会浪费很多人力、才能，尤其是学唱的。这个问题很容易被忽视，因为它不容易被看见，它不是浮在上面的，好像我们的大楼，它的地基我们看不见的，但它是很重要的基础。

关于节目的安排问题，不要忽略旧的、新的两方面，要逐渐增加新的东西。不要因为第一次演出后群众反应冷淡就不再演唱了，新的东西往往要唱好多次才被群众接受，当然，这首先要求演唱者自己喜欢这个节目，要有自信。

关于音乐创作的问题。音乐创作上有很大的成绩，但水平高的不多。质量不高表现在：和声贫乏，曲调平淡，没有充分利用音乐性能；节奏上的变化少，没有很好地运用转调；有些曲子唱起来，不能发挥声音特点；有些器乐曲则不能发挥乐器特点，作曲家不熟悉乐器的特点。如何去熟悉它，这是作曲家应该注意的事。

在创作上要求民族风格是对的，但不要因强调民族风格而给音乐语言一个局限。如何使创作既能保持民族风格，又能丰富音乐语言，是作曲家要注意的事。在五声音阶中放进十二半音，有人认为是破坏了民族风格，但是不是真的破坏呢？我认为即使是有点破坏，也应该尝试去做。

一些声乐曲、群众歌曲，大合唱对反映当前反帝斗争、鼓舞人民的革命意志，是特别有效的，应特别予以注意。

音乐创作的思维与文学不同，它不是文学那样的形象思维，而是音响思维，这就比文学要间接一些，也许更复杂一些。

如何把音乐听众的面扩大，为广大的农民服务，也应该采取一些措施。

总的说来，这几年在音乐各方面有很大的发展，在这个时候来做一个初步总结，总结出优点与缺点，采取一些措施和办法，就会使音乐发展得更好更快，为更广大的群众所喜闻乐见。

（原载《人民音乐》1963年2月号）

我谱《李白诗六首》

近年来我谱了十几首唐诗，合成为两个歌集，其一是《李白诗六首》，其二是《唐诗八首》，其中有李商隐、李颀、岑参、王维的诗。

我对唐诗并不熟识，能背得出的也屈指可数，但偶尔读，总觉得韵味深远，十分喜爱，早想谱曲，又觉得谱古诗，年代太久，缺少现实意义，但翻看近人诗集，虽则好诗不缺，可适宜于谱曲的很难找到。什么是适宜于谱曲的诗呢？在我来说：抒情诗比哲理诗好谱曲，写心境诗比写风景诗好谱曲；押韵诗比不押韵的诗好谱曲；看得懂的诗比看不懂的诗好谱曲。

我选的六首李白诗该是最经常为人们所背诵的，在歌集中排列如下：《将进酒》《长相思》《行路难一》《行路难二》《关山月》《渡荆门送别》。

李白的年代离开我们已千余年了，他的诗今日读来仍然新鲜亲切，许多诗句还在说着我们心中想说的话："床前明月光，疑是地上霜。举头望明月，低头思故乡。"该是远离故乡的人所常背诵的诗句吧。李白诗触及人生的各方面，用最直接、最平易、最简洁的词句表达最深入又是最普遍的情感与境物。

我曾考虑谱唐诗，曲调上应该有唐代的韵味，就如我谱《热碧亚之歌》用的是新疆格调。唐代的音乐格调，由于难听得到，也很难读到唐代的音乐，所以不易知其面貌。但十余年前我读过宋代白石道人的曲谱，照推想应该和唐代的音乐较接近。曲谱的真伪虽还不敢确定，哼其曲调，自有一种特别韵味，不同于今日的汉族民歌，也不同于昆曲等戏曲音乐，我是多少依靠这曲谱的回忆来谱唐诗，如果这些歌能给人一点唐代的感觉，那我的愿望就达到了。

钢琴伴奏方面，我着重于表达每首诗中的气氛与境界。《将进酒》的伴奏应该是怒吼狂奔的，像黄河之水天上来；《长相思》则妩媚、缠绵、凄清；《行路难》表示沉重的脚步声；《关山月》是一片寂静之后带入隐约的战争节拍；《渡荆门送别》，写广阔的原野和月华的光辉。

中国在古代是一个礼乐之邦，音乐舞蹈都很发达，并被重视，不知怎的，后来礼乐衰微了。礼，原来是舞蹈成分很主要，往后只剩下鞠躬、作揖、跪拜等动作了，也许后人觉得文艺不能直接生产物质的富庶，是可有可无的。但在世界历史上，富庶向上发展的社会必然产生伟大的艺术：古希腊的雕刻、唐代的诗、意大利文艺复兴时期的绘画，都产生于人类历史上文化高潮时代。

（马思聪为唐代大诗人李白的六首诗谱曲，完成于1972年8月；后又撰写《我谱〈李白诗六首〉》一文，发表在1975年5月20日的台湾《"中央"日报》）

记《龙宫奇缘》

喜欢芭蕾舞的人们一定会注意到这一点，那就是芭蕾舞剧大都是根据神怪故事写成的超现实的作品，举几个例：

《天鹅湖》，魔鬼使少女变成白天鹅，由于王子真纯的爱，战胜魔鬼，白天鹅还原成少女；《吉赛尔》，是人鬼相恋的故事；《胡桃夹子》，是一个孩子的梦。①

孩子们喜欢神怪故事，大孩子们又何尝不一样？在神怪故事中，人的想象得到解放，可以驰骋在无尽的自由境界中，想要多美有多美、要多善有多善，真正是得其所哉！

我在抗日战争期间，曾想用"洛神"的故事来写一个舞剧，我构想一个女性的形象：美丽、温柔而脉脉含情。这个形象渐渐融解成一小段旋律，它长久地盘旋在脑海中，永不消失。

1970年，我在《聊斋志异》中发现《晚霞》这一故事，晚霞这小妮子，似曾相识，她和洛神都是水中的人物，但这河流不再是洛水，而是钱塘江；她不是水神，而是水鬼。现在女神"洛神"的旋律，成为水鬼晚霞的旋律，她们之间的格调相同，但《晚霞》则较为孩子气些。我在处理《晚霞》的形象时，很容易地想到这一点。

《晚霞》是蒲松龄在三百多年前写的。我们知道，中国的舞蹈在清朝已经衰微到几乎不存在的地步，我很惊奇：《晚霞》似乎是专为舞蹈而写的一个脚本，其中描写民间或海底里的宫殿中各个舞蹈队的人物、

---

① 《天鹅湖》《胡桃夹子》均为俄国著名作曲家柴可夫斯基作曲的芭蕾舞剧，是世界芭蕾舞剧的经典剧目；《吉赛尔》是二幕古典芭蕾舞剧，阿尔道夫·亚当作曲。1841年在巴黎剧院首演，音乐典雅，充满诗意，令人陶醉，也是经典之作。

服装、年龄、动作，都十分生动而精确，根据原作，我不需要去编写一个舞蹈脚本，一切都是现成的，我只需要动手去写音乐就可以了。《晚霞》像植物的种子一样，一旦撒入"我"这块土地上便慢慢地成长。

我是1971年动手写这个舞剧，依我的习惯，我在同时也写些别的乐曲。在这期间，除了在美国举行演奏会外，又曾两次回台演出。

《晚霞》终于完成于1979年，而实际写作它的时间是50个月，易稿多次。

我家里曾挂有一幅齐白石的画，上面盖了一个图章刻着"鬼神事业非人工"。我很欣赏白石老人的这句话。艺术品的创作，是作者艰苦耕耘的成果，但如果少了鬼神为了酬劳你所付出的辛劳，帮你一忙，作品不是写不出来，就是显得苍白无光。如果《晚霞》终于能带给听众一份内心的颤动，那就证明鬼神是曾经光临过，并给了我酬劳。

《晚霞》现改名为《龙宫奇缘》，这个名字更能贴切地表现出故事的内容。

1981年

（舞剧《龙宫奇缘》的情节取材于清朝大作家蒲松龄的名著短篇小说《聊斋志异》其中的一篇爱情神话故事《晚霞》。舞剧完成于1979年春，1981年12月17日在台湾首演，当时更名为《龙宫奇缘》。马先生曾多次亲临指导排练，并观看了首场演出。此文为舞剧的演出而作，刊登在《龙宫奇缘》演出剧照的专集上。该舞剧由台湾艺专交响乐团伴奏，廖年赋指挥。廖教授是小提琴家、指挥家。曾担任韩国釜山市交响乐团及美国好莱坞交响乐团之客席指挥。1990年10月4日北京中国歌剧舞剧院在北京也首演该舞剧，取用马先生原先采用的剧名《晚霞》，由该剧院交响乐团伴奏，王恩悌指挥。指挥家王恩悌为该交响乐团的首席指挥，他指挥过舞剧《文成公主》《铜雀伎》等，并曾应邀赴美国交流访问。该舞剧音乐指导是苏夏教授）

▎ 舞剧《晚霞》创作札记

1970年

9月5日　11时带《晚霞》计划到顾一樵[①]家，他同意。

9月13日　开始想想《晚霞》的格调，落笔不易。想到Matisoe做一个简单的雕刻，花了2000小时，可见坚持必有功。

9月16日　作《晚霞》初稿。今天华氏95度，是全年最热之日。

10月7日　把《晚霞》第一次草稿草草搞出。

10月22日　几天来作《晚霞》，每天约5小时，但无甚灵感，枯燥得很。

10月26日　像无期徒刑般工作，倒觉得心安理得些，否则感到空虚、沮丧，怪自己修养不足。

12月21日　《晚霞》写了225小时。（停止写作）

1971年

1月18日　《晚霞》230小时。去年全年写《晚霞》，每日2至6小时不等。

1972年

3月5日　《晚霞》1616小时。

---

① 顾一樵：即顾毓琇，中华人民共和国成立之前曾任教育部部长，后在美国费城宾州大学任电机系系主任。

3月7日　　把《晚霞》NO23 12–13交Betty带交Coleridge夫人，停写《晚霞》。

1975年

4月21日　　《晚霞》NO30，二幕最后一舞。

5月12日　　心颇散，《晚霞》写到莲花池，老不能向前走了，必定要坚持下去。

8月17日　　《晚霞》之结尾，原先照聊斋原文，阿端闻晚霞死讯，投江浮回人间，而归家与母及晚霞大团圆，如此写法碰到不少勉强情节，也可以让晚霞被强夺而死，阿瑞殉情，但舞剧延长太过，同时又入俗套，亦非所宜，不如让情人结婚，完满结束为佳。主角在人间已受尽折磨，死后在水底也应可以幸福了。

8月18日　　颇热，《晚霞》暂停，重写《唐诗八首》。

11月6日　　信给雷大鹏[①]，把《晚霞》曲目寄他。

1976年

今年写《晚霞》，杂以V. Sonato、《亚美组曲》、Piano Conceto，录音等工作，《李白六首》《唐诗》等。

10月10日　《晚霞》大致上定稿，当然未能算完工，但每一曲均已不必大改，和声以及以后配器还有甚多工作，打算把第一幕写成钢琴曲，可以示人，如有人愿意演出，才把最后工作做完。

1977年

11月11日　《晚霞》重写至100页。

12月31日　写完《晚霞》，初步定稿，明年起写乐队谱。

---

① 雷大鹏：台湾芭蕾舞演员。

1978年

9月18日　《晚霞》乐队谱开始写。

11月27日　《晚霞》第一幕配器完毕。

1979年

1月8日　　开始《晚霞》第三幕配器。"思念"又改了不少。

2月14日　　《晚霞》配器今晚9时45分完成，共543页。但序曲未写。

3月16日　　《晚霞》钢琴稿，今日寄联经出版社，对稿已二周矣。

3月19日　　《晚霞》乐队谱抄至400页上下，还有百来页即竣工。

4月24日　　到市内，将《晚霞》交Clothiev，交去影印，《晚霞》终于写完，写了好几年，从最初构思，恐怕有十年了。

《晚霞》写作时间，查了日记，得如下约略的记载：

年份	月份	共月
70年	9—12	4
71年	全年	12
72年	1—3	3
74年	4—6	3
75年	4—11	10
77年	11—12	2
78年	全年	12
79年	1—4	4

写作共：50个月

编者按：马先生在1980年和1981年的日记中对《晚霞》写作做了如下小结：

1980年

《晚霞》是于1970年9月5日构思，9月15日开始写，虽然时写时停，时又写了《李白诗六首》、《唐诗八首》、《亚美组曲》、奏鸣曲、协奏曲等，统计已写了四年了。可见"天才"之有限。但终于写完，最低限度我自感快意者，是我有这耐心。有耐心也很不错吧！

1981年

《晚霞》使我忙了四年左右，近一年的编乐队谱，脑力用得不多，但工作时间不少。

Ⅲ 书信

▌ 致苏联音乐家地纳埃夫斯基书①

亲爱的Dunayevcky：

关于中苏文化协会所发起的（中苏）通信运动，给了我这可欣喜的机会和你通信，我觉得非常荣幸。

我对于贵国的文化，在很久之前便深感到浓厚的兴趣了，尤其是在社会主义革命中诞生生长起来的新文化。

目前我们中国正在和日本帝国主义做着坚强的斗争，其艰苦的情形，正和你们在二十年前相似，我们一些文化工作者，都为争取胜利流着血汗，因此对于你们在过去所获得的宝贵的斗争经验，和现在的美好的建设，更迫切地感到需要深入的了解了，因为它将表示文化工作者怎样运用自己的武器，克服凶恶的敌人，并且你们苏联是诚恳地帮助我们的国家，我们热烈地要了解你们的一切。

作为作曲家和小提琴家的我，自然对于你们音乐文化的突飞猛进感到万分的关心的。数年前，我在欧洲，想要知道苏维埃新音乐的发展情形，却很困难，只能在你们前一代伟大的作曲家的作品中，体会到俄罗斯民族的灵魂。

我想要认识你们苏联乐坛的实际情形，直接给你们写信是最合理的方法了，并且可以把我们在斗争中生长的新中国音乐的一些情形，显示给你们，希望你们认识它，扶植它。

你是最可敬佩的苏联作曲家，我希望我所指挥的音乐队（中华交响

---

① 该信发表在1941年5月20日出版的《中苏文化》第8卷第4期上。

乐团）能演奏你的作品，把你的艺术介绍给中国，你可以选出你一部分的作品赠送给我们，或告诉我们怎样得到它么？

　　我的一些作品，不久将由驻华贵国大使交给你们对外文化委员会，我诚恳地希望你们看到它，把你的印象告诉我。

　　我以及无数敬爱你的中国音乐家，谨以等待之心，在期望着你的回信和作品。

马思聪

1941年

▌ 致夏志清

志清① 先生：

八月五日大札拜读。很高兴知道您在写介绍端木蕻良的文章，我认识端木是在一九四五年，这之前亦读过他的小说，觉得他的才气甚高。当时我在贵阳任艺术馆馆长（省主席是杨森），剧宣四队、五队一帮人马约百人左右来到贵阳，便接待他们住入艺术馆大礼堂打地铺。端木碰巧也来贵阳，就在艺术馆做了上客，住在楼上一个房间。剧宣队员是演员也是歌咏团员，有人提议写个大合唱，由端木作词，我作曲。在一个星期之内，《民主大合唱》便写出来了，加上演习排练的一星期，十五日后在艺术馆大礼堂演出，还请了杨森坐在第一排捧场。"东方的暴君"的咆哮声至今印象依然。不久以后我还和端木合作写了《抛锚大合唱》，但剧宣队离开贵阳，未来得及演出。

端木为人样子似乎懒懒散散，但必要时他能在短时间内写出很有分量的东西。他说话带重鼻音，夜里睡得晚，早上起得迟，并且时常失眠，有一次内子给了他十余粒安眠药，他竟一齐吞下去，一直眩了几天，吓死人！我对他的身世知道极少，只知道他生在东北大地主之家，姓曹，曾和萧红结婚（或同居）。我想端木的为人并不是一个存心不厚道的人，说他薄情也有可能，关于他的一切，香港时代批评社周鲸文先生是他的同乡，交往较密，一定知道得详细。一九四五年三四月间端木离开贵阳，不久我也到了上海转到台湾，一九四九年在北京匆匆地见过

---

① 志清：即夏志清（1921—2013），美籍华裔，美国哥伦比亚大学教授，著有《中国现代小说史》。

几面，此后便不再见到他。大陆不断的思想改造运动，大约他的境遇不会比萧军好多少，以后的悲剧是一步紧逼一步。我来了美国之后，朋友们的生死存亡少有消息，思之不禁黯然，关于端木我只能提供这一点。

　　此祝
大安

马思聪

一九七五年

九月六日

▎致金帆

金帆兄：

我去年底自台湾回到美国自己家里，读到你充满友情的信，非常感谢你。对祖国、对老朋友，我是思念的，这就是为什么我常常会到台湾走走，看看朋友。

你和李凌兄关于演出我的作品的意思很好，对一个作家来说，作品的演出很重要，但也不太重要，拿我来说，作品写出来自己满意，就已经达到目的，演出与否我很少为此伤脑筋。过去我的作品多半是为自己演奏会提供中国风格的。音乐，有时也供应别人对我作品有兴趣的需求，像此次台湾演出《晚霞》——一次盛大的演出——当局为此支出廿五万美元。我觉得能为民族艺术做出一点贡献是值得满足的。此地同胞认为这是国家民族的体面，而深感与有荣焉，不然的话，作品写出来了，放在抽屉里，偶然翻阅，也感惬意。

祖国山河是伟大的，同胞是最可爱的，希望不久我将可以重新驰骋在祖国土地上每一个角落，拥抱全体同胞！

此祝

安好，并祝新春快乐

又：何时随代表团来美，当欢迎来舍下畅叙，聊尽地主之谊。

马思聪

一九八二年

一月卅一日

内子嘱笔问候

致苏夏（三封）

一

苏夏兄嫂：

久违，来信早悉，又收到贺咭。谢谢。

闻国内对拙作开禁，至为高兴。我仍在写，得到演出固然好，不演也照样写的。

见到吴祖强，藉知各友好消息，至慰。

With best wishes

for your happiness

in the new year

请代致候为感

马思聪、王慕理　同贺

1984年

二

苏夏兄：

三月十日及碧雪①转来三月十五日信都读了，谢谢大家对我的关心，并高兴以后会读到你的论文。关于出版拙作，兹把我在这里写的目录列

---

① 碧雪：即马碧雪（1939—1996），马思聪长女，钢琴家，1962年毕业于上海音乐学院钢琴系，后为中央民族学院钢琴系教授。

出如下：

声乐独唱：（一）《李白》六首、（二）《唐诗》八首、（三）《热碧亚之歌》三首。合唱：《亚美山歌》；

小提琴与钢琴：（一）《亚美组曲》（以上在台湾出版过）、（二）第三、第四回旋曲，（三）第三奏鸣曲；

双小提琴：奏鸣曲；

双小提琴与管弦乐：（一）协奏曲、（二）新疆狂想曲；

弦乐队：高山组曲；

大提琴及管弦乐：协奏曲；

《晚霞》舞剧（在台湾出版了钢琴及作者手稿谱）。

我想先出版《双小提琴协奏曲》（钢琴谱及管弦乐谱）及《高山组曲》弦乐队谱。《晚霞》电视录影，是台湾电视台在舞剧预演时拍摄的，演员还是第一次穿上舞台服装，为了迁就电视台播放时限，把全剧128分钟缩成80分钟，而且拍摄的技术也不算令人满意，只是给自己看看还可以。《晚霞》原先交给私人舞蹈团，但以人手不足，才于演出前两个月改由艺专师生来演，时间之匆迫可以想见。预演时猴子的尾巴还未及装上。乐队方面廖年赋指挥在短促时间内又是抄谱对谱，排演几乎是夜以继日，他们的工作精神真可佩。电视台说是为了免于阻碍观众视听，不在正式演出拍摄颇为可惜，因为多演一场就更进步，最后一场最好，可说是在演出中练习了。演员都年轻，好像在演他们本身的事，很青春活泼，虽然技巧不觉上乘，但很真、可爱。

大陆乐团、舞蹈团听说很有水准，如果演《晚霞》会演得出色的。

祝好

马思聪

八五·四·廿三

慕理嘱笔问好

三

苏夏兄：

今收到碧雪附来信，记起仍未回你月前的信，十分抱歉。

近来懒于执笔，信债高筑，朋友想不至太见怪吧！？

关于拙作评论，大致恰当，技术的分析多些，作品内涵只触到即止，我这点评论的评论，也许不正确的。

字写得很差，尤其墨笔字，乱题数字，未知可用否。

祝好

马思聪

一九八五年十一月十五日

致徐迟（二封）

一

迟：

托尔斯泰的《艺术论》是一本过激、充满矛盾的书，不要过分相信它。一切艺术和肉体有关，音乐也不能例外，我相信这比较确实些。说起来，音乐实在是艺术当中之最神秘者，要好好地去解释音乐，几乎不可能，或者就是一种高深的哲学了。

我得先说明，音乐是和其他艺术一样的发生感情的效果。它与现实界只有间接关系，它只能唤起现实界的联想，它直接唤起某种情感，它并不告诉唤起某种情感的"因"，它是"果"的艺术，不是"因"的艺术。它悲哀，并不为了丧母，它愤怒却未受人欺侮，它快乐而无"朋自远方来"。但它的悲哀愤怒快乐可能为了丧母、受人欺侮或"有朋自远方来"。因为无论感情的冲动的来由怎样，效果总是一样的。音乐只唤起效果，来由是不管了的。然而人的思想的轨道惯于追索某种"果"的"因"。既然音乐令人产生感情冲动的效果了，因而联想到唤起感情冲动的效果之来由，有的时候是有意识的探求。于是各人凭着自己的经验，自己的生活，回忆地起了联想，有的时候却是有意识去发生联想作用，所以一首乐曲的解说是因人而异，而且无可能是相同的。

以上是属于纯粹音乐的界说。

既然音乐总是唤起联想的作用，于是好些作曲家就想出不如把联想确定了，于是标题音乐产生了。兼之作曲家本身在创作的时候也常不由自主的起了联想作用，标题音乐的产生更是非常自然的结果。

可是把标题音乐省略了，所余的仍然是纯粹音乐，仍然唤着每个人各种不同的联想，有的时候竟比作曲者的标题更为高明的联想，这种情形是很普遍的。我在听着柴可夫斯基的《第五交响乐》时有过这样的经验。有时候作曲者的文学的幻想力，比较音乐的幻想力强时，就发生反的作用。李斯特的许多标题音乐曲是很好的例证。

贝多芬是最明白音乐能力的人，他高明地在他的《田园交响乐》上写着：表现感情多于画描（more an Expression of Feeling than Painting）他藉此避免了堕入李斯特与柏辽兹等人之错误。

我觉得纯粹音乐胜于标题音乐，其原因在于纯粹音乐能永远令人发生常新的联想。

现在试试把几种音乐的形式简单说明一下：

纯粹音乐：交响乐、室内乐、协奏曲等一切器乐音乐。

爵士乐加形象：舞蹈。

音乐加形象再加文字：歌剧。

随着人们嗜好不同，高兴纯粹音乐的则把歌剧排在末位，因为那是音乐与形象与文字的一个杂种子。有人觉得唯其杂种，所以表现力更强，他们则把纯粹音乐列在末位。在我觉得这三种音乐的不同形态，是各有其存在的理由，而且作曲家最好能对于三者都把握着高深的技巧。

在我，纯粹音乐应是最高的表现。但舞蹈、芭蕾舞也是被人视为极完美的艺术形式。歌剧虽是杂种中之最杂的，但我希望将来能够尝试一下，因为它的极端的现实性——文字加上音乐还加上形象，那是瓦格纳所谓三种艺术：文学、图画、音乐形成一体——最能接近大众。在音乐史上，歌剧是尽了最大的诱惑，去把群众领入音乐的圈子的一种乐式。

关于世界性上次谈了一下，让我再来给世界性、国民性、个性等的范围和关系，单纯地说一说。

有个性不一定有国民性或世界性，但最高超的个性可能三者都有。

有国民性的不一定有个性或世界性，但最高超的可能三者都具有。

有世界性的不一定有国民性，但可能有国民性，有世界性的必有个性。

因为三十、三十一日有演奏会，停顿了降E交响乐编乐队谱的工作，第二交响乐已在开始构思。但得在小提琴协奏曲之后才动手。还有《洛神》也常令我神往；还有一个大圆舞曲已具有材料。它将是那样强烈！

有一点像亚伦波的《红色的死》①，令我非在适当的环境之下不敢动手。

作为诗人和美学探求者的你，斯宾诺莎的《伦理学》可能帮助你去解剖情感，因而更能了解音乐的作用。关于新音乐是怎么一回事，得专书与你讨论，因为其中大部分是技巧问题。

思聪（四二年）五月二十六日于桂林

二②

迟：

早该给你写信。但给《钢琴协奏曲》拖住，想让它早日诞生，反而欲速不达。协奏曲和你也有点关系。你曾写了西双版纳风光，也曾谈及少数民族纳西族的一些民风，青年人如何在玉龙雪山殉情，白族的蝴蝶谷，以及黑夜中撒尼族③青年人的呼唤，等等。协奏曲能如其当地表现这些吗？我已经五易其稿了，还是不好，可见鬼神事业，不是有求必应的。

你的信、文章、松④的遗容等早已收到。慕理和我都十分感伤。我们对陈松的怀念是永久的。那天晚上听肖邦的《奏鸣曲》的"丧葬进行曲"中间段，那细细的柔丝，银色的光亮的轻轻的向上升，无邪的人的灵魂便是这样告别人世的。像陈松一样，没有人比她更无邪的了，你让徐音给你弹这一段，尤其是在沉重的脚步之后的……

---

① 亚伦波的《红色的死》：即19世纪美国诗人、小说家、文学评论家埃德加·爱伦·坡（1809—1849），1842年发表的小说*The Masque of the Red Death*（又译《红死魔的面具》）。

② 此信是马思聪夫妇1985年6月赴欧洲旅游以后写的。信中最后提到"待我从西双版纳出来，立即跑新疆"，是指他正在修改那五易其稿，以云南民歌为素材的作品《钢琴协奏曲》。等修改好这部作品，他便立即要完成一部以新疆民间传说的爱情悲剧故事为内容的歌剧《热碧亚》。剧本作者马瑞雪原为剧本取名《冰山下的恋歌》，马思聪最后易名为《热碧亚》。

③ 撒尼族：指彝族撒尼支。

④ 松：即陈松，徐迟的夫人。

也读了叶浅予文章，谢谢他的真情。那时代的人好像比较真情。"文化大革命"把人弄坏了。

（前寄）欧游明信片中写到南斯拉夫。是六月十六日，次日阴雨，沿山区，中午到过钟乳石岩洞，长二十三公里，洞内有鱼池、瀑布、礼品商店，有铁轨车代步，壮观极了。晚上到达威尼斯，先游外河，晚饭后游内河，乘游艇（Gondola）是李斯特所描述的船歌所在地，大约已不像百年前那般浓厚的诗情境界了。那舟子的歌喉却比得上歌剧院头牌演员，唱得热情奔放，可惜意大利人都穷，有这般金嗓子也穷，奈何哉！

十八日在广场喂鸽子。然后向罗马进发，Tivoli喷泉十分之精巧雄伟，不仅文章描述，音乐也不少以喷泉为题材，到罗马时已是夜间。

十九日上午参观斗兽场废墟，看了令人不愉快。适逢星期三，教宗向广场群众讲话，人山人海，只能从远处看见讲台上穿白袍的教宗。梵蒂冈很是雄伟，绘画、石像到处都是，都是那么完美。从众美中超出的少数名作就是稀世奇珍了。到一家希腊咖啡店喝咖啡，那是瓦格纳常到的地方，咖啡也实在好。可惜在罗马没有参观西斯廷教堂，只好待迟日再来。

二十日到翡冷翠，就在大卫的石像旁边停车，参观了世上罕见的大教堂，看了拉斐尔、丁托莱托、鲁本斯的名画。意大利昔日的繁盛可以想见。二十一日沿美丽的公路到比萨，如果年轻，一定上那没栏杆的斜塔。上去的年轻人说：怕是不怕，就是脚软。

公路进入山区，进入瑞士境，经无数隧道，最长者达二十公里，车行其中，空气清新，可见设计之高度现代化。湖光山色（雪山）如入仙境。琉森湖，小城市却是美丽。二十二日在山雨蒙蒙中游湖，像漂流在云雾中，上了一万尺高的蒂弗丽斯雪山[①]，山上正在下大雪。我们便在山上餐厅吃了一顿丰盛的午餐。二十三日，瑞士到法国，公路美极。

傍晚到巴黎，巴黎一别半个世纪，经历了多少沧桑，在额上留下皱纹可以看得出来的。离开时我是少年，再见时我却早已入了老年，虽然在精神上我还不觉老态，仍然能够想入非非。在塞纳河，坐那喧闹的Bateaux mouche（游览船）游了一趟，午夜才去红色磨坊看topless歌舞，

---

① 蒂弗丽斯雪山：即铁力士雪山（Titlis）。

音乐放得很响。有点扫兴。歌舞也充满商业气味，三十年代那典雅风格不复存在。法国文化趋向下坡，深感惋惜。次日重上铁塔。晚访一位朋友，由他儿子驶车到处跑跑。黑夜中看到巴黎音乐院的铁门，陈旧，也不复昔日的光彩了。

二十五日从卡莱坐橡皮船到伦敦，二十六日游伦敦塔，又看皇宫换防，到处游客挤拥，门票收入不少。大英帝国今日落得赚几个小钱，真是"识盈虚之有数"，盛衰转换，月圆月缺，周而复始，自是天地之轨道。

二十七日在飞机上睡了一觉，又回到费城来了。

此次欧洲游觉察到欧洲人精神不安，失去了安全感，加上经济压力，人们脸上笑容变得罕见，不如美国人之笑口尚开，世事如斯，夫复何言。

你的文章，毕竟是徐迟风格，比之青年时的徐迟则多了感伤成分，想起我作曲老师毕能蓬（Binenbaum）说，一切高级的文艺总是浪漫主义的。

我想往后会给你多写信。让音符稍候，春季草了《热碧亚》草稿，待我从西双版纳出来，立即跑新疆。祝好！

思聪　慕理（八五年）

致吕骥、周巍峙等人

吕骥、周巍峙、丁善德、李凌、才旦卓玛、贺绿汀、李焕之、赵沨、时乐蒙、孙慎、周小燕各位同志：

谢谢大家的问候和关怀。由于"文化大革命"期间受到迫害而冒死逃离祖国并落籍异国，于今忽已十八载，遥想大家在这段时日，也经历了许多不愉快的日子，而都健在，并继续为国家现代化的实现做出贡献，谨致庆贺。

日子过得快，我们都已步入晚年，在个人来说，我希望在有生之年写完几个作品，也算是我为中华民族音乐的发展上所尽的一点微力。关于归期，待决定后，当再奉告。

谨祝大家

万事如意

马思聪

一九八五年四月十九

致马之庸

之庸侄女：

读了你9月12日长信，又收到音带两卷，至为高兴。

我们的三婶，你祖母，是受到大家喜欢的，她长命百岁，带着儿孙乡亲的祝福和不舍之情离开人间，应该可说是有福了。她的笑容，却永远留在大家心里，虽然活在多难的年代，但留下的却是令人欢乐的回忆，大家对她的景仰是当然的。

你爸爸是我童年时的最靠近的兄长，在他的领导下我们几个较小的兄弟玩的各种游戏，都那么兴高采烈，可惜我不能再见到他了。

同胞对我的深情使我感激，待时机成熟将会和大家见面的。我已收到孔朝晖演奏的小提琴作品，他是很努力的青年小提琴家，技巧也好，可惜准备时间太匆促，对作品的解释似草率些，较欠深入。《晚霞》是一出民间故事的舞剧，在台湾演出，男女老幼都喜欢，尤其孩子们更高兴，舞台上出现各种海鲜，又有荷花池五彩缤纷，是很吸引人的。

我在30年代曾回家乡一游，又在1942年初和家人及几个学生在家乡过旧历年，记忆起那一段和三婶在一起的日子是很愉快的，当时听到一些"白字仔小调"十分有趣。我后来用几首曲调写了《弦乐钢琴五重奏》，在上海曾演出过，后来看到台湾有评论此演奏的文章，但在内地却一直未见演出，我的《弦乐四重奏》也如此。别的作品出版而不演不知何故，但这并不要紧，要紧的是作品写得达到目的，就是最值得满意的。你寄来的"白字戏曲"都带悲凉的气氛，历史有六百年之久，很是难得，这是一份很宝贵的材料，如有短小的"白字仔"寄与我最好。

　　祝

好！

思聪叔

一九八五年十月十五日

　　问候思藏、思恭、思周、思溥①

————————

① 思藏、思恭、思周、恩溥：均为马思聪的堂弟，即信中所提的"三婶"之儿子。
三兄弟均为中学音乐教师，马思聪幼年和他们在一个大家庭里生活。

▌致马国亮、马思荪

国亮兄、荪妹：

八五年十一月十日来信收到，你们住港，有了自己的屋，自不羡仙了，在此先祝贺你们。

寄来几期《良友》，读到三十年代拙文，不胜感慨，半个世纪了，所幸仍健康，工作能力尚未转弱。

欧旅愉快，到了八国，十四个城市。瑞士仍转自信，德国次之，意大利的画、雕刻之美，令人惊叹，在法国，觉得今非昔比，在英国，不列颠人的傲气，如今安在哉！

我告诉徐迟去西双版纳，然后到新疆，不外是我写作的内容，他当初没有会意，以为是真的。

马之庸已有通信，广东要演《晚霞》，李凌还特为此事到广州商洽此事，海丰演我作品，雪仔①、思琚都籍此回到老家一游。

我的字不好，义不善为文，题词题字免了吧！

　祝

双好！

思聪

慕理

八五年十月十九日

---

① 雪仔：是指其长女马碧雪。

▎致吴祖强

祖强院长：

　　谢谢你和陈自明书记为我们的补发工资及失物赔偿多所费神，辛苦你们了，款项数目也很不少的了！

　　昨晚与黄康健①通电话，关于款项处理问题，着我写信给你。我们认为款及饰物都交黄康健或马碧雪代办好了。又是否部分可以汇出？

　　乐器数件如能找到，请留音院应用。

　　春节将届，祝健康愉快！

马思聪、王慕理

一九八六年一月廿二日

---

① 黄康健：马思聪长女马碧雪的丈夫，医生。

▌ 致吴祖强、陈自明

祖强院长、自明书记：

　　日前收到来信及由纽约中国银行寄来之美金4724元。又全部补发工资均由碧雪或康健代保管。碧雪已遵照我们所嘱，将留在国内人民币拨出若干赠予亲好，及在大难中冒险相助的朋友。没有他们的侠义，不知我们还能活到今天否？补发工资及申请外汇给你们平添好多麻烦，甚感盛情，再一次致谢你们。

　　《热碧亚》歌剧秋后可望脱稿，是瑞雪写的诗剧，很抒情。抒情不再是禁区，艺术就有前途了。

　　致此祝安好！

马思聪、王慕理

一九八六年八月四日

▍致马思荪

荪妹：

多时未写信给你们了，港居生活愉快，至感欣慰。前信提到大嫂自齐兄过世后身体欠佳，哮喘病恶化，此回来港住了个多月，南方气候温暖，宿疾有所好转，我意大嫂进入老年，如宿疾不及时治疗是很危险的，最好是来港长住。可否申请统战部或公安部批准由明侄①陪同留港居住（以便照顾她），你们要及早进行此事，老年人是最不适宜等待的。

香港热吗？此间春意甚浓，百花盛开。

祝

安好！

七哥②大嫂均此

兄：思聪

八六年四月廿一日

---

① 明侄：即大嫂和大哥马思齐的儿子马宇明。

② 七哥：即马思荪的丈夫马国亮，他在兄弟中排行第七，马思聪弟妹均称呼他七哥。

Ⅳ　日记

　　马思聪先生有写日记和创作笔记的习惯，少年留学法国时就开始写日记，直至"文化大革命"他的日记本连同家中财物全部遗失。现在的日记是马先生1967年到美国定居以后至1987年逝世前夕所写，下面是精选部分，由马夫人王慕理女士提供。

1967年

2月9日　星期四　阴　（华盛顿）

今天是旧历年初一，此间报纸也有报导，下午还有舞狮。

　　下午和慕合奏了Mozart Concerto 3. Sonata F，我的音色越来越找到规律，piter和zin都问我这提琴（机器做的）听起来美得很，证明琴声好坏在手拉之正确。

　　注："慕"是马思聪夫人、钢琴家王慕理。

3月19日　星期日　晴　（华盛顿）

练琴，写乐曲说明。又是星期天，自己做饭，好吃多了。

　　晚饭后Ron和我们到National Galerie，法国印象派、野兽派Remlrandt，五百万元买来的Da Vina，可惜时间不足，十时关门。这些名画，许多是在画册中看过的，现在看到原画，可谓不枉此生。

4月23日　星期日　（华盛顿）

思宏、光光上午十一时离此，前往600英里地方开演奏会，驰汽车终日，确是辛苦。与腾辉兄，锦姐到市内一转，百花盛开，红艳之至。夜间谈话至一时，关于处世之理，不外是交友、勇于帮助别人。

　　注：马思宏系马思聪九弟，小提琴家；夫人董光光钢琴家。锦姐系马思聪大姐马思锦；姐夫徐腾辉，牧师。

1968年

1月8日　星期一　冷　（纽约）

上午与孝骏带琴给Antoni评定，大致与Wurlizer差不多，有一个Andrea Guaraeri，背甚凸，音亦好、八千元。

数天来大冷，大约是摄氏表零下20度左右。

回家，慕与雅文出去，孝骏包宁波饺子，他真是金色的心。

昨天、今天给孝骏女儿和儿子上课，他们已是一流技巧，只差一些基础的训练。

与慕乘六时车回华盛顿。十一时才到家。

注：马孝骏系著名大提琴家马友友的父亲，音乐教育家；夫人雅文；儿子是指马友友；女儿马友乘，后是儿科大夫，小提琴教育家。

4月1日　星期一　（台北）

三时许到台北。台北相当乱，路上也乱，人匆匆忙忙的撞来撞去。

到中山堂听一音乐会，邓昌国指挥我的《山林之歌》，前面有一首合唱曲，水平不高。乐队是幼稚的，演奏者水平低，这样的乐队花数十年工夫也难进步。

邓昌国像傅聪。

注：马先生首次赴台湾演奏。

4月17日　星期三　（台北）

张来，问一些大陆音乐界情况。

四海录音者来，同进城在录音室内一连录了四小时，录了：《内蒙组曲》《西藏音诗》《牧歌》。

在阳明山晚饭，后四海录音者带今早的录音带来，听缺点，至夜半，收拾行装至二时许才睡。

4月19日　星期五　（日月潭）

游日月潭，交通工具是汽车和小汽游船，看高山族歌舞。穿了高山族衣裳照相。

高山族是荷兰、日本、菲律宾人混合种，眼睛鼻子颇好看。

到日月潭观光大旅社，喝咖啡，湖光山色颇妙。

4月3日　星期二　（台北）

练琴。晚上音乐会颇成功，拉得有意境，看情况，听众是感动的。

6月3日　星期五　（泰国）

晚马氏宗亲会宴会，马姓在泰国共三十余万人，Bangkok即有十余万，多营五金、钻石、当铺等大商业。在此有马氏宗亲有限公司，皆潮州人氏。

注：马先生夫妇赴泰国演奏。

6月7日　星期六　（泰国）

到皇宫见国王与王后，国王尽说关于音乐问题，还上楼拉了一曲《思乡曲》，可惜时间不足，国王很想和我多谈。

晚上演奏会人略少些，此堂也不好，缺共鸣，音色不美。

9月7—15日　（纽约）

中午乘车到纽约，晚上有一个音乐会，是一位老者和他的学生谈他的作品，是将一个全音分七音的古怪乐器的作品。

在纽约留了好几天，开那个国际音乐会议，听了些演讲、近代音乐会，还看了Hippin舞及电子音乐。

星期四回华盛顿。

1969年

6月9日　星期一　（华盛顿）

与Jom至Zoo看了鸟类及猴类。在Zoo午餐、到National Galerie看画，差不多法国著名的画全都给美国买过来了，Gaugain的色彩和画的气氛总是格外吸引我。

9月23日　星期二　（华盛顿）

录音，《慢诉》与《回旋曲》。《慢诉》录了四次才满意，目前录音比以前好些，质量高些，练习的方法是最重要的。磨，像磨望远镜一般磨每个不满意的音，才能得较好效果。此外用意志控制每个音符，每个手指的动作，这一点很像印度的yoge，或气功的用意志来管辖身体的动作。至于如何集中思想而不受外界杂念所左右，想来这也是可以学到的。想起Kempf。

傍晚驾车出游，又到S. G. 九时许才晚饭。

10月24日　星期五　（费城）

九时与咪、龙一同到新居，555S Wissahickon，搬家公司把家具搬来了，又是把房子布置，到晚上已相当好看了。

晚上凯也把家具搬来，并有同学帮忙。今晚睡在新公寓里，很安静，空气也好，外面是高房子、草地、树林、落日。

注："咪"系马思聪二女儿马瑞雪，"龙"是马思聪小儿子马如龙，"凯"是马瑞雪丈夫吉承凯。因瑞雪与吉承凯结婚定居费城，马思聪夫妇与儿子也从马里兰州迁居费城郊区高层公寓居住。

12月18日　星期四　（费城）

作家创作一个他喜欢在其中生活的世界，因此必须是美的、丰富多彩的。

世上还有数之不尽的艺术观，有许多是和我绝缘的，不必去管它们。

1971年

3月6日　星期二　阴天、下雪　（费城）

全天没出去，安静极了，如果能写出些好作品，则是不枉此生，否则与世相忘，同于尘土，也无不可。

3月30日　星期五　（纽约）

到NY在刘既漂处午饭，游海岸线。刘与马光紫叔同赴法国，同船并有陈毅，事隔五十年了。

注：刘既漂是著名建筑师、画家。马光紫系海丰人，马思聪的族亲。

1972年

1月19—21日　（费城）

《晚霞》先配器二、三章，明天或可开始。

晚从咪处得知，回国内学生在加大讲话，问有关于周恩来事，说是周只是表示很想念我而已。

5月30日　（台湾）

卅日赴台中，在图书馆礼堂演出，有二千座，甚华丽，音响不好，补救以延音器，今晚演出为各次最好一次，钢琴是新用九天（Steinway）。

1973年

4月27日　星期五　雨　（费城）

录音逐渐有些接近完整，提琴独奏奏鸣曲又完一稿，可能已有十余稿了。作曲如蜘蛛结网，常常要失败多少次才成功。但如有鬼神眷宠，如Mozart者则另外说。

4月30日　星期六　（费城）

昨晚咪写的《热碧亚之歌》，改动之后竟是一首好诗，感人至深。亚美歌舞修改些少，似乎还好。

1974年

1月1日　星期二　雨　（费城）

苦雨中七四年来临，如龙到华埠买食物。TV有游行，五彩缤纷，生命之喜悦，幸福的气氛洋溢。

2月2日　星期二　雨、雪　（纽约）

与慕驾车到刘既漂家，午饭后看凤笑画展共56幅，甚好。雨雪，回到家七时多，路难行。

注："凤笑"是刘既漂夫人，画家，与马夫人王慕理曾是中学时的同学。

3月10日　星期日　（纽约）

到NY刘既漂家，刘送我一幅画：桃叶、小鸟，上品，小鸟拍翅，像tree，妙。刘少年、中年享画福，老来不走运，穷困、孤零，夫妇都老了，两人画均好。刘的画可算我国最高成就，穷困，奈何！

4月1日　星期一　晴转阴　（费城）

到图书馆借了五本书。

年来鬼神事业不景，每日努力写五页，也不管效果如何了。

4月27日　星期六　（费城）

每天写五页（或少一些），无论改或作，这个自定的分量，如不懒，大致可以做到，则每天可获一页经过多次改动的乐曲，否则会自觉一事无成，无意思了。

10月20日　星期日　（华盛顿）

Nelson陪同午饭后到华人礼拜堂，二时演出，约二百余听众。演巴赫、莫扎特及自己作品，甚为动人。会后茶会，大受欢迎。

1975年

1月1日　星期三　（费城）

看TV数着秒钟到零，进入了1975年"恭贺新禧"。1974年送走了，大家拍手庆祝，但年岁大的人，已青春将逝的人，该会怀着依依不舍之情，看看光阴又流走一年，虽然是不可避免的过程，但多数人总免不了有那么一点惋惜之情。

1月2日　星期四　（纽约）

与慕到NY刘既漂家，送了皮大衣及毛线衣等给阿笑，他们老来境遇不佳……

孩子爱患得患失，人生自有命数，只要自强不息，处处想为人群服务，忘了自己，幸福自然常在。不在乎富贵，才带来幸福也。

君子自强不息，仁爱众生。

1月3日　星期五

《晚霞》放来已一年多，希望如今再下工夫，今年能大致完成，3-sonata（奏鸣曲）与钢琴协奏曲待完成，手边有此三个作品，已很不少了。

Sonata第二章，再修改。

《晚霞》年前写了256页，看来可以写好它，此后题材甚美，今年如能完成就好了，但sonata得先完工。

1月27日　星期一　晴　（费城）

长时间以来总想有一天能随心所欲地作曲。想第一是技巧问题，但鬼神的扶助则是第一要紧，可惜他们不常来，并且我想他们帮助那些真正勤奋而一心一意为艺术而献出整个生命的热心之人。

7月30日　星期三　（美国—加拿大）

赴加拿大探锦姐。

自State College出发，上山到gnaud Caryon，迷路，汽车太热发动不灵，误了不少时间。沿途风景甲天下，大峡谷气势可观，与长江巫峡比不知如何？

7月31日　星期四　（多伦多）

到Niagara Falls参观了气象雄伟之瀑布，然后驰上公路75m到

Toronto，问了好几次路，三时许到锦姐家，地方清静凉爽，二老居此也自安乐。见面后说不尽的话。晚到华埠吃得好极，又甚便宜，大约是优待牧师吧！

今日热甚，华氏100度左右了。

8月20日 星期三 （费城）

《唐诗八首》重写一部分，目前像秋天的收割，果子在树上每熟一个摘一个，自有乐趣在其中。

9月16日 星期二 晴 （费城）

《唐诗八首》改完，像望远镜，总得细磨才能完整。

9月17日 星期三 晴 （费城）

又改动了《胡笳》《残阳》《走马》。

昨夜下半夜已烧暖气，美国生活舒适，也许太舒适，使人不知春夏秋冬，也不知死生别离，艺术的题材、情趣随之熄灭，这是文明带来的缺点。

幸呢还是不幸呢？

12月29日 星期一 晴 （费城）

把《山林之歌》《F调协奏曲》《家乡》《热碧亚之歌》《李白诗六首》，寄Ohio沈伯宏。前天打来电话，今早收到他寄来我的《钢琴奏鸣曲》及陈又新、老志诚、丁善德、贺绿汀之曲。

注：陈、老、丁、贺等均为中国著名小提琴、钢琴演奏家、作曲家。

1976年

1月8日 星期二 （费城）

无线电报导周恩来死讯，如龙已先打电话来告知。

1月13日

周恩来死后，世界极为注意，可见周影响力之大。

2月9日　星期一　暖　（费城）

日来因修车，无车出入，在家录音，甚有进步，塞翁失马焉知非福，又一证明。Bach Sonatas录好之后，其余都不会困难。Mozart、Beethoven、Schulent、Bnahms等Sonatas都是美不胜收，以后当一一录存，对自己对别人也是增加一份精神的粮食。

2月23日　星期一　（费城）

昨晚自录Bach之六首奏鸣曲，大致甚好。一般演奏Bach夸张其雄伟方面，Bach的人情味，深刻的人类爱，其胸怀与耶稣是一样的，从新约去了解巴赫是不会错的了。六个奏鸣曲的慢乐章，每首都从不同角度展示了耶稣的心灵。

3月24日　星期三　晴、暖　（费城）

《晚霞》四稿写到No.15，晚上把《晚霞》稿前后叠起来也已大半尺高了，但未知何日写完。无所求，每天把工作做好，便自满足，有壮志，无野心。

3月29日　星期一　晴　（费城）

录音越往后越是精致、讲究，弹琴真要日日不离琴，才会有所成，故宁静是习琴最重要的条件，一日有打扰便有数天的工夫才能恢复。

7月3日　星期六　（费城）

美国庆二百周年，TV上有各地庆祝报导。夜看TV，Nenalias演一新作曲家作品，不摩登，不出色。演Mox Brach Concerto，过分热情、过分压弓，没有喘气余地。

显得无知无识的演法，怪不得常遭人批评。

7月12日　星期一　（加拿大）

雨中出发去加拿大，不久天乍晴乍雨，大风，半路下来午餐，气温甚冷，大出意外，使袒胸露背者瑟缩不已。三时半入加拿大境，六时左右到锦姐家，二老高兴自不必说。

7月18日　星期日　晴、凉　（费城）

咪、Lda上下午都来了。锦姐送Lda之衣服穿起来甚好看。

把阿端、晚霞双人舞一口气写完。音乐的思路似泉水，多用不断，有时呈枯竭状，任你用功，难写成一行，常常乐思在休息数日之后又活泼起来了。

昨晚慕电话给锦姐，报以安全到家。下午电话给刘既漂、阿笑，告以明日到他们那边，带去鸡骨草及北杏等。

注：Lda是瑞雪大女儿。

8月30日　星期一　（费城）

早晚有寒意，方才是春天，一闪又是秋天到了。

整理《晚霞》，自头开始。晚上修了小风琴、调钢琴音，弹了Beethoven最后奏鸣曲。这些Adagio真是众妙之门，使人心花怒放，又是宁静又是丰富。

伟大极了！

人脱离了世上一切烦恼，上升到意念的极乐世界，这种音乐，似乎不是人写的，太超脱了。

10月10日　星期日　晴朗　（费城）

《晚霞》大致上定稿，从头读了一遍，当然未能算作完工，但每一曲均已不必大改。和声，以及以后配器还有甚多工作，打算把第一幕写成钢琴曲，可以乐人，如有人愿演出，才把最后工作做完。

10月13日　星期三　（费城）

报纸、TV报导江青及"文化大革命"几个头目被捕，大快人心。

10月20日　星期日　雨　（费城）

每天写五页，不论草稿、正稿或抄写，写草稿有时终日不得一小节，甚觉惭愧，于心不安。其实工夫自己尽了力，日后常从一些不成形的片段得到妙思。

晚慕打电话给Lrene，约下星期五来吃火锅。

1977年

2月6日　星期日　（台湾）

中午新竹县长宴，县长夫人亲自下厨，吃了家乡味。山歌也有海丰味。

参观"清华大学"，校长领同参观原子能研究所。

演奏会热烈，音响甚好。

4月1日　星期五　（费城）

与如龙将车打着火，即送去修理。要下午才修好，乃步行回家。先在图书馆歇四十分钟，然后往博物馆，西河沿路，回到家一时半，共步行了几乎四小时。

傍晚与如龙取车。

在图书馆借Les Forains，写法简单，颇有启发。

4月10日　星期日　（纽约）

到NY刘既漂家，咪、弟、Lda同来。如龙砍树，我把车大大洗擦，施蜡，几乎如新车。

今日天气至佳，暖而未热，呼吸新鲜空气。

晚看《耶稣传》下集，动人极，此TV电影之耶稣与别的大不同，没有一点迷信意味，耶稣是人性的智慧，而不强调他是神，这是此片的最大成功。

9月9日　星期五　（费城）

第二批作品录音，内容：《西藏音诗》《跳元宵》《牧歌》《春天舞曲》《摇篮曲》《第二回旋曲》。《牧歌》似奏得平板些，再录三次才最后得一好的。昨天也录了数次，可惜音色太干。录音工作进行了几乎半年，才有这一点成绩，可见不容易，我、慕都有点进步，但作曲停顿太久了。

9月12日　星期一　（费城）

到邮局把作品演奏录音寄正中书局，录音工作告一段落。自己作品颇不易弹，自三月十至九月中共半年时间，虽然间间断断，但上午时间总有一小时录音，而练习时间则每天5—6小时，几乎与巴黎音院时期相同。

12月31日　星期六　（费城）

写完《晚霞》，初步定稿，明年起写乐队谱。

下午与慕、如龙入市内逛逛，人很多，少见，如龙买了一只镊。

今年感觉过得快，没提防就年终了，也许因为作曲与拉琴都在赶，故此总有种拔脚飞跑的感觉。

今年也算运气不坏，没有出什么乱子，虽然下半年"风痕"不停发作，自吃药以来似乎快全好了，也不再"热气"。

1978年

5月28日　星期日　（纽约）

到刘既漂新居，略小，布置得颇精致，此间老人村就是较寂寞，但他们以前的种种烦忧……生活上的，大致免除了，只要节省，老境大约可以平安。

10月2日　星期一　（加拿大）

锦姐、腾辉兄都生病，早与慕、如龙驾车到多伦多，驰车约十一小时才到，带给他们药，慕代做些家务，不然也甚狼狈了，夜间腾辉兄咳不停，睡不好。

1979年

2月16日　星期五　（费城）

弹Bach Chaconne，想起《醉舟》的一些句子，有的狂暴激动，有的温柔如处女，处理Chaconne时有醉舟的意境是合适的。

弹琴之道，技巧上必须让指法、弓法固定无误。表情则切忌固定僵化，总以能表达出自己心内所感觉的意境为佳，不可斤斤计较每一句乐音的每一音符的强弱顿挫。

8月21日　星期四　（费城）

生活仍保持Allegno的情调。

虽然年近七十了，早餐后练一小时小提琴，捡难的练，作曲（Rondo Ⅳ）；午睡后，天气适合时，出外行一趟；五时茶点，作曲；晚上有好TV则看，否则看书、作曲或休息。

1980年

3月3日　星期一　（费城）

日来每日上午录音，先录4个Sonatas，录音习惯了，便会自然、不慌。

3月15日　星期日　晴　（费城）

录了广东歌星的卡式，这种音乐有趣，大多健康，且可帮助国人多接触西洋音乐（伴奏用西洋方式）。

4月18日　星期五　（费城）

林俊卿自纽约来，到车站接他，谈至深夜，并听他意大利唱法录音，与caruso无异。

注：林俊卿（1904—2000），声乐教育家，医学博士。中国"咽音"练习法的研究学者。Caruso，即卡鲁索（1873—1921），意大利著名男高音歌唱家，被公认为有史以来最伟大的男高音。

1981年

1月1日　星期四　阴、小雪　（费城）

美国假日都如此的静，好像战乱之余的景象。

Rondo Ⅳ重写。

录音令人不放过一个音，易于养成好习惯，其实练习不外是培养好习惯，因此好的师父总是严谨、一丝不苟的教导者。

票友与科班是有大差别的。录音真是最好的师父，这面镜子把什么缺点都照出来了。

3月26日　星期四　（台湾）

晚上演出，我拉六首，如龙与示范乐队拉《F调协奏曲》；乐队演《山林之歌》。

如龙拉得干净，得好评。

4月16日　星期四　（台湾）

火车赴花莲山，有阿美青年来接，入住新建大旅馆。

阿美人许校长领同参观文化村，送了许多土产。看了廿分钟阿美歌舞，单调了些，服装鲜艳。晚饭吃竹筒饭，很特别，甚香。在一学校演出。

5月1日　星期五　（费城）

回来一星期，生活恢复正常，安静，有规律地写作，小许寂寞，恰好。

改写《高山组曲》为弦乐队。

看《论语别裁》，很有好处，否则，怎看也看不懂《论语》。

9月3日　星期四　（费城）

泻了两三天，仍倦。

昨天下午到咪处，Nina会认人了，抱她到后园，她害怕，看见我就哭，今日倒好。

身体仍略倦。

拟了今后想写的曲目：

1. 钢琴协奏曲

2. 双小提琴协奏曲

3. 九歌（Ballet）

4. 二首夜曲　Ⅵ

5. 热碧亚（歌剧）

希望有生之年能完成，阿门！

注：Nina是瑞雪小女儿。

10月23日　星期五　（台湾）

早上彭来同往板桥艺专听乐队练习《晚霞》，队员都是二十岁内的孩子，听话，容易进步。马水龙与廖年赋均是很好的音乐家。中午宴。

注：马水龙，台湾著名作曲家，在舞剧《龙宫奇缘》中任音乐指导。廖年赋，台湾著名指挥家，在舞剧《龙宫奇缘》中任乐队指挥。

11月19日　星期四　（台湾）

晚在中正堂一场演出，一军官感动涕零，《思乡曲》对游子之心总是能打动的。

11月29日　星期日　（台湾）

惠州同乡会欢迎会。

晚中广现代乐展，其中马水龙的《邦笛协奏曲》还好。《龙宫奇缘》演了五段，张大胜指挥有点气魄。

12月6日　星期六　（台中）

由黄小姐陪同乘小飞机到兰屿、环岛参观。此岛相当美，怪石奇形，令人寻味，海浪澎湃，十分壮观。土人较落后，终年穿丁字裤，男女同，目前年轻人又近代了，只余老者保守。看他们的狭小屋子，十分原始，生活简单，他们从小到老只见到岛中的小世界。

大约过十数年后，这仅余的原始生活的民族（只二千七百人）将成历史陈迹了。晚上看他们的歌舞，年轻的很平常，年老的有传统的歌舞，音乐简单到只用二个音，有神秘色彩。

12月17日 星期四 （台湾）
三时许到国父馆看《晚霞》演习，是凭录音试演的。
六时到国父馆，今是《晚霞》首演招待场。
今晚《龙宫奇缘》演出十分动人，得到一致的赞许，廖年赋指挥也说很感动。

1982年

2月19日 星期五 下雨、雪 （费城）
给彭、锦姐信，六盒录音带寄到。《双小提琴协奏曲》写慢乐章。录Mozart#16，相当好，练熟些就好了。
TV听20岁Zouson拉Silelins，很好。

3月14日 星期五 晴、暖 （费城）
在202买了四盆花。
Concento每日写一点，身体大不如前，不知会好转否。

3月17日 星期三 阴天 （费城）
《山林之歌》近屈原，《晚霞》近李后主，属于钢琴奏鸣曲，但不洋气，较为中国化了。

3月24日 星期二 暖 （费城）
工作一重，胸口作痛，自己小心就是，工作进度降低可也。
协奏曲每天只写一点，总以不使紧张为原则，以便多活几年。

3月27日 星期六 大风 （费城）
下午到302买花，又到309购物中心走一走。美国生活，一切太方便，人反易感到无聊。快乐自寻，每天有点工作，日有所进，便可得快乐。

4月23日　星期五　晴、暖　（费城）
《双小提琴协奏曲》二稿。

散步，春天真是美妙，人是近黄昏了，心中有许多话尚未说出来，屈指一算，也许时间不多了，来得及吗?

1983年

1月14日　星期四　（费城）

双协奏曲总觉得不好，有点生急，又不便放弃。自五日至今十天，每天4页，今日改完43页。

5月4日　星期三　（费城）

散步，二号之后，昨、今走路不吃力，希望血液能冲过那狭小了的血管。

七十一岁生日，慕煮了鱼翅、烤鸭，咪全家来了，Nina聪明可爱。

12月10日　星期六　（费城）

到黄金吃点心，买吃的。
《新疆狂想曲》加第二Ⅵ，未完。
真、善是基础；美，才是推动的力量。

1984年

1月12日　星期四　晴　（费城）

上午与如龙合奏了，慕练双协奏曲，渐入佳境，她对我的风格了解较深，如龙亦然。

1月21日　星期六　大寒　（费城）

下午录了几首曲《母亲教我的歌》《西班牙舞曲》等，晚上听之有趣味，比以前都好，老人也会进步耶！

2月21日　星期二　（费城）

合奏《双协奏曲》《新疆狂想曲》。

国内能否好起来？何日洗客袍？不可知了。

《双协奏曲》合奏日有所进。

觉得《双协奏曲》旋律是颇神气的。

5月10日　星期四　（台湾）

到"国父纪念馆"听预演。

作品演奏会满座，节目太长，取消了《高山组曲》。除小提琴协奏得略逊，其余都好，交响乐热情奔放，陈秋盛正是恰当指挥。

7月17日　星期二　（费城）

录音未成，只练习了，还不十分熟练。

演奏之好坏，实在难控制，多出于偶感，平常多练习是基本的，没有基本，什么也谈不上了。

7月28日　星期六　（费城）

到华美买食的，到对面大排档吃面食，与香港无异，甚佳。

晚TV播第23届世运会，宏伟，有中国参加。

8月12日　星期日　雨　（费城）

散步。到咪处吃韭菜饺子，甚好。

TV看世运会闭幕，极其壮大、欢乐，表现了全世界人民友爱，《第九交响乐》在此时奏出，至为感人。

8月30日　星期四　热　（费城）

散步。把录音整理好，晚上听来颇多好的，《双协》如今听来觉得甚有意味，慢乐章主题得来不费心机，却很动人。

9月9日　星期日　（费城）

给徐迟打电话，他十月来此，咪也给他打了电话。新琴拉了好一阵，傍晚先去买了花及无花果，到咪处吃海鲜。

9月13日　星期四　（费城）

碧雪来信，国内不久会演奏我的作品会。继续作Sonata Ⅲ，每天拉一次Chaconpe，此琴洪亮，拉有气魄的音乐最好。

10月18日　星期四　（费城）

松鼠在路上散步，松鼠出来已多起来，不太畏人。

再录《月亮》《山地舞》，较好些了。

信给李凌，也许86年回国。

10月23日　星期二　阴天　（费城）

到畔溪吃点心。散步时感胸又不舒适，大约因出二次痔血之故。

开始写《热碧亚》。接碧雪信，那边对我相当重视。徐迟来电话。

10月30日　星期二　（费城）

中午接自华府来的徐迟，畔溪吃午餐后安排好他的住处。同到家中听了《双协奏曲》，到咪处看了一半《晚霞》录影，晚餐后由凯送他回住处。

11月1日　星期四　（费城）

与慕、如龙到徐迟住处，同往Valleg Fonge，然后到Longwood ganden，如此丰富之大公园，大开眼界。晚又到畔溪宴，咪等也来了。

11月10日　星期六　（费城）

吴祖强与大使舒来访，谈北京各人情况。到畔溪餐，送他们上火车去华盛顿。送了吴祖强《晚霞》《热碧亚》《李白诗》《亚美组曲》与《山歌》及《晚霞》录音，录影则由舒大使带去印后寄回。

11月27日　星期二　晴、暖　（费城）

再写Piano Concerto，散步，晚上海参煮鸡，甚好吃。

把作品收拾一下，有些要寄国内给碧雪。有二十余份卡式要寄出给朋友。

录了几个作品，演得不整齐，但《月夜》《夜曲》甚好。

12月3日　星期六　暖　（费城）

散步，曲作得不多。

昨与徐迟通电话，说写作可写到八九十岁，但愿!

1985年

1月1日　星期二　阴　（费城）

新年，年纪大了，一年过去告诉来日更少了，感慨每年有之，却一年比一年更深而已。

协奏曲写了一点，精神随着年岁差一了。今日来电话的有常子等。

钢琴协奏曲Adagio草完，不出门了。

今年乙丑年。国内情况好得颇快，到明年回去可能性就多了。

注："常子"是马思荪的女儿。

2月15日　星期五　晴　（费城）

李凌、齐兄来信，对国内对我的决定报导及庆喜。

春天逐渐又回来了，祖国也逐渐走近了。

2月19日　星期二　（费城）

文化部、音院寄来平反通知，"叛徒、通敌"达十八年。

在咪处过年卅除夕，放了火箭、烟花。

平反之事，亲友皆甚兴奋。

2月25日　星期二　暖　（费城）

散步，心脏颇好转，不泻了。协奏曲Ⅲ又再草。

早上北京吴祖强、《解放报》及附中校长长途电话贺年，甚客气。

4月5日　星期五　（费城）

今日是清明，收到音协十余人联名的邀请回国内信。

六日收碧雪来长信。

今日开始草《热碧亚》。

4月12日　星期五　（费城）

《热碧亚》草到十一页，把赛丁会热碧亚改在清水河边，如果在阳台互不相视，那太悲怆了。

上午散步，空气清新。《世界日报》有社论骂我了。

4月26日　星期五　（费城）

百花盛开，艳丽极了。24度，散步觉有些热，发现中气不足，倒不全是血管问题。《双协》校正，以寄国内出版。《世界日报》又有谈我去国内的社论。此问题应该大家来讨论，不应当做个人事情。

9月22日　星期日　晴朗　（费城）

《情歌》草到尾了。想写另一舞剧《长恨歌》，把四幕情节略为排列，此剧可以放进许多舞，加以外来舞，如波斯、阿拉伯、印度等。

10月1日　星期二　（费城）

沈湘自北京带同二女声，很不容易才找到他住处，同来家中谈谈，到畔溪餐，然后送他回去，回家时让他的房东送了一程。

注：沈湘，中央音乐学院著名声乐教授。

11月13日　星期三　阴雨　（费城）

之庸、碧雪来信。广东演我作品，海丰、遮浪、汕尾有音乐会，把思琚、碧雪请到海丰，可见国内浪费之风甚盛。

12月21日 星期二 （费城）

七时半镇美来电话：齐兄于上海时间一时逝世。齐兄一生机会好，他聪明，竟不能为社会做点事情，为憾事也，享年83几乎是无疾而终。今年告终了。

注：镇美，指汪镇美，马思琚长女，当时在美国先后攻读钢琴和图书管理专业。

1986年

1月4日 星期六 （费城）

吴祖强代表音院来信，补发工资29000元，物资24000元，共5万多人民币。

小提琴曲名《故乡》改写了不少。

3月21日 星期一 晴暖 （费城）

《热碧亚》写了五页钢琴谱，下午散步。

与如龙合奏《双协》，又三人合奏《双协》，已经二个月未合奏了。

4月19日 星期六 （费城）

廖大同下午带同北京中央芭蕾舞团卞祖善、白淑湘、李安栋等，他们久已希望见到我，拍了不少照片。吃中午在畔溪买的点心，明日一早又飞回国。咪等也来。

5月22日 星期四 （费城）

《热碧亚》二幕写完，合奏了《流浪者之歌》及《圣母颂》。散步，觉胸口不适，回来。晚饭吃羊肉、木耳，精神才好些。

看《杨贵妃》，很悲，真是到头一场空。

看中国历史给人启发。

12月24日　星期三　（费城）

阅梅耶著的《白话屈赋》，再引起写《九歌》念头，待写完《小号协奏曲》再写此。

晚咪等来，今晚是圣诞前夜。

1987年

1月4日　星期日　晴　（费城）

到畔溪餐，到中国城恰似回故乡。

《热碧亚》59页一场完，抄好先交付油印。

五日，《热碧亚》头一二场写上表情及速度记号，歌剧比较写得详细些。

4月18日　星期六　（费城）

今日旧历三月廿一日，虽然戒口，仍给我做生日，如龙买了百元的食物，晚上咪等来，给Lda、Nina各百元红包。昨、今喝了北芪汤，今只管睡吃，胃口不错了，夜胸口不痛。

5月1日　星期五　晴暖　（费城）

万紫千红的春天，与慕驾车到Clover，下午又去大商店，很久没此福分了。

5月13日　星期三　（费城）

九时进MCP，如龙请假二星期，夏理自纽约来，由马伟雄接车。

在医院受到甚多检查，医生、护士问话等。4时慕、夏理、如龙来。

注：夏理是马夫人王慕理的妹妹。

5月14日　星期四　（费城）

手术将于明日进行，慕、如龙来了二回，下午照X光，发现牙根发炎，明日先拔牙，不可施心脏手术。

夜来凉气，太冷太热弄得睡不好。

5月15日　星期五　（费城）

十时进牙科，拔了三只大牙，其中一颗相当难拔。午觉两小时，四时许慕与如龙来。

小提琴卖了那1800元的，以1400买回。

医生告知星期一才施心脏手术。

5月16日　星期六　（费城）

医生说手术将改在星期二进行，可以回家，星期一再来，十时慕、如龙来接回家，天气晴朗，空气清新，舒适极。

小提琴声音好又大，是一好琴也。

5月17日　星期日　（费城）

奏了一些Handel Sonata，音美又平均，咪与Lda、Nina来，晚饭后才回去，Lda能开车，方便了。我们由如龙驾车游车河至Valley Forge一带转转。

注：这是马先生一生最后一天的日记。5月19日，马先生在费城宾州医院接受心脏手术后一直未见苏醒，延至5月20日（星期三）美国东部时间凌晨3时5分，不幸与世长辞，享年75岁。

V　艺术观

音乐穿上武器，取起号角便着实参加这大时代的斗争了。这就是抗战歌。……因为抗战歌是民族斗争中宏伟的推动力，所以民众需要吧，而抗战歌的存在就含有关系整个民族的命运的重大意义了。

——1939年《我怎样作抗战歌》

民歌与我互相影响成就了音乐创作。首先，民歌以它的旋律、风格、特点、地方色彩感动了我。

——1942年《创作的经验》

我想，在交响乐里，我该写我们这浩大的时代，中华民族的希望与奋斗、忍耐与光荣！

——1942年《创作的经验》

每一个音乐创作者都有自己的经验，而自己的经验其实就是最宝贵的。每个人都只能用自己的足去跑自己所要跑的道路。跑对了呢？跑错了呢？都是必要的。无论跑的路是多么错，终究还是会转回到自己所必跑的路上，错误也会为走上正确之路提供最宝贵的经验。

——1942年《创作的经验》

中国的音乐家们，除了向西洋学习技巧，要向我们的老百姓学习，他们代表我们土地、山、平原与河流。

——1945年《中国新音乐的路向》

把一件乐器，随心所欲，诉说一切情感，像谈话一样的自然自在，而他们本身已经是智慧的化身。

——1946年《从提琴到作曲》

一个艺术家，第一件事，先要确定了自己的土地的气息。说音乐没有国界只是五线谱没有国界，音乐的民族性是够明显的。

——1946年《从提琴到作曲》

今天中国的作曲家们要了解土地上的一切了。我们要向我们的土地吸取宝藏。我们除了认识一些民歌之外，还要了解生长在这土地上的人民。只有深切地把自己强化到变成这土地的一部分，才能正确地走上民族风格的路，而从这里开阔自己的路。

——1946年《从提琴到作曲》

从事音乐工作的人，要尽量为提高而学习，也要尽量向人民学习。人民的声音，是最忠实于土地的，而音乐工作者，也得忠于土地，同时也要尽自己所能贡献于人民。

——1946年台湾《中华日报》记者《访马思聪》

一向是提高的人，就看不到下面，因而与人民脱了节，在土地上不能生根。而追求普及的人，不能一下子努力向上提高，因而不能满足人民的欲望。因此，从事音乐工作的人要尽量为提高而学习，也要尽量向人民学习。人民的声音是最忠于土地的，而音乐工作者，也得忠于土地，同时也要尽自己所能贡献于人民。

——1946年《关于普及与提高》

由普及里提高，又从提高里普及，才是音乐以至一切艺术科学应走的路。
——1947年《新音乐的新阶段》

新的涵义是相对的，今天新的东西，一到明天也许不新了，只有不断创造新的生命，才是真正的新。……老的一套，无论过去曾经多么辉煌，但老调既已唱滥，就必定要拿出新的来代替，否则老调唱完，接着就得寿终正寝或被扬弃。

——1947年《新音乐的新阶段》

照我的体会，"推陈出新" 就是要求创作上的不断创造和不断革新。对于新鲜东西的探求永远是艺术家的任务。我们要求作曲家在风格统一的基础上不断革新；作曲家一定要有自己的独特的个性和风格。

——1956年《作曲家要有自己的个性和独特的风格》

我们知道，文艺应该为人民服务，但是人民的审美需要是多方面的，那末艺术也应该像人民的现实生活那样丰富多彩多种多样。

——1956年《作曲家要有自己的个性和独特的风格》

青年人所要拥抱的是整个世界而不是像一些人所想的只是五声音阶、民族乐器或土嗓子……青年比我们勇敢得多，不应该给他们很多清规戒律，使他们的发展受到限制。

——1956年《谈青年的创作问题》

洋、土之争有时近于互相排斥，这是很不好的，我认为洋也好土也好，只要演奏得好、做得好都会有贡献。

——1956年《谈青年的创作问题》

写人民、为人民而写，在有艺术史以来，这一直是许多具有先进思想的艺术大师的理想。在人民做了主人的中国，这种理想得到新的发展和许多有利条件的保证。

——1959年《十年来的管弦乐曲和管弦乐队》

重视创作技巧并不是忽视音乐作品的内容，相反地，是为着要很好地表现音乐作品的内容。

——1961年《交响音乐创作的技巧》

基本功是演唱、演奏的钥匙，找到它，就能打开一切大门，走一条直路达到目的。因此，我们应该想尽办法来找到这个钥匙。

——1963年《提高独唱独奏水平问题的我见》

　　无论做基本功或者是探索更深奥的技巧，都离不了勤练和巧练；学习前人的经验，又再来创造新的技艺，新的风格，想来只有这一条是最可靠的门路：艺术上的精益求精。

——1961年《精益求精》

　　作曲如蜘蛛结网，常常要失败多少次才成功。

——1973年日记

　　忘了自己，幸福自然常在。不在乎富贵，才带来幸福也。君子自强不息，仁爱众生。

——1975年日记

　　真、善是基础；美，才是推动的力量。

——1983年日记

　　祖国山河是伟大的，同胞是最可爱的，希望不久我将可以重新驰骋在祖国土地上每一个角落，拥抱全体同胞！

——1982年1月31日致作家金帆的信

　　抒情不再是禁区，艺术就有前途了。

——1986年8月4日致吴祖强、陈自明的信

　　追求我们伟大民族最美的声音这个高目标，一定努力以赴，至于驰誉世界，就难说了。这当中有极其复杂的条件和机缘。

——20世纪80年代与作家徐迟的通信

　　中华民族是世界上最大的、历史最悠久的民族之一，它有着丰厚的音乐宝藏，这是任何一个国家所无法比拟的。这份遗产是我国作曲家所特有的财富，是所有的作曲家的命根。在这块土地上，我们的祖先辛勤地耕耘，这些心血结成的珍宝，最富有生命力，深沉、温馨。谁拥有这

些东西，谁就更有根底，谁对这些乳水采取轻视或虚无主义的态度，谁就吃亏、倒霉。

——与挚友李凌的谈话，引自《思聪三年祭——我与马思聪》

他经常说，我们有些人非常不聪明，只知羡慕别人，模仿别国，对自己的东西，视而不见，不珍惜，不重视，像个败家子。

——与挚友李凌的谈话，引自《思聪三年祭——我与马思聪》

（在中国古典诗人中）我最欣赏屈原的诗，他的《楚辞》充满了爱国忧民的情怀，和意大利诗人但丁有几分相似之处。他有伟大的胸怀和抱负，特别是他投身汨罗江的悲剧结局，非常感人。我很想把他的故事改编成歌剧呢。

——1991年，艺术家许幸之教授在《追忆与马思聪在林间的散步》一文中记录与马思聪的对话

我也很欣赏李白和杜甫。……李白的诗豪放不羁、才华横溢，充满了浪漫主义情趣。杜甫的诗则深沉含蓄、真情流露，更体现了现实主义的胸怀。

——1991年，艺术家许幸之教授在《追忆与马思聪在林间的散步》一文中记录与马思聪的对话

（在西欧的近代诗人中）我最喜欢德国的海涅和法国的波德莱尔。因为他们和李商隐，李煜（后主），有些相似之处，我喜欢海涅的自由奔放，和他的幽默情趣。至于波德莱尔，我却是喜欢他的感伤情调和他的象征诗意。

——1991年，艺术家许幸之教授在《追忆与马思聪在林间的散步》一文中记录与马思聪的对话

我欣赏过印象派画家莫奈、毕沙罗、西斯莱，以及后期印象派梵高的风景画，但我很喜欢伦勃朗的画。我认为他在美术史上的地位，可以与贝多芬在音乐史上的地位相媲美。……正如有些美术评论家所说，伦

勃朗画的那幅《戴金盔的人》，头上戴的金盔，几乎可以听到金属的声音呢。

无论哪种艺术，不管他是古典主义或是写实主义的，如果不带点儿浪漫色彩和感伤情绪趣，就变得枯涩无味了。我就不欣赏那种庸俗的、枯涩无味的自然主义的东西。可是，现在有些教条主义的批评家，一听到浪漫色彩和感伤情调，就如狼似虎地大加鞭挞。

幻想、激情、哀伤、怨恸、浪漫色彩、感伤情调，往往是构成悲剧的最具有魅力的东西。

——1991年，艺术家许幸之教授在《追忆与马思聪在林间的散步》一文中记录与马思聪的对话

凡是大作家，在创作上总是爱自由创作，不愿意受任何约束，这在音乐上也是如此：如像莫扎特、贝多芬、肖邦、瓦格纳等。……总之，没有任何框框束缚住他们的创作自由，这就是他们之所以产生伟大作品的缘故呢。

——1991年，艺术家许幸之教授在《追忆与马思聪在林间的散步》一文中记录与马思聪的对话

让我再来给世界性、国民性、个性等的范围和关系，单纯地说一说。

有个性不一定有国民性或世界性，但最高超的个性可能三者都有。

有国民性的不一定有个性或世界性，但最高超的可能三者都具有。

有世界性的不一定有国民性，但可能有国民性，有世界性的必有个性。

——1942年5月26日，马思聪在桂林给作家徐迟的复信《论纯粹音乐、标题音乐、舞剧、歌剧、世界性和民族性》

马思聪艺术年表简编
（1912—1987）

1912年（出生）

民国元年5月7日（夏历壬子年三月二十一日）生于广东省海丰县幼石街一个书香门第。曾祖父马逢藩是前清的举人，父亲马育航（原名马继猷）是清末廪生。父亲给思聪取个小名"艾"，有聪颖、健美之含意。

1918年（6岁）

父马育航赴广东粤东地区的汕头出任惠、潮、梅防务督办署总参议，随家人迁居汕头。

1919年（7岁）

与堂兄马佛晖在汕头小学读书，在族兄马时晖家听到堂嫂弹风琴，很好奇，要跟她学，母亲就为他买了架小风琴。

同年，马思聪大哥马思齐16岁，获公费赴法国都鲁士大学（今译图卢兹）农学院求学。

1921年（9岁）

父马育航5月应孙中山之邀出任广东省财政厅厅长，马思聪随家人由汕头迁居广州市，家租住在公寓，在培正学校寄宿读三年级。还有一位年长他5岁的小同乡亲戚陈洪上七年级。马思聪学会吹口琴和弹月琴、弹奏粤曲。

1922年（10岁）

因陈炯明粤军与孙中山一方擦枪走火，广东局势不稳。夏，一家迁居香港。秋，又迁回广州。冬，再迁居香港。

1923年（11岁）

住香港。暑假，马思齐因脚伤从法国返香港家中疗伤。因业余爱好拉小提琴，随身带回一把小提琴，引起思聪好奇。冬，随大哥思齐去法国巴黎学习小提琴演奏。先住枫丹白露，大哥先给他请了一位女教师，开始学习小提琴。

1924年（12岁）

跟第一位老师学习两个月后迁居巴黎东边一家公寓，在巴黎跟第二位小提琴女老师学习。半年后，又迁居，大哥送他到一家法国人家里寄宿，让他更好地学习法语，主人就是他的法语老师。期间又换了两位提琴老师。

1925年（13岁）

下半年，考入法国东北部的南锡音乐院学习小提琴（巴黎音乐院分院）。住在一位老夫人家里，老夫人女儿擅弹钢琴，经常和马思聪合奏。

1926年（14岁）

下半年回到巴黎，跟巴黎国立歌剧院小提琴独奏家奥别多菲尔（Oberdoerffer）学习小提琴，他是马思聪的第五位小提琴老师，并向其夫人学习钢琴。

1927年（15岁）

年初，因颈部患病，不能练习提琴，到法国北部海滨城市贝尔克（Berck）治病、疗养。因不能练小提琴而专攻钢琴。

冬，回巴黎，继续跟奥别多菲尔老师上小提琴课。

1928年（16岁）

夏，考入当时法国最高音乐学府——巴黎音乐院，在蒲虚理（Boucherif）教授领导的高级小提琴班学习。在巴黎遇见冼星海，介绍他跟奥别多菲尔老师学小提琴。

1929年（17岁）

年初，因经济困难，结束首次留法回国。先后在香港、广州、上海、南京等地举行演奏会，反应热烈，南京《首都日报》、广州《民国日报》等赞扬马君天才，技艺超群；与上海工部局乐队合作演奏莫扎特的作品《降E大调小提琴协奏曲》引起轰动，上海《申报》频频报导"音乐神童马思聪"的演奏活动，赞其艺术超群。"神童"之说不胫而走，轰动国内。

自学创作《古词七首》。

1930年（18岁）

1月间，在上海市政厅举行演奏会。回广州受聘于欧阳予倩创办的"广东戏剧研究所"附设的乐队，任小提琴首席兼指挥。

同年秋，首次回故乡海丰县探亲，住县城幼石街三婶母陈慧卿家。与堂兄弟游览家乡的山山水水、名胜古迹，参拜了"马氏宗祠"，瞻仰了"方饭亭"和文天祥的"表忠词"等。还观赏了白字戏等。

1931年（19岁）

年初，得广东省省长陈铭枢批准公费资助，第二次赴法国主攻作曲课程，师从保加利亚犹太作曲家毕能蓬（Binenbaum）教授学习。在学习期间创作《e小调弦乐四重奏》。

1932年（20岁）

春，回国，在广州、香港举办个人演奏会。在广州与留法回国的老朋友陈洪兄合作办起"私立广州音乐院"，任院长并教授小提琴、钢琴、视唱练耳等课程。

同年，与钢琴科学生王慕理结婚。

本年度还前往台湾举行小提琴演奏会。

1933年（21岁）

受聘于南京中央大学教育学院任音乐系讲师。开始从事创作，完成作品《钢琴三重奏》。把年仅11岁的九弟马思宏带在身边，教他学习小提琴。

本年度还在广州举行个人小提琴演奏会。

1934年（22岁）

继续在南京中央大学任教。

2月间，与俄籍犹太人钢琴家夏里柯合作在广州、上海举行演奏会。

秋，应佛山华英中学校长杨景循之邀请，到佛山古镇举办小提琴演奏会。

同年，被聘为国民政府教育部音乐教育委员会委员。

本年度创作《第一小提琴钢琴奏鸣曲》。

1935年（23岁）

继续在南京中央大学任教。在上海、广州、香港举行演奏会。上海《良友》画报第112期发表马思聪文章《童年追想曲》。

夏，在广州长堤青年会礼堂举行独奏，遇见刚从法国回来的冼星海，这是他们两人的第二次见面。

本年度创作小提琴作品《摇篮曲》；为上海联华影业公司出品的电影故事片《秋扇明灯》写插曲《你是我的生命线》（陈祖贻词），发表在当年上海《艺声》第2期。

1936年（24岁）

4月27日，在上海新亚酒店礼堂为14岁的弟弟马思宏举办两场小提琴独奏会，并为其钢琴伴奏。曲目有巴赫作品《第二奏鸣曲》、拉罗《西班牙交响曲》等七首世界名曲，轰动上海乐坛，报纸频频报导。

5月，与夫人王慕理赴北京举行三场独奏音乐会（钢琴伴奏：德国钢琴家古普克）。在北京参观访问中接触到北京大鼓说唱音乐等，感受到中华文化之博大精深，他认识到丰富的民族民间音乐是音乐创作的肥沃土壤。

本年度创作器乐曲《第二小提琴钢琴奏鸣曲》。

1937年（25岁）

辞去南京大学教学职务。

4月，在广州长堤青年会礼堂为九弟马思宏举办小提琴演奏会，由俄藉钢琴家夏里柯伴奏，曲目有七首世界音乐名人名曲。

秋，受聘于国立中山大学任音乐教授。

"七七"卢沟桥事变，抗日战争全面爆发，全国人民救亡抗日呼声高涨。与梁宗岱合作谱写《战歌》，创作《卢沟桥之歌》，为上海"八·一三"淞泸会战创作《战士们！冲锋啊！》（金帆词），并指挥群众团体演唱抗日歌曲，在电台录制抗日歌曲。

本年度还创作小提琴作品《第一回旋曲》、《内蒙组曲》（原名《绥远组曲》）。

1938年（26岁）

在广州与克锋、欧阳山、蔡若虹等合作创作抗日歌曲［《自由的号声》、《武装保卫华南》（广州方言歌）、《不是死，是永生》等］。

10月间，日军入侵广州，马思聪进入香港，为香港爱国青年组成的"东江流动歌剧团"创作了团歌（林悠如词）。本年度广西桂林《战时艺术》杂志7月25日第2卷第4期发表马思聪与梁宗岱合作的《战歌》。

1939年（27岁）

1月29日，父亲马育航在上海遇刺身亡。

1月31日长女马碧雪在香港诞生。

6月，由马国亮主编的香港《大地画报》杂志发表马思聪文章《我怎样作抗战歌》。

秋，中山大学成立师范学院，再聘马教授前往任教，从香港携半岁长女碧雪举家迁至云南徵江（今澄江）。在徵江完成作品《第一钢琴奏鸣曲》。

10月间，到重庆，结识音乐界进步人士李凌等。抗战形势严峻，经历颠沛流离的逃难生活。

1940年（28岁）

年初，在重庆举行演奏会、为重庆电台奏播《思乡曲》《第一回旋曲》等，并出任重庆励志社交响乐队指挥；在重庆筹办中华交响乐团并担任第一任指挥；致函苏联音乐家杜纳耶夫斯基等，开始与苏联音乐界交流。

本年度在重庆结识作家徐迟，为中央电影厂的影片《西藏巡礼》创作配乐（其中有《喇嘛寺院》一曲），并在重庆嘉陵宾馆一次晚宴上与周恩来见面。

1941年（29岁）

春，在重庆为响应战时公债运动举行独奏会。

3月5日，重庆的三个管弦乐团联合演出（中华交响乐团、国立音乐院实验管弦乐团、国立实验歌剧管弦乐团），分别由马思聪、吴伯超、郑志声指挥。马思聪指挥中华交响乐团演奏《荒山之夜》、《绥远组曲》（马思聪曲）等曲目。

5月下旬，夫妇在柳州为难民举行演奏会。

6月12日、14日、20日在桂林举行多场独奏会。后又应桂林广播电台之邀，在该台播奏《思乡曲》《塞外舞曲》等。

"皖南事变"后政局动荡，从国立中山大学离职赴香港，在作家徐迟组织的音乐沙龙，为文艺界名流学者演奏自己的作品。创作了小提琴曲《西藏音诗》。在香港防空洞开始构思以抗日为主题的《第一交响曲》。

冬，日军占领香港。逃离香港回故乡海丰县。

1942年（30岁）

春，举家带着三位学生梅振强、陈宗元、黄豪业随同疏散人员逃离香港，颠簸步行五天回到故乡——广东省海丰县幼石街三婶母家。在海丰县城和汕尾镇举办小提琴独奏会，为抗日募捐；向海丰民间艺人学习白字戏音乐。在家乡度过春节。

4月间，接桂林方面沈宜甲先生来电报，举家奔赴桂林。

5月间，桂林《大公报》发表作家徐迟和马思聪《关于音乐的两封公开信——论纯粹音乐、标题音乐、舞剧、歌剧、世界性和民族性》。在桂林举办多场独奏会。《新音乐》杂志第5卷第1期发表马思聪文章《创作的经验》。结识作家端木蕻良、钟敬文等一批文艺家。

5月30日、31日，夫妇在桂林国民戏院举办独奏音乐会，收入作为救侨之用。

8月22日、23日，举办"弦乐钢琴演奏会"，马思聪任第一小提琴，董作霖任第二小提琴，林声翕任中提琴，梅振权任大提琴。王慕理演奏贝多芬的《第三钢琴协奏曲》，马思聪将原乐队协奏谱改为弦乐四重奏，为王慕理钢琴协奏。

9月4日，离开桂林，赴长沙举行音乐会慰劳三战三捷的长沙军民。

秋，再受聘于中山大学在粤北的管埠镇继续任教。来往于"韶关—平石—管埠"一带举行演奏会，并收教温詹美、卓明理等学生。

1943年（31岁）

年初，到柳州参加华南五省音乐工作者年会；与抗敌演剧队协作举办小提琴独奏会和综合音乐会；选取郭沫若诗集中六首诗谱曲，取名《雨后集》。

3月6日、7日，在桂林举办的两场音乐会后回坪石。

8月14日，二女儿马瑞雪在粤北平石出生。

12月2日，美国驻华使馆主编的《战时中国艺术中的中国抗战音乐活动》特别赞扬马思聪举行独奏会最多，在困难中到前线慰劳战士、开露天演奏会等。

12月，在韶关青年会举行演奏会，夫人王慕理钢琴伴奏。

1944年（32岁）

湘桂战争爆发，携未满周岁的二女儿瑞雪全家从管埠开始逃难，经桂林、柳州、贵阳等地，经历几个月艰辛才到达昆明，一路还为难民演奏，鼓励军民抗日：在贵阳举办两场小提琴独奏会，贵州省主席杨森出席音乐会；在昆明举办演奏会，为抗日团体募捐，云南省主席龙云前来聆听。赵沨为昆明音乐会撰评论文章《听马思聪和王慕理》。

本年度创作了小提琴曲《牧歌》《秋收舞曲》和《F大调小提琴协奏曲》。

1945年（33岁）

年初，再到重庆，在成都等地开演奏会，钢琴伴奏王慕理。

3月13日《新华日报》发表徐迟的文章《介绍马思聪的乐曲——〈西藏音诗〉释》。马思聪和徐迟会见了毛泽东，交谈创作的提高与普及问题。

8月15日，日本投降，抗战胜利。应聘任贵州艺术馆馆长，夫妇举行演奏会。重庆《音乐艺术》第1、2、3期先后发表马思聪歌曲《和平之光》（郭沫若词）、小提琴曲《剑舞》《述异》。

1946年（34岁）

惊闻冼星海1945年10月30日不幸病逝于莫斯科。1月间倡议贵阳音乐界举办了追悼冼星海的活动，创作合唱曲《冼星海纪念歌》（后称《你睡啦，人民的歌手》）并作《献词》纪念。

4月间，在《新音乐》（华南版）创刊号发表《忆冼星海》一文。配合全国民主运动，与作家端木蕻良合作创作《民主大合唱》《抛锚大合唱》，在贵阳演出《民主大合唱》，亲自钢琴伴奏，舒模指挥。

5月间，离贵阳到上海，被选为上海音乐家协会理事长，并举行演奏会。

7月间，到台湾任台湾交响乐团指挥、独奏家。

8月19日，小儿子如龙在台湾出生。

10月间，《新音乐》第6卷第1期发表马思聪文章《中国新音乐的路向》。

10月，指挥台湾交响乐团首演本人的作品《第一交响曲》。

11月1日至3日，在台北中山堂举行三场小提琴独奏会，王慕理伴奏，并发表名篇《从提琴到作曲》。台湾新创造出版社出版《马思聪提琴演奏会特辑》。

冬，到广州，在国立中山大学任教，在广东省立艺术专科学校担任教授兼音乐系主任（校址在广州海珠北路光孝寺）。这期间还应好友李凌邀请兼任香港中华音乐院院长，并开办小提琴班。

本年度还创作《钢琴三重奏》，《钢琴四重奏》，《民歌新唱》第一集、第二集，《阳台之春》（袁水拍词）。

1947年（35岁）

继续在广州、香港任教。在香港被由黎章民主持编辑的《星岛日报》音乐副刊聘为名誉主编，并每期都发表一两首短小的新编民歌。在《新音乐》第7卷第2期发表《新音乐的新阶段》。

本年度与诗人金帆（又名克锋）合作创作并演出《祖国大合唱》，迎接中华人民共和国的诞生。

1948年（36岁）

10月间，在上海举行个人独奏会，曲目多数是本人作品。因支持广州学生的民主运动，拒绝在国民党鼓吹内战的宣言上签名，离开广东省立艺术专科学校赴香港。

冬，在中共地下党乔冠华、李凌等的策划下准备北上到解放区。

本年度与诗人金帆合作创作《春天大合唱》，揭露残暴的统治者将要崩溃，痛苦的人民快要翻身了。该作品在香港由严良堃指挥演出。

1949年（37岁）

4月间，与欧阳予倩、金仲华、萨空了等一百多位爱国人士从香港乘船经烟台前往北京，出席第一届政治协商会议及第一届文代会。先后被聘为北平艺专及燕京大学音乐系教授。

为迎接全国政协召开，创作管弦乐《欢喜组曲》。中华全国音乐工作者协会成立，被选为副主席、同时当选中国文联常务委员。出席中华人民共和国成立开国大典。

11月间，随周恩来总理率领的中国人民友好代表团出访苏联。

12月18日，中央人民政府政务院任命马思聪为新组建的中央音乐学院首任院长，吕骥、贺绿汀为副院长。

首届文代会期间，由燕京大学等院校演出了马思聪的作品《祖国大合唱》、管弦乐《思乡曲》《塞外舞曲》，马先生演奏本人作品《牧歌》《第一回旋曲》。

本年度还与作家郭沫若合作创作《中国少年先锋队队歌》；创作《工人组曲》。

1950年（38岁）

6月17日，中央音乐学院在天津举行成立典礼，作关于中央音乐学院教育方针的报告。举行"典礼音乐会"，学生合唱团演唱马思聪的《祖国大合唱》第一乐章，严垲坤指挥。

本年度创作小提琴作品《第二回旋曲》，钢琴曲《汉舞三首》（鼓舞、杯舞、巾舞），《鸭绿江大合唱》，歌曲《我们勇敢奔向战场》。

1951年（39岁）

年初，举家迁往天津。住天津黄家花园附近潼关道64号一幢小洋楼。

5月间，担任中国音乐家代表团团长，出席捷克斯洛伐克举办的1951年"布拉格之春国际音乐节"。在中国代表团的音乐会上，与捷克广播电台乐队合作演奏自己的作品《F大调小提琴协奏曲》；在国际作曲家大会上作《关于中国群众音乐创作》的报告。

本年度创作钢琴作品《粤曲三首》（羽衣舞、走马、狮子滚绣球），歌曲《十月礼赞》等。

1952年（40岁）

7月间，与学院部分教师赴皖北参加治淮工程劳动，体验生活，任队长。深入生活后创作了《山歌》《跳元宵》《春天舞曲》《跳龙灯》等多首小提琴曲。

1953年（41岁）

当选第二届全国音协副主席，在会议上作"开幕词"。参加中国人民第二届赴朝鲜前线慰问团，任分团副团长，在冰天雪地为战士演出。

本年度为郭沫若的剧作《屈原》配乐，编著出版《视唱练耳》一书。

1954年（42岁）

举家随中央音乐学院从天津迁往北京（住西城区马勺胡同一座四合院）。被选为第一届全国人民代表大会代表、中国人民对外文化协会常务理事。在《人民音乐》杂志发表《庆祝五周年国庆》。出版《中国民歌新唱》（第二辑）、小提琴曲《山歌》。

本年创作小提琴作品《新疆狂想曲》、管弦乐组曲《山林之歌》。

1955年（43岁）

年初应邀出席波兰华沙"第五届肖邦国际钢琴比赛会"，担任评委。在《人民音乐》杂志发表《关于傅聪得奖》。

10月间在《人民音乐》10月号发表《纪念聂耳、星海》一文。创作有《花儿集》（青海民歌三重唱）等。

担任新创办刊物《音乐创作》主编，贺绿汀任副主编。

本年度北京音乐出版社出版马思聪多部作品，有《第一弦乐四重奏》、《思乡曲》（管弦乐总谱）、《西藏音诗》、《新疆狂想曲》、《跳龙灯》等。

1956年（44岁）

上半年，在广州、武汉、东北等地进行大规模巡回演奏活动。

下半年，出席莫扎特诞生200年纪念会并作报告；在《人民音乐》杂志先后发表文章《作曲家要有自己的个性和独特的风格》《谈青年的创作问题》；与金帆合作创作《淮河大合唱》。

本年，在北京出席第一届全国音乐周，期间上演了马思聪管弦乐作品《山林之歌》《淮河大合唱》《F大调小提琴协奏曲》等。北京音乐出版社出版马思聪作品《钢琴五重奏》。

本年，晓风在《人民音乐》8月号发表文章《一部社会主义建设的颂歌——谈马思聪的近作〈淮河大合唱〉》。

1957年（45岁）

在北京举办小提琴独奏音乐会。

6月间，"反右"运动开始。马思聪先生对音乐工作存在的问题提出意见，也表态"必须坚决反对右派"。

在家里设宴接待来中国访问演出的苏联钢琴家李赫特尔夫妇。在《人民音乐》杂志发表文章《听苏联大钢琴家李赫特尔的演奏》。

11月间，出访苏联，出席"苏联十月革命四十周年庆典"活动并访问苏联音乐家。

本年，人民音乐出版社出版马思聪作品《塞外舞曲》管弦乐总谱和《F大调小提琴协奏曲》。

1958年（46岁）

年初，《人民音乐》杂志1月号发表马思聪《莫斯科，列宁格勒，基辅——访苏杂记》。

3月间，应邀出席苏联"柴科夫斯基（现译柴可夫斯基）钢琴和小提琴比赛会"，任评委会副主席。先后在《人民音乐》杂志发表文章《记柴可夫斯基钢琴和小提琴比赛会》《中国听众热烈欢迎苏联国家交响乐团》。

5月上海《文汇报》发表马思聪文章《纪念黄自先生》。

本年，参加文艺界福建前线慰问团，赴福建前线演出；到济南，青岛，西安等地举行独奏会；被推举为中国民主德国友好协会副会长（正会长竺可桢）。

本年度北京音乐出版社出版马思聪作品管弦乐《山林之歌》《淮河大合唱》、钢琴作品《小奏鸣曲》等。

1959年（47岁）

2月，《人民音乐》2月号发表文章《评马思聪先生的独奏音乐会》，否定马先生演奏的西洋古典名曲和他本人作品《思乡曲》《西藏音诗》等，质问马先生对于党的厚今薄古和一切文化艺术都要为政治服务的方针是如何理解的？

本年，先后到上海、南京、杭州、苏州、无锡、南昌、广州、海南岛等地进行两个多月的巡回演出，更广泛地为工农兵群众演奏、听取他们的意见。在《人民音乐》8月号发表文章《歌颂祖国一切美好的事物》；在《音乐研究》第5期发表《十年来管弦乐曲和管弦乐队》一文。本年度完成作品《第二交响曲》。被选为河北省第二届全国人民代表大会代表。

1960年（48岁）

到甘肃、青海、新疆等地巡回演出。深入工厂、农村演奏，并与业余小提琴爱好者座谈，对他们进行辅导，听取他们对演奏曲目各方面的意见。此行在银川、兰州、西宁、酒泉、乌鲁木齐和喀什留下足迹。

创作首部大提琴作品《A大调大提琴协奏曲》。

1961年（49岁）

5月1日，在北京指挥中央乐团首演本人作品《第二交响曲》。发表多篇文章，其中有艺术随笔《精益求精》（《人民日报》）、《我和美术》（《羊城晚报》），又在《人民音乐》11月号发表理论文章《交响音乐创作的技巧》。

本年度创作《小提琴二重奏四首》（早晨、节日、故事、终曲）、《钢琴曲三首》（驼铃、黄昏、小骑兵）。

1962年（50岁）

连任中央音乐学院学术委员会主任。到新疆的乌鲁木齐、和田、阿克苏等地举行演奏会。北京音乐出版社出版马思聪《第一交响曲》。

1963年（51岁）

在《人民音乐》2月号发表《提高独唱独奏水平问题的我见》一文。担任第四届"上海之春"期间举办的"全国小提琴比赛"评委。上海文艺出版社出版《马思聪小提琴曲集》。

1964年（52岁）

当选河北省第三届全国人民代表大会代表。音乐出版社出版马思聪《第四小奏鸣曲》等。

1965年（53岁）

当选中国人民保卫世界和平委员。应好友音乐理论家李凌先生之邀题字，马思聪为他写了宋朝诗人苏洵在《六国论》一文中的八个字："奉之弥繁，侵之愈急"。

1966年（54岁）

6月间，"文化大革命"开始，遭受批斗，与妻子儿女开始逃亡。

11月间，中央广播电台取消对台湾广播采用的开始音乐《思乡曲》，改播《东方红》。

12月，父女逃到广东佛山丹灶村亲戚家避难。母亲黄楚良住上海女儿马思荪家。

1967年（55岁）

1月15日，从广州黄埔港乘"002"号船逃往香港。1月21日抵达美国，在弗吉尼达州郊区落脚。

10月间，指导九弟马思宏在费城举行小提琴演奏会，马思宏演奏马思聪的作品《F大调小提琴协奏曲》，乐队指挥为董麟。

1968年（56岁）

3月27日，首次起程经日本赴台湾、泰国、菲律宾等地访问演出，到泰王和菲律宾总统的接见。在台湾多个城市、学校举行演奏会；到广播电台、唱片公司录制小提琴作品；与四海唱片公司签订出版合同；观看台湾少数民族歌舞表演，采风；受蒋介石、宋美龄、蒋经国等接见。会见久别的老乡亲友马毓清、陈祖贻、马淑梅、曾广顺和文艺界老朋友沉樱、黄君璧、李永刚、邓昌国、马超俊、吴剑声等。此次出访演奏活动历时两个多月。

北京公安部追查马思聪事件，马思聪被定为"叛国投敌分子"。

1969年（57岁）

1月7日，马思聪在美国纽约市林肯中心费哈曼大厅举行小提琴演奏会，节目内容有凡拉剌尼作品《E小调奏鸣曲》、巴赫作品《萨空》，以及本人作品《山歌》《跳龙灯》《牧歌》《内蒙组曲》等，S. 桑德尔斯担任钢琴伴奏。

1月28日，女儿瑞雪与美籍华裔学者吉承凯在费城举行婚礼，定居费城。马思聪夫妇和小儿子马如龙于10月也迁居费城郊区的高层公寓居住，直至1987年逝世。

本年，开始构思写舞剧《晚霞》，计划为《李白诗六首》和《唐诗八首》谱曲。

1970年（58岁）

9月间开始构想舞剧《晚霞》的格调并列入日程开始写作，是取材自蒲松龄的《聊斋志异》中的爱情神话故事《晚霞》。

本年，照常安排练琴、录音。修改《李白诗六首》乐谱，作小提琴奏鸣曲。

1971年（59岁）

完成小提琴作品《高山组曲》，继续写舞剧《晚霞》。

1972年（60岁）

4月下旬，在美国洛杉矶举行演奏会，受到华侨热烈欢迎，接受州政府赠送的奖状和荣誉市民金钥匙，华侨向马思聪赠送"驰名中外"的金盾。

5月初，第二次赴台湾举行音乐会，在台北、台中多个城镇演奏。会见老朋友林声翕、沉樱、赵君璧、陈祖贻、曾广顺等。

本年度完成声乐作品《李白诗六首》。

1973年（61岁）

本年度完成小提琴作品《亚美组曲》、无伴奏合唱《亚美山歌》、女声独唱《热碧亚之歌》（包括管弦乐伴奏谱），为女儿瑞雪作词的《家乡》谱曲（女高音独唱·女声三部合唱）。

1974年（62岁）

9月20日，在华盛顿华人礼拜堂举行小型独奏会，曲目有巴赫、莫扎特和自己的作品。完成作品《无伴奏小提琴奏鸣曲》。

本年，寄出《亚美山歌》给台湾赵琴女士主编的《每月新歌》出版。

1975年（63岁）

完成声乐作品《唐诗八首》；写《我谱李白诗六首》一文，5月20日发表在台湾《"中央"日报》。

7月间，自驾车去加拿大探望大姐马思锦。

1976年（64岁）

5月初，自驾车赴加拿大探望大姐马思锦。

本年，自录巴赫的奏鸣曲多首，寄台湾电台播出。舞剧《晚霞》大致定稿，开始写和声配器的大量工作。

1977年（65岁）

1月16日，第三次赴台湾举办演奏会。在台北、台中、台南等城镇和学校巡回演奏。

在台湾朋友家欢度春节；与画家黄君璧相聚，黄送画作；与有关部门商谈《晚霞》出版事宜。

1978年（66岁）

舞剧《晚霞》音乐基本完成，写好钢琴谱，继续写管弦乐。

得知大姐马思锦患病，10月2日夫妇又驾车赴加拿大探望。

1979年（67岁）

11月17日复信给老朋友罗荣炬（原广州乐团的男高音歌唱家，上世纪40年代《祖国大合唱》在广州首演时的领唱者），这是马思聪离开祖国12年后第一次往大陆寄信。

本年，完成舞剧《晚霞》，寄《晚霞》钢琴谱给台湾联经出版公司出版。

1980年（68岁）

4月18日，歌唱家林俊卿来访，谈至深夜，还听了他意大利唱法的录音，觉得与Caruso无异。

6月，大女儿马碧雪丈夫黄康健来美探望。

7月17日收到上海大哥马思齐第一次来信，感叹十几年未联系了，好不容易！

本年，录制本人新老作品及古典曲目，制作成卡式盒带，寄送祖国的亲友。

1981年（69岁）

3月8日，第四次赴台湾巡回演奏会，儿子如龙同行，准备演奏《F大调小提琴协奏曲》。在台湾各城市和学校演奏，马如龙独奏父亲的小提琴协奏曲，马思聪亲自指挥国防部乐团协奏；马思聪又演奏本人作品和古典名曲；乐团还演奏了马思聪的管弦乐组曲《山林之歌》，受到热烈欢迎。

10月4日，第五次赴台湾，是专程为指导芭蕾舞剧《龙宫奇缘》（原名《晚霞》）的排练。演出单位：台湾艺术专科学校，音乐指导：马水龙，管弦乐队指挥：廖年赋。12月17晚首演招待场，受到赞扬；18日晚正式首演，连续演出多场，观众反应热烈，好评文章不断。

1982年（70岁）

本年，六妹马思荪与丈夫马国亮到美国探亲访友，与马思聪一家久别重聚十分激动，追忆往事无限感慨。

本年，《双小提琴协奏曲》完成初稿，配器在进行中。

本年，发现心脏肥大，血管硬化，但自觉仍有创作能力，有工作热情，保持乐观情绪，每天坚持散步一小时。

1983年（71岁）

1月间，完成《双小提琴协奏曲》配器，一家三口在家中反复试奏录音中发现缺点，不断进行修改工作。

11月间，将1954年创作的小提琴独奏曲《新疆狂想曲》改写为小提琴二重奏（钢琴、弦乐两个版本伴奏谱），完成小提琴《第三回旋曲》。

1984年（72岁）

4月3日，夫妇与儿子马如龙第六次赴台湾举行演奏会，演奏新作品，听取观众的意见和专家的评论，其中有《双小提琴协奏曲》、小提琴三重奏《新疆狂想曲》《高山组曲》《唐诗八首》《热碧亚之歌》，陈秋盛指挥演奏马思聪的《第一交响曲》。

10月，徐迟到费城探访马思聪一家，谈马思聪在美国的创作情况、听马思聪新作品录音、看舞剧《龙宫奇缘》在台湾演出的录影……回国后在《人民日报》（海外版）发表文章《宾州费城访马思聪》。

11月，时任中央音乐学院院长吴祖强教授因公事赴美，并在驻美大使馆官员舒章先生陪同下专程拜访马思聪先生。

本年，自己录制了本人部分新作品和部分自己演奏的外国作品，自制卡式带二十多盒，寄送大陆的亲友。

1985年（73岁）

2月19日，马思聪收到文化部和中央音乐学院寄来的平反通知书。

4月初，开始谱写女儿马瑞雪编写的歌剧《热碧亚》，剧本以新疆青年爱情故事为素材创作。

6月初，夫妇赴欧洲旅游，为期19天。回美国后给好友徐迟写了有关欧洲之行情况的长信。

本年度完成小提琴《第四回旋曲》。为中央音乐学院35周年志庆题字："礼能节众，乐能和众"。

1986年（74岁）

2月初，与夫人、儿子如龙第七次赴台演出。8日在指挥家廖年赋家里欢度除夕。

3月3日举行音乐会，演奏本人多部新作品。台湾艺专学生演奏马先生作品《钢琴奏鸣曲》、乐队演奏舞剧《龙宫奇缘》的音乐片段、马先生与儿子演奏《双小提琴协奏曲》第二乐章等节目。此次台湾之行以参观、会友为主，马思聪深感体力不足，此时其心脏病已很严重。

4月19日，北京中央芭蕾舞团指挥家卞祖善、舞蹈家白淑湘随中央乐团出访美国演出期间，在旅美侨胞廖大同先生陪同下，专程到费城拜访马思聪先生，并赠送马先生中国唱片社出版的《编钟》和冼星海的《黄河大合唱》唱片和丝绒挂毯"天鹅"。马先生回赠他8卷自己的乐谱，每卷都亲笔题赠，极其珍贵。

本年，歌剧《热碧亚》基本完成，写完了钢琴总谱，开始准备写管弦乐谱。同时与台湾主管文化的有关人士讨论演出歌剧《热碧亚》的方案。

1987年（75岁）

3月初，患感冒咳嗽、发烧、心绞痛，入住医院治疗，后又患肺炎，至4月进出医院多次，自觉身体衰弱，不能写作。

5月19日，进入手术室做心脏手术，但他就没有跨过这一关，提前告别亲人。

　　5月20日凌晨3时5分，一代音乐巨星在美国费城陨落，享年75岁。噩耗传出，又成为国内外报刊的重要新闻。亲友、国人对他的思念竟成悼念。

　　（注：《马思聪艺术年表简编》是参考马思聪先生本人撰写的简历、日记、创作札记，亲属的口述历史，专家的有关研究文章，以及张静蔚先生编著的《马思聪年谱》等资料编写的，如有不实之处，敬请斧正）